CB140027

O pão da amizade

Darien Gee

O pão da amizade

Tradução
Alice Klesck

lua de papel

Copyright © 2011 by Gee & Co., LLC
All rights reserved.

Published in the United States by Ballantine Books, an imprint of The Random House Publishing Group, a division of Random House, Inc., New York.

Título original: Friendship bread

Direção Editorial: Pascoal Soto

Editor: Pedro Almeida

Assistente editorial: Gabriela Ghetti

Preparação de texto: Beatriz de Freitas Moreira

Revisão: Margô Negro

Projeto gráfico, diagramação e adaptação de capa: Osmane Garcia Filho

Dados Internacionais de Catalogação na Publicação (CIP)
(Câmara Brasileira do Livro, SP, Brasil)

Gee, Darien
O pão da amizade / Darien Gee ; tradução Alice Klesck. —
São Paulo : Lua de Papel, 2011.

Título original: Friendship bread.

ISBN 978-85-63066-62-6

1. Ficção norte-americana I. Título.

11-07788 CDD-813

Índices para catálogo sistemático:
1. Ficção : Literatura norte-americana 813

2011
Todos os direitos desta edição reservados à
TEXTO EDITORES LTDA.
[Uma editora do Grupo Leya]

Rua Desembargador Passalácqua, 86
01248-010 – Pacaembu – São Paulo – SP
Blog da Lua: www.leya.com.br/luadepapel
Twitter: @luadepapel_BRA / @EditoraLeya

Dedicado às mães.

Sumário

Agradecimentos

As seguintes pessoas me ajudaram a transformar em realidade a cidade de Avalon e seus maravilhosos residentes:

Patricia Wood, boa amiga e também escritora, que ficou tão entusiasmada com o Pão da Amizade que me apresentou ao seu agente, seu marido e primeiro parceiro, Gordon Wood, que leu o romance (caprichosamente, usando o Adobe) fez anotações com comentários úteis; a família Wirth (Greg, Tina, Amelia, Eli e Masie), que nos deu o primeiro saco de massa de Pão da Amizade e depois leu a passagem de Leon, para assegurar que eu não tinha bagunçado o céu, ou, ao menos, a forma como se olha para ele; a artista Mary Spears, cuja amizade (e culinária) tem sido uma verdadeira dádiva e a quem sou profundamente grata, e seu maridão, Phil Slott, que sempre sabe a coisa certa a dizer. A amizade com minha querida amiga Nancy Martin é sempre a base dos meus livros e principalmente este — somos abençoados quando pessoas que menos esperamos se tornam nossas boas amigas. Seu olhar sagaz e sua reação emocional honesta aos meus romances têm me ajudado a me tornar uma escritora melhor. Mary Embry me mantém com os pés no chão, para que eu possa fazer o que amo, sem jamais duvidar, nem por um segundo, que eu possa fazê-lo.

Amigos e fãs de Darien Gee/Mia King que se apresentaram para ajudar com a leitura do esboço inicial do romance, provendo muita informação útil: Anne Alesaukas, Kari Andersen, Linda Bass, RoxAnn

Batovsky, Robin Blankenship, Susan Butow, Linda Buron, Philip Carmichael, Kelli Jo Calvert, Bertha Chand, Traci Clark, Maria Cogar, Kelli Curtin, Jacqueline Graves, Elaine Huntzinger, Chris Hijirida, Marcia Hodge, Patricia Hopkins, Layla Johnson, Gaby Lapus, Wilma Lee, John Martin, Shannon Marting, Sharon McNally, Megan McNally, Rose Milligan, Elaine Monteleone, Becky Muehling, Holly Nadfoor, Melissa Nichols, Kari Noel, Vanessa Primer, Vickie Sheridan, Val Stark, Jan Terry, Amanda Villagomez, Kathryn Wilkie e Philip Yau.

Escrever um romance, claro, é apenas metade da batalha. A publicação é outra questão, o ato nem tão simples de juntar as partes para que os leitores possam ter um bom livro para saborear e manter em suas estantes. Grandes abraços para Dorian Karchmar e sua maravilhosa equipe, na William Morris Endeavor, que lutou pelo livro aqui, ali, e ao redor do mundo: Rayhané Sanders, Laura Bonner, Raffaella De Angelis, Michelle Feehan, Tracy Fischer, Rachel McGhee e Margaret Riley.

Na Ballantine/Random House, meus mais sinceros agradecimentos à editora Libby McGuire e à minha editora, Linda Marrow. Eu sei que as equipes de venda e *marketing* trabalharam duro para compartilhar seu entusiasmo por este livro, e sou grata pelas muitas leituras e sugestões editoriais de Linda e da editora sênior, Dana Isaacson. Junessa Viloria nos mantêm todos ligados (já que eu estou literalmente a um oceano de distância) e a equipe editorial, incluindo Penelope Haybes e Angela Pica, que lançou um olhar cuidadoso ao manuscrito. Obrigada a todos.

Um *mahalo* especial a Maria De Lima e Monika Wiatr Kwuon, que seguraram as pontas, enquanto eu corria de um lado para o outro.

Meus agradecimentos sem fim aos leitores de Mia King, que me disseram para continuar escrevendo, para que eles continuassem lendo.

Tenho sorte de ser cercada por uma família que me apoia — os Hsu e os Gee — e meu pequeno clã: meu marido, Darrin Gee, e nossos três filhos — Maya, Eric e Luke. Amo vocês todos e, sim, foi isso que a mamãe ficou fazendo o tempo todo ("Você está escrevendo novamente? Será que vai terminar, algum dia?"). Espero não responder a isso. Amo o que faço e desejo que todos possam realizar o que faz seus corações cantarem.

A amizade é preciosa, não apenas na sombra, mas no ensolarado da vida.

THOMAS JEFFERSON

Prólogo

Leon Ydara, 81 anos,
astrônomo amador

Leon ajusta o visor do Plossl 25 mm e gira o telescópio em direção ao céu. É uma noite clara, perfeita para contemplar as estrelas, com uma lua tão radiante que chega a interferir em sua visão noturna. Ele coloca o filtro lunar de 9 mm e dá outra olhada. A Mare Crisium está simplesmente linda.

Em seguida, ele vira o telescópio na direção do horizonte, à face crescente de Vênus. Então, Marte fica no céu sudeste. Ele vê a divisão de Cassini, entre os anéis de Saturno. Plêiades, a Nebulosa de Órion. Um satélite pisca em seu campo visual, típico nessa época do ano.

Leon recua para mudar o visor, fazendo tudo com calma, recolocando as coisas em seus estojos apropriados. Esse é o problema dos astrônomos principiantes. Ficam tão empolgados com o que está no céu que enfiam os filtros extras nos bolsos, para não gastarem nem um minuto, nem correrem o risco de perder algo. Mas isso pode danificar as lentes e aí o que você ganha?

O ar está frio. Ele abotoa o casaco lentamente, com os dedos rijos. A idade avançada é dura com as juntas. Ficar debruçado sobre o telescópio caseiro Dobsonian faz suas costas doerem, então, quando Leon fica cansado, ele simplesmente se senta na cadeira de armar e pega seus binóculos.

A maioria das pessoas não se dá conta de que não é necessário um telescópio caro para ver o céu noturno. Muitos astrônomos de fundo de quintal recorrem apenas a duas coisas: uma noite escura e seus olhos. Você não precisa de muito mais para ver o maior show do mundo.

Foi Marta quem o levou a observar as estrelas. Eles estavam numa festa, cada um com seu acompanhante, um mais entediado que o outro. Ele a encontrou do lado de fora, no gramado afastado da festa, olhando para o alto, vendo o céu. Seus cabelos ruivos pendiam nas costas, conforme ela inclinava a cabeça para trás, os lábios ligeiramente abertos, ao respirar o ar noturno. Mesmo na noite de lua minguante, Leon pôde ver sua pele clara como a luz da lua.

— A Via Láctea — disse ela, baixinho, apontando. Ele não sabia seu nome, mas olhou para o alto mesmo assim. — A Ursa Maior, ou Big Dipper. Ursa Menor, Little Dipper. — O dedo dela aponta atravessando o céu. — A Constelação de Órion, com as Três Marias.

Era o inverno de 1962. Seis meses depois, eles estavam casados e a aliança dela tinha três diamantes. A única filha que tiveram, e a quem chamaram de Rosa, chegou um ano depois. Ela tinha os cabelos escuros do pai e as feições finas da mãe, e era o orgulho e a alegria dos dois.

Leon ergue os binóculos até os olhos. Ele provavelmente deveria investir num 10 × 50, algo com um ângulo de visão mais amplo e lentes melhores, mas não pode abrir mão desses. Foi Marta quem lhe deu, no primeiro aniversário de casamento, e, para ele, tem significado saber que ela o segurou e olhou através dessas mesmas lentes.

Com o passar dos anos, eles viram muita coisa. Planetas, estrelas, cometas, shows meteóricos, feixes estelares, galáxias, nuvens. O nascimento da filha deles, três abortos espontâneos, quatro mudanças de casa, inúmeras promoções profissionais, a perda dos pais de ambos.

Rosa, sua filha, e o marido, Jack, o visitam quando podem. Eles moram em Grand Rapids. Rosa fica cozinhando durante dias, depois eles abastecem o carro e vêm dirigindo por cinco horas, de Michigan até Illinois, chegando com comida suficiente para alimentar Leon por um mês. Ele tenta dizer à filha que não precisa de tanto, mas ela não ouve. A comida sempre foi um consolo em seu lar e é o que Rosa faz melhor. Igualzinha à mãe.

Rosa veio visitá-lo no mês passado. Ela e Jack estão tentando ter um bebê, mas não conseguem, e Leon fica triste em vê-la triste. Ele tenta dizer a ela que às vezes essas coisas simplesmente acontecem, mas ele sabe que essa é uma desculpa esfarrapada. Ele é engenheiro por formação, mas, no fim do dia, é cientista. Procura uma razão por trás de tudo. Quando ele e Marta começaram a namorar, ela não podia acreditar que ele não acreditava em Deus.

— Como não acredita? — perguntou ela, surpresa.

Leon sacudiu os ombros.

— Simplesmente não acredito. — A verdade é que ele realmente não precisava de um deus. Tinha todas as respostas de que precisava e não pensava mais nisso. Marta não era religiosa, mas tinha uma visão espiritual da vida que era contagiante a qualquer um que tivesse contato com ela. Mesmo quando estava doente, manteve suas crenças. Quando Leon tentou entrar em contato com todos os médicos, todos os especialistas, qualquer um que pudesse dar um diagnóstico diferente, Marta simplesmente sorria. Ela estava fraca demais para discutir com ele, mas seus olhos ainda estavam brilhantes e cheios de vida.

No fim, ela estava farta de médicos, de hospitais, de medicamentos pesados que lhe faziam mal. Ela concordava em morrer, embora Leon implorasse a ela para viver.

— Ah, Leon — dizia ela. — Estou tão cansada. Meu corpo está cansado. Pode me deixar ir? — Ela punha a mão no rosto dele, enquanto ele chorava.

Então, eles pararam a quimioterapia e a levaram para casa, para que ela ficasse em sua própria cama e pudesse olhar as estrelas. Duas semanas depois ela se foi.

Em sua lápide, ele escreveu MARTA YDARA, ESPOSA AMADA, 1935-1995. E, abaixo, sua citação predileta, que ele sempre lê em voz alta, toda vez que visita seu túmulo.

A VERDADEIRA COLHEITA DE MINHA VIDA É INTANGÍVEL
UM POUQUINHO DE PÓ ESTELAR CAPTURADO
UMA PORÇÃO DO ARCO-ÍRIS QUE AGARREI

Henry David Thoreau

Leon abaixa os binóculos. As lentes estão embaçando. Isso acontece. Em algumas noites, o equipamento não funciona direito, ou o clima não colabora. O céu noturno o ensina a ter paciência.

Ele se vira para dar uma olhada em seu bairro. A essa hora, as famílias estão pondo as crianças para dormir, prontas para o alívio silencioso que abençoadamente acompanha um longo dia, embora ainda haja louça para lavar, brinquedos para recolher, almoços para preparar. Isso é parte do que mantém Leon ali, em Avalon, nessa casa. A casa, em si, é grande demais para um homem idoso como ele, mas ele se apaixonou pelas pessoas que o cercam, seus rostos familiares, as histórias que agora fazem parte da sua. Eles se lembram de Marta, de sua risada que descontraía tudo, fazia com que todos sorrissem. Ainda há tantas histórias maravilhosas sobre Marta que eles compartilham — de vez em quando, eles se lembram de algo que há tempo estava esquecido — e aquilo enche seu coração de uma alegria inesperada, como uma criança que encontra uma moeda embaixo do travesseiro após perder um dente.

Ele imagina Marta olhando por eles, acima da tristeza que paira sobre a casa, antes cheia de alegria, e deseja que ela o console, se isso fosse possível. Há tantas tragédias indizíveis, coisas que terminam num instante, mas deixam tanta infelicidade em seu rastro, vidas que cessam, famílias destroçadas.

O que acha, Marta? O que mais há para fazer?

Ele sente a respiração dela morna no pescoço, uma cosquinha, a menção de um sorriso.

Ah, Leon.

Ele a sente repreendê-lo, ou será sua própria mente começando a falhar? Leon é prático a respeito disso. Ele já viu a morte levar pessoas que amava, assim como o levará um dia. Não adianta discutir... ou adianta?

Ele estica o braço e pega a caneca de água quente, e cata os farelos do bolo que está fazendo, desde a última visita de Rosa. Agora que está no fim da vida, Leon tem tempo para se deleitar em pensamentos. Depois de tudo que aconteceu, será que ele acredita em Deus? Essa é a questão. Talvez a única que realmente importe.

Como pode alguém ter certeza absoluta de que Deus existe? Há um Deus, sim ou não?

Ele sente a cabeça inclinar para trás ao se estarrecer com uma súbita percepção. E tem vontade de cair na gargalhada.

A resposta está ali — nas estrelas, no universo, nas galáxias.

Você só precisa olhar para cima.

Pão da Amizade

Observação: Não refrigere o original. É normal que a massa cresça e fermente. Se entrar ar no saco, deixe-o sair. NÃO USE colher ou tigela metálica para a mistura, pois isso irá interferir no processo de fermentação.

Primeiro dia:	NÃO FAÇA NADA.
Segundo dia:	Mexa o saco.
Terceiro dia:	Mexa o saco.
Quarto dia:	Mexa o saco.
Quinto dia:	Mexa o saco.
Sexto dia:	Acrescente ao saco 1 xícara de farinha de trigo, 1 xícara de açúcar, 1 xícara de leite. Mexa o saco.
Sétimo dia:	Mexa o saco.
Oitavo dia:	Mexa o saco.
Nono dia:	Mexa o saco.
Décimo dia:	Siga as instruções abaixo.

Despeje todo o conteúdo do saco numa tigela não metálica.

Acrescente: 1 ½ xícara de farinha de trigo, 1 ½ xícara de açúcar, 1 ½ xícara de leite.

Meça quatro massas separadas, de uma xícara cada, e coloque em quatro sacos herméticos de 4 a 5 litros.

Guarde um dos sacos com você e dê os outros sacos para três amigos, junto com a receita.

Lembre-se: Se você mantiver a massa original, começará a assar em dez dias. O pão é muito bom e pode ser um ótimo presente.

Capítulo 1

EU ESPERO QUE VOCÊ GOSTE.

Julia Evarts ergue os olhos do papel que tem nas mãos e observa o saco hermético. Dentro há uma substância que parece massa seca de parede, exceto por ser mais pastosa e cheia de pequenas bolhas. Teria ido direto para o lixo se Gracie não estivesse em pé, ao seu lado, com os olhos arregalados de curiosidade.

— Mama, posso experimentar? — pergunta Gracie. Ela ergue um prato de porcelana decorado com amores-perfeitos e rosas. Várias fatias de algo que parece pão de banana estão espalhadas no prato e cobertas com plástico. Gracie foi a primeira que viu, quando elas encostaram na frente de casa — o prato, o saco e as instruções para o "Pão da Amizade" que estava junto, na varanda da frente. Não havia cartão algum, somente um bilhete grudento com cinco palavras escritas em letra cursiva.

Por um instante, Julia ficou confusa. Será que as refeições semanais recomeçaram? Não que ela se importasse em ter uma caçarola para servir no jantar de hoje, certo? Isso cheirava suspeitosamente a uma carta tipo corrente, com a dor de cabeça adicional de ter de assar algo. Julia nem conseguia se lembrar da última vez em que fizera isso.

Gracie rasga o embrulho plástico, antes que Julia possa impedi-la.

— Isso parece bom!

Julia tem de admitir que parece bom mesmo. De qualquer forma, será servido no lanche da tarde e, como sempre, ela não pensou a respeito disso com antecedência. Ela não faz ideia de como agem as outras mães, ou como ela conseguiu fazer isso antes.

— Gracie, espere. Vamos entrar primeiro. — Julia destranca a porta da frente e conduz a filha de cinco anos para dentro.

Ela põe as coisas no balcão central da cozinha, depois abre a geladeira. Está bem vazia, pois Julia se esqueceu de fazer compras no mercado e não tem leite. Ela não quer ter de sair novamente, então serve um copo de água a Gracie e esquenta o resto do café da manhã para ela mesma.

— Agora? — Gracie está praticamente pulando.

Elas comem direto do prato, com a mão. Não é pão de banana, nem nada que Julia já tenha experimentado. É úmido e doce, com uma pitada de canela. Essa gentileza inesperada acerta na mosca, e rapidamente resta só uma fatia.

— Aposto que o papai ia gostar — diz Gracie. Seus dedinhos têm farelos e ela os lambe, um a um.

Julia também aposta que ele gostaria. Mark tem uma queda por doces, apesar de ultimamente estar meio na onda saudável. Ela prende uma mecha dos cabelos castanho-escuros de Gracie atrás da orelha, tão diferentes do tom ruivo-claro dos seus cachos.

— Vamos guardar para ele — diz Julia, embora estivesse torcendo para ficar com o último pedaço. Ela espera pela crise de manha que geralmente chega a essa hora do dia, mas Gracie consegue abrir o plástico e cobrir o último pedaço de pão, cuidadosamente encaixando embaixo das beiradas do prato.

— Consegui! — Gracie olha orgulhosa para seu trabalho. — E agora?

Julia percebe um filete seco de tinta azul nas costas da mão de Gracie e esfrega.

— O que quer dizer "e agora"?

Gracie ergue a nota com as instruções.

— Isso é uma receita? Parece uma receita. Devemos fazer algo? Eu posso misturar. Sou ótima para misturar! — O açúcar do pão claramente entrou na corrente sanguínea de Gracie.

Julia se vira para olhar o saco hermético largado no balcão. Ela imagina que seja simplesmente uma massa, mas só a ideia de ter de assar a deixa exausta.

— Sim, você é ótima misturando, Gracie — Julia concorda. — É que... bem, alguém nos deu isso para ser agradável. Não esperam que nós realmente façamos isso. Nem estou certa se tenho os ingredientes.

— Podemos comprá-los.

Julia dá um pequeno sorriso à filha.

— Acho que não, dona Gracie. — Sua voz tem um tom de desculpas, mas é firme. — Você gostaria de assistir a um pouquinho de televisão enquanto preparo o jantar?

Gracie desliza, descendo da banqueta.

— Acho que está passando *Clifford* — ela diz a Julia, depois sai correndo.

A campainha do micro-ondas toca. O toque é um lembrete, uma função inteligente que o fabricante arranjou. Ou talvez todos os micro-ondas agora tenham campainhas para lembretes. Julia não tem ideia. O micro-ondas anterior pegou fogo quando ela colocou nele uma caixa de macarrão com queijo desidratado e programou o tempo de cozimento para uma hora. Começou a sair uma fumaça preta e o alarme de incêndio disparou. Gracie tinha pouco mais de um mês. Ela ficou assustada, mas não chorou, nem mesmo quando Julia desabou e Mark corria freneticamente, de um lado para o outro, com o extintor de incêndio na mão, tentando arejar a casa.

A campainha do micro-ondas toca novamente. Julia abre a porta e vê sua xícara de café. Ela dá um gole e descobre que está morno e choco. Ela o devolve por mais um minuto, depois olha o último pedaço de pão, pensando se Mark se importaria se ela o comesse.

Ele provavelmente não se importará. Pelos últimos cinco anos, ele tem se submetido a ela, cansado demais para discutir, cansado demais para tentar. Ela não pode dizer que o condena, pois também não sabe o que fazer para melhorar as coisas.

Agora seu café está quente e ela tira o plástico para comer o último pedaço. A prova ainda está entre seus dedos quando Gracie entra, segurando um papel cor-de-rosa.

A filha a olha chocada, como se Julia tivesse acabado de cometer um pecado capital. — Mãe! Isso era para o papai!

Julia sente-se culpada, depois defensiva, mas, de qualquer forma, não adianta. Primeiro, Gracie tem cinco anos. Ela tem uma vantagem clara nessa situação, já que Julia não suporta ver a filha aflita. Segundo, Gracie nasceu depois que tudo aconteceu. Ela não conhece nenhuma outra vida, exceto a que vive agora, em que o pior que pode acontecer é Julia comer o último pedaço do Pão da Amizade.

Julia tenta dar uma desculpa.

— Desculpe, Gracie. Eu estava com muita fome.

— Mas eu queria que o papai experimentasse. — Gracie está à beira das lágrimas.

— Bem, nós podemos fazer um *smoothie* para ele, ou talvez uma salada de frutas... — Ela não tem nenhum desses ingredientes, mas oferece as opções mesmo assim.

— Não. Eu sei que ele gostaria mais disso. Eu até fiz um cartão para ele. — Gracie ergue o papel na mão. Nele, ela caprichosamente copiou as cinco palavras do bilhete grudento amarelo.

EU ESPERO QUE VOCÊ GOSTE.

Julia sente um bolo na garganta. A bela escrita da filha parece a de uma criança de oito anos. Julia sabe disso pelo tempo que Josh, um canhoto, levou para conseguir escrever. Sua professora suspeitara de dislexia e Julia teve de lutar para mantê-lo fora da educação especial, querendo evitar que ele fosse rotulado pelo resto da vida. No fim, ela estava certa. Embora a escrita de Josh jamais fosse considerada uma beleza — as letras eram acavaladas, quase grudadas na linha —, ele acabou sendo uma das crianças mais inteligentes de sua turma.

Conforme Julia olha para o rosto de Gracie, molhado de lágrimas, ela sabe que só há uma solução. Estica a mão para pegar as instruções do Pão da Amizade e gruda na geladeira, com um ímã. Dá um passo atrás, resignada, depois coloca o saco hermético cuidadosamente ao lado, enquanto puxa a filha para um abraço apertado.

— Guarde seu bilhete, Gracie. Vamos assá-lo em dez dias.

Mark não quer ir para casa.

Isso não é totalmente verdade. Ele sempre quer ir para casa, mas não quer passar por outra briga com Julia, nem ouvir sobre o dia terrível que ela teve. Às vezes, ela apenas o olha em silêncio absoluto, indiferente às suas perguntas, como uma parede.

Mas são os suspiros que mais o incomodam. Ele prefere muito mais o silêncio que os suspiros. O sol pode estar brilhando, a casa pode estar impecável (já que ele fica acordado até tarde, toda noite, limpando), Gracie está saudável e cheia de alegria, e isso ainda não é o bastante.

Ele fica sentado em seu carro, no estacionamento, incerto quanto ao que fazer. Duvida que Julia tenha pensando em algo para o jantar. Ela provavelmente irá pedir que ele compre algo para viagem, ou vai esquentar as sobras, enquanto se deita no quarto, para descansar.

Descansar de quê? Gracie está no jardim de infância, na escola Montessori, e fica fora por sete horas seguidas. Julia não trabalha mais, não precisa fazer nada. Ela pega Gracie na escola e é praticamente só o que faz. Mark cuida de todo o restante, tapando os buracos onde pode.

Ele ouve uma batida em sua janela e pula. O rosto sorridente de Vivian McNeilly o olha. Vivian é *designer* de interiores e trabalha para o escritório Gunther & Evarts Arquitects, sendo encarregada de todos os projetos de alto nível, comerciais e residenciais. Ela gesticula para que ele abaixe o vidro.

Mark aperta o botão, mas nada acontece. Ele leva um segundo para perceber que o motor está desligado. Remexe nas chaves e liga o motor, sentindo-se um idiota, quando a janela finalmente se abre.

— Estou interrompendo algo? — Vivian está toda sorridente. Ela tem uma voz animada, qualidade que Mark sempre notou e que aprecia, pela habilidade com que ela encanta os clientes. — Você parece estar pensando profundamente.

— O quê? Não. Só estou decidindo se vou ou não à academia. — Mas que coisa imbecil a dizer, principalmente por já ter ido malhar de manhã, antes de ir para o escritório. Mark gostaria de retirar o comentário.

Mas Vivian assente solenemente, como se essa fosse a coisa mais intrigante que ouviu no dia. Ela trabalha para eles há um ano e ele nunca se sentiu desconfortável perto dela, mas, subitamente, está captando uma vibração que não sentia há meses.

Anos.

— Onde você malha? Pergunto porque geralmente corro pelo Avalon Park depois do trabalho, mas estava pensando em me matricular em alguma academia. — Ela se debruça à frente, só um pouquinho, e ele sente o cheiro do perfume.

Mark sabe onde isso vai parar e deve cortar pela raiz, mas, em vez disso, fica contemplando Vivian. Ela faz tudo parecer espontâneo — a forma como os cachos castanho-avermelhados pendem sobre os ombros, seu terninho bem cortado, o jeito como se debruça, confortavelmente, na porta do carro dele. Ela não pode ter mais de trinta anos, mas se porta como uma mulher experiente. É inteligente e solteira, jovem demais para estar morando numa cidade tão pequena quanto Avalon. Antes que possa se conter, Mark diz:

— Eu frequento uma academia em Freeport. Fitness Lifestyles. É um lugar ótimo, tem piscina coberta e tudo o mais.

Por que ele está dizendo isso a ela?

— Parece ótimo — diz Vivian. Ela está radiante e Mark não tem certeza do que acaba de acontecer. — Então, eu o sigo até lá? Eu trouxe a minha roupa de corrida. Talvez nós pudéssemos dar uma malhada rápida depois que eu fizesse minha matrícula, que tal?

Ele está em águas perigosas. Nade ou vai afundar.

— Talvez numa outra hora — diz ele, dando um sorriso conciliatório. Suas mãos estão suando ao segurar firme no volante. — Eu a vejo amanhã. — Ele consegue acenar antes de engrenar a marcha e arrancar com o carro pelo estacionamento.

Julia está em pé, junto à pia da cozinha, as mãos ensaboadas enquanto lava cada prato e os põe no escorredor de madeira para secar. Mark está preparando Gracie para a cama.

Essa hora, o período noturno, é a única em que Julia se sente sã. Segura. Ela pode finalmente respirar, pode enfim se permitir exalar sem medo de que um machado caia e destrua o que restou de sua vida. O que quer que tenha acontecido durante o dia já passou, terminou, acabou. Seu marido está ali, sua filha está ali. Eles estão todos sob o mesmo teto. Mesmo que passem uns pelos outros silenciosamente, no corredor, ao menos estão juntos.

Tudo que resta a fazer é terminar de lavar a louça, depois passar um pano na mesa, tomar banho e ir para a cama. Nem vai se incomodar com um livro, ou a televisão, como Mark gosta de fazer, mas mergulhar num sono sem sonhos, finalmente descansando a mente e o corpo.

Julia estica a mão para pegar o próximo prato. O peso desconhecido na mão a faz olhar para baixo e ela vê que é o prato de bordas trabalhadas que estava na varanda, ainda com algumas migalhas. Ela para um instante para admirar as rosas vermelhas, o amor-perfeito azulado e violeta pontilhando o pratinho. Quando ela e Mark se casaram, eles eram jovens e pobres. Parecia um desperdício pedir porcelana, uma extravagância. Além disso, eles brincavam dizendo que as crianças provavelmente quebrariam. Eles reviravam os olhos, imaginando a bagunça que os futuros filhos fariam. Mark e Julia já estavam fazendo planos para essas crianças, deixando que suas decisões fossem em torno dos pequenos seres que ainda seriam concebidos.

— Podemos pedir Tupperware? — Mark perguntou e Julia só ficou rindo.

Julia passa a mão ensaboada no prato liso, melancólica e triste pelo que poderia ter sido. Ao virar o prato, ela vê um selo impresso na parte de baixo.

PORCELANA FINA

SHELLEY

INGLATERRA

Mas não é isso que a faz puxar o ar com força, quase deixando cair o prato. Há o número do desenho, depois o nome do desenho, logo acima.

Rosa... amor-perfeito...

E a última, numa única linha.

Não-me-esqueças.

Capítulo 2

— Se der cara, é menina. Coroa, é menino. — Uma moeda reluzente voa ao céu e Livvy a pega, rindo. Ela dá um cutucão na colega de trabalho. — Ora, vamos. Adivinhe!

Edie dá uma mordida em seu sanduíche.

— Embora eu aprecie seu método tão científico para determinar o sexo do meu futuro bebê, acho que vou passar essa. Além disso, nem tenho certeza se estou grávida. Só estou atrasada.

— Ora, vamos, Edie! Não sei o que você está esperando.

Os olhos azuis de Edie cintilam por trás de seus óculos retangulares.

— Minha menstruação, talvez?

Livvy espalma a moeda na mesa.

— Cara. Você vai ter uma menina. — Ela estica a mão para pegar seu almoço, uma salada de macarrão com molho italiano de baixo teor calórico. Ela não consegue entender o desinteresse de Edie em relação a isso. Se Livvy estivesse com a menstruação atrasada, estaria na farmácia comprando todos os testes de gravidez disponíveis ao homem. Ou, nesse caso, para uma mulher.

Ela não contou a ninguém que ela e Tom começaram a tentar, para o caso de não acontecer. Livvy tem trinta e sete anos, não está exatamente dobrando o cabo da Boa Esperança, mas Tom está convencido de que, quanto mais eles esperarem, maiores as chances de algo dar errado. Ele sabe de duas pessoas que conhecem outras pessoas que têm filhos com síndrome de Down. Livvy sente sua indignação aumentar. Realmente não dá para controlar essas coisas e, apesar de não ser uma pessoa religiosa, ela acredita que tudo acontece por um motivo. Mesmo o impensável, algo que ela mesma testemunhou. Ela apenas balança a cabeça quando Tom sugere suspender o controle de natalidade para "ver o que acontece".

Agora, seis meses depois, ela está acalentando a ideia de engravidar e se tornar mãe — mais do que quer admitir. Ela não quer atrair azar, mas sempre pensa em Josh, seu sobrinho, quando o teste de gravidez revela uma linha solitária e triste. Ela tenta se animar lembrando como ele dizia ser divertido estar com ela, que ela era uma tia legal. Será que isso significa que também seria uma mãe legal? Livvy espera que sim.

— Por que não compra um teste e descobre? — ela pressiona Edie. Sua empolgação aumenta, conforme ela pensa nas possibilidades no lugar de Edie. Talvez Edie esteja preocupada que seu namorado, o clínico-geral da cidade, dê um ataque e termine com ela. — Terei o maior prazer em ir com você comprar o teste — Livvy se oferece.

Edie sacode a cabeça.

— Obrigada, mas eu prefiro manter meus dez dólares onde estão.

— Em sua carteira? — Livvy diz.

— Em minha conta poupança. Rendendo juros. — Edie termina seu sanduíche e amassa o papel, arremessando-o numa lixeira a alguns palmos de distância. Ela erra. — Preciso entrar. Tenho de terminar uma história sobre outra fonte compartilhada que secou. — Ela se levanta para pegar o papel.

— Vou ouvir falar disso no noticiário das seis? — Livvy provoca.

— Não, mas estará na *Gazette* de amanhã. Capa. Seis lares afetados, Livvy. Nem todo mundo tem água encanada no condado, sabe?

Livvy está sentindo que Edie a julga tola e detesta isso. Por que algumas pessoas a olham e presumem algo sobre ela, quando a verdade é o oposto? Ela só estava brincando, pelo amor de Deus.

— Edie, eu nasci e cresci em Avalon. Acho que conheço essas coisas. — *Muito obrigada.*

Edie franze a testa.

— Então você sabe como sairá caro para que essas famílias entrem no sistema de água encanada do condado. Além disso, algumas delas estão sem água corrente, nesse instante, enquanto falamos.

A última coisa que Livvy precisa é de um sermão. Na verdade, nesse momento, Edie está agindo um pouquinho como Julia, e Livvy decididamente não precisa de outra irmã mais velha em sua vida. Ela olha para baixo, para a salada de macarrão. Perdeu o apetite.

Pela forma como Livvy subitamente descarta o seu almoço, Edie percebe que foi crítica demais. Livvy não é repórter, ela trabalha vendendo anúncios, e Edie precisa lhe dar uma folga se espera ter algum amigo nessa cidade de 4.243 habitantes. Seu namorado, também conhecido como doutor Richard, realmente quer que Edie dê uma chance a Avalon, e Edie quer fazê-lo, mas não é fácil. Essa é a parte que Richard não entende, porque ele se dá bem com todo mundo e todos se dão bem com ele. Mas Edie não é Richard e ela sabe que pode ser meio irritadiça às vezes. Certo, muitas vezes. É que há coisas sobre as quais as pessoas querem falar que lhe parecem sem sentido e frívolas. Como é que tintura de cabelo e o preço do porco podem ser comparados ao fato de haver tanta pobreza no mundo?

Edie não é, por definição, uma liberal de sangue quente (bem, ao menos na sua definição). Ela sabe que outras pessoas podem discordar disso. Ela apenas sabe, por ter vivido no exterior, que não é preciso muito para fazer uma grande diferença e quer fazer parte dessa diferença. As conversas descontraídas do dia a dia deixam Edie dispersa e, por mais que ela tente, é só uma questão de tempo até que concordar se torna cansativo e ela então diz o que lhe vem à cabeça. Alguns segundos depois a sala fica vazia e as pessoas subitamente lembram que precisam ir a algum lugar, ou, como Livvy, fecham-se e param de falar.

— Olhe — Richard lhe disse, numa noite, quando ela sugeriu que eles dessem um jeito de sair do jantar na casa de um de seus pacientes agradecidos. Pacientes sempre os convidavam, em parte por eles serem novos na cidade, e em parte porque todos amam

Richard. — Eu sei que é doloroso, mas não precisa ser. Esse pessoal é gente boa e essa é a forma como demonstram sua gratidão. E — continuou ele, firmemente, quando Edie abriu a boca para responder — eles não vão encaixotar a comida e despachar para a África, para alimentar os necessitados, portanto não vá por esse caminho.

— Eu não ia sugerir isso — dissera ela, ligeiramente magoada.

— Claro que não ia — diz Richard, sorrindo. Ambos sabem que teria sido algo diferente, como cortar o orçamento de alimentação da casa pela metade e doar a diferença, ou ser voluntário, doando o tempo numa cozinha beneficente em vez de passar duas ou três horas sozinho. — Mas agora esse pessoal é nosso vizinho e, se você der uma chance, talvez até se tornem bons amigos.

Bons amigos. De alguma forma Edie duvida disso, mas não se pode questionar que vir para Avalon foi uma atitude inteligente, no mínimo pelo custo de vida. As cadeias de restaurantes e *fast-food* nem se importam com um mercado desse tamanho e não há grandes shoppings. Tem um cinema, uma pista de boliche, um parque, um punhado de restaurantes, alguns bares. Mesmo que você quisesse gastar dinheiro, não há onde gastar. O preço dos imóveis é incrivelmente baixo. Ao contrário de outras partes dos EUA, Avalon é um lugar onde você realmente consegue criar os filhos, ter uma família.

Os residentes de longa data não usam os nomes das ruas, mas se referem aos lugares pela forma como estão situados, em relação a outros locais. "Perto do banco", "ao lado da biblioteca", ou perto do "Pick and Save". Edie gosta desse tipo de navegação, do jeito que cada lugar parece apontar para outro, como dicas numa caçada ao tesouro. Suas histórias para a *Gazette* se desenvolveram dessa forma — as mulheres do círculo local de costura rasgaram elogios ao açougueiro local, que também estrelou em duas produções teatrais pela Companhia de Teatro de Avalon (*Hairspray* e *Meu amigo, Charlie Brown*). Um pequeno teatro abriga o clube de robótica administrado por dois alunos de quinta série. Um dos garotos refletia em voz alta, comentando a estranha e longa maré de sorte do campeão de bingo Harold Sibley, que Edie descobriu estar ganhando todos os jogos de bingo das noites de quinta-feira, na St. Mary's, porque sua amante anunciava os números. Uma indicação após a outra, quase setenta histórias no total. Não são exatamente furos de notícia. Em princípio, Edie apenas imaginava ainda não ter encontrado as "verdadeiras" histórias de Avalon, mas está ficando claro que não melhora muito, que Avalon não é mais do que parece ser — uma cidade ribeirinha pequena e simples, ao norte de Illinois.

Ainda assim, Richard está se tornando figurinha proeminente na cidade e Edie está bem ligada a Richard. Então, mesmo trabalhando no jornal há quase três meses e só ocasionalmente cumprimentado as pessoas, ela se obrigou a sair da zona de conforto e trocar algumas palavras supérfluas com Livvy quando a oportunidade surgiu.

Edie gosta de Livvy, mas está bem certa de que, se tivessem frequentado a mesma escola, Livvy não teria lhe dado a menor bola. Olivia "Livvy" Scott tem toda a pinta de animadora de torcida. Cabelos louros lisos, até os ombros, magra, exuberante, suspeitosamente esperta. Livvy está sempre bonita com seus trajes combinados e impecáveis, a pele resplandecente. Estar ao lado de Livvy traz à tona todas as inseguranças que Edie tem quanto à própria aparência. Mesmo com óculos da moda e um novo corte de cabelo, Edie Gallagher ainda sente possuir um carimbo de tola da turma na testa.

Mas Livvy sempre fica contente ao ver Edie, querendo passar com ela o máximo de tempo possível. Na verdade, chega a ser intrigante. Ela tem a estranha ideia de Livvy sentada na própria cama, escrevendo em seu diário sobre as travessuras das duas, como se fossem adolescentes. Melhores amigas sempre. Esse é um conceito totalmente estranho para Edie, que nunca chegou a ter muitas amigas mulheres, muito menos uma melhor amiga.

Então ela se força novamente.

— Se eu não ficar menstruada até a próxima sexta-feira iremos até a Farmácia Avalon, está bem? — Edie não se dá o trabalho de mencionar que sua menstruação está eternamente atrasada e é totalmente desregulada, e toda a probabilidade de gravidez é muito pequena. Ela também não se preocupa em dizer que pode obter um teste de urina gratuito no consultório de Richard. Não consegue imaginar como pode ser divertido (ou não) fazer xixi numa tirinha, num dos banheiros da *Avalon Gazette*, com a colega de trabalho em pé do lado de fora do cubículo. Mas isso é o que as garotas fazem, não é? Tempo para criar laços. Talvez seja isso que Edie tenha perdido quando estava na biblioteca consultando os volumes da Enciclopédia Britânica.

Livvy dá um meio aceno com a cabeça e parece satisfeita.

— Está bem. Ei, você quer se encontrar mais tarde para um café?

Na verdade, não, mas Edie faz um sinal positivo com o polegar.

— Você sabe onde me encontrar.

Livvy folheia o talão de cheques, à procura de um pagamento não identificado. Faz meses que ela não checa seu talão e, para ser honesta, ela não é muito boa nisso, porém o último extrato bancário mostrava um saque automático, no valor de quinhentos dólares, em favor de HMIC.

Livvy não faz a menor ideia do que seja isso. Ela vai dando baixa nos itens grandes e óbvios — hipoteca, empréstimos dos carros, o título do clube de golfe ao qual Tom pertence —, mas isso tudo está reconhecido. Ela resolve ligar para o banco.

Tracy, a gerente de negócios da *Gazette* e chefe de Livvy, enfia a cabeça para dentro do escritório. Livvy empurra o talão de cheques para o lado e finge estar olhando algo no computador.

— Livvy, em que ponto você está naquela proposta de mídia eletrônica? Eu quero mostrar ao Patrick. — Patrick Chapman é o editor-chefe, um cara que põe a mão na massa e não sabe muito do negócio de jornal, mas tem dinheiro para evitar que a pequena publicação caia no esquecimento.

Livvy estava torcendo para ela mesma mostrar a proposta a Patrick, já que foi ela quem teve a ideia.

— Ainda não está pronta. Devo tê-la no fim da tarde.

— Ótimo. Estarei aqui às três horas para pegá-la. Você pode fazer quatro cópias? Presas com clipes? Nada de grampos. Obrigada. — Tracy dá uma piscada asquerosa e sai apressada.

Desde quando Livvy se tornou a garota da xerox? Ela abre o arquivo no computador e aperta IMPRIMIR. Enquanto sua velha impressora barulhenta começa a cuspir cada página, ela percebe que está em ebulição. O único motivo para que Tracy seja a gerente de negócios é ter entrado no jornal uma semana antes de Livvy. Livvy poderia facilmente exercer a função de Tracy, gerenciando os anúncios e classificados. Na verdade, foi ideia de Livvy que elas acompanhassem o restante do mundo e passassem a atuar *on-line*, pelo simples motivo de poderem vender anúncios na *web*, além dos minguados anúncios impressos. Ela deveria ir até o escritório de Patrick e entregar a proposta. Deveria apresentar pessoalmente a ideia a ele, fazê-lo ver que ela sabe o que está fazendo, que vale mais do que a *Gazette* acha que vale.

Mas não vai fazer isso. Apesar de todo o papo de Lizzy e de sua reputação de destemida, ela não quer arriscar a fúria de Tracy e a reprovação de Patrick. Precisa desse emprego, precisa do dinheiro, e, se tem alguma esperança de conseguir um aumento ou ser promovida, ela precisa ficar bem com ambos.

A ideia do dinheiro faz com que ela se lembre de ligar para o banco. Ela disca o número. Vai negar a cobrança, seja o que for, e exigir que estornem o dinheiro para sua conta. Se precisar, vai chamar de fraude, fará com que iniciem uma investigação e, enquanto isso, pode usar o dinheiro para pagar os empréstimos dos carros.

— Avalon State Bank. Posso ajudar?

É Charlotte Snyder, uma das caixas-chefes.

— Olá, Sra. Snyder. É Livvy Scott.

— Quem? Desculpe, a ligação está horrível. Pode falar mais alto?

— A ligação está ótima, Charlotte Snyder é que está ficando surda.

— Olivia Scott. Filha de Frederick e Rebecca Townsend.

— Olivia! — exclama a senhora Snyder. — Como vão seus pais? Estão gostando da Flórida? Diga à sua mãe para escrever mais, o fuso horário nunca dá certo para que possamos conversar.

— Direi a ela — diz Livvy, mas ela sabe que os pais agora têm uma nova vida, isenta de lembranças dolorosas e tristes de Avalon. Eles se mudaram dois anos atrás, dizendo que precisavam mudar o ritmo. Deveria ser algo temporário, por uns seis meses, mas está claro que eles não têm a menor intenção de voltar. O condomínio rosa-flamingo em Boca Raton é uma mudança imensa da casa arrumada e séria que eles tinham em Avalon. Agora eles jogam bingo nos fins de semana e fazem aulas de dança, de salsa. A mãe pinta aquarelas e o pai passou a praticar pesca em alto-mar. A Flórida era o último lugar onde Livvy imaginava os pais, mas dá para ver como a vida cuidadosamente planejada tem seus atrativos. Tudo em sua hora certa, sem surpresas — jantar às cinco, carteado às sete, frango às segundas, quartas e sextas. Agora, Livvy anseia por esse tipo de certeza. Talvez ela também deva se mudar para lá.

— E como vai a Julia? Nunca mais vi vocês. Hoje em dia está todo mundo acessando o banco *on-line*, passando pelos caixas rápidos para carros. Você sabe que estamos oferecendo gratuitamente *donuts* se chegar antes das dez, não é? É doce nos lábios, mas vai direto para o quadril! — gargalha a senhora Snyder.

Livvy ignora a pergunta sobre Julia e vai direto ao assunto.

— senhora Snyder, eu acho que há um erro em meu último extrato. Houve uma dedução de quinhentos dólares diretamente de nossa conta corrente e nem eu nem Tom autorizamos a transação.

— Minha nossa. — Agora a senhora Snyder está séria. — Deixe-me puxar sua conta. Quinhentos, quinhentos... ah, sim, aqui está. Para HMIC. Está dizendo que não autorizou?

— Não, não autorizei — Livvy é firme.

— Bem, já foi pago. Posso pedir a contestação e o banco investigará. — A senhora Snyder está digitando algo no computador. — Há um número telefônico associado à transação. O código de área é 773. Chicago, não é? Quer primeiro ligar para eles?

Livvy tenta se lembrar da última vez em que eles foram à cidade — faz pelo menos um ano. Tom talvez tenha feito alguma outra compra excêntrica — um novo taco de golfe ou algo assim — e se esqueceu completamente dela. Logo que começaram a namorar, Livvy adorava isso nele, o fato de ser um cara sem obsessão com detalhes e, por ser espontâneo, ele a surpreendia com um mimo caro de vez em quando. Só depois ela percebeu que eles estavam vivendo além de suas possibilidades. A essa altura, já era tarde demais — ela gostava de ter coisas legais e tinha calculado como empurrar de um mês para o outro, como adiar uma cobrança, sempre achando que eles acabariam se acertando. Então, a economia desacelerou e parou, e as taxas dos cartões de crédito explodiram, os aumentos foram congelados. Agora eles estão sentindo o aperto e Livvy gostaria de poder voltar no tempo, mas é claro que isso é impossível.

Livvy pega o número com a senhora Snyder e promete voltar a ligar, se quiser pedir a contestação. Ela disca o número, com uma bateria de perguntas prontas. A que se destina essa quantia? Quem autorizou? O que significa a sigla HMIC?

Uma voz agradável imediatamente atende.

— Hospital Memorial Infantil de Chicago, escritório da fundação.

Livvy puxa o ar pela boca, depois silenciosamente pousa o fone no gancho. Ela fecha os olhos.

No fim das contas, não vai ligar para a senhora Snyder.

Tom está batendo bolas de golfe no quintal da frente quando Livvy encosta o carro. Ela não quer perguntar por que ele já está em casa. O trajeto que ele faz do trabalho é uma rota infeliz de quarenta e cinco minutos, e ele geralmente não chega a Avalon até a hora do jantar.

— E aí, bonitona! — ele grita, depois bate a bola para dentro da antiga tigela do cachorro.

Por que ele não pode fazer isso no quintal dos fundos, onde tem espaço de sobra, em vez de ficar no quintal da frente, onde o mundo inteiro vê? Ela percebe um movimento na janela do outro lado da rua. É a senhora Lowry, cão de guarda da vizinhança, espiando através das cortinas de renda.

— Tom — Livvy diz, zangada, caminhando até ele. — Dá para manter a voz baixa?

— Por quê? A morcega velha não pode nos ouvir. — Ele dá uma risada e Livvy sente o hálito de álcool.

— Deus, você andou bebendo?

— Andei *comemorando*. — Ele bate outra bola e ela rebate para fora da tigela do cachorro. — Droga.

— Pode me dizer por que andou comemorando? *Dentro* de casa! — Ela indica a casa e vai subindo os degraus.

Ele joga o taco na grama e vai atrás dela, pegando-a num abraço amoroso por trás. Ele dá uma porção de beijos em seu pescoço, fazendo Livvy protestar e rir ao mesmo tempo.

— Pare! — Livvy sabe que a senhora Lowry está de olho vivo.

Depois que eles estão do lado de dentro, a fanfarrice de Tom desaparece.

— O que há de errado? — pergunta Livvy. Ela vê uma pilha de correspondência e pensa em pegar, mas os dois envelopes de cima têm escrito VENCIDO e NOTIFICAÇÃO FINAL em letras garrafais. Ela conclui que pode esperar.

Tom se senta no banco do corredor.

— Levaram meu carro.

Ela o olha, alarmada.

— Quem? Quem levou seu carro?

— O banco. Mandaram um cara ao meu escritório. Meu escritório! O Kurt viu o caminhão reboque e me avisou, mas era tarde demais. O cara já tinha ido quando eu cheguei lá embaixo. — Ele bate com o punho na parede atrás dele.

— Podem fazer isso? Não deveriam mandar uma notificação, ou...

— Eles mandaram uma notificação. Estávamos com três pagamentos atrasados e eu não paguei o último.

Livvy morde o lábio.

— Por que não?

— Por que não? Porque não temos dinheiro, por isso!

Livvy tenta pensar.

— Então, o que isso significa? Que não devemos mais nada do BMW? — Isso até que poderia ser algo bom. O BMW era um carro tão temperamental, sempre quebrando. Agora eles poderiam comprar um carro mais barato e ter um pouquinho mais de dinheiro todo mês.

— Talvez. Depende de quanto eles conseguirem na venda. Se venderem por menos do que nós devemos, ainda teremos de pagar a diferença a eles.

— O quê? — Isso não parece muito justo para Livvy. — Por quê? Nós devolvemos o carro.

— Eles *tomaram* o carro de volta. Não quero mais falar sobre isso. — Tom se levanta e segue até a cozinha.

A cabeça de Livvy está girando. Ela o segue.

— Mas achei que você tinha dito que estava comemorando, Tom.

— Isso se chama sarcasmo, Livvy.

— Então, como chegou em casa?

— Assim que aquele cara levou o carro, eu chamei um táxi para me levar ao banco. E me custou setenta e cinco pratas.

— Ui. Você deu gorjeta ao motorista?

— O que você acha?

— Tom a olha fulminando, enquanto abre a geladeira e pega uma cerveja. Livvy vê três tampas de garrafa já largadas em cima da pia.

— Então, eles vão nos avisar se devemos algo?

Tom dá um longo gole na cerveja. — Como é que eu vou saber, porra?

Livvy hesita.

— Bem, nós acabamos de pagar nossa doação anual ao Hospital Memorial Infantil, por Josh. Quinhentos dólares.

Tom xinga. Depois ele olha para Livvy.

— Você acha que ainda precisamos fazer isso?

— Tom!

— Livvy, faz seis anos.

— Faz cinco anos, Tom, e nós falamos sobre isso. Eu quero fazer isso. É importante para mim.

— Para sempre? — Ele parece zangado.

Deus, ele não se lembra de nada. Ele ficara igualmente desesperado pela morte de Josh e, quando ela propôs uma doação anual ao departamento de alergia e imunologia do Hospital Memorial Infantil de Chicago, ele prontamente concordou. Eles nunca chegaram a discutir por quanto tempo seria. É um pequeno gesto, ela sabe, mas é a única coisa que pode fazer e não quer parar.

— Então, como você vai trabalhar? — pergunta ela, mudando de assunto.

— Acho que terei que ir com o Pilot.

O queixo de Livvy cai.

— Tom, o Pilot é meu carro. — Ela já o tinha, antes de conhecê-lo.

— É *nosso* carro, Livvy, e o que você quer que eu faça? Que pegue um ônibus até Dixon? Não temos como comprar outro carro e eu não posso andar em qualquer lata velha.

Livvy sente a garganta apertar. Não faz sentido discutir. Tom é um representante farmacêutico e precisa ter a melhor aparência possível, não apenas no que veste, mas no que dirige.

— Além disso, a *Gazette* fica a uma distância que praticamente dá para ir a pé. — Ele acrescenta essa última parte de forma petulante.

— Tom, não dá para ir a pé. Você simplesmente terá de me dar uma carona de manhã e me buscar quando voltar para casa.

— Liv, eu tenho de dirigir para todo lado, por causa das vendas. Você não pode contar comigo para levá-la ao trabalho. — Tom pega a cerveja e vai para a sala. Livvy vai atrás dele, tentando se segurar, quando ele pega o controle remoto e se acomoda no sofá, dando um suspiro.

Levante! Ela tem vontade de gritar. *E me abrace! Diga que vai ficar tudo bem!*

Tom a percebe em pé, ali, e lança um olhar sofrido.

— Foi um dia ruim, Livvy. Eu só preciso me desintoxicar. Você poderia fazer o jantar esta noite? Você é um amor. — Ele se vira de volta para a TV e muda para o canal de golfe.

Ela o ouve incentivando um golfista a dar a tacada. Livvy dá meia-volta e segue até a cozinha, desejando desesperadamente ter alguém para quem ligar, com quem conversar. Ela não quer que Edie saiba de seus problemas financeiros, e todas as outras amigas simplesmente não entenderiam. Ela poderia ligar para os pais, na Flórida, mas sabe que o pai ficaria decepcionado e provavelmente os acharia completamente irresponsáveis, o que não estaria muito longe da verdade. A única pessoa que entenderia seria Julia. A princípio ela seria crítica, mas depois ajudaria Livvy a pensar no que fazer. Julia sempre a ajudou.

Mas Julia não atende suas ligações.

Capítulo 3

— Por favor, assine aqui. — O cara da UPS mostra a linha pontilhada e Hannah escreve seu nome com uma caneta eletrônica. Ele entrega o pacote longo e fino, rapidamente olhando o endereço do remetente. — Entrega de Hans... — Ele gagueja, incapaz de pronunciar o sobrenome.

— ... Weishaar. — Hannah aceita o pacote, satisfeita em ver que o embrulho, os cantos, tudo parece bom. Intacto.

O entregador sorri timidamente, mas é um belo sorriso. Ele é alto, de cabelos louro-acinzentados e a bela aparência clássica, o tipo de cara pelo qual a maioria das garotas se apaixona loucamente. Os pais dela costumavam ter ataques cardíacos por causa de caras assim, temendo que Hannah quisesse namorar um deles, mas estavam sendo ridículos. Hannah gosta dos tipos temperamentais, meditativos, não os que parecem que ficariam felizes sentados na praia, com uma garrafa de cerveja barata e uma prancha de surfe por perto.

— Eu geralmente sou muito bom com nomes — continua ele, se justificando, e Hannah tem vontade de dizer que ele não precisa se desculpar, pois ela também não acertou na primeira vez.

Em vez disso, ela simplesmente diz:

— É um nome alemão. Nomes alemães são traiçoeiros.

— Você é nova em Avalon?

Ela assente.

— Acabei de vir de Nova York, três meses atrás.

O sorriso dele se alarga.

— Então, seja bem-vinda a Avalon. — Ele verifica seu computador portátil. — Hannah. É você? Hannah de Brisay? — Ele dá uma olhada abaixo, incerto.

Hannah já está acostumada com isso, a olhada dupla que frequentemente acontece quando você é asiática e tem um nome caucasiano. Ela explica:

— É meu nome de casada. — Ela resiste ao impulso de acrescentar outro comentário, mas sua mente faz isso por ela, voltando automaticamente às manchetes de seu tumultuado relacionamento com Philippe.

UM ENCONTRO DE PRODÍGIOS — VIOLONCELISTA E VIOLINISTA ESTÃO NOIVOS!

A PROEMINENTE VIOLONCELISTA HANNAH WANG E O VIOLINISTA PHILIPPE DE BRISAY SE CASAM EM NOVA YORK

MÚSICOS CLÁSSICOS JÁ NÃO ESTÃO VIVENDO EM HARMONIA?

— É francês. Meu sobrenome é francês. — Será que ela está tão desesperada por conversa que está papeando com o cara da UPS? — Meu marido é francês — acrescenta ela, sem jeito. *Pare de falar, Hannah!*

— Ah. — O sorriso não sai do rosto dele, mas ela vê que ele se endireita, a linguagem corporal equivalendo a um aceno de chapéu. — Bem, foi um prazer conhecê-la. Tenha um bom dia, senhora.

Senhora. A palavra a faz retrair. Ela tem vinte e oito anos, mas, por ser casada, é *senhora.*

Ela não o observa se afastar, mas sorri educadamente e fecha a porta. Subitamente a casa fica silenciosa outra vez, conforme ela caminha pelo corredor até a sala de música.

A sala de música é um solar onde não bate muito sol, por conta do carvalho que há nos fundos, mas é melhor assim. A pequena sala tem vidraças caras com vista para um modesto quintal, e essa é a vista predileta de Hannah. Seu violoncelo está pousado no suporte e há fotografias de concertos e críticas elogiosas penduradas simetricamente sobre as paredes.

Na verdade, tudo é simétrico na casa deles. Philippe tem necessidade de que as coisas estejam posicionadas de forma exata, até mesmo a correspondência quando colocada no console do corredor. Utensílios ficam pacientemente na gaveta, colheres viradas para cima, pontas dos garfos brilhando, facas com as pontas para baixo, perfeitamente separadas. Os enlatados da despensa com os rótulos virados para a frente, as caixas de risoto, de diversos sabores, empilhadas alfabeticamente. Uma coisa que Philippe não se cansa de comprar são tigelas, das quais eles possuem quase dez conjuntos. Ele adora a forma como elas se encaixam umas dentro das outras.

— É como nós — ele costumava dizer. Ela sabe que ele sempre foi atraído por algo nela que chama de "precisão natural" — seu corpo, seu talento, até a forma como ela anda. — Você desliza — ele dizia, com o sotaque carregado de desejo, enquanto ele a pegava por baixo das cobertas, impacientemente remexendo os botões de sua blusa. Nada deixa Philippe mais excitado do que a perfeição, ou pelo menos a ilusão dela.

E agora...? Hannah encara a si mesma no espelho antigo de prata, em forma de folha, um de seus achados prediletos em uma loja de segunda mão do Brooklyn. Philippe nunca a deixou pendurar no apartamento de Nova York, nem em Chicago, mas ficou mais que satisfeito em deixá-la pendurá-lo na casa em Avalon. A princípio, ela sentira uma onda de esperança de que o casamento de quatro anos não tivesse terminado, que Philippe quisesse incluir as partes de Hannah que não fossem apenas sobre música e beleza. Mas, assim que o Natal passou, ele se foi novamente.

Ela pega seus cabelos lisos que batem nos ombros. *Tediosa*, é o que parece dizer o seu reflexo.

Outras instrumentistas lhe dizem ter inveja dos fios escuros, de como seus cabelos parecem ser tão macios e perfeitamente lisos, do quanto é elegante vê-los presos num coque quando ela está se apresentando. Como deve ser fácil ter cabelos tão obedientes! Eles atribuem aos seus genes chineses, mas Hannah sabe que não é isso. Na verdade, seus cabelos têm um ondulado natural, meio desajeitado, que fica com uma aparência terrível se deixado por conta própria. Ela costumava frequentar um salão em Nova Jersey, depois encontrou outro no Chinatown de Chicago, onde pagava para alisá-los, escondido. Nem Philippe sabe. Ela sempre teve a intenção de contar, mas agora é tarde demais — isso só lhe dará mais um motivo para não amá-la mais.

O telefone toca. Hannah ansiosamente espera pelo terceiro toque antes de atender, outro decreto de Philippe.

— Alô?

— Alô, Hannah.

Ao ouvir a voz dele, ela sente um aperto no coração. Ela agarra o fone com força, segurando-o com as duas mãos.

— Philippe, onde você está? Você está no apartamento?

— Não importa. — Seu sotaque francês faz tudo soar inteligente e romântico, independentemente do que esteja dizendo. — Só estou ligando para dizer que estou mandando um caminhão para buscar minhas coisas. Eles têm uma chave. Você não precisa estar aí, na verdade é melhor que nem esteja. — Ele prossegue falando sobre uma lista, indicando exatamente o que o pessoal da mudança deve empacotar e levar, mas a mente de Hannah está em choque.

— Philippe, apenas venha para casa para que possamos conversar — implora ela.

Há um suspiro elaborado do outro lado da linha, como se ele estivesse falando com uma criança, como se toda a conversa fosse cansativa demais para palavras. — Não há nada para conversar, Hannah.

Nada para conversar? Eles estão juntos há sete anos, casados há quatro, e não há nada para conversar? Eles costumavam passar horas na cama, sem fazer nada além de conversar. Bem, fazendo amor e conversando, e também não fazem isso há muito tempo. Ainda assim, Hannah não sabe como — nem quando — tudo começou a desmoronar. Por que ele não pode lhe dizer e lhe dar a chance de melhorar as coisas? Ela conhece Philippe, sabe que ele não se dá bem sozinho. Ao contrário da maioria dos homens, ele gosta de ser parte de um casal. Ele gosta do aconchego, da intimidade. Adora estar apaixonado, mas como pode estar apaixonado se não está com ela?

Porque ele está apaixonado por outra pessoa, imbecil!

Essa percepção é como uma paulada no meio dos olhos. É claro. Mesmo quando eles se conheceram, em Nova York, ele estava saindo com outra pessoa, uma pianista, a quem dispensou para ficar com Hannah. Hannah se sentiu mal, mas não tão mal assim — afinal, como se pode controlar as questões do coração? Além disso, ele lhe disse que estava muito infeliz e prestes a terminar de qualquer forma. E ela acreditou nele, ignorando o olhar sofrido da pianista quando eles se depararam com ela na festa de aniversário de um amigo em comum, na Park Avenue.

— Existe outra pessoa? — A pergunta fica grudada na garganta de Hannah.

Surge uma pausa interminável.

Então ele diz:

— Hannah... — e mais nada.

Naquela única palavra, seu nome, ela ouve seu tom defensivo, sua irritação, sua confissão aliviada não dita. Mas também fica claro que ele não vai lhe dizer mais nada e certamente não vai se desculpar.

Ela mergulha o rosto nas mãos. Como pôde ter sido tão imbecil? Ela pensa nas amigas que tocam com Philippe, alertando-a para ficar de olho nele. Ela havia rido, depois entrou em pânico, incerta quanto ao que fazer. Então, não fez nada.

— Olhe — Philippe continua —, apenas vá tomar um café ou algo assim. Eles serão breves, vão entrar e sair. Sabem o que pegar, eles têm uma lista, vão empacotar tudo. Depois que tudo isso for feito nós conversaremos, vamos ver o que faremos em seguida.

Em seguida? Há algo em seguida? Só há uma coisa em seguida que ela saiba.

Ai, Deus. Ela está tremendo quando Philippe chama seu nome, impaciente.

— Hannah, você está ouvindo? A companhia de mudança está na outra linha e eu tenho de confirmar isso. — Ele diz algo sobre depois de amanhã.

Hannah está anestesiada. O telefone cai de sua mão e o plástico racha quando bate no piso de madeira. Ela caminha de volta para a sala de música, onde finalmente abre o pacote que havia sido entregue. Dentro de uma embalagem de isopor, está o estojo de seu arco.

Ela abre o estojo e tira o arco, restaurado e pronto para uso. Ela gira ligeiramente a chave extensora, esticando bem o fio. Pega um pouco de resina e unta o arco, em movimentos circulares, sentindo a respiração voltar, pois a familiaridade desse ato simples a recompõe.

Depois de amanhã. Não, se ela puder fazer algo.

Ela se acomoda na cadeira, depois afasta as pernas e desliza o violoncelo para o meio dos joelhos. Respira fundo, depois lentamente passa o arco nas cordas. A sala é instantaneamente preenchida com uma ressonância profunda e rica que dá arrepios em sua espinha. Ela fecha os olhos. A música a eleva, carregando-a para fora de seu próprio corpo, até que ela se expande feito fumaça saindo de uma chaminé, se espalhando pelo céu aberto. Seus pensamentos são silenciados e ela se sente dissipando em tudo e em nada.

Hannah nunca chegou a entender isso muito bem, mas ela aceita com gratidão, até o deseja. Ela não precisa pedir para que isso lhe tire a dor, pois a dor não está mais ali. Só a música permanece. A música e mais nada.

O depois de amanhã chega. Ao raiar do dia, Hannah desperta sentindo-se dolorida e terrível. Então ela se lembra de que o pessoal da mudança estará ali às dez horas. Ela só tem algumas horas.

Ela trabalha firmemente, suando um bocado, os cabelos escuros afastados do rosto e presos numa bandana. Sua mente está vazia, incapaz de processar qualquer coisa além do que já assimilou, mas felizmente seu corpo é treinado para trabalhar mesmo quando a mente já não é capaz.

Às nove e quarenta e cinco Hannah tira a bandana da cabeça e respira fundo. Ela pega a bolsa e a pendura atravessada no corpo, depois sai fechando a porta da frente atrás de si. Pega sua chave e enfia na nova fechadura que havia mandado instalar. Então, alegremente passa por cima das coisas de Philippe, caprichosamente encaixotadas, e segue pela calçada.

Capítulo 4

Madeline Davis não sabe o que a atraiu à cidadezinha de Avalon. Depois de todos esses anos, aparentemente Chicago é fria demais para seus velhos ossos, mas nem tanto pela temperatura, e sim pelas pessoas. De qualquer forma, ela nunca se considerou uma cidadã de Chicago, e, depois que Steven se foi, Madeline subitamente se sentiu a forasteira que ela realmente era.

Ela não tinha a intenção de ir para lá originalmente — esse não era o plano. Mas quando viu a placa de boas-vindas a Avalon, as abóbadas das árvores nas ruas largas, ela pensou: *Eu até que poderia morar aqui.* De repente, estava assinando papéis.

Madeline arruma alguns bolinhos de limão num prato de porcelana, depois os cobre com uma cúpula de vidro. Steven adorava seus bolinhos, principalmente os que eram feitos com pedacinhos de chocolate. Já faz mais de vinte anos e ela ainda sente terrivelmente sua falta. Ela limpa as mãos no avental e olha em volta, o salão de chá vazio, desejando ter mais clientes, mais movimento. *Salão de Chá da Madeline.* Isso certamente foi ambicioso. Ela não possuía um plano de negócios, não tinha a menor ideia do que estava fazendo. O negócio todo se originou daquilo que lhe foi dado: uma casa de seis quartos estilo vitoriano, de madeira amarela e branca, construída em 1886 por um mercador de ovos abastado. Em sua última versão, os donos eram jardineiros ávidos. Havia uma horta de legumes, várias fileiras de manjericão, alecrim, tomilho e menta, e muitas flores coloridas e árvores frondosas.

Madeline adora os cômodos espaçosos, cada um com seu nome gracioso e personalidade, a cozinha generosa, a varanda envidraçada, o porão completo, e a imensa área da sala de estar e jantar. Também houve algumas surpresas — um armário de porcelana e um celeiro nos fundos — tornando a casa ligeiramente eclética demais para o comprador comum, mas perfeita para alguém como Madeline. Era mais casa, mais quintal, mais de tudo que ela poderia precisar, mas era tão cheia de possibilidades que Madeline usou o que restara de suas economias e a comprou.

Agora já faz seis meses, só um minúsculo movimento de turistas que passam casualmente. Os locais a olham com uma desconfiança cautelosa, segurando firme em suas carteiras, com a economia no fundo do poço. Apesar de seus esforços, ela ainda é uma forasteira nessa pequena cidade. A quem está querendo enganar? Por que uma cidadezinha como Avalon precisaria de um salão de chá?

Madeline sacode a cabeça enquanto limpa as xícaras pela milésima vez. Por que ela não pode ser como as outras pessoas de sua idade, que parecem contentes em relaxar, jogar bridge, ou assistir à TV de dia? Os mais ativos são voluntários, ou saem para almoçar, ou assistir a um show, e falam incessantemente de seus netos, algo que Madeline não tem. Na verdade, parece que ela não tem ninguém. Isso não é inteiramente verdade, no entanto ela se sente assim. E tem sido assim há muito, muito tempo.

Ela tenta não parecer surpresa quando a pequena campainha acima da porta soa e uma mulher de cabelos ruivos encaracolados entra, carregando uma sacola grande.

— Você serve comida aqui? — pergunta a mulher.

Madeline assente, lembrando da quiche de cogumelos portobello e espinafre que estará pronta a qualquer minuto. Ela deveria forçar o especial de almoço, mas ainda nem são onze horas, então um lanche matinal talvez seja mais apropriado. Ela já vinha com a intenção de fixar uma placa de chá com tartelete. Era uma ótima oferta por cinco dólares e noventa e nove centavos — um bule de chá, dois tarteletes e um bolinho, além de um complemento de geleia de framboesa e manteiga. Ela tem uma seleção fabulosa de chás de ervas, chás-pretos, chás-verdes, brancos, de frutas...

Há uma pausa estranha quando Madeline percebe que a mulher a encara. Ela o fez novamente, fica no mundo da lua. Ela gostaria de dizer que é culpa da idade avançada, mas não é — é simplesmente parte dela. Ela dá um sorriso radiante para a mulher.

— Desculpe, eu me perdi ali por um minuto. Gostaria de uma mesa?

A mulher sacode a cabeça.

— Eu só queria algo para viagem. — Seus olhos correm a vitrine de pães famintamente. — Talvez um bolinho, ou um *muffin*.

— Ou os dois — acrescenta Madeline. É uma sugestão ousada, mas acerta o alvo. A mulher solta uma risadinha que parecia estar reprimindo.

— Ou os dois — concorda ela.

A campainha acima da porta toca novamente. Dois num dia? Madeline olha e vê uma jovem asiática esguia, andando meio insegura. Ela está com uma camisa de trabalho e macacão. Tem um ar elegante, a forma como leva a mão ao pescoço, nervosamente.

— Está aberto? — sua voz é suave, uma indicação de sofisticação.

— Certamente está. Pode entrar. — Madeline observa a jovem escolher uma mesa perto de um dos janelões.

A mulher de cabelos ruivos está olhando os pãezinhos de noz-pecã e as barras de caramelo. Ela subitamente parece ansiosa para partir, olhando a porta, como se temesse que mais alguém entrasse.

— Não tenho certeza do que comprar...

Madeline a tranquiliza, dando um tapinha no braço.

— Fique à vontade. — A campainha do forno soa. — Isso é a minha quiche. — Ela está prestes a seguir para a cozinha quando acrescenta: — Cogumelo portobello e espinafre. Salada orgânica verde, com morangos fatiados, nozes e parmesão ralado grosso, regada a vinagre balsâmico. Oito dólares e noventa e nove centavos. Vem com uma opção de chá ao final. — Ela se apressa, torcendo para que não tenha afugentado ninguém com sua oferta de venda.

Quando Madeline volta, de quiche em punho, ela se surpreende ao ver que a mulher com a sacola ainda está ali, em pé, junto a uma mesa.

— Você é bem-vinda a sentar, se quiser descansar — Madeline oferece.

— O quê? Ah, não, eu só estou... — Ela olha a quiche nas mãos de Madeline, com aroma de ervas, os cogumelos ligeiramente marrons, o espinafre escuro, num verde delicioso. — Isso está com um cheiro maravilhoso. — A voz dela é hesitante.

— E o gosto é maravilhoso — diz Madeline. Ela não está se gabando. Madeline sabe que é uma excelente cozinheira e não teme dizê-lo. Ela começa a cortar a quiche, seis fatias gordas, em vez de oito. A mulher a olha, piscando, e então, para deleite de Madeline, ela solta a bolsa numa cadeira e se senta.

— Está bem — diz ela. Sua voz é de concordância, porém cautelosa. — Vou experimentar o especial do dia.

— Eu também — diz a jovem olhando pela janela, vendo uma van de mudança descendo a rua. Ela se vira para olhar Madeline, com um misto de incerteza e determinação no rosto. — Você por acaso teria algo de chocolate para a sobremesa?

O cheiro da quiche pega Julia de surpresa. Embora sejam somente dez e meia, ela está faminta.

A mulher atrás do balcão se apresenta como Madeline, o que Julia deveria saber, já que o lugar se chama Salão de Chá da Madeline. Madeline parece ter setenta e poucos anos, é amistosa e vibrante, e está vestindo um jaleco limpo por cima das calças. Ela é claramente uma confeiteira de mão-cheia, dada a variedade de produtos no belo bufê de antiquário. Bolinhos, biscoitos, tortas. Prateleiras repletas de chaleiras, xícaras e apetrechos para chá. E também há uma vasta seleção de todo chá imaginável, a granel e em saquinhos, uma lata após a outra.

— Aqui era o albergue, cama e café — diz Julia, mais para si mesma do que para alguém, mas Madeline entreouve e sorri. — O Belleweather, Frank e Jan Morgan eram os donos. Mas você provavelmente já sabe disso.

— Também é só isso que eu sei — diz Madeline. — Eu me deparei com esse lugar. Na verdade, eu estava a caminho de volta para Chicago, depois de vinte anos na Califórnia. Berkeley. — Ela serve as quiches às mulheres e se senta a uma mesa vazia, com uma chaleira de chá. — Parei no acostamento da estrada para dar uma descansada e esticar as pernas, e foi quando vi a placa de VENDE-SE. No instante em que entrei, eu soube que era meu lar. — Ela mistura um pouco de leite ao chá.

— Mesmo? — para Julia, Avalon sempre foi o lar, mesmo quando ela foi embora para estudar, e foi isso que a amparou quando tudo desmoronou. A mudança — um novo local, um novo emprego, uma nova vida — isso nunca teve grande atrativo para Julia, da forma como tem para outras pessoas, então ela fica surpresa pela pontada inesperada de inveja ao ouvir as palavras de Madeline. Como seria se deparar com seu futuro e reconhecê-lo tão claramente? Seria realmente simples como abrir uma porta e vê-lo diante de você. E aí?

A mulher asiática também está ouvindo, atentamente, como o garfo parado no ar.

— Mas como você *soube*? — pergunta ela. Julia nunca a viu, então ou ela é nova ou só está de passagem. Julia vê que seus braços são torneados e sua postura é altiva e ereta. Ela é esguia e flexível, mas não fraca. Se ela fosse mais alta, Julia imaginaria ser uma bailarina.

Madeline sacode os ombros, pondo mais leite no chá.

— Eu simplesmente tive uma intuição. Sabe aquele instante em que você tem certeza de algo? Mesmo que não faça sentido? — Ela acena com a colher de chá.

— Não. — Julia e a outra mulher dizem isso simultaneamente, depois olham uma para outra por um instante.

— Sai azar! — diz a outra mulher e Julia se vê sorrindo. Deve haver pelo menos dez anos de diferença entre as duas, talvez mais, mas ela sente um fio de possibilidade e o pega. — Sou Julia — diz ela.

— Hannah. — Há uma pausa enquanto as mulheres se olham, educadamente. — Você é de Avalon?

Julia acena com a cabeça concordando, enquanto espeta um morango com o garfo. Ela se lembra de momentos assim, apesar de raros. Faz muito tempo que não tem vontade de conhecer gente nova, nem de falar sobre si mesma. Conhece quase todo mundo nessa cidade, mas, pela primeira vez, sumiu a sensação de claustrofobia, de estar sob uma lente de aumento.

— Sim. Eu nasci e fui criada aqui. Fiz faculdade na UIC. Também voltei para fazer pós-graduação. — Ela não menciona que não teve chance de concluir o seu mestrado. Essa decisão nunca a incomodou, porque algo maior e melhor surgira, ela estava grávida. — E quanto a você?

— Eu me mudei para cá com meu marido há três meses — diz Hannah. — Vim de Nova York, passando por Chicago.

— Eu adoro Nova York — diz Madeline com um suspiro. Julia gostaria de dizer o mesmo, mas nunca esteve lá. — Os shows, as compras... se bem que, olhando para mim agora, é de pensar que não faço nada além de passar o dia todo na cozinha. O que suponho ser verdade. — Madeline esfrega uma mancha de farinha na mão.

Mas Hannah não responde, sua atenção é atraída por algo no fim da rua. A inquietação passa por seu rosto, depois dá lugar a uma expressão que Julia infelizmente conhece bem.

Tristeza.

Isso é um erro.

A mesa junto à janela dá a Hannah uma visão de sua casa, um belo chalé com um balanço branco na varanda da frente. O motorista da caminhonete parece perplexo ao ver os pertences de Philippe já empilhados na varanda. Suas tentativas de destrancar a porta obviamente fracassam. Ele olha para a ordem de serviço e sacode os ombros, enquanto gesticula para a equipe começar a carregar a caminhonete.

Após a ligação de Philippe e duas horas tocando Prokofiev, Hannah encontrou a força que procurava. Trocou as fechaduras e empacotou as coisas dele, sem querer deixar que estranhos entrassem em sua casa para mexer em tudo enquanto ela estivesse fora, "tomando um café". Onde Philippe achou que ela ficaria? A Starbucks ainda não chegou a Avalon e a ideia de ficar num restaurante movimentado ou comprar algo no supermercado era esmagadora.

Então ela se lembrou do salão de chá que sempre pareceu vazio, com a idosa atrás do balcão, sempre limpando de um jeito de quem não está de brincadeira.

Isso vai mostrar a ele que não brinque comigo, foi sua resposta triunfante uma hora antes, quando ela seguia para a Madeline. Mas agora Hannah pensa em sair correndo pela rua e dizer ao pessoal da mudança que pare, para que ela destranque a casa e coloque tudo de volta, no lugar apropriado. Para ser honesta, ela provavelmente teria feito isso se Madeline e Julia não a tivessem envolvido nessa conversa. Quando Hannah olha novamente pela janela, as coisas de Philippe e a caminhonete já tinham partido.

Hannah subitamente se sente mal.

— Hannah? Você está bem? — Madeline está em pé junto à sua mesa, tirando seu prato vazio.

Hannah não consegue falar. *O que ela estava pensando?* Madeline e Julia estão olhando para ela, com expressão preocupada em seus rostos. Hannah tenta forçar um sorriso, mas, em vez disso, ela percebe que vai vomitar. Ela põe a mão sobre a boca.

— Acho que vou passar mal.

Madeline pousa o prato e se apressa em levar Hannah até o banheiro, onde ela prontamente vomita no vaso sanitário. A mão morna de Madeline está em suas costas, equilibrando-a, sua voz é tranquilizadora.

Quando ela termina, Madeline traz uma toalha limpa de mão e a coloca ao lado da pia.

— Fique à vontade — diz ela gentilmente. E lhe dá um sorriso antes de fechar a porta.

Hannah se olha no espelho, horrorizada, e fecha os olhos. Ele jamais vai perdoá-la. Agora, ele nunca mais voltará para casa.

O que foi que ela fez...

Quando Hannah finalmente volta do banheiro, Julia e Madeline estão falando em sussurros. Elas se endireitam ao vê-la. Madeline guia Hannah de volta à sua mesa e ali, à espera, há uma fatia de torrada branca, sem casca, e uma xícara de chá.

— Só se você quiser — diz Madeline. — Achei que poderia acalmar seu estômago.

Hannah esfrega os olhos. Enquanto crescia, ela e o irmão mais velho apanhavam *e* ficavam de castigo se vertessem uma única lágrima, o que, obviamente, fazia mais lágrimas brotarem, ao menos no começo. Albert acabou se tornando um cara petrificado como o pai, enquanto Hannah parece chorar por qualquer coisa, em especial ultimamente. "*Yong zhe wu wèi*", estrilava seu pai, o equivalente de "Engula o choro" em chinês.

— Desculpe. Não foi a sua comida, estava realmente deliciosa. — Hannah estica a mão até a torrada e tira um pedaço. Ela tenta sorrir, mas não consegue. Está com medo de começar a chorar de novo, de fazer papel de tola na frente dessas mulheres. — Apenas não estou tendo um dia bom, eu acho.

Julia veio até o lado da mesa.

— Eu posso entender isso. — Ela dá um apertão na mão de Hannah e, quando Hannah ergue os olhos, ela vê algo em seus olhos que parece triste e assombrado. — Eu decididamente posso entender.

Madeline não está bem certa quanto ao que fazer com essas duas mulheres reunidas em sua casa. Sim, é um salão de chá, mas, antes de tudo, é seu lar, e Julia e Hannah estão em sua sala de jantar, ambas chorosas. Ela não sabe o que aconteceu a elas, mas aconteceu alguma coisa.

Mas que vida, pensa ela, em pé, sobre um prato de biscoitos de chocolate, antes de escolher alguns para colocá-los num saco de papel. Ela pega outro saco e coloca alguns muffins, os especiais, de framboesa, amora, com cobertura de bordo. Ela está prestes a dobrar a boca dos sacos quando resolve enchê-los com o que couber. Ela sabe que é improvável vir mais gente hoje e não quer que nada estrague.

Entrega um saco a Hannah.

— Aqui tem algo de chocolate para a sobremesa — ela diz. — Para quando você tiver vontade. — Hannah já vai contestar quando Madeline ergue a mão para impedi-la. — É por conta da casa. Você é minha milionésima cliente de hoje. — Ela entrega o outro saco a Julia, que parece igualmente estarrecida e grata. — Você também.

— Nós duas somos a milionésima cliente? — Julia sorri e Madeline fica perplexa ao ver como a mulher é linda.

— Eu sei. Dá para acreditar? — Madeline finge incredulidade. — Mas que dia! Na verdade, não tenho certeza se dá para ficar melhor. — E ela diz isso para valer. Esse foi um dos melhores dias que ela teve desde que se mudou para Avalon, e a companhia dessas mulheres levantou consideravelmente o seu astral. Talvez, se ela se mantiver ali pelo tempo suficiente, possa dar em alguma coisa.

Hannah funga e consegue dar um sorrisinho. — Para mim, pode melhorar. Não tenho lugar nenhum a ir, exceto para cima.

Julia está mexendo em sua sacola e Madeline tenta conter sua curiosidade. Podem chamá-la de bisbilhoteira, mas ela sempre sabe quando algo interessante vai acontecer.

— Sei que vocês não me conhecem — Julia diz a elas, com a voz duvidosa. — Mas alguma de vocês estaria interessada em um pouco de Pão da Amizade?

Julia se sente ridícula fazendo a pergunta. Mas ela estava tentando abrir espaço em sua bolsa cheia, para a generosidade de Madeline, quando viu os saquinhos herméticos. Ela os tira e os olhos de Hannah se arregalam, confusos. Ou, possivelmente, de repulsa.

— Isso não é exatamente o pão — explica Julia. — É só a massa. Você tem de deixar fermentar, em sua pia, por dez dias, depois pode fazer um pão maravilhoso com ela. Minha filha e eu ganhamos, na semana passada, e o assamos ontem. Eu estou guardando um para que possamos fazer novamente, na semana que vem, mas não sei o que fazer com esses dois sacos extras. — Ela tira duas folhas de xerox. — Tenho instruções e tudo. Eu sei que parece tolice, mas foi realmente muito divertido. O pão é delicioso. — Ela pensa no deleite de Mark quando experimentou uma fatia, dando um abraço em Gracie depois de ler o bilhete. Julia estava de fora, observando o momento feliz, querendo entrar nele, mas sem saber como.

Madeline é a primeira a estender a mão.

— Eu adoraria um saco — diz ela. Ela pega e dá um apertão. — Muitas bolhas. Parece uma massa boa e saudável.

Julia fica surpresa.

— Você já fez?

Madeline acena afirmativamente, espetando o dedo no saco.

— Vejamos, a primeira vez foi em 1996, eu acho. Ganhei o meu num lindo pote de porcelana, e eu o guardei durante anos. Tentei todos os tipos de variação e acabei ficando sem gente a quem dar. Amigos e vizinhos corriam em outra direção quando me viam chegando. — Madeline ri ao lembrar.

— É Amish? — pergunta Hannah, tentando aceitar um saco e olhando as instruções. Ela olha a página, perplexa. — Pudim instantâneo? O povo Amish come pudim instantâneo?

As mulheres se entreolham, antes de caírem na gargalhada.

— Eu fui pesquisar — admite Julia. — Também me pareceu estranho. Aparentemente, isso teve início com uma menina do grupo de escoteiras de Buffalo, Nova York, em 1990. Duvido que tenha começado com os Amish, mas quem pode saber?

— Parece um pouco com uma carta do tipo corrente — diz Hannah. Ela parece pronta para devolver o saco a Julia.

— A princípio, eu também não queria fazer — Julia diz a ela. — Faz anos que não asso nada e isso me pareceu muito trabalhoso. Mas nós nos divertimos, apertando o saco todos os dias e acrescentando os ingredientes no sexto dia. Até a chegada do décimo dia, minha família toda... — Julia gagueja por um instante, mas continua falando. — Quero dizer, meu marido, minha filha e eu estávamos realmente na expectativa. Nós fizemos duas assadeiras e comemos uma quase inteira em dez minutos. — Talvez tenham sido cinco minutos e Julia não consegue evitar o sorriso ao pensar nisso. — Hoje a Gracie levou o outro pão e um saco de massa para a escola.

Hannah finalmente é persuadida.

— Sou uma cozinheira terrível, mas preciso de algo para me distrair. Isso parece uma boa distração.

Lá vem o soar familiar da campainha e um casal de idosos entra, discutindo e segurando um mapa. Eles sentam sem olhar para as mulheres e o marido pede um bule de Earl Grey.

— Bem, estou de volta ao trabalho — diz Madeline alegremente, erguendo-se da mesa. Ela prende uma toalhinha no avental.

Julia verifica o relógio — está na hora de ir buscar Gracie. Ela paga a conta, deixando uma bela gorjeta que ainda não equivale à generosidade de Madeline.

É estranho se despedir depois dessa camaradagem inesperada ao longo da última hora. Julia ainda demora, tentando pensar numa despedida apropriada, quando Madeline quebra seu constrangimento e lhe dá um grande abraço surpresa. Madeline é bem mais forte do que sua silhueta esguia demonstra e tem um cheiro maravilhoso — de limpeza e frescor. Julia gostaria de ficar em seus braços para sempre.

Madeline faz o mesmo com Hannah, que está piscando para conter as lágrimas e, ao mesmo tempo, sorrindo bravamente. Depois, ela acena para as duas e as conduz até lá fora.

Capítulo 5

Há muito tempo Mark não via sua mulher assim. A Julia dos últimos cinco anos tem sido fechada, desinteressada em manter as antigas amizades, ou fazer amizades novas. A Julia dos últimos cinco anos tem sido combativa com ele, retraindo-se por longos períodos de tempo, às vezes recusando-se a falar com qualquer um, exceto Gracie. A Julia dos últimos cinco anos quase nunca sorria, nem mesmo quando Gracie aprendeu a engatinhar, depois andar, depois andar de bicicleta. E risada? Nem pensar.

Mark viu, nos inúmeros grupos de apoio ao luto que frequentou, que nem sempre os casamentos resistem à morte de uma criança. No começo Mark não se preocupou, porque antes da morte de Josh eles não eram apenas marido e mulher, mas melhores amigos — entendiam tudo um do outro. Ninguém sabia o que eles estavam passando, nem mesmo outros pais em luto, porque sempre havia algo diferente na perda *deles* — nenhuma família tinha o mesmo conjunto de circunstâncias, a situação exata, os filhos deles. Por conta disso, Mark e Julia só tinham um ao outro. Eles eram as únicas pessoas que realmente sabiam o que isso significava.

Então, em algum lugar do caminho, o pesar evoluiu. Já não era mais a tragédia deles, o luto dos dois — tornou-se de Julia. Até certo ponto Mark compreendia isso — afinal, ela e Josh eram próximos, quase o eco um do outro. Os mesmos cabelos ondulados e rebeldes, o mesmo sorriso travesso. Mas Mark também entende que ele é o pai, não a mãe. Embora isso não tire sua tristeza, ele sabe que não é exatamente a mesma coisa.

Julia carregou Josh por nove meses, depois suportou trinta e seis horas de trabalho de parto antes que ele nascesse. Era ela quem ficava acordada durante as noites quando Josh tinha cólicas. Ela o amamentou por um ano. Mark entende o laço entre mãe e filho, algo complexo, um relacionamento primordial, então é claro que a perda de Julia seria diferente da sua.

Ainda assim, ele não contava com o afastamento dela, que ela soltasse a boia que os dois seguravam juntos. Ela se retraiu e o deixou para trás. Ele não a ama menos por isso, mas está começando a pensar se o mesmo pode ser dito por Julia.

Será que se pode amar alguém com quem não se deseja mais estar? Essa é a pergunta que ele não quer fazer a si mesmo, mas ela permanece. Mark é um homem paciente, mas já não tem certeza do que está esperando, ou se a pessoa em questão ainda o quer. Ele se sente um estorvo, um resquício inconveniente da vida que eles um dia compartilharam. Observa a esposa saudoso, triste, e tem percebido que a Julia de sua lembrança já não existe.

Será que existe? Essa semana, por duas vezes — duas! — ele a pegou sorrindo. *Sorrindo!* Não era para ele, o que teria sido agradável, mas tudo bem. E ontem, quando ele voltou para casa e encontrou a cozinha toda bagunçada, com Julia e Gracie cobertas de farinha, ele realmente ouviu uma gargalhada. Mark queria participar, ouvir o que era tão engraçado, mas Julia parou de rir quando o viu, subitamente interessada em verificar o cronômetro do forno.

Mark aumenta a inclinação da esteira, depois ajusta a velocidade, para não ter de desacelerar. Ele não tem certeza do que pensar, mas está esperançoso. Finalmente. Os primeiros anos foram os piores — o choque, o andar a esmo, numa descrença inconsolável, a dor em seu coração era tão aguda que ele não conseguia respirar. Duas vezes ele achou que estivesse tendo um ataque do coração. Na primeira vez que aconteceu, ele nem ligou. Ficou quase aliviado. Parecia apropriado e ele esperou para morrer. Mas não morreu.

A segunda vez foi diferente. Quatro meses após a morte de Josh Mark estava no escritório, tentando trabalhar e desgraçadamente fracassando, quando derrubou um porta-lápis de cerâmica que Josh fizera para ele, um ano antes, na colônia de férias. Não quebrou, mas lascou um pedaço e Mark sentiu uma dor perfurante no peito ao pegar a peça lascada. Ele tentou recompô-la, desesperado para que o porta-lápis voltasse a ficar inteiro. Então seus pulmões se apertaram. A dor foi excruciante.

Conseguiu chamar a secretária, que ligou para a emergência. Ela lhe deu aspirina e o sentou no chão, enquanto ele tentava respirar agarrado à peça quebrada em uma das mãos, esperando que o socorro chegasse.

Eles o levaram ao hospital em Freeport, onde Julia o encontrou, apenas alguns dias antes de ter bebê. Ela parecia aterrorizada, com os olhos arregalados, os lábios brancos. Foi naquele instante que Mark percebeu que não podia dar-se ao luxo de ficar de luto pelo filho. Julia precisava dele. Seu negócio estava afundando e era sua responsabilidade mantê-lo na superfície, pois era o que alimentava sua família e pagava a casa.

— Estou bem — ele disse ao médico que estava lendo o resultado do eletrocardiograma.

— Você não está tendo um ataque do coração — confirmou o médico. — Mas eu decididamente não acho que esteja bem.

Mark o ignorou, aceitou uma receita de comprimidos para dormir e voltou à vida normal.

Manteve-se ocupado no que o impedia de ficar maluco de vez. Isso e Gracie, a quem ele chama de sua faisquinha, pois ela é tão cheia de vida e consegue mudar seu humor num instante. Gracie, o bebê que nasceu de pais pesarosos, uma semana depois da passagem de Mark pela emergência e quatro meses e meio depois da morte de Josh. Gracie, que veio ao mundo cheia de alegria, apesar de toda a tristeza que a cercava. Gracie, que não se incomoda das fotos de Josh na parede, embora ela não esteja nelas, que não se surpreende ao ver a mãe chorando o dia todo. Através de conversas com terapeutas, ele sabe que pode chegar o dia em que Gracie tenha perguntas, ou uma súbita explosão emotiva — ressentimento, comportamento possivelmente competitivo, ou até fazer uma pergunta nada simples, se ela é tão amada quanto Josh. Mark não se atreve a dizer isso em voz alta, mas ele é muito grato que

Gracie já estivesse a caminho quando Josh morreu. Nem por um segundo ele ia querer que ela se achasse uma criança substituta. Ele a louva, sua faisquinha.

A máquina apita e a elevação começa a nivelar. Ele desacelera o ritmo, vai esfriando, pensando se faz ou não alguns minutos de remada. Ainda tem um tempo antes da reunião das oito e meia no escritório.

— Nossa, Deus ajuda a quem cedo madruga — diz uma voz atrás dele. A correia da esteira para.

Mark se vira e vê Vivian com toda a indumentária de malhação. Seus cabelos estão puxados num rabo de cavalo liso e dá para ver que ela está com um toque de maquiagem. Ele sabe que não faz sentido algum usar maquiagem na academia, mas, ao mesmo tempo, ela está bonita. Julia não usa maquiagem há anos, mas ela não precisa. Sempre que ele lhe diz isso ela fica zangada, mesmo agora.

— Não sou muito de acordar cedo — brinca Vivian. — Acabei de chegar. Se tiver sorte, consigo malhar uns cinco minutos.

Mark ainda está ligeiramente sem fôlego ao esticar a mão para pegar a garrafa de água.

— Ei, isso é melhor que nada. — Ele está determinado a manter as coisas amigáveis. Não quer constrangimento, embora já seja meio esquisito ficar ali, em pé, os dois de roupa de ginástica. Dá uma sensação estranha, quase íntima, e ele não gosta disso. Ele limpa a máquina com sua toalha e desce, seguindo em direção à máquina de remada.

— Estava querendo falar com você sobre o projeto de Cherry Hill — diz Vivian, indo atrás dele. — Acho que encontrei uma forma de manter a abertura da casa, de modo que continue com aquela vista fabulosa. Também acho que podemos melhorar alguns materiais antigos usados na cozinha, ajustando a paleta de cores, em vez de substituir todo o...

— Vivian. — Ele a interrompe, virando. Seja *firme*. — Tudo isso parece ótimo e eu quero ouvir a respeito, mas não agora.

Ela entorta a cabeça para o lado.

— Então, quando? Estarei em reunião o dia todo, em Rockford. Prometi ao cliente que daria algumas sugestões até amanhã.

Mark solta suas coisas num banco, irritado. Por que ela esperou até o último minuto para dizer?

— Eu não esperei até o último minuto — diz ela, lendo sua mente. Ela endireita a postura, também parecendo irritada. — Eu mandei três *e-mails* a você e deixei alguns recados na secretária eletrônica.

Agora ele se lembra, mas não sabia que ela precisava de uma resposta antes de amanhã.

— Tenho de ir — diz ele, olhando o relógio. Seus quinze minutos simplesmente evaporaram e ele precisa seguir para o chuveiro se quiser chegar na hora à reunião. — Teremos de falar sobre isso depois.

— Meu dia já está bem cheio — diz ela. — E tenho certeza de que o seu também está. Que tal discutirmos no jantar? Eu sempre quis conhecer aquele novo restaurante, o Roux.

Mark conhece o Roux, pois foi cotado como um dos restaurantes franceses a serem observados. Ele próprio teve vontade de conhecer, para olhar a arquitetura e a decoração, mas Julia detesta sair. Além disso, o Roux fica a quarenta e cinco minutos de distância.

— Fica na metade do caminho entre Rockford e Avalon — continua ela. — Assim, você ainda terá metade da noite para passar com Julia e Gracie. — O sorriso de Vivian não se abala. — Podemos nos encontrar às cinco e você estará em casa até as sete.

Se ele ficar ali mais tempo irá se atrasar.

— Tudo bem — diz ele. — No Roux, às cinco horas.

Quando Mark entra no Roux, Vivian está junto ao bar, com um ar de justificativa e um drinque na mão.

— Isso é o que a vida numa cidade pequena oferece — diz ela, lamentosa. Ela está deslumbrante, num vestido de amarrar bem cortado e saltos altos. Está profissional, no entanto, suave e feminina. — Eu esqueci que a maioria dos restaurantes só começa a servir depois de cinco e meia. Mas vamos nos sentar no bar até que uma mesa esteja pronta.

Mark está prestes a sugerir que eles simplesmente fiquem no bar e acabem logo com isso, mas, nesse instante, um jovem vestido de preto se aproxima. Mark o reconhece como Bruno Lemelin, dono do Roux e de outros dois restaurantes premiados no estado de Illinois.

— Mark Evarts — diz Lemelin, apertando a mão dele. Eles

nunca se encontraram, mas Lemelin é todo sorrisos, como se fossem velhos amigos. — É um prazer conhecê-lo. Quando Vivian ligou e eu soube que vocês dois viriam, não pude acreditar na minha sorte. Eu vi o trabalho que fizeram no Bacchanali, em Chicago. Belo trabalho.

— Obrigado. — Eles trocam cartões.

— Eu adoraria conversar com você sobre alguns projetos que estou tocando, ver se podemos fazer algo. — Lemelin pousa a mão no ombro dele e dá um sorriso para Vivian, varrendo-a com os olhos, de cima a baixo. — A recepcionista os levará à mesa num minuto, mas eu vou mandar alguns petiscos enquanto isso. Vou pedir ao nosso *chef* para preparar alguns dos nossos melhores pratos para o seu jantar.

Mark não sabe o que dizer. Ele já ouvira boatos de que Lemelin queria abrir outro negócio, um restaurante altamente conceituado que mesclasse um interior deslumbrante com seus pratos próprios. Ele também sabe que Lemelin tem a reputação de contratar e despedir arquitetos no estalar de um dedo, e fica claro que agora ele está procurando por um.

Lemelin dá uma piscada para Mark.

— Direi ao *bartender* que providencie o Martini da casa. Foi publicado no *Food & wine* no ano passado. Vocês vão adorar. — Ele vira e segue para a cozinha.

Mark está lisonjeado por receber esse tratamento real. Tinha esquecido essa sensação, essa emoção de ser notado, de ser levado para a cabeceira da fila. Desde a morte de Josh, ele declinou as viagens e as reuniões noturnas, e sabe que seu negócio sofre por isso. Seu sócio, Victor Gunther, tem feito o papel sociável em seu lugar, mas isso não é seu forte. É o forte de Mark. Ele havia se esquecido do quanto pode ser divertido e viu como lhe fez falta.

Ele pede licença para ir até lá fora e ligar para Julia. É uma ligação de cortesia, pois ela provavelmente nem atenderá ao telefone. Como esperado, a secretária eletrônica atende e sua própria voz pede que ele deixe um recado. Subitamente Mark fica cansado de falar consigo mesmo. Ele desliga antes do bipe e enfia o telefone no bolso.

De volta, Vivian ergue o Martini e dá um sorriso conspirador para Mark.

— Saúde — diz ela.

Ele pega seu copo da mesa e segura a haste fina entre os dedos.

— Saúde. — Eles tilintam os copos e dão um gole, com os olhares se encontrando por cima das bordas.

O Martini é muito bom e Mark pediria outro se eles não estivessem ali a negócios.

— Diga-me novamente como você arranjou isso. Como conhece o Bruno Lemelin?

Vivian sacode a cabeça.

— Não conheço — diz ela. — Pode chamar de sorte. Eu liguei para fazer uma reserva e ele atendeu. Disse que estava esperando por uma ligação, e a recepcionista estava no intervalo. Levei um papo, é claro, quando percebi que era ele.

— É claro — diz Mark, com um sorriso. Vivian apenas sacode os ombros de forma indiferente, confirmando o que Mark já sabe. Por mais que Vivian seja sortuda, ela sabe como identificar uma oportunidade e não é o tipo de garota que deixa passar.

Um garçom traz uma bandeja cheia de petiscos: *souflê* de *foie-gras* com ameixas Armagnac, ravióli recheado com aipo e queijo de cabra, um *tempura* maravilhoso de caranguejo crocante. Mark pede uma garrafa de *chardonnay*. Vivian começa a contar sobre sua sugestão para o projeto Cherry Hill e Mark se vê encantado pelas ideias dela, pela utilização de objetos garimpados misturados a materiais novos, a profundidade geral de seu conhecimento. Ela confessa que esteve procurando por oportunidades em Chicago ou Nova York quando se deparou com o *website* deles, viu Mark e Victor sorrindo para ela, do espaço cibernético, e pensou, por que não?

— Por que não? — Mark repete, enquanto a observa cortar um filete de ravióli e levar à boca. Ele se pega encarando os lábios dela, ainda brilhantes de batom, e se força a pensar em outras coisas. Bruno. Gracie. Arquitetura. O cara careca que está no canto e obviamente está num encontro às escuras. — Porque provavelmente não pagamos tão bem. E não temos nada do *glamour*.

Vivian sacode ligeiramente a cabeça.

— Confie em mim, já passei por isso. Não é o que estou procurando.

Ele quer perguntar mais, quer saber como foi já ter passado por isso, seja lá o que isso quer dizer. O que ela procura, exatamente?

Ele quer saber, mesmo ciente de que pode se arrepender depois. Mas, antes que ele possa dizer qualquer coisa, Vivian muda de assunto e ele se vê deleitado por suas histórias de viagens e desventuras, maravilhado por sua tenacidade e esperteza.

Quando são levados a uma mesa, a comida começa a chegar quase imediatamente: rosbife de pato com mais *foie-gras*, risoto de nozes e miúdos de vitela, codorna com molho *sabayon* e passas amarelas, e nhoque de semolina. É algo bem distante de pizza para viagem, ou Chef Boyardee.

Até terminarem o jantar, Mark sente-se vivo. Ele acabou de comer uma das melhores refeições de sua vida. Lemelin está ali e eles estão discutindo sobre uma hora para se reunirem — será que pode ser na próxima quinta-feira? Eles se encontrarão ali, no restaurante. Mark mal pode esperar para voltar.

— Nossa — diz Vivian, enquanto eles caminham ao estacionamento. — Isso certamente foi produtivo. Encontro de negócios, refeição incrível, novo cliente.

— Ele ainda não é um cliente — Mark corrige, rindo. A comida e o álcool o deixaram meio tonto, mas ele também está feliz.

— Ele será — diz Vivian, confiante. Ela enfia a mão na bolsa e tira um pequeno controle remoto do carro, com o escudo inconfundível da Porsche.

— Você tem um Porsche? — Mark olha o 911 diante deles, vermelho-cereja com detalhes pretos brilhantes e pneus de cinta metálica. Quanto eles a estão pagando?

— Eu alugo — diz ela. Ela aponta o controle para o carro e as portas instantaneamente destravam. Mark não tem certeza se está tomado de admiração ou inveja. — Troco a cada cinco anos. Tudo parece quebrar no instante em que termina a garantia, então prefiro ser prudente. — Ela sacode as chaves diante dele. — Você é bem-vindo para dirigir, se quiser.

Parte de seu cérebro lhe diz para dar o fora e ir para casa e outra parte pergunta quanto tempo demoraria para dar uma volta no quarteirão. Só uma. Talvez duas. Pelo amor de Deus, é um Porsche.

Em vez disso, ele segura a porta e espera que Vivian entre, preferindo mudar de assunto.

— Por que você não me conta por que acha que Lemelin será um cliente?

Vivian desliza no banco do motorista, depois para, com uma perna ainda no asfalto.

— Porque — diz ela, fixando o olhar no dele — algumas coisas simplesmente são destinadas a acontecer.

Ela vai embora, dirigindo a máquina mais bela e perfeitamente elaborada pela indústria automobilística alemã. O reluzir vermelho das lanternas traseiras o encara, provocando, desafiando-o a segui-la.

A luz do quarto está acesa, lá em cima, e a porta ligeiramente aberta. Mark fica em pé no filete de luz, ainda com a pasta na mão. Ele vê Julia sentada na cama deles, de pernas cruzadas, já de pijama. Ela está lendo uma revista. Ele abre a porta um pouquinho mais, limpa a garganta, preocupado em não interrompê-la, mas querendo que ela saiba que ele está ali.

— Oi.

Julia ergue os olhos. Seus cabelos estão presos num nó, com algumas mechas soltas emoldurando seu rosto, que está reluzente e limpo, como se ela tivesse acabado de lavá-lo.

— Oi.

— Desculpe por chegar tarde. Eu tive um jantar inesperado e o tempo foi passando...

— Tudo bem. — Julia volta a olhar para baixo, para a revista. Ela estica a mão para pegar uma caneta, apertando o botão várias vezes antes de circular algo.

Mark afrouxa a gravata, mas não entra no quarto. O quarto dele fica no fim do corredor, antes conhecido como de hóspedes. Não foi nada planejado. Acabou sendo assim porque Julia estava tendo muita dificuldade em dormir depois da morte de Josh e do nascimento de Gracie. Ela não conseguia dormir profundamente e o remexer de Mark a despertava. E ele também roncava. Ele tentou tudo — tiras no queixo, plugues nasais, *spray*, até hipnose. Nada ajudou. Ele encontrava Julia dormindo no chão do quartinho de Gracie, ou no sofá, lá embaixo.

Ele põe a pasta no chão, sem querer sair, mas incerto quanto ao que dizer. E opta por algo básico.

— Você e Gracie jantaram?

Ela assente ligeiramente.

— Uma sobra de pão com carne. Você comeu?

A pergunta o pega de surpresa. Já faz muito tempo que Julia não pergunta sobre seu dia, sobre o negócio, ou qualquer outra coisa, exceto Gracie. Ele decide confessar tudo.

— Comi. Fui ao Roux, aquele restaurante novo, no vale, com uma pessoa do trabalho. O dono quer conversar na semana que vem, possivelmente sobre nos envolver em seu próximo projeto.

— Que ótimo. — Julia não olha para cima.

— A comida é incrível — ele continua. — Talvez possamos ir lá qualquer hora.

Julia não diz nada, mas sacode os ombros, indiferente.

Mark gostaria de ter pensado em trazer uma sobremesa para ela. Ele sempre fazia isso, dava uma olhada no carrinho de sobremesas e pedia algo para viagem. Seus clientes ficavam encantados pelo gesto e seus colegas o encaravam sem parar, mas ele não ligava — não estava fazendo isso por eles, e sim por Julia. Ele fica angustiado por não ter se lembrado de fazer isso. Como pôde esquecer?

— Aquele Pão da Amizade estava muito bom — diz ele, decidido a manter a conversa. Gracie e Julia fizeram o pão ontem e eles comeram de sobremesa e novamente no café da manhã.

— Obrigada. — Ela ergue os olhos e sorri.

É a coisa mais linda que ele já viu. Ele está prestes a entrar no quarto quando ela diz:

— Está tarde. É melhor eu dormir um pouco.

— Ah. Certo.

Julia põe a revista e a caneta na mesinha de cabeceira e se entoca embaixo das cobertas. Ela puxa o edredom até os ombros e vira de lado, esticando a mão para apagar a luz.

— Boa noite.

O quarto é subitamente banhado na escuridão.

— Boa noite — diz ele. E volta ao corredor, fechando a porta.

Clinton Becker, 36 anos, técnico de máquina copiadora

— É o quê? — Clinton Becker franze a testa para o saco. Ele está convencido de que é algum projeto científico, mas sua filha, Juniper, está insistindo que é pão.

— Podemos fazer lá em casa, papai, e comer juntos — diz ela, de sua cadeirinha no banco traseiro. — Eu ganhei da Gracie Evarts, na escola. E também recebi as instruções.

Clinton mantém uma das mãos no volante enquanto ergue o saco hermético para inspecionar melhor. Há um sinal vermelho adiante e ele diminui, até parar. Parece um pouco com um homus aguado. Uma vez ele experimentou homus e não foi tão ruim. Clinton abre o saco e enfia a cabeça para dar uma fungada, depois faz uma careta. Decididamente não é homus.

O carro atrás dele buzina e Clinton vê que o sinal já ficou verde. Ele tenta lacrar novamente o saco, mas não consegue alinhar as bordas. Cuidadosamente o coloca no banco do passageiro ao seu lado. Ele não é muito inclinado a esses projetos escolares. Juniper pode fazer isso com a mãe, embora ele duvide que Angie se dê ao trabalho. Ela está ocupada demais com seu novo namorado, um contador imbecil.

— O que tem para o jantar? — Juniper quer saber.

— McDonald's — diz ele, e sorri ao ouvir a alegria dela no banco traseiro. Ele dá uma olhada no espelho retrovisor, vendo a filha feliz, batendo as perninhas e cantarolando uma música que ele não conhece. Graças a Deus ele brigou pela guarda conjunta. Ele cometeu muitos enganos tolos na vida, mas Juniper não foi um deles.

Passando pelo *drive-thru*, Clinton pede um McLanche Feliz com fatias de maçã e leite achocolatado para Juniper e a promoção do Big Mac para ele. Ao chegar no guichê, ele vê um rosto familiar.

— Oi, Clinton — Debbie Reynolds lhe dá um sorriso tímido. Debbie era de uma série atrás da dele, na escola Avalon High, mas pulou alguns anos; então, na verdade, ela é um pouco mais nova. Debbie foi fazer uma faculdade bacana, depois seguiu para um curso de negócios chique e voltou para Avalon, para cuidar da mãe. Ele achava uma pena que uma garota tão inteligente acabasse fritando hambúrgueres, mas depois leu um artigo, na *Avalon Gazette*, que dizia que ela e alguns parceiros de negócios, um total de cinco ou seis, eram proprietários de todas as franquias do McDonald's em Avalon e em algumas cidades vizinhas, um total de cinco ou seis. Certamente não há muitas garotas como Debbie Reynolds.

— E aí, Debbie. O que está rolando? — Clinton dá um sorriso.

Ela sorri.

— São nove dólares e onze centavos.

Ele entrega uma nota de dez dólares e ela lhe dá o troco.

— Por que você está sempre trabalhando se é dona do lugar? — Ele sabe que isso provavelmente não é muito legal de perguntar, mas também acha que Debbie não se importa. Além disso, ele está curioso.

Debbie entrega a notinha e um punhado de moedas.

— Ah, eu não sei. Gosto de circular por todos os restaurantes. Gosto de ver como as coisas vão indo. De qualquer forma, nem tenho muito mais o que fazer.

— É mesmo? — Ele está realmente surpreso. Ela é mais esperta do que qualquer pessoa que ele conhece, além de ser mais bonita, de um jeito mais quieto. — Não posso acreditar nisso! — Ele não está dando em cima dela, só está dizendo a verdade.

Debbie fica vermelha, com um sorriso tímido nos lábios. Então sua expressão muda e ela estreita os olhos, vendo algo além dele.

— Acho que você entornou algo no seu banco — diz ela. — Gostaria de mais guardanapos?

Clinton se vira e vê que o saco hermético virou e a massa escorreu para o banco.

— Droga! — Ele pega o saco e fica com a mão toda melecada.

Debbie rapidamente lhe passa vários guardanapos. Clinton tenta limpar a lambança, enquanto segura o saco, que ainda não conseguiu lacrar.

— O que é isso? — pergunta Debbie, tentando não rir.

— Algo que Juniper arranjou na escola — diz ele, enojado. Seu carro tem estofamento de tecido. Agora ele terá de pagar para lavar a seco. Que ótimo!

— É Pão da Amizade! — diz um grito vindo do banco traseiro. Juniper está acenando com um pedaço de papel. — A gente amassa o saco todo dia e depois faz o pão, na semana que vem!

— Isso parece divertido — Debbie diz a Juniper, com uma expressão sincera no rosto.

Clinton está prestes a pedir que Debbie jogue fora o saco quando lhe ocorre uma ideia. Ele pega o papel da mão de Juniper, dá uma olhada nas instruções, depois olha para Debbie, que ainda está segurando os sacos de lanche.

— Se você estiver livre, na semana que vem, podia ir lá em casa nos ajudar a fazer — diz ele.

— Eu?

— Claro! Por que não? — Clinton sorri, enquanto pega os sacos da mão dela e os coloca no chão, na frente do banco do passageiro. Ele joga um guardanapo ensopado dentro de um deles.

— É tão gostoso! — acrescenta Juniper.

Clinton não se considera um pensador rápido, mas ele consegue contar dez dias à frente e fica contente em descobrir que é um dia em que Juniper estará com ele. — Você estará livre no próximo sábado? Por volta de dez horas? Podemos almoçar depois. — O carro atrás buzina algumas vezes. Clinton põe a cabeça para fora da janela e grita: "Um minuto!" — Idiota. O que há com essa gente, hoje em dia?

— Está bem — diz Debbie, com os olhos brilhando. Ela dá uma olhada lamentosa ao carro de trás. — Desculpe, mas tenho de atender a fila. Vou dar meu número a você. — Ela olha em volta, procurando algo em que escrever. Agitada, ela pega uma torta de maçã na prateleira e anota o telefone na tampa, com uma canetinha hidrocor. E entrega a ele.

Clinton remexe novamente na carteira, sem querer se aproveitar.

— Deixe-me pagar...

— Não, não — diz ela, rapidamente. — É por conta da casa.

Clinton sorri.

— Está bem, ótimo. Então, sábado que vem.

— Sábado que vem. — Ela acena se despedindo e Clinton percebe, pela primeira vez, que os olhos dela têm um tom adorável de azul. Ele sai cuidadosamente do *drive-thru* e, mais uma vez, tenta lacrar o saco hermético.

Desse vez ele consegue.

Capítulo 6

— Ai, droga. — Edie solta um suspiro de derrota.

Richard ergue os olhos do jornal médico que está lendo.

— O que foi? — pergunta ele. Um sorriso surge nos cantos de sua boca, enquanto ele observa Edie se debruçar sobre um pedaço quadrado de papel. — Olhe para você... você é tão astuta, meu bem. Estou orgulhoso de você.

O alfabeto está grudado nos dedos dela, pedaços de papel estampado e enfeites por todo lado. Já derramou cola no chão e há um borrão em sua bochecha. Queimou-se duas vezes com a pistola de cola quente. Edie se considera uma pessoa competente, mas, no momento, ela se sente completamente impotente e inapta.

— É por isso que as pessoas passam tanto tempo fazendo *scrapbooks* — ela diz a ele. Ela tenta segurar a página do *scrapbook*, enquanto puxa os decalques das pontas dos dedos. Parte da letra "E" rasga e um "A" dobra. — Demora um século para fazer qualquer coisa! — Ela consegue soletrar seu nome, depois se senta novamente para observar o trabalho.

Está horrível. Ela levou trinta minutos e agora também tem de fazer o nome de Richard.

Não faz ideia do motivo de ter concordado em fazer isso, mas uma das mulheres que ela recentemente entrevistou, Bettie Shelton, era ávida adepta do *scrapbook*, como um negócio caseiro paralelo.

Ela deu a Edie um pequeno pacote para iniciantes, em agradecimento por ela espalhar as notícias sobre o conhecimento superficial em arrombamentos, incluindo o de sua casa, no qual dois gnomos de jardim, um ancinho enferrujado ("Embora eu tenha de confessar que fiquei feliz em me livrar daquilo") e uma begônia foram levados. Edie não é inclinada a ter um *hobby* e tentou recusar, mas Bettie insistiu, pressionando o pacote lacrado em suas mãos. Depois, para piorar as coisas, ela convidou Edie para a reunião seguinte de *scrapbook*. Lá, Bettie prometeu, Edie saberia de muita coisa de outras cidadãs preocupadas.

— As coisas que eu tenho de fazer por uma boa história — Edie suspira. Ela pode cavar trincheiras, construir uma casa escolar, lecionar inglês básico para alguém que não fala a língua, mas não consegue desenvolver uma "paixão por estampa", nem descobrir como estampar um pedaço de velino com tinta relevo.

— Ei, esse não é o meu nome? — pergunta Richard. Ele larga o que está lendo e vai até onde Edie está sentada. Ela decidiu trapacear e escrever "Dr. Richard", em vez de "Richard Johnson", já que isso irá lhe poupar as letras extras.

— As senhoras da Sociedade Avalonense de Scrapbook têm uma reunião na semana que vem e o tema é romance.

— Portanto, eu.

— Portanto, você. — Edie cola uma foto na página, em ângulo, achando que parece mais artístico. Ou amador. Ela não consegue decidir, mas, de qualquer forma, já é tarde demais.

Richard aponta para a foto dos dois, em Benin, no oeste da África.

— Você estava sem gás de cozinha no dia em que nos conhecemos — ele a lembra, afetuosamente.

— É. — Edie lhe dá um tapinha de brincadeira. — E você estava ocupado demais para me ajudar, preparando-se para jogar basquete.

— Era a cerimônia de inauguração — protesta ele. — Eu passei dois anos angariando fundos para construir aquela quadra de basquete. Era muito importante para a comunidade, claro que eu tinha de estar lá.

Ela revira os olhos.

— Meu primeiro dia no local e você me abandonou, para que eu me virasse sozinha.

— Ei, é o trabalho mais difícil que você amará eternamente — diz ele, repetindo o mote da Força de Paz. E é verdade, ela realmente adorou.

Edie remexe os recortes de papel e encontra um pedaço de papel kraft. Ela começa a cortar o contorno de Benin, que sempre faz lembrar uma tocha.

— É legal ver que você está se tornando parte da comunidade. — Richard encontra um recorte de coração e cola na página.

— Não tenho certeza se ir a duas reuniões de *scrapbook* já me qualifica, mas tudo bem. Ah, e eu tenho almoçado com uma garota do trabalho.

Richard parece impressionado.

— Livvy Scott. Loura, animada. Alta. — Edie gostaria que Livvy não fosse tão bonita. Ela já viu fotos das ex-namoradas de Richard, garotas muito mais charmosas que ela, garotas que sabem arrumar os cabelos e passar maquiagem, que sabem trabalhar com a feminilidade em benefício próprio. Já chamaram Edie de bonita, mas geralmente é no contexto de beleza inteligente, não o tipo de beleza que vira cabeças. Edie não sabia a diferença, até a sétima série, quando Missy Davidson caçoou da forma como ela estava dançando durante o baile de outono.

— É assim que você faz? — perguntou Missy, inocentemente, imitando a dança de Edie da MTV. O riso irrompeu ao redor delas. Edie levou um minuto para assimilar que Missy estava debochando dela. Subitamente sentiu-se desajeitada e constrangida, viu como a mesma blusa turquesa pendia nela, como um lençol, enquanto ficava colada no corpo e seios de Missy, como se fosse uma segunda pele. Viu Missy rindo, distribuindo, entre as amigas, o seu *gloss* labial Bonne Bell, enquanto Edie segurava a latinha dura de bálsamo labial Carmex em seu bolso. Forçou um sorriso, fingindo também achar graça na piada, e não ser a piada em si, mas o momento se fez. Depois daquilo ela se deixou mergulhar na categoria de garota inteligente, a garota com uma causa, aquela que não tinha tempo para coisas frívolas como maquiagem e papo sobre garotos. Ela até boicotou a formatura do segundo grau — a ideia de ter de encontrar um vestido apropriado, e ainda por cima um acompanhante, a aterrorizava.

Edie não pôde deixar de acrescentar:

— Ela é totalmente o seu tipo, eu acho. Talvez eu deva apresentá-los.

Richard não cai nessa.

— Bela tentativa, meu bem, mas você não vai se livrar de mim com essa facilidade. — Ele franze as sobrancelhas e empilha um bolinho de lantejoulas. — Livvy Scott... por que conheço esse nome? O que ela faz?

— Ela cuida dos anúncios classificados. Às vezes ela age como uma boba, o que simplesmente não entendo. Talvez ache que tem de interpretar um estereótipo. — Edie cola Benin na página. Pronto. Ela terminou. Até que não está tão ruim, agora que a página está pronta. Ela gostaria de ter alguns suvenires de Benin, mas tem como prática não carregar tralha. Ela começa a arrumar as coisas. — Talvez ela tenha ido à clínica para alguma coisa.

Richard sacode a cabeça, franzindo a testa.

— Você a conhece bem? — pergunta ele.

— Não muito. O marido dela é representante farmacêutico.

— Ela mencionou mais algum familiar?

— Não surgiu o assunto. Por quê?

— Porque — diz Richard — eu acho que há algo que você deva saber sobre sua amiga.

Livvy se equilibra na banqueta e olha a pilha de caixas na última prateleira do *closet*. É novamente aquela época do ano em que os convites para chás de bebê começam a transbordar na caixa de correio. Culpa dos invernos frios de Illinois, ela imagina. Carol Doyle e Jo Kay Buckley estão esperando para agosto e cada uma já tem três filhos. Livvy se irrita que algumas pessoas tenham bebês com tanta facilidade, principalmente Carol e Jo Kay. ("Nós nem estávamos tentando!", Jo Kay confidenciou a Livvy ao telefone, fato que Livvy acha difícil de acreditar. Desde que Livvy a conhece, Jo Kay está sempre tentando alguma coisa.)

De alguma forma, não parece justo. Livvy se lembra de inúmeras conversas em que Carol e Jo Kay parecem reclamar: estão tão cansadas, seus maridos não ajudam, não têm tempo suficiente para fazer as coisas que *elas* querem fazer. Livvy não compreende por que querem mais filhos. *Eu fico com um*, ela tem vontade de dizer. *E nem vou reclamar.*

Livvy pega uma caixa, aleatoriamente, e apaga a luz do *closet*. Talvez sejam apenas uvas secas. Ela e Tom não estão tentando há tanto tempo, e provavelmente não ajuda se ela ficar estressada sobre o negócio todo, imaginando se eles têm algum problema, motivo pelo qual eles provavelmente *estejam* tendo problemas. É que ela nunca achou que não fosse engravidar logo, se quisesse. Livvy pensa se talvez seja algum tipo de punição divina pelo que aconteceu. Ela espera que não, mas não sabe.

Senta-se na cama e abre a caixa. Dentro dela há uma miscelânea de fotos e outras lembranças de infância — um pegador de panelas feito à mão, peças feitas de palito de sorvete e lã. Carol pediu a Livvy para olhar suas fotos antigas e ver se encontra alguma de Carol ou de Jo Kay "daquela época". As duas decidiram que os únicos presentes que querem são colchas de retalhos com imagens de fotos, delas e de seus maridos, desde o nascimento até o presente.

— É muito importante dar às crianças uma ideia de história — Carol lhe dissera. — Fazer com que elas vejam de onde vieram. E quem precisa de mais creme de assaduras ou outro bicho de pelúcia?

Livvy se retraiu — ela comprara bichos de pelúcia para todos os chás de bebê anteriores e planejava fazer isso novamente.

— Alguns até que são bonitinhos.

Carol fungou.

— A maioria só dá para lavar superficialmente. Como é que você pode realmente deixá-los limpos? Não admira que Ruben tenha asma. — Rubem é o caçula de Carol, um garoto acima do peso, de seis anos, que está sempre com um pirulito dietético na mão. — Pode ver se tem alguma foto do acampamento das animadoras de torcida do terceiro ano? Eu lembro que você tirou fotos muito boas e elas saíram bem bonitinhas. — Carol querendo dizer que estava bonitinha nelas.

Livvy ficou adiando por algumas semanas, mas agora ambas estão pegando no seu pé, deixando mensagens de voz e *e-mails* que beiram assédio. Livvy lembra a si mesma que elas estão com os hormônios à flor da pele, e que Julia uma vez a alertou que com mulheres grávidas não se mexe. Isso foi há muito tempo, quando Julia estava grávida de Josh e acabara de passar do primeiro trimestre. Elas estavam na manicure fazendo os pés, um presente de aniversário de Julia. Julia sempre foi boa com coisas assim, uma das muitas coisas que Livvy sente falta.

Mas agora os aniversários não são mais os mesmos porque a ausência de Julia é tão notada que Livvy prefere nem comemorar. Tom não é muito de sentimentalismos — ele mal se lembra do aniversário dela, ou do aniversário de casamento dos dois. Mas Livvy não o culpa, porque ele sempre foi assim. Ele é o tipo de cara que compra um cartão na farmácia, a caminho de casa, ou aceita conselhos de uma vendedora sobre o que comprar para a esposa, mesmo que a vendedora não saiba nada sobre Livvy.

Mas não são apenas dos dias especiais que Livvy sente falta — é todo dia. Todo dia costumava ser pontilhado com Julia, com visitas, saídas para tarefas, pedidos de última hora para ela ficar de babá. Não era incomum que elas trocassem duas, três, até quatro ligações numa única tarde. Era Julia quem se lembrava de comprar flores para a mãe delas no Dia das Mães e incluir o nome de Livvy no cartão, Julia quem fazia comida a mais para que Livvy não tivesse de ficar pensando sozinha no jantar. Sempre foi assim e Livvy sente falta disso.

Livvy continua a remexer na caixa, passando por chaveiros, caixas de fósforos, moedas, antigos boletins. Nada de negativos. Há mais algumas caixas no *closet* e elas se multiplicam se você olhar nos outros cômodos, ou subir até o sótão. Livvy chega à lateral da caixa com desgosto — isso vai demorar eternamente.

Embaixo de um lenço vermelho ela avista algo conhecido. Tira um porta-retrato e o vira para cima, limpa o vidro com a manga da camisa.

A fotografia desbotada mostra Livvy e Julia, com oito e treze anos, respectivamente, sentadas lado a lado num carrinho de parque de diversões. Elas estão sorrindo e segurando o volante. Era 1979, o ano em que Julia ganhou a escolha do local onde eles passariam as férias em família. A escolha era dela porque tinha se tornado uma adolescente, mas também porque havia concluído o ano letivo só com notas dez.

Livvy estava acostumada com o ar de orgulho que seus pais trocavam ao falar de Julia, um contraste imenso com a forma como lançavam os olhos ao teto falando de Livvy. Julia era o orgulho e a alegria deles, enquanto Livvy dava um "trabalhão". Ela se lembra de Julia anunciando sua decisão na cozinha, a súbita percepção de que a vez de Livvy talvez nunca chegasse, que ela jamais seria tão inteligente quanto Julia. Eles nunca passariam uma semana fazendo o que Livvy quisesse.

Julia escolheu o Hershey Park, na Pennsylvania. O pai delas resmungou, por conta do trajeto a dirigir, mas finalmente concordou. Livvy sentiu uma onda de pânico quando percebeu o que isso significava — o lugar onde *ela* sonhava ir era o Dutch Wonderland, que ficava a menos de uma hora do Hershey Park — e seus colegas de turma diziam que era um milhão de vezes mais divertido. Mas quais eram as chances de que seus pais as levassem novamente à Pennsylvania? Zero, essa era a chance.

O pior tinha sido o trajeto de carro — ela ficou enjoada e vomitou três vezes. Quando eles atravessaram a divisa estadual, entrando na Pennsylvania, Livvy viu uma placa para o Dutch Wonderland e sentiu as lágrimas chegando e apertou os olhos fechados. Uma lágrima vazou mesmo assim e ela rapidamente a limpou com as costas da mão. *Não chore*, ela disse ferozmente a si mesma. Então ela não chorou.

Naquela noite, no EconoLodge, Julia subitamente anunciou:

— Se não for tarde demais, eu acho que gostaria de ir ao Dutch Wonderland. — Livvy ficou numa grande expectativa enquanto o pai delas resmungou e a mãe cedeu. Julia rapidamente lançou um olhar de alerta para Livvy e cochichou: — Não estou fazendo isso por você. Estou fazendo por mim. — Ela olhou para a irmã, séria, e Livvy concordou, com os lábios obedientemente lacrados, embora não fosse boba.

Porque fazer esse tipo para outras pessoas, principalmente para Livvy, é a forma que Julia faz as coisas para si mesma. Apesar das brigas, das discussões e dos desacordos, Julia sempre olha por Livvy. Ou costumava fazê-lo. Todas as lembranças de infância incluem Julia, o que faz sentido, já que Julia estava lá desde o começo — o começo de Livvy. É impossível imaginar o que sua vida teria sido sem Julia. Julia era quem tomava conta dela, quem pensava nela, que a incluía. Foi Julia que salvou o dia do casamento de Livvy, quando o fotógrafo não apareceu, seu vestido rasgou e as damas de honra se recusavam a entrar. Julia conseguia resolver qualquer problema, fazia estranhos trabalharem juntos. Olhando a foto tristemente, Livvy sente uma pontada tão funda de perda que ela se sente partida em dois.

Qualquer coisa, pensa ela, tocando desesperadamente seus rostos na foto. *Eu farei qualquer coisa, Julia. É só me pedir.*

As meninas simplesmente a encaravam felizes na foto, naquele dia ensolarado em Dutch Wonderland, sem saber que chegaria o dia em que tudo acabaria — quando duas irmãs param de se falar, não querem se tocar, nem se ver, são incapazes de ofertar a mão em auxílio à outra.

A *Avalon Gazette* é publicada às terças e sextas. É um jornal pequeno com uma circulação de dois mil e quinhentos exemplares, o que significa que o pagamento é essencialmente uma porcaria, mas Edie não está ali pelo dinheiro. Seu chefe, Patrick, queria que ela entrasse como repórter em tempo integral, mas Edie forçou para manter seu *status* de *freelance*. Ela cobre os acontecimentos da comunidade e contribui conforme o necessário, o que lhe deixa com flexibilidade suficiente para pensar sobre outros projetos de escrita.

Edie torce por uma oportunidade em algum outro jornal regional maior, como o *Chicago Tribune*, ou o *Chicago SunTimes*, escrevendo artigos especiais a partir de seu posto na cidade pequena. Suas qualificações estão acima desse pequenino jornal, mas é o melhor que ela pode fazer, diante das circunstâncias. Richard frisou que Patrick talvez deixe suas responsabilidades editoriais em algum ponto e, nesse caso, Edie ficaria na posição de se tornar editora.

Mas Edie já percebeu que Patrick é o tipo de cara — e esse é o tipo de cidade — que gosta de fazer parte da vida de todo mundo. Ele não vai a lugar algum tão cedo e, para Edie, tudo bem. Ela escolheu o jornalismo, pois adora escrever e entrevistar pessoas, ouvir sobre suas vidas, sobre o que dá ou não certo para eles. Ela não quer ficar fazendo média como Patrick, ser alguém totalmente à vontade com a política do negócio, ela é terrível nisso. Prefere ficar nos bastidores, quietinha, cuidando do que é de sua conta. Tomar café com a Câmara de Comércio de Avalon ou com o pessoal do Elks Club local realmente não é a dela.

Quando surgiu a oportunidade para que Richard assumisse o cargo de clínico-geral da cidade, isso pareceu a coisa certa a fazer. Tendo crescido em Springfield, estudado em Chicago e depois viajado pelo mundo, Edie estava curiosa para ver como seria viver numa cidadezinha. Quando ela e Richard viajaram para a África e a Ásia, depois da turnê pela Força de Paz, eles viveram durante semanas em pequenas vilas, aqui e ali, com um terço da população de Avalon. Eles consertaram choupanas, carregaram água, ajudaram com as refeições, ofereceram ajuda básica em saúde quando alguém pedia. Passavam horas ouvindo histórias de idosos da vila, ou brincando de jogos com crianças que não precisavam de nada além de pedras, galhos e imaginação. Uma folha era um pássaro, uma pilha de terra era uma montanha. Sempre havia algo a fazer e eles estavam sempre em movimento. Edie sempre achava algo que a intrigava, motivo pelo qual ela se vê ligeiramente perdida em Avalon. Ela não esperava que fosse tão... *quieto*.

Mas agora, enquanto ela examina edições passadas da *Gazette*, ela sente aquele remexer conhecido da empolgação, aquela adrenalina de quando você consome cafeína demais, ou se depara com algo que não deveria. Não que isso seja algum segredo. Está tudo ali, em preto e branco. O jornal da última semana de maio de 2003.

Não há muito — o jornal sempre foi uma publicação modesta, de dezesseis páginas, com anúncios classificados, e a história só tem alguns parágrafos. Mas é o suficiente. Conforme Edie lê a história, ela sabe que Livvy guarda uma lembrança dolorosa, um segredo culpado que ela preferiu não compartilhar com Edie.

E Edie não pode dizer que a condena.

Capítulo 7

A manhã costumava ser o horário predileto do dia de Julia. Ela levantava cedo por natureza, junto com o sol, pronta para atacar o que viesse pela frente. O resto da casa era mais lento — eles levavam mais tempo, precisavam de mais despertadores, reclamavam mais debaixo das cobertas. Escovavam os dentes meio dormindo, talvez ainda sonhando, sem ainda terem retornado ao mundo como o conheciam.

Mas agora é Julia quem fica enfiada embaixo das cobertas, fingindo dormir, até que Mark e Gracie já tenham deixado a casa. Ela fica deitada, olhando para o teto, sem querer pensar na roupa para lavar, ou no almoço, no inevitável trajeto em que tem de dirigir para pegar Gracie na escola. Tudo parece fútil demais, tão insignificantes essas exigências do dia. Será que fomos realmente postos na Terra para fazer isso? Para limpar pias e tirar farelos espalhados?

Ela pensa nas conversas que teve com a mãe, que sempre mantinha vigília junto à Julia durante os dias após a morte de Josh. Sua mãe leu todos os livros sobre luto, compilou listas, conversou sobre os estágios, explicou como o pesar pela morte súbita de uma criança é vastamente diferente de outros tipos de perda. Como se Julia já não tivesse percebido isso.

Porém — e sempre há um porém —, ela insistia que Julia acabaria achando que a vida vale a pena. Não seria fácil, alertou a mãe, mas aconteceria. Julia seria capaz de criar uma nova realidade, uma nova vida. Não apenas por Gracie, mas por Josh. Por seu espírito, sua memória. Quando ouviu isso, Julia deu meia-volta e foi para seu quarto, recusando-se a falar com a mãe, ou qualquer outra pessoa, pelo resto do dia.

Os cartões de condolências não paravam de chegar, terríveis sentimentos feitos pela Hallmark que erravam feio, às vezes piorando as coisas. Num deles, alguém escreveu: "Você já está na metade do caminho" — como se isso a consolasse. Seu filho tinha acabado de morrer e ela estava na metade do caminho, como se estivesse correndo uma maratona. Mas isso foi há cinco anos e a linha de chegada ainda não está à vista.

Julia se vira e olha o lado de Mark da cama, o lado onde ele não dorme mais. Ela está sozinha nessa cama imensa, uma cama californiana *king size* que eles compraram logo depois do casamento. Foi uma compra quase tão meticulosa quanto a da própria casa — será que devemos comprar, ou não, devemos esperar, e por aí adiante —, mas eles acabaram decidindo seguir em frente e comprar, mesmo significando terem de trabalhar horas extras para cobrir a despesa adicional. Mais tarde, quando perceberam que também precisariam de lençóis e cobertores novos, apenas riram e concordaram em trabalhar com mais afinco. E foi o que fizeram.

Julia sabe que ela tem escolhas. Trabalhar novamente ajudaria na renda, embora o negócio de Mark esteja aquecendo e eles ainda tenham economias. Julia adorarava trabalhar, mas ela não consegue se ver de volta na Bertram Berry, a pequena empresa de tintas em Freeport onde era gerente de RH. Ela não quer ter de se esquivar dos sorrisos hesitantes, responder à eterna pergunta com as palavras inoportunas: "Como vai você?"

Como vai ela? Vejamos. Ela tem uma filha, mas está sem filho. É casada com um homem que foi seu primeiro e único amor, alguém que se transformou num estranho, que passa por ela no corredor da casa que eles dividem. Seus pais se refugiaram com a aposentadoria na ensolarada Flórida, de onde chegam cartões-postais exuberantes que nada têm a ver com a vida que deixaram para trás. *Canastra! Leitura de poesia! Visitas ao Butterfly World — Gracie adoraria! Ligue! Venha visitar! Nós sentimos a sua falta! Como vai você?*

Como vai ela. Isso já não é uma pergunta, mas uma afirmação. Porque realmente não faz sentido perguntar como vai alguém depois da perda de um filho.

Julia não estava lá quando aconteceu. Há o relato de Livvy e do legista, mas, em sua mente, isso é o que Julia vê.

É vinte e seis de maio. Cinco anos atrás. Livvy vai pegar Josh, de dez anos, na escola. Ele deveria ter um treino de uma hora e meia de beisebol, mas o treinador ligou avisando que estava doente. Julia e Mark precisam ir ao consultório médico para um exame de ultrassom de cinco meses, então ela liga para a irmã caçula para pedir ajuda, como fez várias vezes antes.

Livvy tem uma reunião, então fica combinado que ela o deixará em casa para terminar seu dever. Uma babá adolescente irá encontrá-los lá e assumir o lugar de Livvy, para que ela possa voltar ao trabalho.

Tia e sobrinho estão papeando amigavelmente no carro quando chegam à casa de Julia — não, à casa de Livvy. Livvy se esqueceu de devolver uma saia preta que havia pedido emprestada à Julia e parou para pegá-la antes de levar Josh para casa.

Livvy estaciona o carro na entrada da garagem, desliga o motor, depois dá uma corrida atravessando o gramado, até a porta da frente de sua casa desnecessária de quatrocentos e vinte metros quadrados. Ela percebe que a vasilha do cachorro está com sujeira boiando, folhas talvez, e pede a Josh que, por favor, dê um pouco de água fresca ao cão. Eles estarão de volta à estrada em menos de dez minutos, mas Livvy automaticamente aperta o botão do controle remoto do carro antes de entrar em casa. Há um bipe e o piscar dos faróis e as portas se trancam.

Julia pode até imaginar seu filho caminhando até a vasilha na varanda e entornando a água velha nos arbustos próximos. Ele segue até a mangueira do jardim, na lateral da casa. Não há nenhum alerta quando uma vespa amarela furiosa pica a ponta de seu dedo.

Josh devia saber que havia algo errado. Ele provavelmente chamou a tia, mas Livvy estava revirando o *closet*, no segundo andar, procurando a saia que deveria ter devolvido meses antes. Ela não consegue ouvi-lo. Josh cambaleia, depois desaba. Um homem que está passando de carro vê seu comportamento estranho e encosta para ajudar, mas é tarde demais.

Livvy surge da casa, triunfante, segurando a saia como um troféu. Ela leva um momento para digerir o que está se passando à sua frente. Josh está deitado ali, com um homem em pé acima dele, e seu carro está parado no meio da rua, com a porta do motorista ainda aberta. Primeiro, Livvy acha que Josh foi atingido pelo carro.

Um vizinho liga para a emergência e os enfermeiros levam cinco minutos para chegar. Estão fazendo o procedimento de socorro emergencial e questionando Livvy quando subitamente a ficha cai.

— Ele é alérgico a abelhas — diz ela, virando-se para ver o Honda trancado na entrada da garagem. A mochila de Josh está no banco de trás, com o seu medicamento dentro.

Os técnicos imediatamente lhe dão uma injeção de epinefrina, depois o levam à sala de emergência, onde os médicos lhe administram mais trinta minutos de tratamento.

Enquanto isso, Mark e Julia estão no consultório do obstetra e ginecologista, olhando, sonhadores, a imagem do bebê que ainda vai nascer, com os telefones celulares desligados para não interferir no equipamento. O médico pergunta se eles querem saber o sexo e ambos ficam em dúvida. Deve ser surpresa? Julia acha que é menina. Eles decidem esperar, então, Josh também ficará surpreso.

O médico de Julia imprime várias fotos em 3-D do bebê, depois as põe juntas para produzir um ultrassom em 4-D — o primeiro vídeo do bebê. Um vídeo! É incrível o que a tecnologia consegue fazer, todos estão maravilhados. Eles passam mais alguns instantes conversando sobre anestesia peridural e como é um alívio que o verão longo e quente tenha finalmente passado.

Na sala de emergência, os médicos conseguem fazer com que o coração de Josh volte a bater, mas o inchaço excessivo de sua laringe desacelerou severamente o fluxo de sangue em seu cérebro, o que causou um grande derrame. Josh está em coma.

Morte cerebral.

A essa altura, Julia e Mark já deixaram o consultório médico e estão no carro, indo embora, quando Julia checa seus recados.

— Manobre o carro e volte! — ela grita.

Tudo isso aconteceu numa terça-feira. No sábado eles desligaram Josh dos aparelhos e o viram partir.

Colapso circulatório. Falência respiratória. Hipóxia cerebral, anafilaxia fatal. Julia sabe que a garganta dele se fechou em segundos, mas isso não a impede de ouvi-lo gritar pedindo ajuda.

Isso é o que Julia vê. E ouve. Repetidamente.

Julia se força para sair da cama, olhando o corredor vazio. Há marcas na parede, retângulos claros, que ficaram abrigados da luz do sol por muitos anos. Julia tinha a intenção de substituir as fotografias que um dia ficaram penduradas ali, mas não chegou a fazê-lo — ela não tinha percebido quantas fotos havia de Livvy até tirá-las. Livvy está em quase todos os lugares, em cada canto. Desde o instante em que Julia ganhou seu pedido de ter uma irmã caçula, não houve um só instante em sua vida em que Livvy estivesse ausente, momento algum, até o dia em que Julia enterrou seu filho.

Então, começa a dor e a raiva que se apoderam de Julia como uma onda. Não é como antes, quando aquilo a consumia de um jeito que ela nem conseguia enxergar direito, mas Julia ainda mal consegue pensar a respeito. Quando Mark e Julia estavam decidindo onde morar, Avalon foi uma escolha fácil porque Livvy e seus pais estavam ali. A família de Mark vive em St. Louis, mas ele não é próximo deles, não da forma como Julia é com sua família.

Era. Como Julia era com sua família.

Julia decide desistir do banho e se arrasta lá para baixo, grata pelo silêncio da casa, mas também sentindo a melancolia e a solidão. É assim durante a hora seguinte, enquanto ela se recompõe, repassando, na cabeça, uma pequena lista de tarefas "a fazer".

Quando o telefone toca, Julia já vestiu calças *jeans* e uma blusa de malha de mangas curtas, e seus cabelos estão presos num rabo de cavalo. Ninguém mais liga para ela, e Julia pensa se deve ou não se dar o trabalho de atender. Antes da morte de Josh, ela e Livvy se falavam várias vezes ao dia, sobre tudo e nada. Julia não se permitiu sentir falta daquelas ligações, das conversas longas e por vezes sem sentido, porém hoje Julia se pega pensando se é Livvy quem está ligando, talvez ela não desligue o telefone dessa vez, apenas ouça o que Livvy tenha a dizer.

Mas o que Julia diria a ela?

— Acho que não estou fazendo isso direito. — É Hannah, a jovem asiática que Julia conheceu na semana passada no salão de chá. Ela parece desanimada. — Encontrei seu nome na lista telefônica, espero que não tenha problema estar ligando.

— Não, não, tudo bem. — São suas primeiras palavras do dia. Julia tosse, limpando o sono da garganta. — Você não está fazendo direito?

— O Pão da Amizade. Está tão mole! Será que devo acrescentar mais farinha? Minha colega de quarto tinha uma máquina de fazer pão, na faculdade, e eu lembro que a massa ficava mais dura...

Julia percebe que estava na expectativa, ouvindo Hannah falar, a voz ansiosa do outro lado da linha. É algo tão pequeno — essa simples conversa telefônica — e, no entanto, Julia não consegue acreditar que esteja acontecendo. Uma conversa normal que não tem nada a ver com ela, nem com a escola de Gracie, nem com Mark chegar tarde do trabalho. Não há nenhum sinal de preocupação, nem o tato cauteloso ao redor de Julia. Na verdade, Hannah está falando com tanta agitação que Julia se vê na estranha posição de impedir outra pessoa de ficar exaltada.

— Ei, tudo bem — diz Julia. Ela ouve a diversão em sua própria voz e isso a faz sorrir. — Eu deveria ter falado a você. O nome é Pão da Amizade, mas é um pão doce, parece um bolo. É como pão de banana.

— Ah! — Hannah respira. — Então está tudo bem?

— Está tudo bem. Você já colocou no forno? — Julia se recosta na pia da cozinha, com o telefone preso entre o ouvido e o ombro.

— Não. Achei que devia ligar antes.

— Ponha no forno e me ligue, em uma hora, quando estiver pronto — Julia diz a ela.

Hannah hesita.

— Tem certeza? Não quero incomodá-la.

— Não vai. — Julia não se lembra do que ia fazer esta manhã — como sempre, não tinha plano nenhum. — Falo com você em breve.

Elas desligam e Julia se vira para olhar seu saco de massa, que já está pronto e dividido. Elas vão assar quando Gracie voltar para casa. Já copiaram as instruções e Gracie escolheu mais amigas da escola para quem quer dar os sacos extras. Elas vão assar um pão a mais para guardar e talvez um para que Mark leve ao trabalho. Se ele quiser.

Julia está inquieta, olhando o relógio para ver se já se passou uma hora. Ela tem uma explosão de energia e termina de arrumar e limpar a geladeira em tempo recorde. Quando foi a última vez que ela tinha feito isso? Um ano atrás, talvez, e levou uma eternidade. Ela fazia uma prateleira por dia, depois a porta, depois o *freezer*, em mais três dias. Uma semana. Ela levava uma semana. Agora fez em menos de uma hora.

Julia pensa em dez dias atrás, quando conheceu Hannah no salão de Madeline. Ela não fazia ideia do motivo de Hannah estar chorando naquele dia, mas Julia ficou grata. Pela primeira vez ela não se sentiu como a única pessoa da sala com uma tragédia.

Quando o telefone toca, Julia praticamente pula em cima.

— Alô?

— Oi, Julia. É a Hannah. Desculpe ter incomodado. Você estava certa — o pão saiu perfeito! Estou esperando esfriar, depois vou comer uma fatia. — Hannah parece satisfeita e Julia se sente estranhamente orgulhosa.

— Que bom ouvir isso. Fico contente que tenha dado certo.

— Eu também. Eu sou uma negação na cozinha, então estava certa de que tinha feito algo errado. Obrigada por me ajudar.

— Quando quiser. — Julia não quer desligar o telefone, mas não consegue pensar em mais nada para dizer.

— Mais uma coisa...

— Sim?

— Foi divertido, mas eu realmente não cozinho. O que devo fazer com os outros sacos de massa?

Julia ri, lembrando como se sentiu quando estava na mesma situação de Hannah dez dias atrás.

— Minha filha adoraria levar os sacos extras para a escola — ela diz a Hannah. — Acho que há uma lista de crianças esperando, que querem experimentar o pão em casa.

Hannah suspira aliviada.

— Que bom! Eu estava com medo de que estragasse.

— Sei o que quer dizer. — Julia tem pensado a respeito e arranjou uma teoria. Sua teoria é que fazer algo na massa, todos os dias, faz com que você se afeiçoe a ela. Você se torna apegada demais para simplesmente jogar fora, deixar estragar.

— Eu realmente fico grata por você me ajudar. Posso convidá-la para almoçar?

— Ah, você não precisa fazer isso, Hannah — Julia diz. Ela imediatamente deseja apagar o que disse. Parece que ela não quer sair, o que não poderia estar mais longe da verdade. Ela rapidamente acrescenta: — Quero dizer, será um prazer, mas eu pago o meu. — Ela vê seu reflexo na porta do forno. Precisa arrumar os cabelos, passar um pouquinho de maquiagem.

— Que tal você pagar na próxima? — propõe Hannah, e Julia fica feliz diante da sugestão de haver a possibilidade de mais por vir. — E poderíamos voltar à Madeline?

Julia não consegue pensar num lugar melhor.

— Eu adoraria voltar à Madeline.

— Meio-dia está bom?

— Meio-dia — Julia diz, lentamente, lembrando a sensação de marcar um encontro, assumir um compromisso. — Meio-dia será perfeito.

Hannah descansa os antebraços na pia e inspira profundamente, sentindo o cheiro do pão. A crosta de canela está pontilhada de açúcar cristal, minúsculos diamantes comestíveis. O pão está morno sob o toque, então Hannah delicadamente tira da forma e o põe para esfriar. Ela ainda não consegue acreditar que assou algo sozinha. E do zero! Desde que começou a tocar profissionalmente, aos dezesseis anos, suas refeições foram apressadas — para viagem, algo rápido, aquecido no micro-ondas, jantar na casa de outras pessoas. O hábito prevaleceu, mesmo depois que ela parou de tocar como meio de vida. Além disso, Philippe preferia comer fora — ele gostava da atenção, ao ser favorecido em alguns restaurantes que faziam questão de conhecê-lo pelo nome.

Desde que veio morar em Avalon, Hannah tenta cozinhar, mais por detestar comer sozinha em público, mas ela realmente não sabe o que fazer na cozinha. Não tem uma despensa bem abastecida e tudo parece demorar tanto — o preparo, assim como o cozimento, sem mencionar a limpeza. Ela se pergunta se Philippe está certo, se não é melhor simplesmente comer fora. Depois de tudo, ela fica tão cansada que nem tem mais fome.

Mas o Pão da Amizade tem uma aparência e um cheiro tão maravilhosos que Hannah não consegue resistir. Ela arranca um pedaço e enfia na boca. É fabuloso. Ela gostaria que Philippe pudesse vê-la agora, pudesse ver a mulher na qual ela está se transformando, e que ele está perdendo. Ele ficou furioso por ela não ter seguido suas instruções, ao pé da letra, deixando que o pessoal da mudança empacotasse as coisas. Por um segundo ela ficou com medo, achando que estivesse piorando a situação que já era ruim. Depois, parou com isso.

Por que é ela que está se sentindo mal? Ela sempre foi a cordata, desde o começo do relacionamento. Quando Philippe sugeriu que eles fossem morar juntos, ela concordou. Quando ele quis ficar noivo, alguns anos antes de Hannah querer isso, ela concordou. Quando ele quis mudar para Chicago, ela concordou, embora isso significasse ficar voando para ir e voltar, durante aqueles anos, para fazer com que o relacionamento deles desse certo. Depois que eles se casaram, foi Philippe quem deu as cartas, escolheu os móveis, excluir os carros e onde eles iam morar, que viagens deveriam fazer. Foi ideia dele mudar para Avalon, uma decisão que surpreendeu Hannah, mas que também a encantou. Ela concordou com tudo, e agora está cheia de tristeza.

Ele garantiu que tomaria conta dela, que nada seria complicado além do necessário. Ele tinha seus ganhos e ela tinha os dela, isso sempre foi separado. Ele lhe dará a casa em Avalon para manter, ou vender, e ela concordará que ele fique com o apartamento de Chicago, o qual, ele frisa, tem metade do tamanho. Ele mandará as coisas de Hannah que estão no apartamento assim que terminar a temporada em junho. Cada um ficará com seus respectivos carros — Hannah tem uma Toyota e Philippe, um Audi — e é isso.

Babaca, pensa ela, enquanto come outro pedaço de pão, parando apenas para sobrar espaço para o almoço com Julia. Elas vão se encontrar em alguns minutos, mas é uma pequena caminhada até a Madeleine e Hannah não quer parecer ávida demais. Porém, como foi ela quem convidou, não deve se atrasar. Ela põe três sacos de massa na bolsa, depois pega o resto de suas coisas e sai.

Está um lindo dia em Avalon, ainda frio, mas com os primeiros sinais da primavera que chega. Hannah abotoa a jaqueta e amarra uma echarpe ao redor do pescoço enquanto caminha pela calçada. Ela olha as casas vizinhas à sua, notando que todas parecem habitadas, cuidadas. A rua, em particular, tem uma fileira de casas estilo bangalô, construídas no fim do século XVIII, com laterais e telhados em madeira, todas com garagens que foram acrescentadas depois. A casa de Hannah e Philippe é uma das propriedades que passaram por reformas adicionais, para aumentar o tamanho da casa, com utensílios mais avançados, o piso de madeira restaurado e envernizado. A lareira ornamental — típica das casas antigas — foi substituída por uma que realmente funciona. O pequeno quintal da frente não dá ideia do grande quintal dos fundos, algo que Hannah adora na casa. Era o que mais lhe fazia falta em Nova York e Chicago. Espaço. Grama. Sua própria árvore. Agora Hannah tem cinco, sendo a imperatriz real a sua favorita. As flores roxas perfumadas estão começando a desabrochar.

Há um orgulho na simples manutenção da paisagem da rua, que fica longe do Avalon Park e do colégio de ensino fundamental. Hannah gosta do fato de Avalon ser grande o suficiente para que se precise de um carro e, ao mesmo tempo, haja muita coisa que se pode fazer a pé. A menos de quinze minutos de distância, há uma sorveteria com piso quadriculado em preto e branco e uma fileira de banquetas vermelhas de vinil, junto ao balcão. Hannah vê as crianças indo até lá depois do colégio, com suas mochilas alinhadas do lado de fora da sorveteria, uma tradição em Avalon. Hannah gosta disso.

Seu ritmo diminui quando ela se aproxima do salão de Madeline. Há mais carros e mais gente entrando e saindo do salão de chá, garantindo o movimento de um lugar que parecia tão quieto nos primeiros meses que Hannah passou ali. Ela avista Julia saindo de seu carro e sorri radiante quando Julia a vê e acena.

— Estou tão contente que você pôde vir — diz Hannah, quando elas se encontram e seguem em direção à Madeline. — Tenho ficado enlouquecida em casa.

— Eu também — diz Julia. — Eu estava limpando a minha geladeira quando você ligou.

Hannah parece estar prestes a se desculpar, mas Julia rapidamente acena.

— Para mim também é um alívio sair.

Elas entram e logo são envolvidas pelos aromas mornos e deliciosos. Muitas das mesas estão ocupadas e Hannah vê os cabelos grisalhos de Madeline surgindo da cozinha, com dois pratos de comida, parecendo agitada.

Ela tira um instante para papear com um cliente, pega um jarro suado de chá gelado e começa a oferecê-lo passando de mesa em mesa, para reabastecer os copos. Tanto Julia quanto Hannah hesitam, incertas se devem esperar ou voltar outra hora. Nesse momento Madeline olha na direção delas e um largo sorriso se abre em seu rosto.

— Aí estão vocês! — exclama ela, como se as esperasse. Ela pousa o jarro e se apressa até elas, cumprimentando-as com um grande abraço, antes que as mulheres possam dizer qualquer coisa. — A maioria das minhas mesas já está quase terminando. Vocês estão com pressa?

— Eu não. — Hannah olha para Julia, para confirmação.

Julia sacode a cabeça e diz:

— Nem eu. Só tenho de buscar minha filha na escola daqui a um tempo.

Os olhos de Madeline brilham.

— Perfeito! Sintam-se em casa e eu prometo que vou cuidar bem de vocês. — Ela se afasta apressada.

— Nossa, ela está ficando ocupada. — Hannah olha em volta, ligeiramente intimidada pela pequena multidão. É uma coisa engraçada, ela pode se apresentar diante de cinquenta mil pessoas no Central Park, mas congela numa sala com vinte e cinco. Chega a ser um pequeno alívio quando Julia avista uma mesa e aponta o caminho — Hannah só tem de segui-la.

— Avalon não é exatamente o lugar para novos empreendimentos, então fico contente que o negócio dela tenha decolado — diz Julia. Seus olhos rapidamente varrem a sala antes de pousarem no menu. — Parece que tem algumas mesas. Mas a maioria é turista.

— Avalon não parece muito com uma cidade turística — nota Hannah.

Julia concorda.

— Não somos mesmo, mas as pessoas gostam de passar dirigindo ao longo do rio. Avalon é um local fácil de parar no caminho.

Isso faz sentido, já que foi exatamente assim que Philippe e Hannah a encontraram. Ela se lembra da placa de madeira que lhes deu as boas-vindas a Avalon quando chegaram de carro, incertos quanto ao que esperar, mas também curiosos.

Julia aponta algo no cardápio.

— Olhe isso: "Um trio de sanduíches aperitivo". Salmão com queijo, peru com oxicoco (*cranberry*), queijo de cabra fresco com agrião. Isso é o que eu vou pedir. — Ela parece satisfeita com sua escolha. — E você?

Hannah dá uma olhada no menu, sopas, saladas, quiches e sanduíches, e não tem ideia do que pedir. Não é um menu tão grande, mas as opções parecem difíceis. Hannah não é exigente com comida. Nunca foi. Geralmente concordava com o que Philippe queria, não por ser uma molenga, mas porque simplesmente era mais fácil. Hannah nunca teve de pensar muito nisso.

Todos ao seu redor estão comendo algo que parece bom. Julia já sabe o que quer. O que Hannah quer? Afinal, é só um almoço — não é o resto de sua vida. Ela finalmente desiste.

— Vou pedir à Madeline que sugira algo. — Ela larga o menu, desgostosa por nem sequer ser capaz de tomar essa simples decisão.

Madeline se aproxima com uma jarra de chá gelado e dois copos altos. Ela coloca tudo sobre a mesa.

— Um chá gelado de gengibre — anuncia ela. — É minha marca registrada. Tem um pouco de melado na mesa se quiserem adoçar. E o prato do dia é um adorável Croque Madame com molho *mornay*. Um vizinho trouxe uns ovos orgânicos do sítio e eu não pude resistir. Acompanha verduras frescas. Nove e noventa e cinco.

— Esse é o meu — diz Hannah, imediatamente. Ela estica a mão para pegar o chá gelado, serve seu copo e o de Julia. — Madame de Brisay comerá um Croque Madame, *s'il vous plaît*. — ela finge um sotaque francês, mas ele sai engraçado.

— Vou comer os sanduíches aperitivos — diz Julia. Ela olha para Hannah. — Quem é Madame de Brisay?

— Eu. — Hannah põe um pouco de melado em seu chá. — Meu marido é francês. — Ela não ergue os olhos.

Os olhos de Madeline se arregalam, subitamente reconhecendo-a. — Eu sei quem você é! — ela exclama. Ela leva as mãos aos quadris e olha para Hannah, como se ela continuasse resistindo. — Hannah de Brisay, *née* Wang. Eu li sobre você no *New York Times*. Você é violoncelista concertista!

— Era! — Hannah corrige.

— Acho que ouvi uma entrevista na rádio pública nacional. Você não começou a tocar quando tinha três anos?

— Três? — Julia olha de boca aberta e Hannah fica constrangida.

Madeline continua, impassível. — Eu me lembro de Joel Rose dizendo que você podia ouvir uma composição e tocar inteira, com sete anos.

Com seis, na verdade, mas Hannah não a corrige. Ela está ligeiramente lisonjeada que alguém saiba algo a seu respeito nessa cidade. Dá uma sensação boa, como se sua identidade não tivesse sido completamente apagada.

Madeline está empolgada e deve ser contagioso, pois Julia também está sorrindo.

— Você costumava tocar na Filarmônica de Nova York. Não posso acreditar, há uma celebridade no nosso meio! — A voz de Madeline chega à exclamação e algumas cabeças se viram para olhá-las, curiosas.

— Não, não — diz Hannah, rapidamente. — Já me aposentei das apresentações profissionais. Além disso, foi há muito tempo.

— Não pode ter sido há tanto tempo. Você ainda é tão jovem e linda. — Madeline lança um olhar bondoso e sério, e Hannah se pergunta se Madeline sabe mais do que está dizendo. Madeline dá uma olhada ao redor do salão de chá, que ainda está cheio de clientes. — E eu tenho de voltar ao trabalho, logo quando estava ficando interessante. Voltarei quando as coisas se acalmarem. A sobremesa é por conta da casa. À escolha de vocês. — Ela sai apressada, antes que elas possam protestar.

Julia olha para Hannah, intrigada.

— Seu marido também é músico?

Hannah consegue concordar, enquanto dá um gole no chá gelado. Aquece sua garganta, o gengibre é ligeiramente picante.

— Philippe toca violino. Ele é diretor-assistente da Orquestra Filarmônica de Chicago. — *E me deixou*, ela tem vontade de acrescentar, mas decide não fazê-lo. Não é o tipo de coisa que as pessoas queiram saber.

— Por que você não está mais tocando? — pergunta Julia.

— Há três anos eu tive uma lesão na coluna, depois de fazer uma temporada numa turnê intensa. Eu não conseguia sentar ereta por um bom tempo — os músculos das minhas costas estavam constantemente distendidos. Eu já tinha tido problemas crônicos lombares — muitos violoncelistas passam por isso, infelizmente —, mas isso foi muito, muito pior. Tirei uma licença, mas ficou claro que eu não poderia ter o mesmo desempenho de antes.

— Eu lamento.

— Tudo bem — diz Hannah, embora, na verdade, não esteja. Ela sente mais falta disso do que de qualquer outra coisa, principalmente agora, o que a faz pensar de que valeu todo o seu trabalho duro. — Philippe e eu também estávamos cansados de um casamento a longa distância, então fazia sentido desistir do meu apartamento de Nova York e me mudar para Chicago. Então, neste ano, nós começamos a procurar um lugar para morar. Não conseguimos encontrar nada de que gostássemos e seguimos de carro, até que achamos Avalon. — Ela não diz que resistiu à ideia de se mudar para uma cidade pequena, que parecia distante demais da cidade e da civilização, da forma como eles conheciam, mas Philippe insistiu, convencendo Hannah de que ele estava pensando no futuro dos dois. Agora ela sabe que ele estava apenas pensando num futuro sem ela. — Foi escolha de Philippe vir morar aqui.

— Ele está gostando?

— Ele disse que estava, mas nunca estava aqui. — Hannah percebe que está falando no passado, mas Julia não parece notar.

— Você disse que tinha filhos?

— Não. — Hannah nem pode imaginar o que faria se eles tivessem filhos. Ela acrescenta: — Conversamos sobre começar uma família, mas acho que não vai acontecer. — Ela não diz mais nada e Julia não pergunta.

Julia se vira para olhar pela janela. — Estou tentando lembrar se vi algo sobre sua chegada na *Avalon Gazette*, mas realmente não olho muito o jornal. Eles fazem tanto estardalhaço por qualquer coisa que acontece nessa cidade que tenho certeza de que ficaram excitados em saber que agora você e seu marido são residentes de Avalon.

Hannah dá um sorriso confuso. Avalon é tão diferente de Nova York ou Chicago que ela nem sabe por onde começar. Ela se lembra de uma época em que ela e Philippe estavam constantemente na mídia, os fãs musicais e fotógrafos apaixonados pelo jovem casal que parecia destinado ao estrelato.

— Com exceção de Madeline, acho que não tem mais muita gente que acompanha o mundo da música clássica — diz Hannah.

Julia parece encabulada.

— Lamento dizer que não sei tanto quanto gostaria. — Em outras palavras, ela não faz ideia de quem Hannah seja.

O que deixa Hannah radiante. Sempre houve aquela incerteza quanto a alguém estar encantado por Hannah ou apenas por sua música. Ela tem amigos e conhecidos indiretos, outros músicos que viajam no mesmo grupo, todos com histórias semelhantes à de Hannah — todos eles começaram a tocar ainda jovens, iam para a colônia de férias musical, frequentaram a Julliard e aí por diante — mas ela nunca conheceu muita gente fora do círculo musical. A movimentação constante, além das sete horas diárias de ensaio, tornava impossível conhecer alguém.

Quando a comida chega, Hannah ataca-a faminta. Seu sanduíche grelhado tem um ovo em cima, com a gema para o alto, um molho cremoso de queijo ao lado. Ela e Julia trocam pequenos pedaços, cortando os cantos de seus sanduíches e comentando como tudo está gostoso, como Madeline claramente tem esse dom. Ambas as escolhas estão deliciosas e Hannah decide que na próxima vez vai pedir algo do menu, algo novo que ela nunca tenha experimentado, e seguirá em frente até ter provado de tudo.

Hannah interroga Julia sobre Avalon. O que eles fazem, aonde vão, o que veem. É constrangedor como ela sabe pouco sobre a cidade em que está vivendo, mas Hannah achou que fosse descobrir com Philippe.

Ela expulsa Philippe de seus pensamentos e desvia a atenção para Julia, e fica intrigada pelo amor de Julia pela cidade, que é claramente o seu lar.

Lar. O conceito de firmar raízes ou ao menos tê-las é algo desconhecido para Hannah. Sete mudanças ao longo de sua vida, ou pela música, ou quando a mãe ficou doente e eles acamparam perto do Cedars-Sinai, em Los Angeles. Hannah se sente como se sua vida estivesse perpetuamente em guarda-móveis — algumas coisas aqui, outras lá, nunca tudo num só lugar, nem mesmo agora. Seus pertences estão divididos entre Avalon e o apartamento deles em Chicago, e seu irmão Albert recentemente lhe disse que ainda tinha três caixas no sótão da antiga casa dos pais em Maryland.

— Nunca morei em lugar algum por mais de quatro anos — Hannah conta a Julia. — Eu costumava dizer a mim mesma que era um desejo de viajar, que isso estava no meu sangue. Mas era apenas o meu jeito de justificar o fato de nunca estar em lugar algum por muito tempo. Eu não queria admitir que não tinha um local para chamar de lar.

— Onde seria seu lar se você tivesse uma escolha? — pergunta Julia.

— Eu não acho que seja tanto um lugar, como um sentimento. Será que isso faz algum sentido? Eu tenho um ideal de lar do tipo de Norman Rockwell, da sensação de todos juntos, das crianças andando de bicicleta, de barraquinhas de limonada e verões preguiçosos. — Hannah dá um sorriso torto. Ela nunca teve um verão preguiçoso, e de forma alguma seu pai a deixaria montar uma barraquinha de limonada na rua. Nem ela nem Albert jamais tiveram uma bicicleta, nem mesmo agora. — Nós comemorávamos os feriados americanos, mas sempre com uma inclinação chinesa.

Julia parece confusa, então Hannah explica como seus pais faziam um peru no Dia de Ação de Graças, depois concordavam que não estava saboroso o suficiente e voltavam ao pato crocante e adocicado. Hannah se lembra de ficar sentada com Albert, após o horário de irem para a cama, vendo os homens fumando e falando em chinês, enquanto as mulheres jogavam *mah-jongg*, as mãos se movimentando sobre as peças coloridas de resina, misturando-as, enquanto riam e gritavam umas com as outras.

Julia sorri.

— Acho que isso parece adorável, Hannah.

— Acho que sim — diz Hannah. — Mas eu sempre achei que seria legal ter um feriado à moda antiga, sabe? Eu não nasci em Taiwan, nasci aqui. Só quero experimentar as coisas como todo mundo.

— Ser uma violoncelista está bem longe de ser como todo mundo.

Hannah sorri. — Nem me fale. E claro que tive de me casar com um francês, então também tinha as comemorações francesas das quais participávamos, como o Dia da Bastilha e La Chandeleur. Não que eu me incomode com nada disso, é só que quero...

— Um Natal de Norman Rockwell — Julia termina para ela.

— E o Dia de Ação de Graças, a Páscoa — Hannah suspira.

Julia sorri.

— Sabe, Hannah, você pode ter tudo isso aqui. Em Avalon.

Hannah pensa a respeito. Embora Avalon tenha sido escolha de Philippe, tem mesmo aquela sensação clássica americana.

— Talvez você esteja certa.

O movimento do almoço passou e só restam alguns clientes, fora Hannah e Julia. Quando elas terminam de comer, Madeline traz um bule de chá, três xícaras, e puxa uma cadeira.

— Finalmente! — exclama ela, com o rosto vermelho e feliz de exaustão. — Tenho andado ansiosa para experimentar esse chá. É de menta, com um toque de grãos de cacau. Ajuda na digestão.

Julia sorri.

— Você está nos acostumando mal.

— Que nada. — Madeline finge indiferença, mas as duas notam que ela está contente. Madeline pousa as mãos no colo e acena em direção ao bufê de sobremesas. — Vão em frente, sirvam-se, os pratos estão à esquerda. — E então vai verificar se o chá já está pronto.

Julia é a primeira a encher o prato: pão preto de gengibre, bolo de baunilha com recheio de maracujá, um bolinho de mirtilo. Hannah prefere saciar seu desejo de chocolate com apenas um *brownie* indecente.

— Nós vamos comer todo o seu lucro — Julia alerta Madeline, que descarta o comentário com um aceno de mão. Julia dá uma olhada na escolha modesta de Hannah. — Talvez só eu.

Madeline vai olhar novamente o chá e, agora satisfeita, serve uma xícara para cada uma.

— Estou tão empolgada em ter gente comendo da minha comida — ela diz.

— Agora parece que todos estão comendo da sua comida — diz Julia. — Hoje estava lotada.

— Eu sei, não é uma glória? Tem sido assim desde... — Madeline pensa, depois fica radiante. — Desde que vocês vieram, meninas, algumas semanas atrás. E eu aqui achando que a primavera estava fazendo todos saírem, mas talvez tenham sido vocês duas. Meus talismãs da sorte.

— Ou — acrescenta Hannah — sua comida seja simplesmente incrível e só seja preciso experimentar. Comigo foi assim.

— Comigo também — diz Julia. — Às vezes a nossa cidade leva algum tempo para experimentar algo novo, porém, depois que o fazem, se for bom, eles ficam viciados. E tudo se espalha rapidamente em Avalon.

— Qualquer que seja o motivo, eu sou grata — diz Madeline. Ela dá um gole em seu chá, analisando. — Ah, isso está bom. — Ela serve um pouco mais para todas e se recosta em sua cadeira. — Eu vou lhes contar, aqueles primeiros meses foram muito preocupantes. O *freezer* lá de baixo está cheio de coisas prontas, eu não queria que estragasse. O banco local de alimentos só quer comidas não perecíveis e eu gosto de fazer tudo fresquinho. Acho que vou guardar para quando precisar.

Isso lembra Hannah, que estica a mão para pegar a bolsa. Ela entrega quatro sacos herméticos de massa a Julia.

— Tem certeza de que não quer ficar com um? — pergunta Julia.

Hannah quer dizer que sim, mas não está tão confiante em seu entusiasmo para voltar a assar na semana que vem.

— Vou levar uma eternidade para comer os dois pães que fiz. Além disso, gosto mais de chocolate. — Ela dá uma mordida no *brownie* e fica surpresa ao sentir o quanto é macio, praticamente desmanchando na boca. — Isso está divino. Eu provavelmente deveria tentar fazer *brownies* um dia desses.

Madeline dá um sorriso travesso para Hannah.

— Engraçado você dizer isso. Eu fiz esses com a massa de um dos meus sacos de Pão da Amizade.

— É mesmo? — Hannah dá outra mordida. Está um deleite. — Contanto que a receita não seja complicada, ela quer tentar. — Se não for muito difícil de fazer, eu adoraria ter a receita.

— Eu também — diz Julia.

— É claro — diz Madeline. — E pode ficar sossegada, é incrivelmente fácil. Se você fez o Pão da Amizade, consegue fazer isso.

Hannah lança um olhar tímido à Julia.

— Você se importa se eu pedir um saco de volta? Será que sua filha irá se importar?

— É claro que não. — Julia entrega um saco de volta. — Gracie ficará muito contente em ter os sacos extras para levar para a escola.

— Eu adoraria conhecê-la qualquer hora — diz Madeline. — Prometa que você vai trazê-la, Julia. Estou flertando com a ideia de oferecer o local para festas de aniversário nos fins de semana. Ela poderia servir como teste.

— Gracie ficará nas nuvens — diz Julia, radiante. — Na verdade, ela não irá mais embora.

— Você tem mais filhos? — pergunta Hannah, curiosa. Julia parece o tipo de mulher que tem um punhado de filhos. Hannah pode até imaginá-la administrando o caos familiar, como um guarda de trânsito, com um sorriso no rosto enquanto ajeita as crianças numa minivan.

Mas um ar sombrio surge no rosto de Julia e ela olha para baixo, para a xícara. Há uma mudança óbvia em seu humor e Hannah gostaria de poder retirar a pergunta feita, gostaria de não ter dito nada que estragasse aquele momento perfeito. Hannah vê os ombros de Julia se retesarem e, por um segundo, Hannah se pergunta se Julia vai embora. Mas ela não vai.

Em vez disso, ela ergue os olhos e diz:

— Sim, tenho. Eu tenho um filho.

Capítulo 8

Se você não vê ninguém, nunca fala a respeito. Faz muito tempo que ela não precisava falar nada sobre esse assunto, porque todos em Avalon já sabem alguma versão daquele dia.

Julia sente isso pairando no ar, prolongando-se. Esperando. Sua voz está hesitante, trêmula, conforme ela começa a falar, baixinho, incerta do quanto irá dizer, do quanto *consegue* dizer. Então, subitamente, as palavras vão saindo e ela conta tudo.

As três mulheres ficam quietas. Julia não consegue acreditar que, de fato, recontou em voz alta os acontecimentos que cercam a morte de Josh. Ela nunca falou sobre isso, nem com Mark, e, se alguém perguntasse o que tinha acontecido, ela simplesmente se levantava e ia embora.

Madeline é a primeira a falar.

— Eu sinto muito por sua perda, Julia. — Ela pega a mão de Julia nas suas, com a pele macia e enrugada. Um bálsamo.

Hannah parece estarrecida, seus olhos estão cheios d'água. Julia conhece bem isso, o choque de ouvir sobre Josh pela primeira vez. É um alívio o fato de Hannah estar completamente muda e não se apressar em preencher o silêncio com palavras.

Os olhos de Madeline também estão molhados, mas seu olhar está fixo em Julia, que retira a mão para esfregar os olhos. Ela subitamente se sente cansada. Ela quer dormir.

— Eu lamento muito — Hannah finalmente consegue falar. Madeline entrega um lenço de papel e Hannah assoa o nariz. — Eu só... eu não sei o que dizer...

Julia abre os olhos para ver a jovem aos prantos diante dela, tentando parar, mas incapaz de conseguir.

— Tudo bem, Hannah. — No passado, Julia ficava zangada quando as pessoas desabavam à sua frente, pesarosas pela perda como se fosse delas, como se esperassem que ela os confortasse. No entanto, agora ela se sente diferente.

Madeline pede licença para atender alguns clientes, prometendo voltar logo. Ela dá um abraço em Julia e beija o alto de sua cabeça.

O cansaço passa. Julia subitamente percebe que está sentada a uma mesa com uma toalha de mesa de algodão azul, a mão ao redor de uma xícara de chá. Ela nota o saleiro e o pimenteiro antigos, os botões roxos num pequeno vaso de vidro. No passado, a sensação de cansaço ficaria em seu corpo durante dias, então a única solução era voltar para a cama. Mas hoje a sensação veio e se foi. Seu peito ainda tem um vazio e está frágil como a casca de um ovo, mas ela está sentada a essa mesa, tomando seu chá e falando sobre Josh.

Ela está perplexa.

Madeline volta à mesa com um bule de chá fresco na mão. Elas são as únicas no salão e Julia percebe que Madeline virou a placa da porta para FECHADO depois de se despedir do último cliente.

Julia não discute com ela, não protesta. Essas mulheres não a conhecem, não conheceram Josh, no entanto ela se sente como se conhecessem sua tristeza.

As três ficam ali sentadas, num silêncio entre confortável e desconfortável, dando um tempo a si mesmas antes de falarem, em voz baixa, sobre as questões do coração que nunca podem ser esquecidas.

Doutora Norma Meehan, 37 anos
terapeuta

— Apenas ponha para fora — diz Norma Meehan. — Como isso a fez sentir? — ela se recosta na cadeira, os olhos secretamente olhando o pequeno relógio atrás da cabeça de sua cliente. Faltam quarenta minutos.

— Terrível, doutora Meehan! — funga Phyllis Watts, segurando um lenço de papel. — Eu disse a ele que não queria garantia estendida, mas ele não ouviu. Disse que eu precisava, e anotou assim mesmo. Ele era um intimidador!

A doutora Meehan faz um som de estalo com a língua. O som tem a finalidade de assegurar Phyllis de que ela a está ouvindo, sendo profundamente solidária, no entanto, ao mesmo tempo não está julgando o que aconteceu.

— Depois, o que houve?

— Eu disse a ele que não pagaria pela garantia estendida porque o *Consumer Reports* diz que garantias estendidas não são necessárias. Depois ele... ele... — Phyllis volta a ficar agitada, com a respiração ofegante e zangada.

— O que ele fez, Phyllis?

— ELE RIU! Eu acabei saindo da loja, pensando em mostrar a ele uma coisa, mas a questão é que eu quero *muito* aquela nova Hoover e ninguém mais nessa cidade a vende. Agora eu preciso voltar lá se quiser comprá-la, e ele simplesmente vai rir de mim novamente!

A doutora Meehan segura um bocejo. O começo da tarde é difícil para ela. Logo após o almoço, ela sempre fica ligeiramente sonolenta.

Phyllis está estrondosa agora.

— Quero dizer, ele não podia ter permissão para tratar um cliente daquela forma! EU SOU UMA PESSOA! Ele fez com que eu me sentisse tão pequenina, como se eu não soubesse de nada. Mas eu fiz minha pesquisa, doutora. Aquela Hoover recebeu as melhores avaliações na *Best Value*! Estou tão zangada que dá vontade de socar alguma coisa!

Ao ouvir isso, a doutora Meehan se endireita.

— Quer socar algo?

— Sim! Uma almofada, ou talvez aquele bastão de isopor que você tem...

A médica se levanta e se apressa até a pequena quitinete, anexa ao consultório. Ela volta alguns segundos depois e entrega a Phyllis um saquinho de massa de Pão da Amizade.

— Aí está. Pode dar uma boa espremida! Libere todas as suas frustrações! Mas tenha cuidado para não arrebentar. Fará uma bagunça terrível.

Phyllis olha o saco em suas mãos, sem entender.

— Você quer que eu esprema o saco?

— Sim. Na verdade, estou lhe dando uma receita. — A doutora Meehan rabisca algo no verso de um papel.

— Eu realmente não quero tomar medicação. — Phyllis parece preocupada.

— Esse é um tipo diferente de receita — a médica a tranquiliza, entregando a Phyllis as instruções para o Pão da Amizade, com algumas outras sugestões atrás. — Aperte, soque, torça, uma vez por dia, durante dez dias. Ah, você terá de adicionar algumas coisas no sexto dia, mas só levará um minuto.

Phyllis parece confusa.

— É isso?

— É isso! Ah, e no décimo dia, se quiser, pode assar duas formas de pão. É delicioso.

— Mas como isso irá me ajudar, doutora Meehan?

Ela não sabe, mas pelo menos ela tem um saco a menos de massa. Um de seus clientes lhe deu várias fatias do pão e ela cometera o engano de dizer o quanto era bom. Uma hora depois, um saco de massa de pão e as instruções estavam em sua caixa de correio. Havia um cheiro de borracha queimada no ar, prova da rápida escapada de seu cliente.

A doutora não sabe por que não pensou nisso antes. É a forma perfeita de administrar esses sacos extras de massa, e ainda manter alguns para ela. Genial.

— Não posso explicar o meu processo — ela rapidamente diz a Phyllis. Ela tem mais duas consultas hoje e, dessa vez, estará com a massa no sofá, esperando por eles. — Vamos apenas fazer isso, está bem?

Capítulo 9

Há um pequeno presente em sua mesa, uma caixinha azul-clara com um belo laço branco. Mark tira o paletó e o pendura no gancho atrás da porta de seu escritório, pensando de quem será, embora tenha uma boa noção.

O escritório está calmo. Todos estão ocupados em projetos e Victor está numa conferência da AIA, em Istambul. A reunião anual em Miami é em alguns meses, mas Mark não achou que Victor fosse aguentar até junho. Victor abriu mão das férias e até de dispensa médica para cobrir Mark, para assegurar que o negócio continuasse na Gunther & Evarts. Tem sido assim pelos últimos cinco anos e, agora, por algum milagre, Mark finalmente se sente pronto para voltar. Então ele mandou Victor e a esposa para a Europa, por duas semanas, e, enquanto isso, Mark é quem está no comando novamente.

Ele não viu Vivian na academia esta manhã, não que estivesse procurando por ela. É que esses encontros informais se tornaram rotineiros nas manhãs. Eles se veem, papeiam rapidamente, antes de seguir para os seus respectivos exercícios. Ele está ciente dela, do local onde ela pode estar na academia, mas tenta não olhar em sua direção. Eles se encontram novamente na saída e se deparam vinte minutos depois na cafeteria do lado de fora do escritório. Não é raro que eles entrem pela porta da Gunther & Evarts Architects ao mesmo tempo, já recapitulando o que for preciso discutir, rindo e à vontade um com o outro.

Ele sabe que há uma linha tênue entre a amizade e algo mais, mas gosta da energia e da vivacidade que ela possui. Ela tem uma mente brilhante e é atraída para o sucesso. Ele sabe que, em algum ponto, eles a perderão para outra empresa, ou talvez ela simplesmente saia por conta própria, porém, até lá, ele fica grato por ter seu talento na firma.

Mark sente uma estranha pontada por dentro e instantaneamente volta seus pensamentos para Julia, sua esposa. Não que ele precisasse ser lembrado disso. Por que precisaria? Ele a vive e respira há quase vinte anos. Ele ama Julia, a amou desde que a conheceu na Universidade de Illinois, em Chicago, no refeitório do Centro Estudantil. Apaixonou-se por ela na hora — sua risada, seus cabelos rebeldes, seu amor por organizar e reorganizar as coisas.

"Tchã-nã!", ela proclamou um dia. Ele voltava para seu alojamento depois da aula e ali encontrou seu armário totalmente arrumado. Tinha roupas que ele não via há meses, limpas, passadas, penduradas lado a lado. Julia havia substituído seus cabides tortos, de arame, por cabides plásticos brancos. Havia uma ordem nas roupas — camisas esportivas, calças, jaquetas. Um sachê cheiroso e feminino estava pendurado no pau do cabideiro.

— Você não precisava fazer isso tudo — protestou Mark, secretamente satisfeito.

Julia ergueu uma sobrancelha.

— Na verdade eu precisava, sim — confessou ela. — Isso estava me deixando maluca desde que nos conhecemos. Esse lugar é um chiqueiro.

— Ah. Não está tão ruim — disse ele, na defensiva.

— Você acha? — Julia pareceu estar esperando por esse momento, porque ela apontou algo em sua escrivaninha. Ao olhar de perto, Mark viu que era um burrito comido pela metade, ainda amassado em sua embalagem, cheio de mofo. — Encontrei isso no bolso da sua jaqueta. Mas posso pôr lá de volta, com prazer. Esse troço também. — Ela acenou com a cabeça para a lixeira barata, cheia de todo tipo de lixo nojento.

Foi o suficiente para que Mark fizesse uma careta, e ele até que era bem durão. Julia riu, arremessando o burrito no lixo. Ela desabou na cama que, ele percebeu, estava perfeitamente arrumada. Ele se jogou ao lado dela, passando a mão por baixo de sua saia, sentindo a barriga lisa e morna embaixo da palma de sua mão.

— Eu gostaria de encontrar um jeito de recompensá-la, mas talvez seja preciso bagunçar essas dobras hospitalares que você fez no lençol.

Julia deu uma risadinha, com as sardas espalhadas sobre o nariz, sua pele clara que se queima independentemente da quantidade de bloqueador solar que ela passe. Ele adora como ela está sempre disposta para qualquer coisa, como consegue fazer algo a que se dispõe. Lembra-se do ano em que ela quis ir acampar, quando Josh tinha oito anos. Ela comprou todo o equipamento — a barraca, os sacos de dormir, colchões de ar, um fogareiro portátil, mesa e cadeiras dobráveis, roupa de chuva, equipamento de pesca, uma rede. Ela tinha uma caixa de primeiros socorros para qualquer percalço de Josh, ou qualquer um na área do *camping*. Eles tinham mochilas novas, belas lanternas à prova d'água, um rádio de emergência.

Então a Julia torceu o tornozelo. Eles tinham chegado ao Trail State Park há cinco minutos e Julia tropeçou na raiz de uma árvore, no estacionamento, e caiu. Eles foram à emergência, tiraram uma radiografia de seu tornozelo, que foi enfaixado, depois seguiram para casa. Mark foi até a farmácia para comprar Tylenol e, ao voltar, Julia e Josh tinham conseguido armar a barraca no quintal dos fundos, junto com o resto do equipamento. Julia estava em pé, junto ao fogareiro, fazendo ovos fritos numa frigideira de ferro, enquanto Josh se balançava na rede, lendo alegremente um gibi.

Ele ama Julia, ele ama Julia, ele ama Julia. Mesmo com tudo que aconteceu — a retração, o afastamento, a distância —, ele está pronto para seguir adiante, mesmo que Julia não esteja.

A caixa está no meio da mesa, como um sinal de advertência silencioso.

Mark se ocupa verificando a secretária eletrônica, levando mais tempo que o necessário para tomar nota dos detalhes de cada mensagem, ouvindo algumas duas vezes, mesmo não sendo importantes. Ele liga o computador, espera para ver se há *e-mails* para resposta imediata. Não há. Quando termina de arrumar a mesa e remexer em plantas de seu arquivo vertical, ele finalmente volta a atenção para a caixa azul-clara à sua frente.

Seu nome está escrito no envelope, com a caligrafia precisa de Vivian. O papel do bloco é encorpado e tem as iniciais dela. Uma leve fragrância chega ao seu nariz e ele reconhece o perfume.

Mark

Apenas uma lembrancinha para parabenizá-lo por fechar negócio com o Lemelin — eu sabia que você conseguiria. Obrigada por me deixar fazer parte da família G&E.

Tudo de bom,

Vivian

Victor, Mark e Vivian se reuniram com Bruno Lemelin após o jantar no Roux, depois trabalharam sem parar no preparo da proposta do conceito de seu novo restaurante na cidade. Ele os presenteou com o projeto há dois dias e, desde então, Mark tem estado nas alturas. Um torpor frenético, pois Lemelin é um cliente tão exigente quanto Mark ouvira falar, sem nenhum senso de limite ou horário comercial, ligando para Mark a qualquer hora, durante o dia ou a noite, para acrescentar um comentário ou mudar de ideia. Mark sabe que os próximos meses serão de noites que terminarão tarde, à base de cafeína, mas ele não se importa — na verdade, ele até recebe com agrado. Vale a pena. Isso pode mudar muita coisa. Pode mudar tudo.

Apesar de sua alegria, ele não contou nada a Julia. Ela tem andando por fora dos assuntos de negócios desde a morte de Josh. Compreensível, é claro, visto o tempo que Mark levou para engrenar novamente nas coisas. Julia não perdeu seu discernimento, mas considera tudo opressivo e desnecessário. Julia só faz o mínimo, se puder.

Uma das conselheiras sobre luto, uma mulher que usa sandálias Birkenstocks e vestidos esvoaçantes, gentilmente sugeriu que Julia talvez não estivesse fazendo mais por não precisar — Mark estava fazendo antes que Julia tivesse a chance de fazer. Se alguém perde um braço, se sentirá inútil até perceber que pode usar o outro braço

— a conselheira dissera a ele. Mark apenas a olhou — ele detesta metáforas. — Se Julia fosse deixada por conta própria, ela talvez se ajudasse — a mulher esclareceu.

Talvez, mas "talvez" não é uma palavra forte o suficiente para Mark. Julia talvez faça, mas talvez não faça. No começo isso parecia algo pequeno, algo que qualquer marido amoroso faria para ajudar a esposa. Dar força em qualquer coisa que pudesse para tentar melhorar tudo.

Mas agora Mark está se perguntando se aquela conselheira *hippie* não estava certa, quanto a ele se encurralar num canto sem saída. Tornou-se a rotina, a dinâmica deles, e agora ele quer mudar isso. Mas como?

Por mais estranho que pareça, não é a reação de Julia que Mark teme, mas a falta dela. Ele não suportará sua possível apatia quanto à notícia de Lemelin. Ele não quer pensar no que pode sentir — ou fazer — diante dessa indiferença.

A caixa fica ali, paciente. Mark decide abri-la.

O laço branco de cetim cai facilmente. Ele ergue a tampa da caixa e vê um saquinho macio. Põe a mão e seus dedos tocam algo frio e duro. Ele tira uma imponente bússola de prata de lei.

Suas iniciais estão gravadas no lado interno da tampa. A borda da bússola traz gravado 925 T&CO 1837. Ele não sabe quanto custou, mas ela deve valer algumas centenas de dólares. De qualquer forma, é um dos presentes mais elegantes e caros que ele já ganhou na vida. Ele se pergunta como Vivian teve tempo para fazer isso por ele, com todas as outras coisas que estão acontecendo.

Surge uma batida na porta e ele dá um pulo. Sua secretária, Dorothy Clements, de cinquenta e quatro anos, entra.

— Bom dia — diz ela rapidamente, com os olhos fixos no caderno, sem se dar o trabalho de olhá-lo nos olhos. Dorothy é desse jeito, sempre com suas listas, sempre querendo se assegurar de que não tenha sido negligente em nada. Ela faz questão de saber tudo sobre o que todos estão fazendo, algo que foi inestimável quando Mark não estava ali, de corpo e alma. Ela o mantinha inteirado, realmente por dentro do que estava acontecendo, enquanto ele mal aparecia para assinar cheques.

Mark não deixou de notar que Dorothy se eximiu de comentar sobre o presente em sua mesa, que ela não demonstra o mínimo interesse em querer saber mais.

— Victor ligou cedo, esta manhã, para dizer que as coisas estão indo bem e mandou lembranças. Ele também quer saber se você teve chance de falar com Ted Morrow, que está liderando o desenvolvimento daquele novo projeto de habitação, em Edison. Disse que Ted fez uma boa apresentação sobre arquitetura modular verde que foi postada no YouTube.

Arquitetura modular? Por favor. Mark não é esnobe, mas ao mesmo tempo sempre ansiou por um pouquinho mais de qualidade e avanço, e habitação modular pré-fabricada, de alguma forma, não se encaixa na nota. Mas o projeto de Bruno Lemelin, sim.

Mark percebe uma mancha na superfície de prata da bússola. Ele usa o saquinho para polir, cauteloso para não pressionar demais.

— Certo. Eu darei uma ligada para ele.

— Victor disse que falaria com Ted, mas quer falar com você, ouvir suas ideias. — Dorothy finge estar escrevendo algo em seu caderno, enquanto Mark admira a bússola. — Se você não fizer o acompanhamento com Ted, deve avisar ao Victor.

— Ahã. — Ele concorda, acenando rapidamente com a cabeça.

Ela limpa a garganta.

— Porque, se você não vai fazê-lo, um aviso de cortesia seria bom.

Mark olha para cima, irritado.

— Dorothy, eu estou acompanhando com Ted.

Ela lhe lança um olhar agudo.

— Quando? Já faz duas semanas.

— Bem, foram duas semanas movimentadas, caso você não tenha notado. Ele retribui o olhar agudo, gostando da brincadeira. Era assim antes, não era? Ele sentiu falta. — De qualquer modo, quero falar com Victor primeiro, mas não sei calcular direito o fuso horário.

— A Turquia está sete horas à frente.

— Entendido.

Dorothy prossegue dizendo mais algumas coisas e sugere uma festa simples no escritório, amanhã, para comemorar o negócio com

Lemelin — champanhe, bolo, ingressos de cinema, esse tipo de coisa. Mark concorda. É uma ótima ideia.

Dorothy fica junto à porta.

— Ah, e Vivian foi para casa hoje, doente. Está ruim do estômago. — A expressão no rosto dela é indecifrável. Ou será que Mark está apenas querendo decifrar as coisas?

Ela sai e Mark imediatamente pega o telefone para ligar para Vivian. Ela foi um membro-chave da equipe na aquisição do projeto Lemelin e não faz sentido haver uma festa se ela não puder estar ali para comemorar com eles.

Ela atende no terceiro toque, com a voz fraca.

— Oi — diz ela, baixinho.

— Oi. — Mark limpa a garganta, e a cabeça se esvazia do que deveria dizer. — Como está se sentindo?

— Honestamente? Um horror. Eu devo ter pegado uma virose.

— Lamento. — Ele está realmente solidário. Vivian parece durona, é estranho ouvi-la tão para baixo.

— Isso acontece. Vou superar.

Ela é durona, como ele acabou de pensar.

— Precisa de alguma coisa? — A oferta saiu antes que ele tivesse a chance de pensar duas vezes e ele fica aliviado quando ela diz que não.

Depois, ela pergunta:

— Recebeu meu presente? Eu o deixei ontem à noite.

Os olhos de Mark recaem sobre a bússola. A agulha orientadora com ponta vermelha está no leste, então Mark vira a bússola até que a agulha se alinhe com o norte. Ele tenta ignorar a lembrança de Julia tentando interpretar a bússola, antes daquela tentativa de acampamento, alguns anos atrás. Ele não conseguia fazê-la parar de dizer "esquerda" ou "direita", o que, obviamente, sempre mudava, dependendo de sua localização. No entanto, os pontos cardeais — norte, sul, leste e oeste — são constantes, independentemente do lado para que você esteja de frente.

— Recebi e você não deveria ter feito isso. Não era necessário.

— Eu sei que não era necessário, mas eu vi e logo pensei em você. Acho que combina com você.

Ele tenta fazer uma piada.

— Você quer dizer, para o caso de eu me perder na selva?

A voz de Vivian está esgotada, porém séria.

— Caso você algum dia precise de alguma direção.

Há um silêncio constrangedor. Mark se apressa em preencher o espaço vazio.

— Então, Dorothy e eu estávamos pensando em arranjar um tempo para um champanhezinho com bolo para a equipe, distribuir alguns ingressos de cinema, ou algo assim. Mas eu quero esperar até que você esteja se sentindo melhor e volte ao trabalho.

— Ah, isso é tão amável — diz ela.

— Bem, é verdade. Eu não teria conseguido sem você. — Ele precisa parar de falar. Por que ele disse isso?

— Eu espero que isso passe em vinte e quatro horas — diz Vivian. — Talvez você possa programar para depois de amanhã, só para garantir, pode ser?

— Depois de amanhã. — Ele repete as palavras lentamente, e as escreve num pedaço de papel. — Certo. Ótimo. Cuide-se e descanse um pouco, Vivian.

— Mark... — agora Vivian está suspirando, parecendo cansada, quase como Julia parecia. — Na verdade, há algo que você poderia trazer para mim, já que ofereceu.

Droga. Ele quer desligar e, ao mesmo tempo, quer saber do que ela precisa.

— Um pouco de água gasosa com limão, talvez? Ou um pão francês? Eu adoraria algo simples para acalmar meu estômago. Eu mesma iria comprar, mas não estou bem para dirigir. Se você não puder, vou entender...

Mark está tentando pensar em alternativas, mas nada lhe vem à cabeça. Tudo bem.

— Não, não, não tem problema — ele assegura. Ele pode comprar o que ela precisa, deixar e voltar à estrada em dez minutos, ou menos. Não vai se deixar ser tragado numa conversa, nem entrar no apartamento dela, embora esteja reconhecidamente curioso. Onde vive uma mulher como Vivian?

Ela lhe dá direções do caminho e ele diz que vai passar por lá, rapidamente, depois do trabalho. Ele enfatiza a palavra *rapidamente*.

— É claro — diz Vivian. — E, se eu estiver descansando, talvez não vá até a porta. Tudo bem? Apenas bata e, se não houver resposta, pode deixar as coisas na porta. Eu realmente agradeço, Mark.

Eles desligam e Mark solta um suspiro de alívio, depois dá uma risada. Ele está agindo feito um idiota. Vivian nem está interessada nele — ele é velho demais para ela, para começar, e é casado. Vivian já conhece Julia, não? Ele franze a testa, tentando lembrar. Talvez não, mas isso não tem importância. Vivian é profissional, uma mulher solteira com tempo e energia para construir relacionamentos com seus colegas e superiores. Por isso é tão boa no que faz, por isso os clientes a adoram.

O telefone começa a tocar e um associado está esperando para falar com ele. Mark alegremente volta a atenção para o trabalho, ávido por engrenar no ritmo de sua vida.

A cozinha está uma bagunça. Tem farinha para todo lado e a pia está cheia de panelas para serem lavadas. O ar está quente e doce. Quatro Pães da Amizade estão esfriando nas formas, e há mais dois no forno.

Tudo está caótico, porém maravilhoso.

Gracie está descalça e há pegadas de farinha no chão. Ela realmente queria um avental como o de Julia, mas Julia só tem um e é grande demais para Gracie. Em vez disso, Julia arranjou algo para ela, prendendo um pano de prato com um laço e a ajuda de um grampeador, uma solução rápida e fácil que deixou Gracie maravilhada. Julia até se sente ligeiramente orgulhosa de si mesma.

Os sacos de massa estão aumentando rapidamente. Gracie levou mais três sacos para a escola na semana passada, e essa semana planejava levar mais. Mas, aparentemente, algumas das outras crianças tiveram a mesma ideia. Agora há mais de vinte sacos de massa de Pão da Amizade na escolinha Montessori. As outras crianças foram claramente instruídas pelas mães a não levar mais massa para casa, então Gracie trouxe a dela de volta, desapontada.

Então agora elas a estão assando.

Manter os quatro sacos até a semana que vem resultará em dezesseis novos sacos. Julia tomou a decisão de usar o que pode agora, para poder cortar o que se tornará uma quantidade de difícil controle nos dias à frente. Ela reservou um saco, pois passou a gostar muito de ter a massa e um esquema regular para assá-la.

Dará alguns pães para Mark comer com o pessoal do escritório e passará alguns aos vizinhos. Na semana que vem, elas voltarão aos três sacos de massa para presentear alguém de sorte, e as coisas voltarão ao normal.

Julia está trocando receitas com Madeline, e Hannah está vasculhando a internet para mais variações. Hannah fala com elas diariamente, ao telefone, conversas de que Julia gosta e pelas quais até anseia. Ontem Madeline sugeriu que as três se reunissem pelo menos uma vez a cada dez dias, programando as visitas para os dias de dividir e assar a massa, que, por acaso, é hoje. Elas se encontrarão depois que o salão de chá fechar. Mark concordou em voltar para casa cedo e olhar Gracie. E Julia está até na expectativa de que vair sair.

O sol está invadindo a cozinha. Ah, ela realmente não quer lavar toda essa louça! Preferia fazer outra coisa. Ela vê Gracie pulando de um pé para o outro e liga o rádio.

Uma antiga música do Crosby, "Stills and Nash" está tocando e, embora Gracie não a conheça, começa a dançar sacudindo os bracinhos no ar.

Julia ri, observando a filha. Gracie está tentando cantar, inventando palavras para a canção, e Julia sente seu coração inchar até quase doer. Ainda assim, ela não consegue parar de rir, não consegue parar de sorrir. Ela se sente feliz. *Feliz*. Se ela não pensar em mais nada, e mantiver a atenção somente nesse momento coberto de farinha com "*Too much love to hide*", Julia está feliz. Ela já riu com Gracie antes, e ultimamente com Hannah e Madeline, mas sempre havia algo tenso no ar. Retraído. Agora Julia sente como se algo houvesse rachado, ficado aberto.

Ela põe os braços para cima e começa a dançar.

Mark sobe os degraus até o apartamento de Vivian. É um belo condomínio, logo na saída da cidade, mais urbano e moderno que as antigas casas de Avalon. Ele está com o pão e a Perrier, embora a moça da loja não recomendasse bebidas gasosas para alguém com problema de estômago. Ela sugeriu suco de maçã, então ele o comprou. Depois ele lembrou que Gracie havia ficado ruim do estômago no ano passado. Banana, purê de maçã e biscoitos de água e sal ajudaram. Também comprou essas coisas.

Está decidido a não bater na porta, mas deixar o saco no degrau e depois ligar para dizer que está ali. É imbecil fazer isso, mas ele diz a si mesmo que, se Victor estivesse doente, ele faria a mesma coisa. Dorothy também. Não é tão diferente.

A porta é aberta exatamente na hora em que ele está no último degrau e lá está Vivian, simplesmente vestida com um robe de banho e chinelos incrivelmente cativantes e felpudos nos pés. Seus cabelos estão presos no alto da cabeça e meio bagunçados — até doente ela ainda fica bonita. Mas ela está mesmo pálida e, apesar do sorriso no rosto, Mark vê que ela se sente mal.

— Achei que podia ser você. Não queria que fugisse sem que eu agradecesse.

— Ah. — Mark não tem certeza se deve entregar o saco. Está bem pesado, com todas as bebidas que levou. — Devo colocar isso em algum lugar?

— Por favor. — Vivian dá um passo para o lado e Mark entra em sua casa.

Ele é imediatamente arrebatado pela forma como tudo está organizado e limpo. Exatamente como Vivian. Sua casa é bem decorada (até aí, nenhuma surpresa) e dá para ver que cada decisão no *design* foi cautelosamente pensada. Há uma coberta verde de chenile sobre o sofá, onde ela obviamente estava deitada, e ele vê a marca de seu corpo junto às almofadas. Ele rapidamente desvia o olhar.

Isso é um contraste enorme de sua casa, polvilhada com os brinquedos de Gracie e móveis que não combinam, em várias etapas de deterioração. O plano sempre foi comprar um novo conjunto de móveis para a sala e pintar as paredes, porém, por motivos bem óbvios, isso nunca aconteceu.

Mark sabe que sua casa é a antítese de sua carreira, que tem tudo a ver com casar a beleza e a funcionalidade para criar abrigo. Ele sabe que há piadas sobre o que os arquitetos fazem —

e não fazem — e, embora não use blusas pretas de gola rulê e óculos seguindo a moda (ele tem o dom da visão perfeita), ele se considera um artigo genuíno. Apenas se esqueceu disso nos últimos cinco anos.

Ele deposita o saco de compras na bancada de granito. Fica chocado com a cozinha aberta, que tem um estilo clássico misturado a um viés minimalista. O tom de nogueira mantém o calor, mas os utensílios de aço inox a tornam de último tipo. Ele ergue a cabeça e se pega olhando um elaborado lustre pendente no teto.

— Tem vinte e quatro lâmpadas — Vivian informa, espiando dentro do saco e tirando uma garrafa de Perrier. — Na verdade, eu o encomendei para a reforma de McAllister e a senhora McAllister o dispensou. Liguei para o fornecedor e ele me ofereceu a preço de custo. Não quis lidar com a reposição de estoque.

— Ah. Então você entrou para o ramo para poder fazer o *design* de sua casa em segredo?

— Não vou mentir. Acessórios e luminárias são para mim o que sapatos são para outras mulheres. — Vivian pega dois copos. — E quanto a Julia? Ela é ligada em sapatos? — Ela serve um pouco de Perrier nos copos e oferece um a ele.

Vivian foi contratada alguns anos depois da morte de Josh e ele sabe que ela já ouviu a história de alguém no escritório. Ele nunca discutiu com ninguém do trabalho, exceto Dorothy e Victor, e não quer começar agora. De alguma forma, a pergunta aparentemente inocente de Vivian sobre Julia o coloca na defensiva. Então ele se lembra — deveria estar em casa cedo para tomar conta de Gracie, para que Julia pudesse sair. Ele ficou chocado com o pedido e logo concordou, sem sequer dar-se o trabalho de perguntar aonde ela ia. Ele está atrasado.

Mark declina a bebida.

— Obrigado, mas eu preciso ir. Melhore logo, está bem? E novamente obrigado pelo presente. Foi muito generoso e você não precisava fazer isso. — As palavras saem rapidamente enquanto ele segue até a porta da frente.

— Eu sei, você já disse isso — Vivian diz numa voz provocadora, indo atrás dele. — Eu queria fazer, está bem? — Ela entorta a cabeça para o lado e abre um grande sorriso, pousando a mão no braço dele.

Mark sente uma onda de adrenalina percorrer seu corpo. Ele se vira tão rapidamente que a mão dela escorrega sem parecer algo intencional, conforme ele se aproxima da porta. Por que ele entrou? Ele gostaria de não ter entrado.

— Certo. Só estou dizendo porque não era necessário. Foi muito atencioso e significa muito que você esteja pensando em mim...

— Deus! — Vivian dá uma risadinha, sacudindo a cabeça, incrédula. — Não é um anel de noivado, Mark, é só uma bússola, está bem? Não precisamos mais falar nisso. Mas, só para constar, *novamente*, de nada.

Ele lança um olhar tímido, constrangido por seu comportamento.

— Certo. — Ele abre a porta.

Vivian bate na lateral da cabeça com a mão.

— Quase esqueci. Eu tenho ingressos da temporada da Orquestra Sinfônica de Chicago. Gostaria de assistir a uma apresentação qualquer hora? Eu tenho acesso às recepções depois dos concertos...

— Vivian. — Qualquer nebulosidade de antes subitamente some. Ele se sente estranhamente grato por ela ter feito isso, porque agora pode esclarecer as coisas. — Desculpe, mas eu não posso. Eu a acho fabulosa e valiosa para a G&E, mas, para mim, não é apropriado que eu fique fazendo coisas com você fora do escritório. Minha esposa...

— Sua esposa não liga — diz Vivian, com os olhos fixos nos dele.

Ele fica chocado pela ousadia dela.

— Minha esposa *liga*, sim — diz Mark veementemente. Ele vai embora sem se dar ao trabalho de fechar a porta.

— Você está atrasado — Julia está zangada, sua ansiedade durante a última hora deu lugar à fúria. — Eu lhe disse que tinha de estar num lugar às cinco horas. São quase seis. — Ela revira a bolsa procurando algo.

— Desculpe, desculpe. — Mark parece culpado quando ela olha novamente o relógio, frustrada.

— Deus! Eu já estava pronta para ir e agora... onde estão as minhas chaves? Você viu as minhas chaves? — Estavam com ela agora mesmo, mas ela não consegue encontrá-las. Julia despeja o conteúdo da bolsa na mesa do *hall*. Os olhos dela buscam em meio à miscelânea de canetas, mentas, pedaços de papel, moedas soltas, tampões, Band-Aids, elásticos, óculos de sol, um brinco perdido, protetor labial, carteira, selos, alfinetes fechados, alguns elásticos de cabelo, um rolo de fita Scotch, ibuprofeno.

— Você poderia ter ligado para me lembrar — diz Mark, sem jeito. Ele empurra plugues de ouvido e sementes de jardim para o lado, na tentativa ineficaz de ajudar.

A boca de Julia se abre e se fecha, mas ela não diz nada, sem confiar em si mesma para falar. Todos os bons sentimentos de seu dia evaporaram. Julia quer partir, sair dessa casa que a aprisionou por cinco anos. Ela nunca se sentiu assim, mas subitamente ficar em casa a deixa louca.

— Achei. — Ela pega o chaveiro e enfia tudo de volta na bolsa, que pendura no ombro. Respira fundo, tentando se acalmar. Ela ainda tem algumas horas com Madeline e Hannah — ficará tudo bem. A raiva se esvai de seu corpo, deixando-a vazia de sentimentos e sentindo-se horrível por ter gritado com Mark. — Desculpe, eu só... bem, desculpe. Por exagerar. — Ela sacode a cabeça. Mark faz tanto por ela, ela sabe disso, e agora sente um misto de culpa e vergonha. É esse lembrete constante que torna tão difícil para ela ficar em casa, vê-lo com esse ar de pedido de desculpas.

Mark parece surpreso, uma expressão estranha em seu rosto.

— Tudo bem. Eu não deveria ter me atrasado.

Isso só faz com que ela se sinta pior. Dá para ver que Mark quer conversar mais, que de alguma forma isso pode levar a uma conversa que já deveria ter acontecido há muito tempo, mas Julia só quer sair. — Gracie já tomou banho.

Agora seu marido parece verdadeiramente perplexo. Verdade, ela provavelmente não teria dado banho se Gracie não estivesse coberta de farinha e chocolate derretido, mas foi mais fácil colocá-la na banheira e limpá-la. Depois disso, Gracie estava com um cheiro tão gostoso que Julia a pôs no colo e a cheirou.

Agora Gracie está assistindo a um filme, enquanto Mark segue Julia até a porta.

— Então, aonde você vai?

Julia ignora a pergunta. Ela não quer ter de se explicar, explicar essas mulheres. Ainda não.

— Há alguns Pães da Amizade para você levar para o escritório. E já tem um fatiado, caso você queira comer com Gracie antes que ela vá para cama. Só faça com que ela escove os dentes outra vez.

— Ah. Está bem. Legal de sua parte. — A gentileza de Mark a deixa sem graça e há um momento de imensa inquietude quando eles ficam a apenas alguns centímetros de distância. Mark tem uma expressão esperançosa nos olhos e Julia conhece sua linguagem corporal, sabe que ele pode simplesmente beijá-la. Mas por quê? Eles não fazem sexo há muito tempo — talvez duas vezes nos últimos cinco anos. Nem se beijam mais nos lábios. Como esperado, Mark se aproxima dela, mas Julia dá um passo atrás, com o coração disparado, levando a mão à porta.

Ela foge quando ele já está pertinho e só sente alívio quando chega ao carro. Ao sair, ela vê a sombra dele na porta, observando-a.

Capítulo 10

Hannah está na expectativa de voltar a ver Madeline e Julia. Na verdade, ela só tem pensado nisso desde a última vez que se encontraram, dez dias atrás. É a única coisa que a mantém com os pés no chão, sem ficar obcecada por Philippe e seu casamento despedaçado.

Na semana passada Philippe ligou e deixou uma mensagem na secretária eletrônica — queria falar sobre as contas bancárias deles. Quando Hannah finalmente encontrou coragem para ligar de volta, uma mulher atendeu ao telefone.

— Quem é? — Hannah disparou. Houve um som abafado e depois desligaram.

Hannah ligou novamente, enfurecida. Dessa vez Philippe atendeu.

— Hannah! — exclamou ele, como se estivesse feliz em ouvi-la. — Como vai você?

Ela desligou, fumegando, as lágrimas de descrença ardendo em seus olhos. Quando seu computador apitou, avisando que ela tinha novas mensagens, Hannah o desligou da parede e foi para a cozinha.

A cozinha se tornou seu porto seguro. Ela não é grande, motivo pelo qual talvez goste dela — não há como se perder, tudo está praticamente ao alcance das mãos. Em Chicago, o pequeno apartamento tinha uma cozinha estranhamente grande e profissional — o antigo proprietário era *chef* — mas nem ela nem Philippe passavam muito tempo ali, exceto para usarem o micro-ondas.

Hannah sempre se sentiu intimidada pela imensa geladeira de inox, pelos queimadores gigantescos no fogão. Em Avalon, a cozinha dá uma sensação acolhedora e despretensiosa, um lugar onde Hannah pode ficar, onde ela esquenta uma panela de sopa de tomate ou faz um sanduíche.

Com exceção do tempo em que estava doente, o ritual de Hannah sempre foi tocar seu violoncelo na primeira hora da manhã. Mas, quando as coisas começaram a desabar com Philippe, Hannah se viu cada vez menos interessada em ir para a sala de música tocar. Ela fica na cozinha, familiarizando-se com cada eletrodoméstico, cada vidro de tempero, cada utensílio. Sabe onde está tudo e agora pode dizer, sem dúvida, que essa cozinha é *sua*.

O melhor foi esta manhã, quando ela acordou e seus pensamentos foram até Philippe, só por um instante, antes que ela se lembrasse que aquele era o dia de experimentar a receita de Madeline para os *brownies* com a massa do Pão da Amizade. Ela seguiu direto até a cozinha, de pijama, lavou as mãos e começou a trabalhar.

Ao contrário de dez dias atrás, Hannah agora tem noção do que está fazendo. Essa é sempre a vantagem de se fazer algo repetidamente — é inevitável que você faça melhor. Alguns dos melhores músicos são aqueles com um talento moderado quem ensaiam incessantemente, enquanto outros, que são verdadeiramente talentosos, desperdiçam seu talento sendo preguiçosos e acabam não chegando a lugar algum. Hannah sabe melhor que ninguém que a prática leva à perfeição e ela precisa lembrar que a mesma regra também se aplica à cozinha.

Hannah acrescenta farinha, açúcar e leite, de forma confiante, depois divide a massa — uma porção para ela, as outras três em sacos herméticos. Ela segue a receita de Madeline, e adora como sua cozinha rapidamente é preenchida com o aroma rico de chocolate.

Enquanto os *brownies* estão assando, Hannah prepara os sacos extras. Em todos os meses que esteve ali, ela não conheceu oficialmente os vizinhos. Entre os dois, Philippe é o sociável, mas Hannah acha quase impossível conhecer gente nova, iniciar uma conversa com alguém que ela não conhece. É isso que torna essa amizade inesperada com Madeline e Julia algo muito precioso para

Hannah, e ela está contando os minutos até chegar a hora de encontrá-las no fim da tarde.

Ela nem se incomoda em tirar cópias ou digitar as instruções, mas pega uma caixa de papel de carta e se dedica um tempo a escrevê-las à mão. Acrescenta pequenas anotações na lateral, e até copia a receita dos *brownies* no verso. Quando os *brownies* já estão esfriando fora do forno, ela tira o pijama e vai lavar o rosto. Depois, embrulha três retângulos generosos de *brownie* em papel encerado e sai pela porta.

A vizinha da direita, Marion Krum, é uma mãe atribulada com dois menininhos gêmeos. Ela confunde Hannah com uma menina de escola vendendo doces. *Uma menina de escola vendendo doces?* Hannah tem quase trinta anos! Ela sabe que seus genes asiáticos a fazem parecer jovem, mas mesmo assim. Hannah precisa de toda a sua força de vontade para ficar séria enquanto explica sobre o pão.

Em seguida vem Joseph Sokolowski, um mecânico cujos corredores estão repletos de calotas velhas e placas polidas. Ele gentilmente a convida para entrar e prepara uma xícara de café expresso que tem gosto de lama.

A mulher da porta ao lado à dele recusa terminantemente a massa, antes mesmo que Hannah tenha a chance de explicar o que é. Henry Tinklenberg, o último vizinho, é um idoso afro-americano entregador de bagagem que recentemente se aposentou da United Airlines. Hannah gosta da forma como os olhos dele se enrugam quando ele olha o saco de massa, depois decide tentar, para os netos que virão na semana que vem.

Quando Hannah volta para casa, ela nem pisca quando vê que tem outra mensagem na secretária eletrônica. Ela aperta APAGAR, depois calmamente limpa a casa, de cabo a rabo. Quando termina, a casa está cheirando a limão. O sol da tarde encheu a casa de luz e, em vez de se sentir cansada, Hannah está pronta para partir.

A placa de FECHADO está pendurada quando ela chega na casa de Madeline, mas a porta não está trancada. Ela bate suavemente antes de entrar, chamando seu nome. Madeline sai da cozinha secando as mãos num pano de prato.

— Hannah! — exclama ela. Ela se apressa para dar um abraço. — Estou quase terminando de arrumar tudo. Tenho mais algumas coisas a fazer na cozinha, só demoro um minuto.

— Posso ajudar — insiste Hannah, e não precisa muita persuasão. Ela segue Madeline até a cozinha, onde uma panela grande está no fogão. Ela lava as mãos enquanto Madeline procura um avental.

— Corte essas ao meio, depois em quatro — Madeline diz, dando a Hannah algumas cebolas amarelas. — Depois corte em quatro novamente. Quero-as com um centímetro de largura. Você pode pegar uma faca no porta-facas ali.

— É... — Hannah encara a cebola. Um dedo de largura em que direção? Ela descasca a pele, depois hesita quando está prestes a cortar a primeira fatia.

Madeline rega a panela com azeite de oliva, depois pega uma cebola e uma faca para si.

— Assim. — Ela demonstra, fatiando da raiz até o outro lado. — Depois de cortar ao meio, fica mais fácil tirar a pele. Depois você pode usar a raiz para manter a cebola junta, enquanto corta.

Hannah a imita, seguindo as instruções de Madeline, enquanto põe metades de cebola nas tábuas de madeira. Elas cortam um lado, depois começam a fazer cortes finos de um lado ao outro da cebola. Madeline mostra a Hannah como segurar a cebola, deixando os nós dos dedos baterem na lateral da faca, para que ela não se arrisque a perder um dedo.

Madeline dá uma olhada no relógio enquanto joga as cebolas na panela, deixando Hannah terminar o restante.

— Eu espero que Julia possa vir — diz Madeline. Ela pega um pedaço de manteiga e corta em lascas grossas, acrescentando-as à panela.

Hannah também espera. Embora Julia seja mais velha, ela não é condescendente, não trata Hannah como se fosse tola. Ela secretamente adicionou o número de Julia à discagem rápida de seu telefone — o de Madeline também —, mas ela não vai contar porque parece precipitado e algo meio carente.

— O que estamos fazendo? — pergunta Hannah.

— O prato do dia de amanhã: sopa francesa de cebolas, com *croutons* de queijo Gruyère. — Madeline dá uma rápida mexida nas cebolas da panela, adiciona uma pitada generosa de sal. — Vamos colocar isso no forno e deixar as cebolas dourarem. Venha, você já fez bastante. Vamos tomar nosso chá no salão dos fundos.

O salão dos fundos é a área particular de Madeline, com vista para o jardim.

— Ah — diz Hannah ao ver o quintal pelo imenso janelão. — Ainda está pelado como o seu jardim, por causa do inverno, mas é muito maior.

— Tem aproximadamente um acre. — Madeline olha lá fora. — Receio que o deixei de lado. Antes ele era lindo, mas a manutenção é cara quando você está com um saldo negativo. Quando era o Belleweather, os próprios donos cuidavam da propriedade, mas é muita coisa para uma pessoa só. Eu nem uso, com o salão de chá, então não faz sentido contratar um jardineiro, apesar de que seria adorável ter algumas mesas lá fora durante o verão. — A expressão de seu rosto é melancólica. — Mas eu estou falando demais. Quero saber de você, Hannah. Como veio parar em Avalon?

— Ah. — Hannah fica subitamente envergonhada. Ela acha um lugar confortável para se sentar no sofá e se encolhe, sentando sobre os pés. — Meu marido, Philippe, queria que tivéssemos um local fora da cidade. Então fizemos isso.

— Entendo. — Madeline não pressiona para obter detalhes e Hannah não diz nada. O que ela diria, exatamente? Madeline levanta e vai fechar a janela, mas está emperrada e não quer se soltar. Hannah está prestes a se levantar quando Madeline apoia o peso e a fecha, com um gemido relutante. — Pronto — diz ela, satisfeita, girando o trinco no lugar.

O sol começa a baixar, lentamente. O céu está repleto de tons escuros de amarelos e alaranjados, mas há um matiz de nuvens cinzentas se multiplicando e enchendo o horizonte. Há um ligeiro frio no ar. Madeline entrega uma manta macia de lã a Hannah, que se embrulha agradecida.

— E quanto ao violoncelo? Ainda toca?

— Ultimamente, não. — Não, desde o dia em que Philippe disse que não voltaria para casa. — Eu costumava tocar por três horas, de manhã.

— É mesmo? — Madeline arqueia a sobrancelha impressionada, mas três horas não são nada, comparando-se à programação rigorosa que Hannah já teve.

— Eu tocaria mais, mas, quando minhas costas começam a doer, ou a tendinite do meu ombro ataca, eu tenho de parar.

Madeline se retrai.

— Deve ser difícil.

— Era. Agora estou acostumada.

— Você sente falta de se apresentar?

Hannah sorri. Ela sente falta da agitação que precede um concerto, o som da orquestra afinando. O palco iluminado, o auditório escurecido. O aplauso.

— Sinto.

— E agora?

Boa pergunta. Hannah nunca fez nada além de tocar violoncelo. Ela sabe que é uma realização significativa para muita gente, porém, para ela, é simplesmente parte de seu ser. Seus pais a puseram para começar a treinar aos cinco anos e ela tinha ensaios diários de duas horas, até o ensino médio, quando dobrou seu tempo de treinamento. Ao fim de seu primeiro ano na Julliard, Hannah já tinha acumulado mais de dez mil horas de treino e apresentações. E apesar de não se arrepender de um instante sequer (bem, geralmente não), ela gostaria de ter tido a chance de experimentar coisas diferentes, aprender outras habilidades.

— Eu não sei — admite Hannah. Essa não era uma questão premente antes, pois ela tinha Philippe. Hannah presumira que eles planejariam o futuro juntos. Agora que a decisão é só dela, Hannah não sabe por onde começar. — Não tenho certeza de onde ir, do que fazer, Madeline. — A voz dela falha, repleta de incerteza.

— O mundo é sua ostra, em outras palavras. — O sorriso no rosto de Madeline é expansivo, contagiante, e Hannah sente um pequeno sorriso surgindo nos cantos da boca, apesar de sua ansiedade.

— Eu não tinha visto bem assim — Hannah admite —, mas acho que é verdade.

— É absolutamente verdade — diz Madeline.

— Eu sei — diz Hannah, embora ela não sinta a grande aventura que Madeline quer que seja. — É que sempre achei que minha vida teria a ver com o violoncelo.

— E talvez ainda tenha — diz Madeline. — Quem sabe o desfecho das coisas?

— Quem sabe — repete Hannah. Porém, em vez de se sentir encorajada, ela se sente tomada de desespero. Seria preciso um milagre para que ela pudesse voltar a tocar profissionalmente, e ela nem ter certeza se quer isso. Ela não sabe o que quer.

Madeline parece perceber isso e seu rosto se abranda.

— Sabe, Hannah, são as guinadas inesperadas que enriquecem a vida. Você já realizou tanta coisa que eu tenho de admitir que estou curiosa para ver o que virá a seguir. Eu simplesmente sei que boas coisas estão guardadas para você.

— Eu gostaria de saber, com certeza.

— Bem, é claro. E você saberá, Hannah, quando chegar a hora. Mas, por enquanto, tente ficar confortável com o que não sabe. De qualquer forma, os planos são uma ilusão. Minha nossa, se eu tivesse seguido meu plano de voltar para Chicago, não estaria aqui agora. Culpa de minha má circulação! — Ela ri.

— Sua circulação?

— Se eu não precisasse parar para me esticar, como fiz. — Madeline dá um tapinha afetuoso nas pernas. — Então, eu realmente devo ser grata a esse corpo velho.

Isso Hannah entende.

— Eu também me sinto assim sobre meu corpo. Ele me deu muitos anos, quando eu tocava profissionalmente.

— Sempre foi seu sonho tocar o violoncelo?

Hannah não consegue pensar em sua vida sem seu violoncelo como uma parte principal.

— Acho que eu era jovem demais quando comecei a realmente entender o que isso significava. Mas era o sonho dos meus pais. Principalmente do meu pai. — Ela ainda se lembra do silêncio perplexo do outro lado da linha quando disse a ele que não poderia mais tocar profissionalmente. — Ele voltou para Taiwan quando minha mãe morreu, alguns anos atrás. Não nos falamos muito.

— Não?

— Tem a diferença ao fuso horário, mas na verdade é porque não temos nada para falar um com o outro. Costumava ser sobre minha música, minha programação, certas apresentações. Agora isso se foi, portanto não sobrou muito. Também é assim com meu irmão. — Hannah pensa na primeira vez que Philippe partiu e ela ligou para Albert com a desculpa de dar um olá quando ela realmente queria que ele lhe dissesse que ficaria tudo bem, ou que Philippe era um nojento, e que ela poderia ficar com eles. Ele não disse nada disso. Ela ficou perplexa quando sua resposta foi exatamente o que seu pai diria, que ela precisava fazer com que desse certo. Mais alguma coisa?

— Como era quando sua mãe era viva? — pergunta Madeline. — Nessa época era diferente?

Hannah dá um sorriso fraco.

— Ah, sim. Meu pai ainda era rígido — ela também era, à sua maneira —, mas ela tentou nos dar uma infância normal, uma infância americana. Uma vez, ela nos deixou tirar uma folga do ensaio para ir tomar picolé, no caminhão de sorvete do bairro. Claro que meu pai ficou furioso, porque ele considerava um desperdício de dinheiro e tempo. Mas minha mãe bateu o pé e ele acabou recuando. Ela era a única que podia fazer isso com ele — nós tínhamos muito medo. Mas minha mãe, não. — Hannah não diz que sente falta dela, embora já faça mais de dez anos que ela morreu. E nem precisa. Madeline parece entender isso.

Hannah se embrulha mais na manta e estremece, cobrindo mais os pés. Ela fica admirando as fileiras do crochê, passando os dedos finos no desenho. — Você fez isso?

Madeline sacode a cabeça.

— Eu tenho um dom na cozinha, mas é só isso. Comprei numa loja de presentes da cidade, onde são vendidos itens adoráveis feitos pelos cidadãos de Avalon. — Ela puxa uma pele de lã já gasta sobre as próprias pernas.

Hannah admira Madeline, admira o que ela fez. Pelo que Hannah vê, ela está sozinha e isso não parece incomodá-la. Hannah espera que algum dia ela fique tão confortável com sua independência quanto Madeline, porém, nesse momento, ela nem consegue imaginar.

— Como você consegue? — ela gesticula em volta. — O salão de chá, cozinhar, assar. Como consegue?

Madeline pensa na pergunta.

— Acho que não penso a respeito dessa forma. Como eu disse, quando passei por essa cidade eu simplesmente soube que aqui seria meu lar. Não pensei além disso. Depois de alguns dias, pareceu um desperdício ficar perambulando sozinha numa casa tão grande. Eu não queria fazer uma hospedaria — gosto de ter minhas noites tranquilas e preciso de minha privacidade —, mas gostei da ideia de servir comida às pessoas. Já havia uma permissão para que o estabelecimento servisse comida e bebida, então isso me ajudou a decidir. Acho que pensei que seria algo divertido a fazer, então foi o que eu fiz. — Madeline sacode a cabeça e Hannah vê que ela se diverte com sua própria tolice. — Mal sabia eu que seria tanto trabalho. Agora estou pegando o jeito, o que é bom. Por um tempo temi ter de vender tudo e seguir adiante.

— Ah, você não pode! — a veemência de Hannah surpreende ela mesma. Madeline e Julia são as duas únicas coisas que prendem Hannah a Avalon.

— Ah, mas eu não vou a lugar algum — Madeline a tranquiliza. — Pelo menos não tão cedo. Gosto muito das pessoas. — Ela se inclina à frente e dá um apertão na mão de Hannah, que sorri.

Elas passam a hora seguinte falando sobre música, arte, livros. Madeline e seu marido, Steven, viajaram muito, eram verdadeiros consumidores das artes. Há edições gordas do *New York Times* de domingo empilhadas num canto do salão, junto com revistas literárias e sofisticados jornais acadêmicos. Madeline é uma verdadeira aprendiz, e Hannah inveja isso.

— Não, só fico entediada — diz Madeline, quando Hannah aponta a TV. Ela dá um gole em seu chá. — Quando os negócios estavam devagar, eu não tinha nada além de tempo. Não sou muito de TV, então eu leio. E cozinho.

— Philippe nunca ligou para a minha comida — diz Hannah. Não que ela possa condená-lo: uma vez ela queimou um pudim, pelo amor de Deus. — Nunca fui muito boa em nada, exceto tocar violoncelo. Nós simplesmente comíamos muito fora e sempre que eu cozinhava era algo muito simples, ou um desastre completo.

— Não há nada de errado com o simples — diz Madeline. — Eu gosto profundamente de comida simples. Hoje em dia, tem muita coisa elaborada demais. — Madeline levanta e examina uma pilha de livros. — Os antigos proprietários tinham muitos livros de culinária, esses vieram com a casa quando eu a comprei. Aqui há verdadeiros clássicos. — Ela escolhe um livro e leva até Hannah, limpando uma fina camada de pó.

Hannah aceita o livro. É um volume pesado e intimida, com uma capa simples, contendo três palavras.

— *Joy of cooking* (Prazer de cozinhar) — Hannah lê. Ela reconhece a capa e é claro que já ouviu falar, mas é a primeira vez que realmente o folheia.

— É a espinha dorsal de muitas cozinhas — diz Madeline. — E restaurantes também. A autora, Irma Rombauer, escreveu nos anos 1930, logo após o colapso da bolsa de valores.

Hannah folheia o livro e se depara com uma receita de sopa de tartaruga. Isso está totalmente fora de seu alcance, além do fato de que ela jamais cozinharia uma tartaruga. Ela está prestes a fechar o livro e devolver à Madeline quando encontra instruções de como cozinhar um ovo.

Cozinhar um ovo sempre foi motivo de briga entre Hannah e Philippe. Ele gosta do ovo macio, com a gema mole, enquanto Hannah gosta de ovo duro. E, durante todos os anos que passaram juntos, Hannah nunca conseguiu fazê-lo direito.

Ela cozinhava o ovo dele excessivamente, mesmo que só deixasse pelos três minutos recomendados. Agora, ao ler as instruções de como fazer, ela percebe que deveria abaixar o fogo no instante em que a água começa a ferver, depois deixar os três minutos. Ela não sabia disso. E Philippe, com toda a reclamação por ela não saber fazer direito, nunca se deu ao trabalho de descobrir.

Os olhos de Hannah passam pelo resto da página e ela subitamente entende por que os ovos às vezes são difíceis de descascar. Ovos frescos não descascam com a mesma facilidade.

Só quando Madeline dá uma tossida delicada é que Hannah percebe que estava envolvida com o livro há mais de dez minutos. O sol sumiu atrás das árvores do horizonte, o céu agora está escuro e temperamental.

Hannah fica vermelha, constrangida.

— Desculpe, Madeline. É tão interessante. Teria problema se eu o pegasse emprestado?

— Hannah, você pode ficar com ele — diz Madeline, graciosamente. — E, você sabe, o *Joy of cooking* foi autopublicado inicialmente. Irma era uma simples dona de casa, lutando para sobreviver, depois que o marido se suicidou um ano antes. Ela tinha cinquenta e quatro anos, eu creio.

Agora, Hannah decididamente quer o livro. Se Irma Rombauer escreveu um livro aos cinquenta e quatro anos, Hannah certamente pode encontrar um jeito de recompor a vida. Ela agarra o livro junto ao peito.

— Obrigada, Madeline.

Um trovão estrondeia. As duas olham pela janela enquanto gotas pesadas de chuva começam a bater na lateral da casa.

Bem, aquilo veio do nada. Madeline está começando a ver como ficou mal acostumada vivendo na ensolarada Costa Oeste, cheia de sol e céu azul. Ela já tinha esquecido como o clima aqui é bem menos generoso, como pode estar seco e ensolarado num momento e, de repente, chover cântaros.

Ela deixa Hannah com o *Joy of cooking* e vai ver as cebolas. Abre um pouquinho o forno e um aroma maravilhoso invade a cozinha. Perfeito. Ela cuidadosamente tira do forno e põe no fogão, em fogo médio. As cebolas estão num lindo tom dourado. Ela mexe, vendo a redução do líquido, até que uma leve crosta se forma no fundo da panela.

Ela acrescenta água e dá outra boa mexida, misturando os pedaços de crosta com as cebolas. Ainda terá de fazer isso algumas vezes, até que as cebolas estejam bem douradas. Enquanto espera o líquido evaporar, pega uma baguete fina no cesto de pães e fatia, alinhando as fatias numa assadeira. Vai assá-las por dez minutos, até que estejam crocantes e douradas. Amanhã, quando servir a sopa, ela colocará uma fatia em cima, salpicada com queijo Gruyère, deixando-a na grelha antes de servir. É uma de suas receitas prediletas do *Cooks illustrated*, e ela mal pode esperar para comê-la novamente.

Um trovão sacode as paredes da casa, assustando-a.

— Você ouviu isso? — pergunta Hannah entrando na cozinha. Ela está com a manta enrolada ao redor de si e o livro nos braços.

Madeline assente.

— Ouvi. Está chovendo canivetes. Acho que ainda teremos mais um dois meses assim.

— Não, quero dizer, acho que há alguém na porta.

As duas se olham por um instante. Madeline ouve atentamente, com os ouvidos em alerta. Primeiro ela acha ser um galho batendo na casa, mas depois ela ouve novamente. Decididamente era uma batida.

— Talvez seja Julia — diz ela, e Hannah concorda, embora não pareça convencida. Quase não há crimes em Avalon, então Madeline não está preocupada com isso.

Bem, talvez só um pouquinho. Hoje em dia não se pode ter certeza e ela não é boba de ser complacente com nada. Lá fora está completamente escuro e Madeline percebe como tudo parece muito mais agourento à noite.

— Venha — ela instrui Hannah. Na saída, ela decide pegar um rolo de macarrão, só para garantir.

Madeline não teve chance de acender as luzes externas, mas consegue ver uma silhueta na varanda. Ela sente a apreensão de Hannah ao seu lado e percebe o quanto estão sendo ridículas. Se Steven pudesse vê-la agora, ele falaria disso eternamente. Ela pode ouvi-lo rindo em seu ouvido, e isso é o suficiente para fazê-la endireitar a postura e jogar o rolo de macarrão de lado. Ela acende o interruptor e subitamente o corredor e a varanda ficam banhados de luz.

— Mistério resolvido. — Ela abre a porta e recebe Julia, ensopada.

— Desculpe o atraso — Julia gagueja. Ela está tremendo, apesar de estar de casaco, e seus cabelos encaracolados estão grudados nas laterais de seu rosto. Quando Madeline acena com a cabeça, Hannah rapidamente põe sua manta ao redor dos ombros de Julia. — Meu marido se atrasou e, quando eu cheguei aqui, não sabia se deveria entrar, então fiquei apenas andando, pensando...

Andando, pensando? Nesse clima? Sem guarda-chuva? Madeline não é tola, nem Julia.

— Venha — ordena ela. Ela quer levá-las de volta ao calor da cozinha e vai acender a lareira. Ela pega a mão de Julia, que está gélida. — Fico contente que você tenha vindo.

— Eu também — diz Julia. Madeline vê que ela andou chorando. — Porque não suporto voltar para casa.

Julia está embrulhada numa manta, enquanto Madeline põe lenha na lareira. Julia tirou suas roupas molhadas e está vestindo uma camisola macia de flanela que ficou curta e um pouquinho apertada nos ombros, mas foi a única coisa que Madeline encontrou que poderia servir nela, com sua estatura. Embora seu corpo já tenha se aquecido, Julia está tremendo, incapaz de fazer os dentes pararem de bater e sem conseguir impedir o tremor violento que a domina de vez em quando.

— Não posso voltar para casa — diz ela novamente, e Madeline e Hannah assentem. Elas parecem entender e, no entanto, ela não explicou nada. Como pode ser, se por tanto tempo ninguém conseguia entender o que Julia precisava, independentemente do que ela dissesse?

Com exceção de Mark, que viu seu ostracismo e deixou que acontecesse, sabendo que ninguém poderia entrar ali com ela. Tem sido assim há tanto tempo que esta noite, quando ele chegou em casa e a olhou nos olhos, Julia foi tomada de medo. Ela viu a sutil insinuação da vida voltando a eles, como um dia tiveram, no entanto isso é impossível agora. Como poderiam as coisas voltarem a ser iguais?

Como é perder um filho? Julia jamais conseguiu expressar sua tristeza em palavras. O choque. A devastação. O que se pode dizer quando sua vida é subitamente destruída?

Nos dias e meses seguintes à morte de Josh, Julia ficou entorpecida. Era como um pesadelo do qual ela quisesse despertar, mas não conseguia. Quando Gracie nasceu, quatro meses depois, Julia chorou tanto que o médico precisou sedá-la. Ninguém entendia o motivo. Ela ouvia os rumores grogues sobre o pesar que *ainda* havia por Josh, como se fosse passar. O que ninguém conseguia entender era o fato de que ela estava pesarosa pela filha. Por Gracie. Gracie agora estava nesse mundo, onde qualquer coisa poderia lhe acontecer.

No começo os amigos ofereciam um consolo estranho, depois evaporaram. Julia nunca sentiu vontade de sair, mas, quando saía, as pessoas sorriam inquietas e se desviavam dela. Foi nessa cidade que ela cresceu, essas eram as pessoas que a conheciam, mas subitamente ninguém queria estar ao redor deles. Dizem que a tragédia aproxima as pessoas, mas essa não foi a experiência de Julia. Em vez disso, tudo ficou mais separado.

Todos acabaram se afastando, até seus pais. Sua mãe e seu pai choraram ao seu lado nas primeiras semanas, mas depois pareceram rapidamente se equilibrar, pareciam prontos para voltar a um mundo cheio de tarefas sem sentido, como fazer compras no supermercado e aparar a grama. Eles tentavam convencer Julia a comer um pouquinho mais, a tomar banho, a ir lá fora, dar uma caminhada. Ela se recusava a tudo.

No primeiro aniversário da morte de Josh, eles ficaram magoados quando Julia se recusou a ver uma apresentação de *slides* que tinham preparado. No primeiro aniversário dele, depois de sua morte, eles se assustaram quando Julia tirou tudo que havia em seu túmulo, o que havia sido deixado para ele — balões, pequenos presentes, uma camiseta de seu time preferido de beisebol —, deixando-o sem nada, exceto as flores que ela levou. O que ninguém parecia entender — ninguém exceto Mark, que silenciosamente a ajudou, depois levou tudo para o Exército de Salvação — era que nenhuma dessas coisas era para Josh. Eram para todas as outras pessoas, para que elas pudessem sentir algum tipo de paz quanto à ausência dele, como se ele ainda fosse um convidado em sua própria festa. O que pareceu fugir à atenção de todos foi o fato de que Josh não podia fazer nada com aquelas coisas, porque ele não estava ali.

Administrar Julia se tornou algo opressor para seus pais, ela sabe. Não que ela estivesse pedindo para ser administrada, mas eles o fariam de qualquer jeito, falando sobre ela na terceira pessoa enquanto planejavam a semana, coordenando com Mark como cuidariam de Gracie. Seus pais olhavam um para o outro, falando silenciosamente com os olhos, enquanto gesticulavam a cabeça na direção de Julia, como se ela não estivesse ali. Ela sabia que eles queriam que ela seguisse em frente e, quando ficou claro que ela não o faria, eles o fizeram.

No dia em que estavam programados para ir para a Flórida, sua mãe foi à sua casa para se despedir. Três anos depois da morte de Josh. Rebecca Townsend estava toda arrumada, de cabelos feitos, unhas feitas, maquiagem, como se eles estivessem indo a uma festa. Julia nem conseguia olhar para ela.

— Julia. — A mãe pegou suas mãos. — Julia, todos nós sentimos falta de Josh, mas você precisa superar isso. Você precisa dar um pouco de amor ao seu marido, a Gracie. Você ainda tem uma vida longa pela frente. Ainda há muito aguardando por você, Julia. — Como Julia não respondeu, Rebecca simplesmente suspirou e beijou a filha mais velha, se despedindo.

Junto à porta, Rebecca hesitou. Ela surpreendeu Julia ao se virar e envolvê-la nos braços, dando um abraço apertado.

— Ligue para Livvy — sussurrou ela, em seu ouvido, e Julia sentiu o rosto molhado da mãe, incerta de quem estava chorando. — *Fale com ela, Julia.* — E seus pais se foram.

Durante dias Julia pensou naquilo, pensou em dar um telefonema para Livvy, até em fazer uma visita. Mas no fim ela não conseguiu, não suportaria nenhuma explicação ou desculpa. Ela viu a hesitação da irmã no hospital, recontando à polícia o que aconteceu, seu nervosismo, a forma como seus olhos passavam de um lado para o outro, preocupada em ser culpada de alguma forma.

Bem, ela está certa. Julia a culpa mesmo. Livvy deveria ter levado Josh direto para casa, como elas haviam combinado. Ela não deveria tê-lo deixado sozinho no quintal, nem pedido que ele fizesse uma tarefa sem supervisão. Ela não deveria ter trancado a porta do carro. Não deveria tê-lo deixado nem por um instante.

O que Livvy *deveria* ter feito? Deveria ter feito seu marido preguiçoso cuidar do jardim, como qualquer outro proprietário em Avalon, para que não houvesse ninhos de vespas amarelas tão perto da casa. Ela deveria ter devolvido a saia de Julia em seu tempo, ou, melhor ainda, nem deveria ter pedido emprestada. Ela deveria ter ficado com a cabeça fresca quando Josh estava ali deitado, lembrado que uma única injeção de epinefrina teria salvado a vida dele. Quando Livvy lembrou, já era tarde demais.

O que Julia não entende é como Livvy pôde esquecer. Livvy conheceu esse menino a vida inteira. Ela estava lá quando ele nasceu. Ela era a madrinha. Josh a adorava. E, no começo de cada ano letivo, em cada acampamento de verão, isso era a primeira coisa a ser escrita.

ALÉRGICO. ABELHAS. RISCO DE CHOQUE ANAFILÁTICO. PORTADOR PERMANENTE DE EPIPEN (caneta seringa).

Julia sabe que Livvy sabia disso. Ela já preencheu formulários no lugar de Julia. Com tantos momentos para que Livvy ficasse paralisada, sem pensar direito, por que teve de ser naquele momento?

No hospital, todos estavam em estado de choque e o pai de Julia os levou de volta à sala de espera, onde eles tinham uma papelada a preencher, precisavam pensar na doação de órgãos, tudo que não deveria estar acontecendo naquele momento, naquele dia. Julia se sentou nas cadeiras plásticas, ladeada por Mark e Livvy, seus pais e Tom estavam sentados à frente. Todos choravam e Julia não conseguia pensar direito, não conseguia ouvir uma palavra do que lhe estava sendo dito. Tudo que ela conseguia pensar era ver Josh saindo para a escola, naquela manhã, a última despedida, à qual ela mal prestou atenção. Ela lhe disse para pôr a camisa para dentro e ele o fez, revirando os olhos. Foi isso.

Foi isso.

Ela sentiu um muro se erguendo quase instantaneamente, todos sumindo ao fundo — seu marido, a irmã, os pais. Ela não podia acreditar que Livvy deixara isso acontecer e, mesmo quando começou a aceitar que talvez não tivesse sido *exatamente* culpa de Livvy, ela não conseguia acreditar que Livvy tinha sido a última pessoa a ver Josh antes que ele morresse. Deveria ter sido Julia, não Livvy.

Seus pais a visitam uma vez por ano. Ligam, às vezes escrevem, mandam cartões de aniversário para Gracie, com uma nota de dez dólares dentro, cuidadosamente presa com durex. Imploraram para que Mark e Julia fossem visitá-los, prometendo tomar conta de Gracie e fazê-la ter a maior diversão de sua vida, mas Julia não quer ir a lugar algum. Ela quer ficar exatamente onde está, perto de Josh. Ela não vai deixá-lo.

A princípio Mark a acompanhava quando ela ia ao cemitério, às vezes com Gracie, às vezes sem ela. Mas a vigília diária o deixava exausto, e ela passou a visitar o túmulo de Josh sozinha. Ela sabe que Mark vai, em sua hora, porque às vezes há flores frescas ou uma nova bola de beisebol. Uma vez havia um chiclete de morango em cima do nome dele, sem bilhete. Josh adorava esse chiclete, mas sempre teve tantas cáries que Julia o baniu de casa. A única pessoa que ela pode imaginar ignorar as regras estabelecidas por Julia seria Livvy. Julia ficou segurando o doce na mão, querendo jogá-lo fora, mas não conseguiu. Ela o pôs de volta e partiu, dirigiu de volta para casa, e foi para a cama.

Sofreu de insônia, enxaquecas, de excesso de tudo. A vida, o mundo — tudo era excessivo. Os médicos lhe deram pílulas, mas Julia não as tomava. Ela não queria alívio — era isso que ninguém entendia. A dor era real. Seu filho havia morrido. Por que ela deveria ter alívio se ele não teve?

Ela vê a preocupação nos olhos de Madeline e de Hannah, o desejo sincero de ajudá-la do jeito que pudessem, mas também há uma ponta de alarme. Julia está como uma mulher insana — dá para sentir que está perdendo a cabeça, a realidade está escapando dela. Vão trancafiá-la. Não terão outra escolha a não ser trancafiá-la e jogar a chave fora, castigando-a por algo que ela deveria ter sido punida há muito tempo.

Ela deveria ter estado lá. Ela deveria ter estado lá.

Julia fecha os olhos, sem conseguir parar de tremer, seu corpo inteiro parece estar queimando. Ela sente isso na barriga. O calor é visceral e a consome.

Então, a escuridão.

Madeline não é nenhuma estranha ao pesar. Ela se lembra da dor pela morte de Steven como se tivesse sido ontem. A morte súbita não dá nenhum aviso, nenhum preparo, tempo algum para se despedir ou dizer *eu amo você*.

Madeline não consegue compreender a profundidade da dor que deve vir da perda de um filho. Não é a ordem natural da vida. Seus filhos devem viver mais que você. Devem ter uma vida inteira. Devem crescer, casar, ter seus próprios filhos. Ninguém o prepara para esse tipo de desespero — nenhum desespero pode se comparar a isso.

Quando ela perdeu Steven, também perdeu Ben. De uma forma diferente, é claro, mas mesmo assim foi difícil. Pensar que por tantos anos ela já está aliviada, enquanto Ben não está por perto para causar mais mágoa e, no entanto, quando Steven morreu, Ben foi a única pessoa capaz de entender o que essa perda realmente significava. Agora, ela deseja que eles não tivessem ficado em luto sozinhos, principalmente Ben, porque não há dúvida de que a solidão, às vezes, é a pior parte.

Levou algum tempo, mas Madeline acabou tocando a vida em frente e, ao fazê-lo, ela simplesmente levou a tristeza junto. Você nunca consegue se recuperar por ter perdido alguém que ama, mas pode encontrar um meio de deixar que isso faça parte de sua vida em vez de deixar que se apodere de parte de você. Ainda assim, não há um tempo programado, nenhuma mágica. Julia, assim como Madeline, terá de encontrar a saída.

— O que devemos fazer? — a voz de Hannah é um sussurro.

Madeline pensa se consegue ou não levar Julia até lá em cima, mas conclui que o sofá do salão dos fundos está mais perto. Elas a acomodam e depois voltam à cozinha, para que Madeline possa terminar a sopa francesa de cebola.

— Ela ficará bem?

Madeline assente firmemente, para tranquilizar as preocupações de Hannah, mas ela própria não tem certeza. Ela não quer acordar Julia porque duvida que ela realmente tenha dormido desde a morte de Josh. Se o coração não consegue sarar, a mente não descansa — Madeline sabe disso muito bem. Não é o que a preocupa. Há muito tempo Madeline aprendeu que a mais dolorosa companhia da morte é a culpa, e Julia tem isso a rodo.

— Ela só precisa de um pouco de descanso, vamos deixá-la.

A tempestade diminui, passando a uma chuva pesada. Hannah ajuda Madeline a mexer a sopa, raspando a parede da panela.

— Agora adicione um pouco de água — ela diz a Hannah —, depois raspe o fundo e novamente as laterais, sempre trazendo as raspas de volta à sopa. Isso se chama descamar.

— Descamar — Hannah repete, obediente, segurando a colher de pau como uma especialista.

— Faça mais uma vez, com o vinho de cozinha em vez de água; isso realmente aguçará o sabor.

Madeline leva a assadeira com fatias de baguete ao forno e vai ver Julia, que dorme em paz. Ela prende o cobertor ao redor de Julia, sentindo uma ponta de tristeza e esperança, depois volta à cozinha. Pensa no que fazer enquanto põe três pratos fundos na mesa, com colheres pousadas sobre os guardanapos de pano dobrados. Ela vai até sua gaveta de tralhas e pega a lista telefônica, estreitando os olhos, tentando ler as letrinhas miúdas. Seu dedo desce pela lista de nomes até que ela encontra o que está procurando. Ela afaga o ombro de Hannah e se inclina à frente para checar as cebolas.

— Quase pronto — ela diz a Hannah, sorrindo.

Então, ela pega o telefone para ligar para Mark Evarts.

Sargento Robert Overby, 55 anos, Departamento de Polícia de Avalon

O Sargento Robert Overby recebe o relatório de incidentes do dia.

Uma ocorrência de *perturbação da paz*. Adolescente tocando sua nova bateria na garagem. Um oficial foi enviado e testemunhou uma discussão inflamada entre o adolescente, o pai e um vizinho. O oficial auxiliou a levar a bateria para o porão e sugeriu opções à prova de som. Questão resolvida.

Um veículo suspeito na Elwood Drive. Um homem nu e uma mulher são encontrados no banco traseiro. Alegaram não haver envolvimento em atividades ilícitas, só estavam conversando. Foram solicitados a deixar o local. Questão resolvida.

O Sargento Overby ri. Até que foi um dia bom. Ele tem quatro oficiais de patrulha em serviço e em uma hora poderá ir para casa e dormir um sono abençoado.

Ele solta um bocejo na hora em que uma idosa de casacão entra na delegacia, acompanha pelo oficial Joey Daniels.

— Peguei no flagra, sargento — diz ele, em tom imponente. O oficial Daniels é novo em Avalon e ainda está conhecendo os residentes, motivo pelo qual ele não reconhece a mulher como a ex-Miss Sunshine de Avalon.

Cora "Miss Sunshine" Ferguson teve uma breve carreira televisiva como a bela dona de casa nos famosos comerciais do Detergente Sunshine, que foram veiculados nos anos 1970. Ela foi descoberta no

Chicago Marshall Field do centro da cidade, na rua State, no fim de semana do Dia de Ação de Graças. Estava fazendo compras antecipadas de Natal. O caça-talentos a escolheu dentre uma multidão, e um teste, feito no ato, foi brilhantemente realizado por Cora. O selecionador achou-a encantadora, alheio ao cheiro de rum em seu hálito, e a levou para a sede do Detergente Sunshine na rua Lake. Ela fez um teste de cena e o resto, como dizem, foi história de televisão.

O Detergente Sunshine acabou falindo, e Cora voltou para Avalon com uma pequena poupança, a qual bebeu em menos de um ano. Depois disso, apesar das tentativas de amigos e vizinhos bem-intencionados de levá-la a um programa de reabilitação, Cora Ferguson tornou-se afetuosamente conhecida como a bêbada residente da cidade.

— Estou com uma tal de senhorita Ferguson aqui... — começa a dizer o oficial Daniels, lendo seu caderno.

Cora dá um solavanco para soltar o braço da mão dele.

— Para você, é Miss Sunshine. — Ela balança um pouquinho enquanto o olha, fulminando-o.

— Ora, Miss Sunshine, o que está fazendo aqui? — O sargento Overby levanta de sua escrivaninha e vai até ela. — Posso lhe oferecer uma xícara de café?

— Você tem uísque?

— Não, senhora, não tenho — responde ele, educadamente.

Ela puxa o casaco bem apertado, ao redor do corpo.

— Um café está ótimo. Obrigada. — Ela olha feio para o oficial Daniels, depois se senta na cadeira que o sargento Overby puxou para ela.

Ele enche de café um copo de isopor, pega alguns pacotinhos de açúcar e creme e os põe na mesa diante dela.

— Agora diga, por que o oficial Daniels teve de trazê-la para cá hoje?

— Roubo — o oficial Daniels diz a palavra em voz alta e clara, depois retribui o olhar feio. — A perpetradora foi vista, à espreita, perto de uma propriedade particular, na rua North Davis. Ela se encaixa à mesma descrição do telefonema que recebemos na semana passada, sobre alguém de sobretudo roubando jornais das portas das pessoas.

— Eu estava REDISTRIBUINDO — diz Cora em voz alta.

Essa não é a primeira vez que Cora é detida, e o sargento Overby sabe que não será a última.

— O que você pegou dessa vez, Cora?

Cora está zangada.

— Nada.

O oficial Daniels tenta abrir o sobretudo de Cora, mas ela o enxota. Frustrado, ele dá um passo atrás.

— Está dentro do casaco dela, sargento. Eu a vi colocar algo ali, bem na hora em que a detive.

O sargento Overby suspira. Ele espera em Deus que não seja nada sério, pois detestaria ter de prender Cora. A maior parte da cidade a conhece e compreende que ela é inofensiva, mas o fluxo recente de novos residentes significa que a história colorida de Cora em Avalon pode estar chegando ao fim.

— Poderia, por favor, tirar seu casaco, senhorita Sunshine?

Ela segura o casaco mais firme junto ao corpo.

— Receio que não possa fazer isso.

— Por que não?

— Porque hoje é dia de lavar roupa e eu só estou com peças não mencionáveis, enquanto espero que a roupa seque. — Ela lhe lança um olhar e começa a pôr creme em seu café.

Ele suspira.

— Oficial Daniels, poderia, por favor, chamar Roxy Hicks? Ela acabou de sair e provavelmente pode voltar bem rápido. — Ele explica a Cora: — Roxy Hicks é uma de nossas assistentes policiais. Ela não é uma oficial educada, mas nos ajuda com muitas tarefas oficiais do departamento.

— Ela é prostituta? Esse nome parece de prostituta.

— Roxy não é prostituta, é uma moça muito bacana. Não vai querer que eu chame a oficial Tripp, vai?

Cora aperta os lábios, depois sacode a cabeça. Juanita Tripp é uma oficial feminina, mas é uma das mais duronas do departamento. Já trouxe Cora detida algumas vezes e acabou perdendo a paciência com ela.

Quando Roxy chega, Cora é levada à sala de interrogatório. Depois de alguns minutos, Roxy surge com uma expressão desagradável no rosto, segurando uma caixa de papelão.

Deus, em que Cora Ferguson se meteu agora? O Sargento Overby endireita a postura.

— O que é, Roxy?

Roxy começa a tirar os itens da caixa: duas edições da *Avalon Gazette*, algumas bolas de golfe, um brinquedo canino mastigado, um saco hermético recheado com uma substância suspeita. No saco está escrito, a caneta, "*PAA*. Décimo Dia". Hoje é a data impressa ao lado.

— O que é isso? — O oficial Daniel se aproxima para olhar melhor, depois dá um salto para trás quando Roxy cutuca o saco.

— Não tenho ideia. — O sargento Overby se pergunta se ele não deveria mandar isso para o laboratório. O saco está quase estufado e ele não tem a menor ideia se o que há dentro é tóxico, ou pior.

— Eu perguntei a ela, mas ela não disse nada — diz Roxy. — Embora ela tenha me chamado de prostituta. Isso foi legal.

— Pode trazê-la de volta — ordena o sargento Overby. Ele está querendo dar a Cora o benefício da dúvida, por talvez ter pegado algo que não deveria, mas ele não está gostando disso. Algo está errado.

Roxy volta com Cora, que a olha avidamente. O sargento Overby a afasta até ficarem fora de alcance e ergue o saco.

— O que é isso, Cora?

Cora se recusa a dizer qualquer coisa.

— Cora. — Seu tom de voz é sério. — Agora estou falando sério. Não quero ter de fichá-la por invasão ou roubo, mas, se isso for uma substância potencialmente perigosa, eu preciso saber. *Agora.*

— Devo ligar para os bombeiros, para que eles mandem uma equipe para materiais perigosos, senhor? — O oficial Daniels está com o telefone na mão.

O sargento Overby ergue a mão.

— Cora, se eu abrisse esse saco, o que aconteceria? Você sabe?

— Tenho uma vaga ideia — ela dá um sorriso malicioso. — Só não deixe interagir com nada metálico ou se arrependerá.

Um minuto depois, a Delegacia de Polícia de Avalon é evacuada.

Capítulo 11

Um incidente de alta periculosidade em Avalon! Edie ainda não consegue acreditar. A ligação para a *Gazette* foi alguns minutos antes, um cidadão preocupado perguntando se eles sabiam que a Delegacia de Polícia havia sido evacuada e chamado o Corpo de Bombeiros. Edie rapidamente fez algumas ligações, antes de pegar a mochila e sair correndo pela rua.

Ela ouve as sirenes e sente a adrenalina percorrendo seu corpo. Pode não ser nada, mas também pode ser algo. Algo que colocaria uma cidadezinha no mapa, colocaria Edie no mapa. É pouco provável, verdade, mas veja Benson, Minnesota, cuja população é menor que a de Avalon. Uma pequena história sobre geração de combustível à base de esterco de peru chegou ao *New York Times*. Uma história no *Chicago Tribune* sobre um tornado de dez segundos, em Utica, Illinois, rendeu ao repórter o Prêmio Pulitzer. Então por que não pode haver uma história sobre Avalon? E por que Edie não pode ser a pessoa a escrevê-la?

Várias possibilidades de manchetes passam por sua cabeça. Ela vê a manchete sendo captada pelos grandes veículos da mídia: AP, UPI, Reuters e, é claro, sua autoria.

Por Edith Gallagher.

Talvez esteja exagerando, mas ela é boa escritora, boa repórter. Sabe que pode escrever uma história que faça diferença, se ao menos encontrar a história certa. Gnomos que somem de jardins e fritadas de carne não vão ajudar muito a sua carreira — ela sabe disso. Mas há muitos jornalistas proeminentes que começaram com essa grande história, e é isso que Edie procura.

Ao se aproximar da rua Main, ela vê uma caminhonete Ford F650. Nunca tinha visto uma dessas em Avalon, o que significa que deve ter vindo de uma cidade vizinha. Uma arma com tripé está montada e Edie sabe que provavelmente tem centenas de galões de espuma concentrada pronta. Uma pequena multidão está formada do outro lado da rua, e os policiais administram a aglomeração e o tráfego. Ela vê dois homens, presumivelmente a equipe de emergência, já trajados com macacões encapsulados, preparando-se para entrar na Delegacia de Polícia.

Essa é a coisa mais emocionante que aconteceu desde que ela se mudou pra cá. Enquanto Edie sinceramente espera que tudo fique bem e que ninguém se machuque, ela sabe que esse incidente ficará na primeira página por pelo menos uma semana.

Sem sequer saber dos detalhes, Edie tem alguma ideia de como pode montar a história, algo sobre a fragilidade da vida e como, nesse mundo, nós precisamos ajudar uns aos outros. Ela pode não ser ótima em relacionamentos, mas é a favor do bem maior. Por isso Edie se candidatou à Força de Paz, por isso passou vinte e sete meses em Benin, na África. Ela queria fazer diferença real na vida de gente real. Aqueles dois anos e meio abriram seus olhos.

Ela adora ser americana, mas ser americana no exterior é algo bem diferente. Edie conseguia enxergar a si mesma, e seu país, através dos olhos de outras pessoas — através dos olhos de trabalhadores socorristas da Europa e da Ásia, através dos olhos das pessoas que eles estavam tentando ajudar. Ela sabe que americanos frequentemente são vistos como arrogantes e frios, desconhecedores de seu próprio país, e odeia que isso seja verdade.

Edie se lembra de uma noite, quando ela e dois outros americanos perderam, para alguns suecos, um jogo improvisado de perguntas. O assunto era história americana. Os suecos — Vilde, Max e Frej — sabiam mais sobre o governo americano do que o grupo dela: sabiam dizer os nomes de presidentes, o tempo de mandato, quando saíram. Edie e seus colegas, um deles formado em história pela Vassar, até foram bem, porém acabaram perdendo o jogo. Mas o pior foi quando os suecos ofereceram uma pergunta de bônus, um palpite de tudo ou nada, para ganharem a única barra de chocolate Hershey e uma lata de Pringles que estavam em jogo.

Digam o nome do atual presidente da Suécia.

Eles perderam.

Mais tarde, quando Edie contou os detalhes a Richard, ele riu tanto que escorriam lágrimas de seus olhos.

— Edie — disse ele —, a Suécia é um país monárquico. Eles não têm presidente, têm um *rei*.

Edie ficou constrangida, mas isso confirmou o que ela estava querendo dizer. É um mundo grande e todos têm a responsabilidade de torná-lo um lugar melhor, todos, incluindo Edie. O que realmente a incomoda é que não precisa muito. Será que ela realmente precisa de um *cappuccino* de quatro dólares? Ou de um par de sapatos que custa cento e vinte e cinco dólares, feitos numa fornalha, por trabalhadores infantis da Indonésia? Como é que um país com tanto débito de consumo consegue ter mulheres correndo atrás de peitos turbinados e luzes nos cabelos? Será que ela realmente precisa fazer essas perguntas?

— Chefe Neimeyer, o que está havendo? — Edie grita acima do ruído das sirenes. Várias outras pessoas estão fazendo as mesmas perguntas e, embora não sejam repórteres, suas vozes são mais altas que a dela. Edie abre caminho até a frente da fila, com seu gravador digital já ligado. Dessa vez ela repete a pergunta mais alto e atrai o olhar do chefe.

— Pessoal, apenas deem à equipe uma chance de fazer seu trabalho, e avisaremos a vocês o que está havendo assim que soubermos de alguma coisa. — O chefe Neimeyer sinaliza para que o sargento Overby assuma, a fim de que ele possa falar com o chefe dos bombeiros e obter as informações mais recentes.

Edie tenta, novamente, com o sargento Overby.

— Sargento, pode nos dizer o que está havendo?

— Desculpe, Edie. Não posso fazer isso.

— Sargento Overby, nossos telefones estão tocando sem parar. O povo de Avalon está preocupado. — Certo, isso é um ligeiro exagero, mas é possível. Patrick, seu chefe, disse a todos para irem até ali e descobrir o que pudessem, exceto Livvy e a recepcionista. Elas estão cuidando do forte.

Edie vê o resto da equipe da *Avalon Gazette* chegando por trás dela. Ela quer essa história, precisa dessa história.

— Sargento, por favor. Não há nada que possa nos contar? — O desespero na voz dela é real.

Ele joga um osso.

— Tudo que posso dizer é que uma mulher foi detida portando alguns itens, incluindo um saco contendo uma substância suspeita. Devido às circunstâncias, achamos prudente chamar o Corpo de Bombeiros e deixar que as equipes de risco investiguem a substância e nos apresentem a conclusão.

— Tem acesso ao nível de risco?

— Foi-nos dito que a substância reagiria ao metal, mas não conseguimos validar essa afirmação antes de...

Patrick corre até eles, sem fôlego. O sargento Overby endireita a postura, ciente de ter dito além do que pretendia. Ele educadamente acena com a cabeça para os dois e lhes dá as costas.

Droga. Ele provavelmente teria dito mais se Patrick não tivesse aparecido. Agora ela terá que esperar como todo mundo.

Edie está roendo uma unha, pensando rápido. Em uma hora isso será notícia velha. As equipes de televisão estarão ali em breve. A escrita num jornal de cidadezinha poderá virar forro de gaiola amanhã se Edie não arranjar um jeito de dar a notícia primeiro.

— Qual é o lance? — diz Patrick, ofegante. Ele está com mostarda no canto da boca.

Ela dá um rápido resumo e, no mesmo instante, sabe o que fazer. Afasta-se, deixando Patrick esticar a cabeça na tentativa de espiar dentro da Delegacia de Polícia.

Ela liga para Livvy.

— Livvy, é a Edie. Preciso que você me faça um grande favor. Está disposta?

— Está brincando? Por favor, me tire desse tédio. Do que você precisa?

Edie dá vários endereços eletrônicos de estações de notícias, depois diz a Livvy o que digitar. É possível que o fato de ser a primeira a dar a notícia também lhe dê uma entrada. No instante em que termina com Livvy, ela vê a equipe de risco saindo, sem capuz.

— Espere — diz ela. Ela corre de volta, na hora em que o chefe Neimeyer se vira para a multidão.

— Está tudo bem — diz ele, bem alto. — A equipe de risco determinou que a substância em questão não é nociva ou perigosa.

Um suspiro audível de alívio, pontuado de decepção, varre a aglomeração.

— Chefe Neimeyer — Edie chama. — Alguma ideia do que é a substância?

Ele hesita.

— É massa.

Surge um murmúrio de confusão.

— Massa? — Edie sonda.

— MASSA. Massa de pão. Massa de bolo. Diabos, eu não sei. É para fazer algo chamado Pão da Amizade. Aparentemente isso está circulando na cidade. — Ele se vira e entra na delegacia como um raio.

Edie tenta dar sentido àquilo em sua cabeça, mas não consegue. O que é o Pão da Amizade e por que está circulando pela cidade? Mais importante, *como* está circulando pela cidade?

— O que devo escrever a seguir? — Livvy quer saber.

Edie percebe a conversa irrompendo na multidão, ao ser ouvida a notícia do chefe Neimeyer.

— Espere um pouco, Livvy.

— Eu também detesto o troço — alguém diz. — Uma pessoa do meu escritório tentou empurrar para cima de mim.

— É mesmo? Eu adoro o Pão da Amizade — alguém declara. — Duas vezes por mês eu asso alguns pães. Meus filhos adoram.

— Minha cozinha fica com um cheiro maravilhoso quando eu faço.

— As instruções não dizem que você deve deixar em temperatura ambiente? Isso não me parece uma forma segura de lidar com o alimento. Contém leite!

— É como uma massa fermentada — responde alguém, exasperadamente. — *Tem* de fermentar.

— O que é Pão da Amizade? — alguém quer saber. — Onde posso arranjar?

Conforme as pessoas ao seu redor começam a falar e a contar detalhes, Edie diz a Livvy para esquecer o texto. Um falso alarme de risco não é uma grande história e, de qualquer forma, os repórteres de TV já a estão cobrindo. Além disso, ela tem uma ideia melhor.

Muito melhor.

A secretária eletrônica está piscando quando Hannah chega em casa, vindo do mercado. Ela leva um minuto para guardar as compras, entoando o opus 78 de Jean Sibelius. Talvez ela faça isso mesmo, vai tocar o violoncelo e depois olhar os recados. Ela sente falta de tocar, não, na verdade não sente. Ela se sente atraída pela sala de música, mas depois desvia, seguindo em direção à sala de estar, ou à cozinha, encontrando outra coisa para fazer.

A máquina está piscando, com o número digital 2. Dois recados. De Philippe, sem dúvida. Ela fica curiosa, mas não confia em si mesma para ouvir os recados caso ele diga algo que estrague seu dia, ou, pior, faça com que ela ligue de volta. Hannah nunca foi boa em expressar seus sentimentos, e não vai tentar fazer isso pelo telefone. Se Philippe tem algo a dizer, deixe que ele venha a Avalon.

Ela pega um copo de água e uma fatia de Pão da Amizade. Esse foi feito com abobrinha e Hannah encontrou a receita sozinha, *on-line*. A primeira fornada tinha ficado molhada demais e levou o dobro do tempo para assar. Hannah estava prestes a ligar para Madeline quando decidiu consultar o *Joy of cooking*, e ali descobriu que deveria ter espremido um pouco da água da abobrinha depois de ralá-la. Hannah tirou um segundo saco de massa e tentou novamente, dessa vez com mais sucesso.

Então agora ela tem quatro pães de abobrinha, dois sacos de massa, e não poderia estar mais feliz.

Bem, isso não é verdade. Hannah gostaria de não estar sozinha, queria que seu marido estivesse com ela, que ainda a amasse. Ela é arrebatada pela triste verdade da situação. Apesar do que ele fez, apesar do que está fazendo, ela o aceitaria de volta, num segundo, se ele pedisse.

Saber disso só a deixa pior. Hannah sabe que esse é o tipo de coisa feita por mulheres sem determinação, aquelas que temem a solidão, mas, sejamos honestos — isso resume bem Hannah. Ela não gosta de ficar sozinha, não quer estar só. Não foi feita como essas supermulheres sobre as quais ela lê — mulheres que começam seu próprio negócio, que tomam decisões ousadas, que correm riscos. Ela sabe que é inteligente, mas não é destemida, o que parece ser uma exigência para esse tipo de mulher. Ela é apenas Hannah, uma mulher com um casamento que pode ter terminado. E não tem ideia do que fazer.

Hannah gostaria que sua mãe estivesse viva. Ela saberia aconselhá-la, saberia como mantê-la calma e focada. Sua mãe não era do tipo terna, era prática e altamente eficiente, mas Hannah sabe que a mãe a amava e esse conhecimento seria o suficiente para dar a Hannah a coragem de descobrir qual seria o próximo passo.

Seus pais eram como todos os outros pais chineses — estipulavam limites altos, impulsionando os filhos para alcançá-los, e não aceitavam nada menos que isso. Seu pai, em particular, exigia grande nível de excelência. A mãe de Hannah era mais coração mole, acrescentando pequenas porções de riso ao lar sério. Se Hannah estivesse tirando uma folga dos ensaios, ou Albert quisesse brincar lá fora, era a mãe quem cedia. O pai? Jamais. Ele reclamava que a mãe de Hannah era permissiva demais com os filhos, o que ela não era. Ela simplesmente lhes dava uma folga de vez em quando, dava um pouquinho da infância que, de outro modo, eles teriam perdido.

Hannah via a forma como o pai cedia à mãe, sempre que havia algo que a deixasse inflexível. Às vezes era algo importante, como ajudar parentes que estivessem em situação financeira difícil, ou uma coisa aparentemente mais simples, como comemorar o Natal.

Durante muitos anos, a única coisa que eles faziam era pendurar uma simples guirlanda plástica na porta, mais pelos vizinhos que pela família. Nada de luzes, nem decoração, nada de árvore. Ela e Albert ganhavam um ou dois presentes cada um, e era só, até que Hannah fez nove anos. Subitamente sua mãe começou a brigar por um Natal completo. Nessa época, eles estavam morando na Carolina do Norte, e foi o primeiro Natal deles.

— Nós vamos comprar uma árvore — sua mãe disse ao seu pai, em chinês, enquanto conduzia Albert e Hannah, superagasalhados, até a garagem.

— Shenme? — o pai de Hannah saiu gritando do escritório, onde ele estava preparando as anotações de sua palestra. — *Não! Nada de árvore! São muito caras! Não precisamos de uma árvore!*

— Precisamos de uma árvore, sim — informou a mãe de Hannah, calmamente, enquanto vestia as luvas. — E eu também vou comprar luzes de Natal. Você pode pendurá-las quando eu chegar. — Ela não ia arredar pé e o pai estava vendo isso.

— No ano que vem — sugeriu ele, na tentativa de conciliação. Albert revirou os olhos atrás das costas do pai. — Compramos tudo no dia seguinte do Natal, quando estará mais barato. Compramos uma árvore de mentira e muitos enfeites.

— Vamos comprar uma árvore de verdade — disse a mãe. — E vamos comprá-la este ano. Eu quero que as crianças tenham Natal. Albert já é quase um adolescente e Hannah vai fazer dez anos. Vamos comemorar o Natal este ano. — E, assim, ela saiu marchando pela porta, levando as crianças atrás dela.

Eles voltaram para casa quatro horas depois, com o carro cheio de parafernália natalina que Hannah jamais sonhou ver em sua própria casa. Pela primeira vez ela e Albert tiveram meias de Natal. Albert não pareceu ligar, mas Hannah adorou a sua. Ela adorou quando chegaram em casa e o pai estava com a escada, o martelo e os pregos. Hannah não sabia se isso tinha sido parte de uma discussão maior do que ela havia presenciado, mas a mãe pareceu profundamente satisfeita ao dar a ele as seis caixas de luzinhas. Quando terminou de pendurá-las, ele saiu e comprou mais cinco caixas, usando a desculpa de que as lojas já estavam começando a fazer liquidação e eles deviam comprá-las agora. A mãe de Hannah não disse nada, apenas preparou o *huongo* — uma caçarola chinesa — para o jantar, o prato predileto do pai, geralmente reservado para visitas.

Hannah sabe que o casamento dos pais talvez não tenha sido perfeito, no entanto, ao mesmo tempo, ele era. Ela não consegue imaginá-los um sem o outro, e, mesmo quando a mãe faleceu, nunca lhe ocorreu que o pai se casasse novamente, o que ele não fez. Talvez Hannah seja mais parecida com ele do que quer admitir — ela quer permanecer leal à pessoa a quem disse sim.

Philippe é seu marido. Ela havia imaginado uma vida inteira em comum, viajando juntos, tocando juntos, envelhecendo juntos. Hannah tenta vê-los com setenta anos. Sessenta. Cinquenta até, mas não consegue. Ela não consegue ver além de onde estão agora. E agora que não são mais parceiros, o que restou? O que sobrou para que ela compartilhe com ele?

Ela se apressa até a secretária eletrônica e aperta o botão, na expectativa. O primeiro recado é uma mensagem automática do cartão de crédito. Irritada, Hannah a apaga. A segunda é de seu vizinho, de Henry Tinkleberg, agradecendo pelo Pão da Amizade e convidando Hannah para jantar com ele e sua família. Ele tem uma filha da idade dela, Pauline, a quem gostaria de apresentá-la. Hannah guarda esse recado e cai para trás, sobre as almofadas do sofá, derrotada.

A campainha toca, na hora em que as lágrimas ameaçam vir. Instantaneamente ela pensa: *Philippe*. Ele não tem a nova chave, então é claro que não pode entrar. Se for ele, e se ele estiver ali para se desculpar, ela aceitará. Há uma chave a mais na gaveta da cozinha — ela lhe dará essa chave, dirá que estava esperando para lhe dar isso. Eles vão aprender com a experiência e seus laços ficarão mais fortes do que nunca.

A campainha toca novamente, seguida de uma batida. Hannah lambe os lábios, desejando ter mais tempo para passar um pouquinho de maquiagem. Ela se apressa até a porta da frente e rapidamente olha pelo olho mágico. Mas não é Philippe.

É Julia.

E se.

Desde que acordou na casa de Madeline, naquela noite, Julia não tem conseguido parar de pensar *e se*.

E se Josh não tivesse morrido? E se ele não tivesse sido picado, e ainda estivesse esperando, no gramado, quando Livvy voltou lá para baixo? E se, nos últimos cinco anos, eles tivessem sido uma família com quatro pessosas — ela, Mark, Josh e Gracie?

E se.

Será que estariam saindo de férias juntos, passeando à noite, redecorando os cômodos da casa, conforme as crianças fossem crescendo? Teriam tido outro bebê? O que teria acontecido se Josh não tivesse morrido? O quê?

Julia não faz ideia. É doloroso pensar nisso, no entanto ela não consegue parar. É a última coisa em sua mente quando ela vai para a cama, e a primeira quando ela acorda. Ela não consegue mais dormir. Seus olhos se abrem assim que ela ouve Mark e Gracie andando pelo corredor, falando e rindo. No começo ela ficava deitada, vendo se seu corpo queria voltar a dormir, mas não adiantava — ela estava acordada. Mesmo se quisesse ficar na cama, não conseguia. Tinha de levantar, não conseguia mais ficar ali deitada, então agora ela acompanha a família no café da manhã.

Julia mistura granola em seu iogurte, encarando a cadeira vazia na mesa. Eles tinham comprado o conjunto anos antes — uma mesa quadrada com quatro cadeiras combinando — e imagina como seria se Josh estivesse ali com eles, sentado na quarta cadeira. Ela dá uma olhada para o marido e a filha, em busca de sinais de que talvez estejam pensando a mesma coisa. Mas Gracie está ouvindo o estalar de seu cereal crocante e Mark está ocupado com conversa à toa, com uma linguagem cautelosa perto de Julia, como se ele estivesse incerto quanto ao que ela irá dizer, ou como vai reagir. Ele está um tanto prudente com a presença dela na mesa, sem saber se ela irá mudar de ideia novamente. O resultado disso é uma conversa sem consequência para ela, e imagina ser igual para Mark.

E se ela e Mark já não estivessem mais juntos?

Julia não sabe o que pensar disso e, ao mesmo tempo, sente uma ligeira mudança em seu espírito, de algo entrando em alinhamento. E se ela pudesse recomeçar, como Madeline e Hannah?

E se.

Julia se mantém ocupada o resto do dia, mas seu pensamento voa até suas duas novas amigas. Naquela noite ela acordou mais descansada, de um jeito que não se sentia há anos. Viu-se cercada de ternura e amizade, suas mãos ao redor de uma tigela de sopa francesa de cebola que parecia o céu. Seu corpo deu um suspiro, sentiu algo se dissipando. Naquele instante ela soube que algo havia mudado.

Madeline — que só tinha o número do celular de Julia — ligou para Mark, em casa, e disse a ele que Julia ficaria com ela até tarde. Ele não pareceu alarmado quando Julia voltou à meia-noite. Não fez perguntas, apenas deu boa-noite. Talvez as coisas passem a ser assim. Ela e Mark vivendo suas próprias vidas, independentes um do outro. Vidas que não exigem explicações, apenas uma coordenação ao redor de Gracie, combinando quem vai levá-la e quem vai buscá-la. Julia sabe que isso não se parece muito com um casamento, então a próxima pergunta que lhe vem à mente é: será que eles devem se dar ao trabalho?

Por volta de meio-dia, Julia não aguenta mais. Ela pega o carro e sai dirigindo até a casa de Madeline. Está um pouco cedo para a reunião, mas ela duvida que Madeline se importe.

Ao chegar, ela vê o salão de chá abarrotado, uma reunião em que todas as cabeças femininas estão viradas para Margot West, uma representante independente da Avon que segura um cesto de presente cheio de produtos de beleza, apontando para cada item. Julia reconhece várias pessoas através da janela e não quer ver nenhuma delas. Ela engrena a ré e vai embora, seguindo pela rua. Então vê a casa que sabe ser de Hannah. Um segundo depois, Hannah passa pela janela, envolvida com um livro.

Julia decide. Ela desliga o motor, pega a bolsa e segue pelo caminho da entrada da casa.

— Eu estava passando de carro e pensei em dar um oi — diz Julia. — Não tinha me dado conta de que você está tão perto de Madeline. Espero que não seja uma hora ruim.

— É claro que não. — Hannah lhe dá um abraço e a convida para entrar, oferecendo um chá e uma fatia de pão de abobrinha. — Você cortou o cabelo! — ela exclama.

Julia leva a mão aos cachos curtos, constrangida. Ela enrosca o dedo numa mecha solta, perto da orelha, e dá uma puxada.

— Está muito curto? — pergunta ela. Ela cortou no dia seguinte àquela noite que ficou na casa de Madeline. Saiu do chuveiro, com o corpo mole do calor. O espelho acima da pia estava todo embaçado, obscurecendo seu reflexo, e ela pensou ter visto um movimento atrás, algo familiar. Rapidamente passou a palma da mão no espelho para limpá-lo, mas, quando o fez, só viu ela mesma, olhando de volta, seus cabelos molhados caídos sobre os ombros. Ela remexeu as gavetas até encontrar a tesoura de cabelo e pensou: *chega*.

— Está *perfeito* — diz Hannah entusiasticamente, e Julia sorri, animada. Elas entram na ensolarada sala de Hannah. — Você chegou quando eu estava sonhando acordada.

Sonhando acordada. Talvez seja isso mesmo que Julia tenha passado a manhã toda fazendo. No fim do corredor ela vê uma sala com reportagens emolduradas nas paredes.

— Eu estava fazendo a mesma coisa — diz ela. — Sobre caminhos que não segui.

— Que engraçado — diz Hannah, enquanto elas se acomodam no sofá. — Porque eu estava sonhando com o contrário. Eu estava pensando sobre o caminho que tomei, embora não saiba o que mais poderia fazer. Tocar violoncelo pareceu a única escolha disponível para mim. E casar com um homem que também era músico. Fazia sentido estar com alguém que entendia música, alguém que conhecia as exigências de tocar profissionalmente, sabe?

— Talvez — diz Julia. — Mas eu não sou arquiteta e Mark costumava dizer que isso era um grande alívio, pois todos os outros arquitetos só querem falar de arquitetura. Ele costumava dizer que eu o mantinha normal.

— Normal. — Hannah olha para ela, sinceramente perplexa. — De qualquer forma, o que é ser normal?

Julia ri. Hannah está perguntando à pessoa errada.

— Não faço a menor ideia — ela diz, honestamente. Ela avista um livro familiar à sua frente e o pega.

Joy of cooking?

— Julia está impressionada.

— Você já leu? Madeline me deu. Até agora, eu aprendi como descaroçar uma maçã, que panquecas não precisam ser viradas mais de uma vez, que assar uma pizza na grelha resulta numa massa bem crocante. — Hannah ergue um caderno. — Estou copiando as receitas de que gosto. Acho que vou até tentar assar uma torta de maçã. — Ela abre o caderno e folheia as páginas. — Ou talvez um risoto com cogumelos. Philippe adora risoto, mas eu nunca tive coragem suficiente para tentar. — Ela dobra o canto dessa página, como um lembrete.

Julia está confusa.

— Philippe está vindo para casa? — Pelo que Hannah havia dito, pareceu que o casamento deles rumava para o divórcio. Escolha dele, não dela.

Hannah fica vermelha.

— Não. Quero dizer, acho que não. Tudo fica tão distorcido ao telefone, sabe? Nós precisamos falar pessoalmente. Encontrei nomes de terapeutas de casais e achei que ver alguém nos ajudaria a nos comunicar melhor. Não que a gente vá voltar, nada assim...

Julia ouve a esperança cautelosa na voz de Hannah. Ela respeita a vontade de Hannah em tentar, mas não quer ver essa bela jovem desperdiçar sua vida com alguém que não vai retribuir seu amor, ou lhe dar o respeito que ela merece. O quanto você precisa conhecer alguém antes de dizer o que realmente acha?

Julia não conheceu Philippe e não sabe dos detalhes do casamento deles. Realmente não é da sua conta. Julia se lembra de como ela ficava irritada quando sua mãe vinha lhe dar conselhos não solicitados sobre seu casamento, mas Julia não é a mãe de Hannah. Ela é uma amiga, uma nova amiga que traz certo grau de objetividade à situação, que pode ver o que está acontecendo à jovem à sua frente. Julia quer a felicidade de Hannah e, pela primeira vez, em muito tempo, também quer a sua.

Ela decide não falar nada e, em vez disso, comenta sobre a casa de Hannah, como tudo é perfeitamente organizado.

— Ah, isso é Philippe — diz Hannah, corando, gesticulando para algumas peças de arte caras que estão bem-arrumadas. — Ele é minucioso quanto ao lugar em que as coisas devem ficar.

— Não, não é só isso. Você transformou isso num lar, Hannah.

Julia vê a feminilidade de Hannah ao redor da casa, os pequenos toques que suavizam os cantos.

Sobre a lareira, Julia vê uma série de fotografias quadradas, cada uma delas em seu porta-retrato de porcelana, ligeiramente diferentes, mas complementando-se. Todas são de Hannah, tiradas quando ela era uma menininha, depois em sua fase adulta, com o violoncelo.

Julia olha uma foto.

— Você parece tão pequenininha aqui. Quando começou a tocar?

— Com cinco anos.

Cinco. A idade de Gracie.

— Você poderia ensinar minha filha a tocar? — Julia pergunta subitamente. Ela não sabe se Gracie tem concentração para aprender um instrumento, ela não tinha pensado no assunto até agora.

Hannah fica radiante e se senta bem ereta.

— Ela tem interesse?

— Eu não sei. Ela adora cantar e dançar. Nunca tive aulas de música quando eu era pequena, embora Mark tenha tocado trombeta na banda do Ensino Médio por alguns anos. Tomara que ela não tenha herdado nossos genes musicais. — Julia cuidadosamente toca o porta-retrato. Hannah com duas tranças, vestindo um colete simples, segurando seu arco e o violoncelo, um sorriso imenso estampado no rostinho. Seus pais estão atrás dela, orgulhosos. — Todos vocês parecem tão felizes. Eu quero que Gracie seja feliz. — Há uma expressão determinada no rosto de Julia. — Quanto você cobra por uma aula?

Hannah franze as sobrancelhas, pensando.

— É... não sei. — Talvez possamos fazer uma aula, para ver primeiro se ela gosta. É muito importante que a criança tenha algum interesse. Pode ser?

Julia se pega acalentando a ideia. Gracie vai adorar ou odiar, mas ela quer descobrir.

— É claro.

Hannah pede licença para pôr uma chaleira de água no fogo. Na cozinha, ela grita para Julia:

— Não tenho uma variedade imensa como Madeline. Tudo bem um chá-preto? Eu tenho um bom, com citrus, baunilha e alfazema.

Julia vê um caminhão da UPS encostar junto ao meio-fio e um jovem descer.

— Parece ótimo.

Julia pousa o *Joy of cooking*. Ela observa o entregador apressar-se pelo caminho de entrada da casa de Hannah, com um pacote preso embaixo do braço. Seria possível? Julia rapidamente atravessa a sala, abrindo a porta, na hora em que ele ia tocar a campainha.

Ele arregala os olhos. — Senhora Evarts? — pergunta ele.

— Jamie — ela resfolega. É o Jamie, um dos irmãos mais velhos de Peter Linde. Peter é — era — o melhor amigo de Josh. A última coisa que Julia se lembra é de que Jamie ia se formar na faculdade, mas isso foi há mais de cinco anos. Ela perdeu contato com a família Linde depois da morte de Josh, nunca se deu ao trabalho de retornar nenhuma das ligações de Sandra Linde. — Oi. Você... Você está trabalhando para a UPS?

Ele dá um sorriso acanhado.

— Em meio período, enquanto termino meu curso de graduação.

Ela o olha de boca aberta.

— Graduação? — Ainda ontem parecia que Jamie estava trazendo sacos de lixo cheios de roupa suja para que a mãe as lavasse. Será que Sandra sabe quanto o filho cresceu?

— É, eu decidi voltar para fazer pós-graduação. Educação. Também em meio período, mas estou quase terminando. Estou pensando em dar aulas.

— Nossa, que ótimo. Estou muito feliz por você, Jamie. — Como você cresceu tanto? Ela nem pode imaginar como é a aparência de Peter agora. Ela lambe os lábios e resolve perguntar. — Então, como vai o Peter?

— Ah, ele está ótimo. Está no primeiro ano, jogando futebol americano pela Avalon High. Joga na posição de *running back*. — Ele diz isso orgulhoso. Julia lembra que todos os meninos Linde eram jogadores de futebol. — Fora isso, matando aula de vez em quando, começando a gostar de garotas, a senhora sabe, essas coisas comuns... — a voz dele vai sumindo, subitamente ciente de seu engano. Julia obviamente não sabe.

— Isso é maravilhoso — diz Julia, forçando um sorriso. — Pode dizer à sua mãe que mandei um oi? E a Peter também.

— Claro.

Julia se vira para chamar Hannah e vê a jovem em pé, na sala, com uma bandeja de xícaras vazias e uma expressão assustada no rosto.

— Oi — diz Jamie, avistando-a. Julia percebe que ele se esticou todo. Ele ergue o pacote nas mãos. — Tenho outra entrega. Crate and Barrel. Felizmente, esse eu sei dizer. — Ele põe a caixa grande e retangular do lado de dentro da porta.

Hannah consegue dar um sorriso sem jeito, mas ainda não diz nada.

— Esse é o Jamie — diz Julia, limpando a garganta. — Somos antigos amigos de família. Seu irmão caçula era o melhor amigo de Josh. Meu filho. — Ela pisca rapidamente, torcendo para manter o sorriso no rosto.

Hannah finalmente pousa a bandeja e atravessa a sala.

— Preciso assinar ou...

Jamie sacode a cabeça.

— Não, tudo bem.

— Ah. Está bem. Bem, obrigada — diz ela. Julia percebe que as pontas das orelhas de Hannah estão rosadas.

— É um prazer.

— É um processador — diz Hannah, sem se dirigir a alguém em especial, fingindo inspecionar o rótulo da caixa. — Eu achei, bem, já que tenho feito tanta coisa assada...

— Ah, você cozinha? — Jamie parece interessado.

Julia não sabe como esse fato é tão interessante, mas dá para sentir algo revolvendo entre esses dois jovens. A chaleira começa a apitar na cozinha. Aliviada por ter algo a fazer, Julia se oferece para cuidar do chá e se apressa em sair, antes que Hannah possa responder.

Na cozinha, Julia desliga o fogão e tira a chaleira do fogo, depois se recosta pesadamente na pia.

Quinze anos. É a idade de Peter, a idade que Josh teria se estivesse vivo. Ela olha pela janela da cozinha. Há boatos de mais clima ruim, mas hoje o céu está azul e límpido, o sol brilhando. É uma sedução fácil, algo que ilude e faz pensar que está tudo bem.

Está ou não? Julia não tem mais certeza. Ela já tinha se preparado para uma vida de desesperança, apesar das pequenas explosões de bons momentos, aqui e ali, mas talvez seja realmente o contrário.

Hannah entra na cozinha, com o rosto vermelho. Ela estica a mão para pegar um Pão da Amizade que está esfriando e quase o deixa cair. Ela consegue embrulhá-lo em plástico, depois pega um saco de massa e sai correndo da cozinha.

Julia chega até a porta para dar uma espiada. Ela vê Hannah dando o pão e o saco a Jamie, tentando explicar o que é, e como prepará-lo.

Jamie está com uma expressão divertida, mas ele também é gracioso e agradece, depois acena, se despedindo.

Hannah volta à cozinha. Seus olhos estão brilhando.

— Só achei que ele talvez goste... para a mãe, talvez... — Ela está gaguejando um pouquinho e Julia vê as orelhas ficarem rosadas outra vez.

— Hannah — diz Julia, gentilmente, pois ela sabe onde isso vai dar. Jamie é um garoto legal — um jovem bacana — e Hannah é uma jovem mais legal ainda, mas Hannah ainda é casada. Julia quer dizer algo, quer oferecer um conselho antes que as coisas fiquem complicadas demais. Ela para. — Acho que você está certa, você precisa ver Philippe.

— Ah. — Hannah fica vermelha e remexe no puxador da gaveta. — Bem, sim. É que... — Ela respira fundo. — É que eu acho que ele não vai voltar para Avalon.

— Então você precisa ir vê-lo em Chicago. Descobrir em que pé estão as coisas. — Julia não consegue acreditar que esteja dando conselhos matrimoniais, mas ela não quer que Hannah faça nada de que possa se arrepender depois. — Apenas vá ver o Philippe — ela diz, novamente. — Chicago não é tão longe.

— Eu sei. — Hannah olha para cima, seus olhos se enchendo de lágrimas. — Mas e se Philippe não quiser me ver?

Clyde Thomas, 64 anos,
farmacêutico

— Mas que diabo é isso? — Clyde Thomas, o único farmacêutico de Avalon, cospe num guardanapo. Ele olha o interior de uma tigela de cerâmica, na mesa da cozinha e faz uma careta. — Achei que fosse meu mingau, pelo amor de Deus!

Sua esposa, Hazel, dá um tapinha em sua mão.

— Não toque. E não xingue. Vou assar hoje. — Ela está cantando enquanto lhe entrega uma tigela limpa e uma colher que retirou da lavadora de louças. Ela pega a tigela de massa, segurando-a com o braço.

Clyde serve a aveia noutra tigela e acrescenta água quente. Ele come isso, religiosamente, toda manhã, e recomenda a qualquer um que vier pegar sua medicação para colesterol, mas não suporta o troço, verdade seja dita. Ele pega a *Avalon Gazette* e começa a ler. — O que você está assando?

Hazel está pegando a farinha de trigo, uma caixa de ovos, uma lata de açúcar e alguns outros ingredientes. Ela os perfila na pia, franzindo o rosto ao inspecioná-los.

— Pão da Amizade. *Delicioso*. Comi um pouco, na semana passada, em nosso clube Bunco. Mary Winder era a anfitriã e ela fez três tipos. A única diferença foi o pudim, então eu vou tentar a mesma coisa. — Ela ergue um punhado de caixinhas de pudim. — Tenho de baunilha, chocolate e creme de banana.

Clyde ergue os olhos, subitamente interessado. Ele adora torta de creme de banana.

Hazel preaquece o forno e começa a misturar os ingredientes. A farmácia só abre às nove, mas Clyde gosta de chegar cedo, embora ele tenha uma assistente que verifica os pacotes e assegura-se de que tudo esteja em ordem antes de abrir.

— Quando vai ficar pronto?

Hazel sacode os ombros, indiferente, enquanto unta duas formas médias, depois as polvilha com açúcar.

— Em aproximadamente uma hora.

Uma hora! Ele pode facilmente esperar uma hora. Clyde dobra o jornal e leva a tigela vazia até a pia.

— Vou dar uma olhada no canal do tempo — diz ele.

— Tudo bem. — Hazel o observa de canto de olho. Ela não se surpreende ao ouvir um grito vindo da sala.

— O que é isso?

— É o formulário de voluntário da igreja, para a refeição da Páscoa.

— Eu sei ler, Hazel. O que quero saber é o que está fazendo na minha poltrona.

— Eles precisam de homens fortes para ajudar a montar as mesas e as cadeiras, depois esconder os ovos das crianças. A caneta está bem aí, presa junto com seus óculos de leitura, na mesinha de canto.

Clyde geme.

— Hazel!

Ela despeja a porção de massa nas formas e as coloca no forno. — Deve estar pronto em quarenta e cinco minutos — ela grita para ele. — E eu vou fazer um café fresquinho para você. Comprei aquele com sabor de baunilha que você gosta. Estava em oferta.

Clyde resmunga enquanto põe os óculos. Ele trabalha seis dias por semana e gosta de deixar os domingos para dormir. Vai à igreja com Hazel, contanto que seja a missa das dez e meia e não a das oito e meia, isso já é demais.

Ele segura o formulário à sua frente e lê a longa lista de tarefas dos voluntários. É um serviço para o dia todo! Bem, esqueça. Hazel pode ficar com seu Pão Amish banana sei lá de quê. Ele não gosta de ser coagido a nada.

Levanta-se, pronto para marchar até a cozinha e soltar os cachorros, quando um cheiro de canela e banana o arrebata. Também tem um toque de nozes. Hazel está cantarolando e há o barulho do café sendo coado. Subitamente, a casa inteira está com um cheiro bom demais para descrever em palavras. Ele se senta e começa a preencher o formulário.

Mulher danada.

Capítulo 12

— Diga-me novamente — diz Livvy, ansiosa. Seus olhos se acendem de interesse. Edie arranca um pedaço de pizza. — Certo. Supostamente, há uma massa de bolo circulando ao redor de Avalon. Pão da Amizade, embora não tenha nada a ver com os Amish. — Ela tira as rodelas de *pepperoni*, depois dá uma mordida em sua fatia, pensativa. — Eu pesquisei um pouco na internet e aparentemente é muito popular. É como uma carta do tipo corrente, só que não diz que algo ruim irá lhe acontecer. Só diz que você deve cuidar da massa e, depois de dez dias, dividi-la em quatro xícaras. Você assa uma das partes e dá as três outras a amigos.

Edie ergue um saco com a massa. Ela o ganhou de Bettie Shelton, da reunião de *scrapbooking*, na noite anterior. Parece que as mulheres da Sociedade de Scrapbooking de Avalon sabem mais sobre a cidade do que ela jamais descobriria sozinha, portanto ela tem planos de frequentar as reuniões ao menos mais um tempinho. Para pesquisa.

— Tenho outra reunião — ela disse a Richard na noite passada ao sair pela porta, dando um suspiro exagerado de o-que-posso-fazer. — É para o trabalho. — Embaixo da jaqueta ela escondia uma caixinha plástica com estilete, borrachas, cola, tesoura e uma variedade de ilhoses coloridos. O grupo está sempre feliz em compartilhar seus suprimentos de papel, mas Edie já tem preferência por algumas ferramentas de *scrapbook* e achou melhor comprar as suas. É um gasto legitimamente profissional, é claro, ela não faria isso de outro modo.

— Você quem sabe — Richard respondeu, cordato.

Agora, Livvy pega o saquinho plástico de Edie e olha, maravilhada. — Isso é a mesma coisa que a Miss Sunshine — quero dizer, Cora Ferguson — tinha na delegacia?

Edie assente. — E, do jeito que as coisas se proliferam, provavelmente veio da mesma massa original de algum lugar mais adiante.

— Onde?

— Ou, mais precisamente, quem? Isso é o que eu quero descobrir. Ninguém estava fazendo o Pão da Amizade nessa cidade quando eu cheguei, e agora todo mundo tem um saco.

— Eu não tenho — Livvy parece desapontada.

Edie sorri, enquanto se serve de outro pedaço de pizza. — Bem, você está com sorte. Em nove dias eu terei de dividir isso, então você poderá ficar com um dos meus sacos. Que tal? — Ela começa a tirar as rodelas de *pepperoni* dessa fatia também, juntando à pilha, depois ergue os olhos e vê Livvy olhando-a, radiante.

A julgar pela expressão satisfeita no rosto de Livvy, Edie vê que ela gostou da ideia.

Livvy está sorrindo. — Isso parece ótimo, Edie. — Livvy gosta que a amizade tenha evoluído além do escritório, que Edie tenha confiança nela. Ela não entende bem qual é a grande jogada desse Pão da Amizade, mas gosta do fato de Edie querer incluí-la. Pensa no que pode fazer por Edie em retribuição. — Obrigada!

Edie solta uma risada. — Não me agradeça ainda — diz ela. — Pelo que li, há gente de sobra que pode até deserdar gente do próprio sangue se a pessoa aparecer com um saco desse troço. Em um mês você me odiará, quando sua casa estiver transbordando de massa.

Livvy sabe que Edie está brincando, porque ela jamais conseguiria odiar Edie, jamais conseguiria odiar alguém. Nem mesmo Julia, que está lhe dando um gelo há tanto tempo que Livvy começa a achar que realmente não há esperança de reconciliação. Isso é triste e injusto, mas mesmo assim Livvy não odeia Julia. Ela sente seus olhos lacrimejando, então pisca rapidamente, enquanto limpa a garganta. Ela quer que essa amizade com Edie dê certo. — O que quer que eu faça?

— Ajude-me a fazer algumas perguntas, você conhece essa cidade melhor que eu. Vamos começar a rastrear e descobrir quando as pessoas começaram a receber os sacos, de quem ganharam e por aí adiante. Vamos acabar descobrindo a fonte. Eu sei que vamos. — Edie dá um gole no refrigerante.

— Certo. — Livvy tenta lembrar o que Edie acabou de dizer. Talvez ela deva fazer anotações. — E, é... por que, mesmo?

— Por que o quê?

— Por que você está escrevendo isso? É uma matéria sobre culinária?

Edie sacode a cabeça. — Não, não. É tipo... um lembrete de como desperdiçamos nosso tempo fazendo coisas sem importância quando há coisas que podíamos fazer que *são* importantes. Quero dizer, se você vai dar continuidade a uma carta do tipo corrente, por que não pedir às pessoas que doem um dólar por dia, e pedir a outras três pessoas que deem um dólar por dia, e assim por diante? Ou plantar uma árvore? Ou abrir mão de alguma porcaria inútil que só entope nossos aterros e esgota nosso ozônio? Acho que poderíamos todos nos fazer bem se tivéssemos um batom a menos na bolsa, sabe?

Livvy grava a observação, para jamais deixar que Edie olhe sua bolsa.

Edie prossegue, falando sobre acréscimos sociais e como as pessoas podem usar melhor seu tempo e recursos para ajudar o bem maior. — Você tinha de ouvir as mulheres ontem à noite. Só falavam nisso! Depois, você tem de incluir o tempo das compras, do cozimento, do cuidado com o negócio, de passar adiante. Há tantos outros meios para que as pessoas causem um impacto maior no mundo, em muito menos tempo. Tipo, cai na real. É de bolo que nós estamos falando.

— Certo. — Livvy concorda. Isso pode ser divertido, quase uma aventura. Ela quer ajudar, quer transformar isso na grande história que Edie está contando. — Patrick deve estar bem empolgado. Ele adora histórias com interesse humanitário.

Edie baixa o tom de voz, subitamente séria. — Livvy, eu não estou fazendo isso pela *Gazette*. Quero dizer, posso fazer, se não der em nada, mas eu acho que posso fazer estrategicamente e conseguir atrair a atenção dos jornais metropolitanos maiores. Por isso ele não pode saber, está bem?

— Mas por quê?

— Porque embora Patrick saiba que eu escrevo para outras publicações, ele pode querer isso para a *Gazette*. Acho que pode ser uma história bem maior. Um artigo que vá além dessa cidadezinha.

Livvy se retrai. Será que estar numa cidade pequena é algo ruim? — Mas é sobre Avalon...

— Olhe, Livvy, você não precisa ajudar se não quiser. — Edie lança um olhar, depois sacode os ombros.

Livvy sente uma onda de pânico, não querendo que Edie arranje outra pessoa. — Não — diz ela, rapidamente. — Quero ajudar, sim. Eu só estava perguntando.

Edie ergue uma sobrancelha, enquanto mastiga um pedaço da crosta. — Tem certeza? E quanto a Patrick?

— O que tem ele? — Livvy se força a dar uma sacudida indiferente dos ombros. Livvy ainda não entendeu por que tanto estardalhaço, mas não há problema em fazer algo escondido de Patrick, principalmente depois que ele elogiou Tracy pela proposta de propaganda eletrônica que Livvy escreveu. — Estou na área de vendas. Ele nem liga para o que faço, contanto que eu apareça nas reuniões e faça café.

Edie acena com a cabeça, novamente descontraída. — Ótimo. Então eu vou cuidar desse saco e ver o que acontece. Se você quiser, pode ir lá em casa, quando eu assar, e então me contar o que descobriu. Cada saco de massa dá para dois pães, então você pode levar um para casa.

Livvy fica radiante. — Quando? Hoje?

— O quê? Não, Livvy, eu lhe disse. Em nove dias. — Edie sacode a cabeça, impaciente.

Livvy belisca a pizza, desejando não ter dito nada. Se não for cuidadosa, ela vai pôr tudo a perder fazendo perguntas que Edie já respondeu. — Ah, certo. Nove dias. Certo.

Essa amizade é importante para Livvy, não apenas porque ninguém realmente fala com ela desde a morte de Josh, mas porque Edie é a amiga que Livvy nunca teve — inteligente, conscienciosa, vivida. Ela já viu tanto e fez tanta coisa que Livvy poderia ouvi-la o dia inteiro. Edie é tão sincera em seu desejo de melhorar o mundo que Livvy quer ajudar, embora não entenda exatamente o que ela está fazendo.

A outra coisa que Livvy gosta em Edie é que ela nunca diz nada negativo sobre Richard, nunca reclama dele, nem diz nada que não seja um elogio, ao contrário de Carol e Jo Kay, que estão sempre lamentando sobre as crianças exigentes e maridos infelizes. Além de Mark e Julia, Richard e Edie são o tipo de casal que Livvy espera que ela e Tom possam ser, um dia.

Ela sente os olhos de Edie sobre ela, mas não olha para cima, temendo dizer outra bobagem.

— Ei, eu tenho uma ideia — diz Edie. Ela limpa as mãos num guardanapo e se levanta. — Quer ir fazer um teste de gravidez?

É humilhante fazer xixi num palitinho. Edie já fez coisas mais estranhas, vivendo num país de terceiro mundo, mas Avalon não é um país de terceiro mundo. Richard ia se matar de rir se visse o que ela está fazendo.

Edie suspira e se remexe, desconfortável, no cubículo. Ela só está ali porque deu para ver que, de alguma forma, decepcionou Livvy, sentiu que a deixou para baixo. Livvy passou a ser parte do dia de Edie, de uma forma inesperada, e Edie já se acostumou com isso, ficando até na expectativa da hora do café, das escapadas para comer pizza. Então, quando Livvy pareceu desconfortável, ela decidiu propor a única coisa que sabia que animaria Livvy.

— Está acontecendo alguma coisa? — é a voz de Livvy vindo de fora do cubículo. — Um sinal de menos significa que você não está grávida. Com o sinal de mais, você está.

— Não tem nada, Livvy. Acabei de fazer xixi. — Mas tem uma pontinha de rosa começando a se formar. Um leve sinal de menos, graças a Deus. Não que ela estivesse preocupada, mas...

— As instruções dizem que pode demorar mais tempo se você estiver no começo da gravidez. — Livvy escolheu uma marca que apresentava o maior nível de precisão, até mesmo cinco dias antes da menstruação. Custou quase dezoito dólares pela caixa com dois pacotes, e um teste "bônus". Como pode ser tão preciso, perguntou Edie, se mandam três?

Foi difícil entregar o dinheiro, principalmente quando ela sabia que a mesma quantidade poderia facilmente comprar três redes contra o mosquito da malária na África, onde uma criança morre dessa doença a cada trinta segundos. Que raiva. Mas Edie se forçou a manter um panorama geral em mente. Quanto mais cedo ela puder atuar como *freelance* para jornais maiores, maior será a sua renda, o que lhe permitirá fazer muito mais coisas boas.

— Alguma coisa? — a voz de Livvy está empolgada e ansiosa.

Edie destranca a porta e mostra o palitinho a Livvy. — Menos. — Ela o joga no lixo e depois vai lavar as mãos.

— Do que está falando, Edie? Aquilo era um sinal de mais. — Livvy vai até o lixo e pega uma tolha de papel para pescar o palito. — Está vendo?

Claro, em rosa e branco, um sinal de mais.

Edie pega as instruções. Livvy deve ter lido errado.

Livvy também parece ligeiramente surpresa, como se ela realmente não esperasse que Edie estivesse grávida. Mas, um segundo depois, ela fica toda feliz e dá um grande abraço em Edie. — Parabéns! Você devia embrulhar isso e levar para o Richard. O que acha que ele dirá?

Edie honestamente não faz ideia. Ele provavelmente ficará muito feliz, depois de dar dicas repetidas sobre bebês e casamento, não necessariamente nessa ordem. Mas não é ele quem tem de carregar o bebê, nem dar à luz.

— Isso não pode estar certo — diz ela. Ela lê as instruções uma vez, duas vezes, depois verifica o palito novamente. — Olhe, diz que há uma chance de um falso positivo... — Ela sacode os outros dois palitos para fora da caixa. Estão lacrados individualmente. — Vou fazer outro teste. Você faz um também.

— Eu? — Livvy parece alarmada.

— Eu preciso de um grupo de controle. — Edie entra novamente no cubículo, feito uma bala. Isso não pode estar acontecendo.

Livvy abre a boca para contestar, mas depois a fecha. — Honestamente, Edie, eu só vou desperdiçar. Já fiz esses testes antes e nunca deu um sinal de mais. Nem estou atrasada. Não faz sentido que eu faça um teste.

Edie rasga o papel e tira o novo teste da embalagem. Sua boca está seca e ela se sente enjoada. Está tudo em sua cabeça, ela diz a si mesma. — Livvy, isso foi ideia sua, para começar. Vamos. — Ela fecha a porta do cubículo com uma batida.

— Certo, tudo bem. — Ela ouve Livvy entrando no cubículo ao lado do seu.

Edie encara o palito, desejando uma linha horizontal. Um sinal de menos. Um menos é tudo que ela quer. Uma linha. Ela ouve a descarga no cubículo ao lado, enquanto um sinal de mais cor-de-rosa se forma no visor.

Merda.

Edie está meio pasma quando sai do cubículo para lavar as mãos. Sua única esperança é que, de alguma forma, elas tenham comprado um lote de testes irregulares. Ela seca as mãos com a toalha de papel áspera enquanto espera, impacientemente, do lado de fora do cubículo de Livvy. — E então? Diga-me que também é um mais. Então podemos jogar todos esses testes no lixo.

Livvy destranca a porta e sai do cubículo. — Aqui — diz ela, erguendo o palito.

Mais.

Quatro caixas e nove testes depois, Edie e Livvy têm a confirmação do inesperado.

Elas estão grávidas.

Edie praticamente arrastou Livvy de volta à farmácia, comprou quatro testes de marcas diferentes, alguns com dois testes, outros com três. Depois elas voltaram ao banheiro, Edie melancólica, Livvy extasiada, enquanto cada um dos testes dava positivo.

Elas estão no banheiro, incertas do que fazer a seguir, quando o celular de Livvy toca. É o Patrick e ele quer saber onde ela está. Já passou uma hora do horário de almoço e ela perdeu a reunião com ele e Tracy. Que diabos, o que dizer?

— Desculpe, Patrick — diz Livvy, começando a se desculpar, mas depois para. Ela nunca perdeu um dia de trabalho desde que começou na *Gazette*, nem tirou um único dia de férias desde a sua chegada, três anos atrás. Achou que sua ética profissional esplêndida fosse impressioná-lo, mas ela claramente só serve para ser mais uma ao redor da mesa de reuniões. — Vou tirar o restante da tarde — ela informa.

— O quê?

— Vou tirar um dia de dispensa médica — diz ela, que também nunca tirou um dia de dispensa médica, nem mesmo quando teve algo que achou ser bronquite. — Talvez dois. — Talvez o resto da semana. Então, para impedi-lo de fazer mais perguntas, ela acrescenta: — É um negócio de mulher — e desliga o telefone.

Edie está olhando a sua pilha de testes de gravidez. Livvy se sente mal, pois dá para ver que isso não é uma boa notícia para ela. Será que Edie vai manter o bebê? Sair de licença-maternidade? A mente de Livvy revolve com essas possibilidades. Ela sabe que Edie é focada em sua carreira, mas muitas mulheres fazem as duas coisas. E, se Edie ficar com o bebê, Livvy pode ajudar. Ela adoraria ajudar. Sente falta dessa parte da vida de Gracie, daqueles primeiros meses, dos primeiros anos. Ela estava tão empolgada, ou mais, por Julia estar esperando uma menininha. Ver Gracie crescer sem realmente conhecer Livvy é quase tão doloroso quanto a hostilidade de Julia.

Mas isso é um sinal, um sinal de que tudo ficará bem.

Ela está grávida.

— Edie, você está bem? — Livvy mal pode esperar para chegar em casa e contar ao Tom. Ela costumava sonhar com esse dia, então sabe exatamente o que vai fazer. Vai comprar um cartão, fazer um belo jantar, uma bela sobremesa. Vai colocar o teste de gravidez dentro de uma caixa com um bilhete que dirá — Seu verdadeiro presente vai chegar em nove meses! — e dar a ele, depois que terminarem de comer.

Ou talvez ela simplesmente diga a ele, assim que chegar em casa.

— Preciso ver Richard — diz Edie, bruscamente, depois se vira para Livvy. — Você está bem?

Livvy fica comovida por Edie perguntar, pois sabe que ela está lidando com um golpe. Ela balança a cabeça que sim, apesar de estar tremendo, e passa um pouco de batom. *Nesse momento, há um bebê crescendo dentro de mim.* Embora Livvy nunca tenha dito em voz alta, sempre houve o medo de que ela não engravidasse, depois do que aconteceu com Josh. Afinal, que tipo de mãe ela seria? Mães não cometem o tipo de erro que Livvy cometeu, não é?

Olivia Scott vai ser mãe.

Madeline estreita os olhos para o computador. Ela acha fascinante e ligeiramente desconcertante o fato de que tantas informações pessoais possam ser facilmente obtidas pela internet.

O *website* foi drasticamente atualizado desde a última vez que ela o viu, quase dez anos atrás. Tem música e uma colagem de imagens que passam pela tela, depois desaparecem, ao serem substituídas por outras. Os sapatos são basicamente os mesmos, com algumas guinadas modernas, e ela fica satisfeita ao ver que eles não mudaram o modelo clássico de fivela, estilo que ela sempre usa, embora os preços tenham subido. Também há mais cores e opções, com nomes como Buttercup e Raspberry. Ela não planejava comprar nada — não foi por isso que entrou na página — e os sapatos têm garantia de vida toda, então tudo que Madeline realmente tem a fazer é mandar o seu de volta, para trocar a sola. Mas ela quer experimentar uma cor diferente, como Orchid, e talvez uma sola ligeiramente distinta, então ela clica nos botões apropriados e faz o pedido de um novo par de sapatos.

Depois de dar as informações de seu cartão de crédito e receber a confirmação, seus olhos passam pelas opções do menu. A EMPRESA. Ela se lembra do que havia escrito e, numa época, até sua foto esteve ali (eles adoravam ter membros da família como modelos dos sapatos e contrataram um fotógrafo profissional, que fazia com que todos ficassem bonitos). Ela imagina o que deve estar escrito agora. Ela clica ali e fica na expectativa.

The Caitlyn Shoe Company (Companhia de Sapatos Caitlyn). Madeline adora o nome. Foi em homenagem à tataravó de Steven, Caitlyn Dunn, que vendia mocassins feitos à mão para seus vizinhos. A companhia cresceu lentamente, aos poucos introduzindo novas linhas: sapatos com fivelas, mocassins femininos, deslumbrantes botas de couro. Cada par feito à mão, numa oficina em Devon, na Inglaterra.

A informação contida na página é genérica, falando sobre a história da companhia, do compromisso com a qualidade. As fotos das pessoas foram substituídas por fotos de fachadas e *closes* dos belíssimos calçados. Em outras palavras, não há nenhuma informação útil para Madeline.

Embora Steven fosse um vendedor de sapatos, ele era um vendedor com um cifrão maiúsculo.

Madeline desliga o computador. Ela segura a impressão do pedido de seu sapato e, como acontece todos os dias desde que se mudou para Avalon, percebe o quanto a casa fica quieta quando não tem ninguém.

Na Califórnia, embora ela vivesse sozinha (com uma breve e desastrosa tentativa de dividir com alguém), sempre havia alguém por perto, alguém que passava, barulho da rua, alarmes de carros, um avião voando acima. Duas vezes por semana ela acordava com o barulho dos lixeiros jogando — jogando! — os latões de metal de volta na calçada. Chicago era do mesmo jeito. Mas ali, em Avalon, há mais silêncio do que Madeline está acostumada, com longos períodos de quietude.

O que a faz ter muito tempo para pensar.

Madeline sente a idade, sua exuberância dos velhos tempos vai se esvaindo. Hoje a casa esteve cheia novamente, desde o café da manhã até o chá da tarde. Ela adora, adora mesmo, mas, depois que todos partem, Madeline está exausta. Ela precisa de ajuda na cozinha, ou para fazer a contabilidade. Uma coisa, ou outra, ou todas as acima.

Ela olha a impressão da confirmação do pedido em suas mãos. OBRIGADO POR SEU PEDIDO, MADELINE DAVIS DUNN! Tão alegre, como se eles a conhecessem, ou tivessem um relacionamento com ela, mas Madeline sabe que essa é uma resposta gerada automaticamente. Ela é apenas mais um nome, outro cliente, nada além disso.

Capítulo 13

— Estou indo! — Julia grita.

Mark hoje fez questão de chegar em casa cedo, sem querer fazer besteira novamente. Ele nunca vai se esquecer do que aconteceu naquela noite, em que ele se atrasou por causa da Vivian. Avalon estava sendo castigada pela chuva e ele ficou ansioso quando Julia ainda não tinha voltado, às nove da noite. Acabou levando Gracie, dormindo, para dentro do carro, e saiu para procurar a esposa. Eles seguiram de carro um bom pedaço, até o cemitério, depois ficaram andando aleatoriamente pelas ruas da pequena cidade.

Voltaram para casa, Mark morto de preocupação. Por um segundo, ele achou que Julia os tivesse deixado. Então, do nada, uma mulher ligou para ele. Ela se apresentou como Madeline Davis e lhe disse que sua esposa estava bem, mas descansando em sua casa. A antiga hospedagem Belleweather se transformara num salão de chá, apenas a alguns minutos de distância! Como Julia podia estar tão perto e Mark não saber?

Ele queria ir buscá-la, mas a mulher se apressou em sugerir que ele apenas deixasse Julia dormir, se ele estivesse bem, com Gracie, em casa. É claro que ele estava bem, mas um pouquinho passado com essa estranha que parecia saber mais coisas a respeito dele, enquanto ele não fazia ideia de quem ela era. A mínima ideia.

Mark chegou à conclusão que Julia tem segredos. Segredos que ela não está disposta a compartilhar com Mark. Ele finalmente vê a esposa emergindo de sua casca, porém, em vez de voltar para ele, essa Julia não quer ter nada a ver com ele.

Quando Julia finalmente chegou em casa, tarde da noite, ela não disse o que havia acontecido e Mark não perguntou. No dia seguinte, Mark ouviu o chuveiro ligado ao acordar. Quando Julia surgiu, ele viu que ela tinha cortado os cabelos. Julia costumava cortar seus cabelos — e os de Josh também —, mas, durante os cinco últimos anos, ficaram compridos e mais cheios, uma massa de cachos lindos que Mark adorava. Agora os cachos se foram.

Mas ela estava linda, tão linda que o deixou sem fôlego. Ele não sabia o que dizer a ela. As ondas de cabelo avermelhado batiam em seu queixo, suavemente emoldurando seu rosto. Dava para ver, como o peso dos cabelos, que a própria Julia havia mudado. Ela parecia mais jovem, leve. Ele teve um vislumbre da traseira de seu pescoço e ficou arrebatado pelo desejo de pousar os lábios em sua pele, inalar seu cheiro outra vez, simplesmente sentir o cheiro da esposa, mas não o fez.

Gracie também clamava por um corte de cabelos, dizendo que queria ficar igualzinha à Julia, algo que, infelizmente, seria impossível. Gracie puxou a ele, com cabelos castanhos lisos que ficam atrás das orelhas, obedientes, cabelos que facilmente podem ser presos num rabo de cavalo, ou em tranças. Mas Gracie continuou implorando para que Julia fizesse algo — qualquer coisa —, então Julia riu e concordou.

Mark observava a uma distância segura, da sala de estar, enquanto Julia trazia a tesoura e uma toalha para pôr ao redor do pescoço de Gracie. E lhe ocorreu que Julia nunca tinha cortado os cabelos da filha, sempre mandando Mark e Gracie ao salão de beleza de Avalon.

Julia aparou rapidamente, mas cortou uma franja e Gracie adorou.

— Agora é a vez do papai — Gracie disse quando Julia terminou.

— Claro — Mark estava dentro.

Julia sacudiu a toalha na pia. — Talvez num outro dia — disse ela. Depois enxotou Gracie para a banheira.

Agora Mark vira no corredor, com Gracie sentada em seus ombros, os bracinhos magros ao redor de seu pescoço. Eles observam enquanto Julia se olha no espelho, parecendo alheia aos dois.

— Quando você volta? — pergunta ele.

Ela sacode os ombros. — Não vou chegar muito tarde. Algumas horas. Quatro, no máximo.

Ele limpa a garganta. — Talvez possamos convidar suas amigas para um jantar qualquer hora dessas. — Supostamente há também outra mulher, recém-chegada a Avalon. Ele quer conhecer essas mulheres, ver como elas são e por que Julia prefere ficar com elas em vez de ficar com ele. O quanto a conhecem? O quanto ela as conhece? Será que elas sabem sobre Josh?

Julia não responde, mas dá um beijinho na cabeça de Gracie. Ela está prestes a dar as costas quando Mark aproveita a chance e dá um beijo na esposa. Nos lábios.

Julia fica obviamente perplexa. Ela consegue dar um sorriso fraco, depois recua, pega suas coisas e sai.

Se ela tivesse limpado a boca com as costas da mão teria tido o mesmo efeito em Mark. Ele ouve o motor do carro, depois o som de Julia dando ré e saindo veloz.

Fugindo.

No trajeto para a casa de Madeline, Julia bate no volante, de frustração. Por que ele fez aquilo? E na frente de Gracie? *Por quê?*

Julia não sabe por que há tanta angústia ao redor de um único beijo do marido. Eles costumavam se beijar o tempo todo — beijos profundos, emocionantes e sensuais, antes de Josh nascer, depois, furtivamente, aqui e ali, enquanto administravam suas vidas ocupadas e o lançamento do negócio de Mark.

Depois da morte de Josh e do nascimento de Gracie, Julia fingia estar dormindo, de manhã, sem querer abrir os olhos, até saber que Mark já tinha saído. Os beijos eram levíssimos e tímidos. Eles logo passaram a ser funcionais, mas nunca cessaram, embora Julia raramente retribuísse. Passou a ser fácil evitar, o que Julia conseguira fazer com algum sucesso até, bem, até hoje.

Julia sabe que o casamento deles ficou cicatrizado, talvez irremediavelmente. Por um bom tempo ela ficou indiferente, mas agora está apenas triste. É culpa dela? De Mark? Ela conhece as estatísticas sobre crianças criadas num lar partido. E aqueles que são destruídos, virados de cabeça para baixo, com a falta de uma parte vital?

Alguém bem-intencionado lhe deu um artigo sobre pais desolados e ela cometeu o engano de ler. Falava sobre a forma como, quando uma criança morre, um galho da árvore familiar se parte. Novos galhos podem nascer, mas jamais substituirão o quebrado. Para Julia, não foi o galho que quebrou.

Ela se sente como se a árvore inteira tivesse sido arrancada.

— Tomei uma decisão. — Hannah gira seu anel de diamante e a aliança de casamento. Estão apertados em seu dedo fino, mas ela não quer tirar para mudar de tamanho, e se arriscar a que Philippe a veja sem eles.

Madeline serve um prato de biscoitos e sanduíches aperitivo, Julia está ajudando com o chá. — Você tomou uma decisão sobre o quê? — pergunta Julia.

— Vou ver Philippe. Tentei ligar para ele, nos últimos dias, mas ele não atende minhas ligações. — Já vai fazer três meses que ela o viu pela última vez. Eles já viajaram em turnês separadas, mas sempre havia algum tipo de contato, telefonemas ou fax, *e-mails*. Só que agora não há nada. Ela respira profundamente. — Vou até Chicago.

Ela explica seu plano a elas. Já que ela não consegue falar pelo telefone, não tem certeza de qual é a situação com uma mulher no apartamento deles, e está objetivando um território neutro. Philippe vai tocar esse fim de semana, então ela o pegará antes da apresentação. Ela não quer lhe dar a chance de arranjar uma desculpa. Hannah não está muito certa do que esperar, mas quer vê-lo. Quer ver como ele está. Está feliz? Infeliz? Sente sua falta? Talvez o fato de vê-la o faça lembrar que ainda a ama, que ainda quer ficar com ela. É possível, não é?

— Não vou dizer a ele que estou indo — Hannah continua, depois hesita quando as amigas trocam olhares. E ela se apressa em acrescentar: — Quero dizer, não vou sabotá-lo, ou algo assim. Não sou o tipo de pessoa que faria isso. — Ela para. Uma pessoa sã nem pensaria nisso, pensaria? Ela sente sua confiança diminuir e, em seu lugar, uma onda de humilhação. Ela não pode imaginar o que elas devem pensar dela, essas mulheres maravilhosas que se tornaram suas amigas, a menos que, é claro, pensem bem. — Estou tão constrangida que vocês tenham de me conhecer com a minha vida nessa confusão.

— A vida *é* confusa, Hannah — declara Madeline. E Julia concorda.

Hannah morde o lábio, grata pela bondade, mas não convencida.

— Eu sei que Philippe e eu devemos parecer duas crianças mimadas para vocês...

— Ora, vamos encarar os fatos — diz Madeline. — Primeiro de tudo, vocês dois são músicos. E não quaisquer músicos, vocês são artistas magníficos aos olhos do público. Você tem um talento raro que escolheu compartilhar conosco. Dedicou anos ensaiando. E sua paixão também é seu meio de vida. É preciso certo tipo de pessoa para conseguir isso, Hannah, ainda mais para ter sucesso. Francamente, eu fico surpresa que você não seja totalmente insuportável! — Ela faz uma careta.

Hannah ri e limpa os olhos, debruçando-se sobre a xícara de chá.

Madeline vai até o aparelho de som e segura um CD, seus olhos bem travessos.

— Olhe o que achei.

Hannah reconhece a capa e põe a mão sobre a testa, constrangida.

— Ah, não.

— Ah, sim. — Madeline tira o CD da capa. — Nem posso imaginar como deve ser tocar com Lorin Maazel e Kurt Masur. Ela volta à mesa e entrega a capa do CD a Julia.

Conforme os acordes melodiosos de Strauss começam a preencher a sala, Hannah sente seu corpo relaxar. Até Julia está de olhos fechados, com a mente em outro lugar.

Madeline senta-se em sua cadeira.

— Você e Phlippe são apenas humanos, como qualquer um, Hannah. Não precisa se repreender por ser humana.

Hannah fica grata pelas palavras bondosas, mas ela não pode imaginar que Madeline seja tão tola quanto ela.

— Eu só gostaria de ser mais como você — diz ela. — Você é independente. Abraça as oportunidades. Sem arrependimentos.

Madeline ergue uma sobrancelha e estica a mão para pegar alguns guardanapos de tecido, recém-lavados.

— Ah, eu não diria isso. — Ela começa a dobrá-los. — Como eu disse, somos todos humanos. Todos temos arrependimentos.

Julia estica a mão para pegar um punhado de guardanapos.

— Bem, é claro, mas veja a sua vida, Madeline. Você se conduz com tanta confiança e dignidade, e é tão gentil e generosa com todos...

Madeline a interrompe, bruscamente.

— Com todos, não. Você está me dando crédito demais, Julia. Vocês duas. — Há um tom inesperadamente nervoso em sua voz. Ela continua a dobrar os guardanapos por mais alguns segundos, envolvida na tarefa, até subitamente afastar a cadeira da mesa e se levantar. — Com licença.

As duas jovens a observam sair, espantadas.

— Foi algo que eu disse? — pergunta Hannah, preocupada.

Julia parece igualmente surpresa pela partida súbita de Madeline, mas sacode a cabeça.

— Acho que ela só precisa de um minuto.

As duas ficam ali sentadas, sentindo a ausência de Madeline, e continuam a dobrar os guardanapos.

Há uma guinada na música — uma entoação de metais, trombetas, e o fervor inequívoco dos violinos. Hannah suspira.

— Adoro essa parte.

Julia entorta a cabeça, ouvindo atentamente.

— Há violoncelos nessa parte?

Hannah sacode a cabeça.

— Sim, violoncelos são instrumentos maravilhosos de solo, porém, numa orquestra, nós temos um papel mais de base. Damos estabilidade e estrutura à composição. Embora você não possa nos ouvir, estamos ali. Você sentiria falta se nos tirassem.

— Eu gostaria de ter visto você tocar — diz Julia. — Tenho certeza de que devia ser notável.

Hannah fica corada. Ela está prestes a negar, mas seria mentira. Julia dobra mais alguns guardanapos, ouvindo cuidadosamente a música.

— Só estive num concerto uma ou duas vezes, em toda a minha vida, mas nunca tive a chance de realmente apreciar. Agora que a conheço, eu quero aprender mais. — Ela dá uma risada. — Talvez eu é que deva ter aulas com você, não Gracie.

— Por que não? — pergunta Hannah. Ela nunca tinha pensado a respeito, mas a ideia de uma lição para mãe e filha parece perfeita para Julia e talvez dê a Gracie um incentivo extra para ensaiar. — Pode ser algo divertido para vocês duas fazerem juntas.

Julia a encara.

— Nunca pensei nisso. Seria, sim, divertido, não é? — Há uma expressão pensativa no rosto dela.

— Acho que seria muito divertido. Para todas nós. — As duas sorriem uma para outra, e Hannah junta coragem para fazer a pergunta que estava em sua cabeça nos últimos dias. — Eu queria lhe perguntar algo, Julia.

— Claro.

— Você estaria interessada em vir comigo a Chicago? Por uma noite? Eu sei que é estranho, com toda essa situação do meu casamento, mas seria bom se eu tivesse uma amiga caso as coisas sejam ruins. Posso obter os ingressos gratuitos e serão para excelentes lugares.

— Chicago — Julia murmura.

— Quero dizer, não acho que você tenha de dizer sim — diz Hannah, apressadamente. Ela não sabe se é cedo demais para propor algo assim, o que parece o tipo de coisa que se faz com uma antiga amiga, ou alguém que você conhece há muito tempo. Mas Hannah não tem ninguém mais e adoraria que Julia estivesse lá com ela. — Vou providenciar o hotel e tudo, pois terei de gastar o dinheiro, mesmo que seja só eu.

Julia dobra o último guardanapo e o põe no cesto.

— Sabe, acho que vou. Só preciso falar com meu marido, mas como será no fim de semana... — Ela concorda, decidida, abrindo um sorriso no rosto. — Sim, eu adoraria ir.

— Mesmo? — Hannah enlaça as mãos, feliz e incrédula. — Fico tão grata! — Saber que Julia estará lá já faz com que ela se sinta mais corajosa, mais capaz de lidar com o que vier. — Só verei Philippe depois da apresentação e geralmente há uma recepção nos bastidores para as pessoas que compram os ingressos de toda a temporada e os VIPs. Isso lhe dará a chance de se entrosar com outros amantes da música e músicos.

Julia sacode os ombros, timidamente.

— Não sei se já estou disposta a me entrosar — diz ela. — Talvez só fique com você, ou volte para o hotel.

— Como quiser — diz Hannah, querendo que Julia também se divirta. É engraçado como as coisas podem mudar num instante. Hannah estava ansiosa quanto a Chicago, mas agora ela está esperançosa.

Uma noite de folga. As palavras parecem voar em sua mente. Uma noite em que Julia pode ser uma adulta, uma pessoa normal, sem os olhares penalizados, ou de julgamento. Nada de Mark, nem de Gracie. Ela os adora e precisa deles, porém agora talvez precise mais disso.

Julia quer uma folga de sua vida.

Madeline volta ao salão segurando um envelope gordo. Ela escreveu a carta assim que chegou a Avalon, quando parecia não ter nada além de tempo. Ela a deposita no centro da mesa e se senta, pesadamente.

— Meus arrependimentos, meninas. — Ela aperta os lábios fechados.

As mulheres encaram o envelope, mas ninguém o pega. Está endereçado a um senhor Benjamin Dunn, com um endereço da Pennsylvania.

— Foi seu último endereço conhecido — diz Madeline. — Quem sabe se ainda está lá? Eu não tenho ideia nem se ele está vivo. — Isso, mais que tudo, é seu pior medo.

— Quem é Benjamim? — pergunta Hannah.

— Único filho de meu marido, de seu primeiro casamento. — Madeline ergue os olhos para a placa antiga, pendendo acima da entrada da cozinha. AMIGOS E FAMLIARES SE REÚNEM AQUI. Ela nunca tinha pensado muito a respeito, só gostou da placa, de seu visual charmoso, mas agora vê a hipocrisia dessa afirmação simples.

— Erica, primeira esposa de Steven, morreu quando seu carro bateu num bloco de gelo no inverno. Três anos depois, quando eu me tornei sua madrasta, Ben estava com sete anos e era uma criança zangada, magoada. Ele era um daqueles garotos que imagino sejam descritos como portadores de déficit de atenção, nem sei como se chama hoje em dia. Ele e Steven estavam sempre se estranhando, em parte porque acho que precisavam de uma mulher naquela casa, para ajudar a endireitar as coisas.

Julia e Hannah ouvem silenciosamente, assentindo para que Madeline prossiga. Madeline suspira — essa não é uma história que ela conte a muita gente, e nem gosta de tocar no assunto, porque não tem final feliz.

— Erica engravidou na noite de núpcias e Steven não estava pronto para ser pai — diz ela. — Ele simplesmente não sabia como lidar com um menino como Ben. Não me interpretem mal, Steven era um homem muito dócil e ele se esforçou muito, muito mesmo. Mas era homem e era difícil para ele ser pai de Ben, da forma como Ben precisava de um pai. Quando eu cheguei, foi como jogar gasolina no fogo.

Madeline fez uma pequena pausa e continuou. — Foi uma luta. Eu me empenhei muito, no começo, me oferecendo para ajudá-lo com o dever de casa, oferecendo para ser a acompanhante das excursões de classe, tomando o lado dele nas discussões com Steven. Quanto mais eu fazia, pior ficava. Ou assim parecia. Pensando agora, havia pequenas coisas às quais eu não prestava atenção, como a forma como ele ficava em casa, no fim de semana, em vez de sair com os amigos. Como sempre parecia oprimido, com suas coisas por todo lado. Ele parecia tentar me atrapalhar deliberadamente. Eu ficava tão farta que tinha de ir para o meu quarto esfriar a cabeça, sem perceber que Ben *queria* a minha atenção. Era tão denso para ver, à época, para compreender o que o comportamento dele realmente significava. Ele era uma criança que simplesmente queria amor, como todas as crianças, mas não sabia como pedir. — Ela vê Julia limpando os olhos e sente seus próprios olhos molhados. Mas faz muito tempo que Madeline não chora por isso. — Naquela época, eu não entendia que a função de descobrir isso era minha, não dele.

Julia e Hannah aguardam a retomada do relato.

— Quando Ben partiu para a faculdade, eu tenho de admitir que fiquei aliviada. O que os olhos não veem, o coração não sente. Por um tempo, as coisas pareceram calmas, embora houvesse um lembrete ocasional, como alguma pena por dirigir embriagado, esse tipo de coisa. Então Steven morreu.

Madeline olha para o teto.

— A companhia de sapatos de Steven já estava em sua família há cinco gerações. Sempre foi sua esperança que Ben, de alguma forma, endireitasse e assumisse o negócio, então não foi surpresa que Steven deixasse a empresa para o filho. Nós já tínhamos falado sobre isso, e era o que Steven queria fazer. Eu queria que ele o fizesse, embora não víssemos Ben há anos. Simplesmente parecia a coisa certa a fazer, manter o negócio na família.

Madeline suspira e então prossegue.

— Ben vendeu a companhia no minuto em que assumiu sua posse. Eu não pude acreditar. Foi o mesmo que pegar uma estaca e cravar em meu coração. Eu desconfiava que ele fosse alcoólatra, mesmo sendo apenas um jovem àquela época. Mais tarde eu soube que havia drogas também. Ele era um andarilho, sem se casar, desprendido. Na verdade, eu estava aliviada que Steven estivesse morto para não ver o que Ben havia feito. — A voz dela estremece. Madeline já tinha falado sobre isso — na verdade, muitas vezes —, mas nunca deixa de aborrecê-la, como se tivesse acontecido ontem.

— Não é culpa sua — diz Julia baixinho. — Como você poderia controlar o que ele faria? Você não pode se culpar por isso. — Surge uma expressão de surpresa no rosto dela e Madeline vê que as palavras ecoam no coração da própria Julia.

— Por isso, também — diz Madeline. Ela respira fundo e solta o ar, subitamente murcha. — Mas eu fiquei tão zangada, não somente pelo que ele tinha feito, mas por tudo que ele fizera, para Steven, para mim, até para ele mesmo. A saga de nossa pequena família atraiu o interesse da mídia e eu fui convidada a dar uma entrevista. Eu aceitei e bombardeei Ben. Publicamente. Nem me lembro direito o que eu disse, mas fiquei horrorizada quando li no jornal. Ficou horrível em preto e branco. Relutei com a melhor forma de me desculpar, mas Ben contratou um advogado caro e eles estavam tentando pegar de volta a casa que Steve deixara para mim, a casa em que eu estava vivendo. Era modesta, nada de extravagante, e, com todo o dinheiro que Ben tinha, ele poderia facilmente ter comprado várias casas para ele, em bairros muito chiques. Eu levei aquilo para o lado pessoal, a forma como ele estava me perseguindo.

Hannah e Julia aguardaram em silêncio.

— A imprensa estava se fartando e eu fui chamada para fazer uma nova entrevista, e desta declinei. Decidi não fazer mais nada, apenas ficar no meu canto e cuidar do que era da minha conta, deixar que a poeira baixasse, para que a vida voltasse ao normal.

Madeline parece infeliz ao contar o resto da história. Eles agora tinham a atenção dos grandes jornais, e Ben foi mencionado no *Wall Street Journal* como tendo dito que Madeline havia sido uma interesseira, dado o golpe do baú, uma destruidora de lares, ela própria uma alcoólatra. Foi tão ridículo que chegava quase a ser cômico.

Ela se lembra como rapidamente passou a ser evitada por gente que considerava seus amigos. Recebia sorrisos irônicos de caixas de bancos, os vizinhos olhando longamente quando ela ia pegar o jornal de manhã. Será que depois de tantos anos essa gente não a conhecia o suficiente para ver que era mentira de Ben? Aparentemente, não.

— Então eu fiz a única coisa em que pude pensar. Doei a casa a uma fundação, para que Ben jamais pudesse vendê-la. Vendi tudo, não querendo mais o fardo de algo além do absolutamente necessário. Doei tudo à beneficência e deixei a cidade. A Califórnia acenou para mim, então eu fui para lá.

— Por que o Ben quis a sua casa? — pergunta Hannah.

Madeline seca os olhos.

— Porque enquanto eu era uma viúva pesarosa, ele era um filho pesaroso. Ele perdeu pai e mãe, cedo demais, e a única coisa que tinha era a casa onde cresceu. Realmente não tinha nada a ver comigo. Agora eu vejo isso. Mas também acho que estava fazendo a única coisa que ele sabia que faria com que eu me voltasse contra ele, porque queria exatamente isso, ver o que eu faria.

— O que quer dizer? — pergunta Julia.

— Ele queria ver se eu o escolheria, acima da casa, acima da companhia de sapatos. Eu obviamente não o fiz, embora hoje saiba que gostaria de ter feito, mais do que qualquer coisa. Agora não tenho nenhuma dessas coisas — a casa, a companhia de sapatos, Ben. Se eu pudesse fazer tudo outra vez, teria escolhido de forma diferente. Teria agido diferente. — Estas últimas palavras ficam no ar, em volta delas.

— Então é por isso que você está de volta? — pergunta Hannah. — Para fazer reparações?

Madeline dá um sorriso e assente.

— Eu preciso estar mais perto, a Costa Leste é tão longe, quase outro mundo. Chicago foi meu lar por muito tempo — o de Ben também — e eu tolamente pensei que, de alguma forma, nós dois encontraríamos nosso caminho de volta para cá. Claro que ele pode estar em qualquer lugar. O último endereço que tenho é na Pennsylvania, esse aqui. — Madeline dá um tapinha no envelope. Ela tinha usado a função do Google, no computador, para ver se conseguia encontrá-lo, mas ficou oprimida pelo número de resultados — mais de dois milhões para Benjamin Malcolm Dunn, com todo tipo possível de combinação de seu nome. Madeline foi clicando em cada um, mas acabou desistindo. No fim, ela decidiu recorrer ao último endereço conhecido, dado por seu advogado. Mesmo que Ben já não esteja mais lá, a carta ainda poderá encontrá-lo. — Mas, agora, eu não tenho tanta certeza se devo mandar. Pode reabrir antigas feridas. — Ela suspira pesadamente. — Levei três meses para escrever essa carta. Provavelmente vou levar o mesmo tempo para postá-la.

— Posso mandar para você, se quiser — Hannah oferece, gentilmente.

Madeline sacode a cabeça e rapidamente estica a mão para pegar o envelope, como se Hannah pudesse postá-lo, de qualquer jeito.

— Não, não, eu o farei. — Ela coloca o envelope no colo e forra com um guardanapo. Ela respira fundo. — Farei, quando estiver pronta.

Bernice Privott, 58 anos, bibliotecária da cidade

— Não, desculpe. Não posso fazer isso.

Bernice Privott fica seguramente atrás da porta de tela trançada, de braços cruzados, com uma expressão lamentosa, porém séria. Ela estava enxaguando a louça do café da manhã quando avistou Helen Welch sair de casa, com vários sacos da conhecida massa cremosa. Bernice conseguiu secar as mãos e se apressar até a porta de tela, passando a tranca, bem na hora em que Helen subiu a calçada.

Agora Helen está sorrindo ternamente.

— Bernice, eu não lhe pediria se não fosse uma emergência. — Ela segura os sacos nos braços.

Bernice sacode a cabeça, recusando-se a ser dobrada.

— Helen, eu já passei por três ciclos. Tenho meu próprio saco e não tenho a menor ideia do que fazer com ele.

Helen parece solidária, conforme se aproxima mais.

— Mas eu não os estou *dando* a você, Bernice, só preciso que você tome conta. Henry quer visitar a mãe em Grand Detour e o mais cedo que conseguiremos voltar será na sexta-feira. Só dê uma apertada neles, amanhã, sexto dia, e eu voltarei para assumir novamente.

— Não. — A palavra sai facilmente para Bernice, que há mais de trinta anos é a bibliotecária-chefe da Biblioteca Pública de Avalon.

Helen enfia a mão no bolso da frente do vestido e tira um cartão pautado.

— Eu lhe disse que encontrei a receita mais incrível de pão de abóbora e oxicoco usando a massa? De longe é a melhor. E não é que o senhor Takahashi tem uma queda por abóbora? — Os olhos de Helen se estreitam, sabedores.

Koji Takahashi é o novo técnico da biblioteca. Ele é alguns anos mais velho que Bernice, recém-chegado de Ann Arbor, Michigan. Ele foi uma peça fundamental na reviravolta do sistema bibliotecário do Distrito de Ann Arbor, que tem mais de quinhentos mil livros, revistas, audiolivros, DVDs e afins. Eles não têm nada parecido na aconchegante biblioteca de menos de duzentos metros quadrados, mas Koji disse que isso não importa. Quando Helen continuou a insistir que as necessidades deles eram muito menores, ele simplesmente disse que as dele também eram, então ela lhe deu o emprego.

Helen bate na porta de tela, provocadoramente, com o cartão.

Bernice hesita, mas só por um segundo. Ela abre a tranca e empurra a porta de tela para abri-la. Helen dá um pulo para trás, bem na hora.

— Tudo bem — diz Bernice. — Você volta na sexta?

Helen sacode a cabeçe e sorri abertamente, enquanto enche os braços de Bernice com os sacos, depois entrega o cartão. Ela segue de volta à sua casa, gritando por cima do ombro:

— Ah, caso eu fique presa e não consiga voltar — você sabe como tem chovido torrencialmente —, seja amável e assegure-se de que não haja desperdício. Obrigada!

Bernice sabe que foi enganada.

— Helen!

Mas Helen já está chegando em casa apressada, sem olhar para trás, com os braços livres, a cozinha livre, com Bernice murmurando, enquanto imagina quantos pães de abóbora com oxicoco serão necessários para ganhar o coração de Koji Takahashi.

Capítulo 14

Livvy está zunindo de tanta energia. Ela limpou a casa, lavou os lençóis e preparou uma refeição incrível, com a ajuda de alguns pratos semiprontos. Ela encontrou a caixa perfeita para o teste de gravidez e embrulhou tudo em papel de seda da cor de narcisos.

O segundo quarto de hóspedes é a escolha de Livvy para o quartinho do bebê. É o que está mais distante da escada (ela está pensando adiante, quando o bebê já estiver engatinhando), bate bastante sol e tem espaço de sobra para um berço, uma mesa para trocar fraldas, cômoda, cadeira de balanço, prateleiras de livros. Os armários são espaçosos e eles podem acrescentar mais uma prateleira, já que as roupinhas do bebê serão tão pequenas. Só há uma coisa que Livvy não pode esperar para fazer — comprar um enxoval de recém-nascido. Talvez ela e Edie possam fazer isso juntas. Talvez possam conseguir um desconto em móveis e coisas que comprarem simultaneamente.

A porta bate e Livvy percebe que Tom está em casa. Ela corre para cumprimentá-lo, com uma cerveja gelada na mão.

— Oi, Liv. — Tom dá um beijo na esposa, enquanto afrouxa a gravata. Ele aceita a cerveja com um sorriso. — Nossa. Legal. Obrigado, meu bem.

Ele teve um dia bom. Isso não poderia ser mais perfeito.

— Está com fome? O jantar está pronto. — Livvy está ansiosa para levá-lo à sala de jantar.

— Estou faminto. Deixe-me trocar de roupa e já desço. — Ele joga a pasta do lado e sobe a escada.

Livvy se apressa em voltar à cozinha, para se assegurar de que tudo esteja quente. Ela fez sua comida predileta: filé com purê de batatas e cenouras, pãezinhos e ervilha. Mais cerveja para ele, cidra espumante para ela. *Cheesecake* de sobremesa.

Ela traz tudo para a mesa, exceto o *cheesecake*, e se senta. Ajeita o guardanapo no colo e espera, com o coração disparado.

Dez minutos depois, ela ainda está esperando.

Quando quinze minutos se passaram, Livvy joga o guardanapo no prato e marcha até lá em cima. Lá, no quarto, ela encontra Tom deitado na cama, assistindo ao golfe, de cuecas, meias e a camisa com que foi trabalhar. A garrafa vazia de cerveja está na mesinha de cabeceira.

— Tom!

Ele pede silêncio, com os olhos na televisão. — Liv, mais um minuto. Vão recapitular o campeonato...

— Tom, eu fiz jantar e está lá embaixo, esfriando!

— Não podemos comer aqui em cima?

Livvy marcha até a TV e desliga.

— Não!

Tom xinga.

— Mas que droga, Livvy. — Ele joga o controle remoto de lado e levanta. — Tudo bem. Vamos comer.

Ela o encara.

— Você não vai terminar de se trocar?

— Não ligo. Vamos apenas comer. — Ele é o primeiro a sair do quarto.

Ela o segue lá para baixo, acalmando-se. A cada passo sua raiva vai se dissipando e ela vai ficando empolgada novamente, sabendo como isso será bom, sabendo como isso mudará as coisas.

À mesa, Tom para antes de se sentar.

— O que é isso? — Ele pega a caixinha embrulhada em papel amarelo.

— É um presente — diz ela. Em vez de se sentar de volta em sua cadeira, ela fica em pé, perto dele.

Ele decididamente parece surpreso e ligeiramente envergonhado. Inclina-se para beijá-la.

— Então todo esse estardalhaço é por isso. Obrigado, Liv. — Ele se senta e rasga o papel. — É um relógio?

Ela sacode a cabeça, mas não diz nada. Ela não quer dizer nem uma palavra até que ele veja o que é.

— Mas que... — o rosto de Tom claramente registra o choque quando ele lê o bilhete, depois segura o palito do teste de gravidez. — O sinal de mais significa que você está grávida? Você está grávida?

Livvy não consegue se conter.

— Estou grávida! — ela grita. — Dá para acreditar? Eu não fazia ideia, só estava sendo amiga de Edie e fiz o teste para dar uma força, e... — Ela aponta para o visor com o sinal rosa de mais. — É positivo. Nós vamos ter um bebê, querido. — Ela joga os braços ao redor do pescoço dele e o beija. — Vamos ser pais!

Tom passa a mão nos cabelos.

— Nossa. Quero dizer... nossa.

— Eu sei. É como dizem, quando você está tensa e ansiosa para engravidar é mais difícil, mas, quando finalmente relaxa, acontece...

— Você tem certeza absoluta? Quero dizer, esse teste pode estar errado?

Livvy sente o sorriso sumir de seu rosto.

— O que o médico disse? — pergunta Tom.

— Ainda não fui ao médico. Tenho uma consulta marcada para amanhã.

— Então é possível que o teste esteja errado? Quero dizer, ele precisa checar primeiro, certo?

Livvy não sabe o que ele está dizendo. Ou talvez saiba. Ela arranca o palito da mão dele.

— É possível, mas não é provável. Estou grávida, Tom. Foi o que dissemos que queríamos! Por que você não está feliz?

— Eu estou feliz, Livvy. É só que... — Tom a olha, aflito. — Estamos até o telhado de dívidas, caso você não tenha notado. Nós temos um carro e fizemos empréstimos, além de nossa hipoteca. Não acho que esse seja o ambiente ideal para criar um filho.

Qual é o ambiente ideal para criar um filho? Segurança financeira é a única parte da equação. E quanto ao amor? Família? Dinheiro não é a única coisa que faz o mundo girar.

Tom acrescenta, relutante:

— E também posso perder o emprego.

— Pode perder o emprego? — Livvy o encara. Ela se senta na cadeira ao seu lado. — O que quer dizer?

Ele suspira pesadamente.

— Meus números estão uma porcaria. Foi um ano ruim para todo mundo. Mesmo que não me mandem embora, eu provavelmente deveria pedir as contas e procurar um emprego melhor. Você também.

— Eu? Mas eu gosto do meu emprego na *Gazette*.

— Eu sei, Liv, mas não paga nada. Nesse ritmo, nunca vamos sair dessa dívida. — Ele olha a garrafa de cidra espumante gelando no balde e amolece. — Isso é para valer? Você está mesmo grávida?

Livvy assente, embora não esteja mais se sentindo tão feliz.

— É para valer.

— Já contou para todo mundo?

Ela sacode a cabeça.

— Edie sabe, porque estava lá, mas eu achei melhor primeiro ir ao médico, para ver de quanto tempo estou. Nós provavelmente devemos esperar até passar o primeiro trimestre para contar a alguém... — Livvy sabe que não está enganando ninguém. Ela pretende ligar para os pais antes mesmo de sair do consultório médico. Quase ligou para Julia à tarde, seus dedos ficaram pairando sobre o teclado do celular. Mas não ligou.

Tom ainda parece oprimido. Ele puxa Livvy para seu colo.

— Grávida. — Ele engole, digerindo isso. — Talvez eu mate o trabalho amanhã para ir com você ao médico. Tudo bem?

Tudo mais que bem. Livvy subitamente está chorando e rindo.

— Mas e o trabalho? O dinheiro?

Ele sacode os ombros, fingindo não ligar.

— Vão me despedir, de qualquer jeito. Vamos dar um jeito. — Ele a beija e abraça. Apertado.

Eles ficam sentados assim por um bom tempo. Tom, Livvy e a sementinha do bebê, tão cheia de possibilidades e esperança para o futuro.

— Vem cá, *mamacita* — Richard puxa as cobertas, convidativo, quando Edie volta para a cama vindo do banheiro.

— Eu sei que você acha que está sendo encantador, mas não tem graça. — Ela tem ficado enjoada desde que fez Richard lhe fazer um exame de sangue para confirmar a gravidez e está realmente grávida. Eles têm um ultrassom marcado em alguns dias, para determinar a data prevista e o tamanho do bebê, já que a menstruação de Edie é irregular (e por sua falta de interesse em ficar acompanhando o fluxo) e nem imaginam o dia em que ela realmente concebeu. Correção: quando "eles" conceberam. Edie ainda está se acostumando com essas terminologias e, embora fique feliz por incluir Richard em tudo, que não haja engano quanto a "eles" darem à luz.

Richard afaga sua barriga afetuosamente.

— Não estou tentando ser engraçado, meu bem. Você será a mamãe de alguém. — Ele se debruça e dá um beijinho na barriga dela, depois deita a cabeça em seu colo. — Sabe, até que é interessante que você só tenha começado a ter enjoo matinal depois que confirmamos a gravidez.

Edie põe uma bala de gengibre na boca, depois decide pôr mais uma, só por garantia.

— Richard, primeiro de tudo, isso não é *tão* interessante. Eu duvido muito que alguém prestasse tanta atenção quanto você. Segundo, não é enjoo matinal, porque eu me sinto nauseada o tempo todo. — São 22 horas agora. — Terceiro, se você insinuar mais uma vez que é tudo da minha cabeça, eu vou pessoalmente tirá-lo de *meu* sofrimento e dizer à polícia que foram os hormônios.

Richard dá uma risada. Ele enlaça os dedos aos dedos de Edie.

— Então... — ele começa, baixinho.

Ela geme, sabendo o que vem pela frente.

— Richard, se isso for uma daquelas conversas "nós devemos nos casar porque vamos ter um filho", eu não quero ouvir. — Edie sacode a mão para soltá-la e se enfia embaixo das cobertas, de costas para ele. Ela só quer dormir. O tempo todo, infelizmente.

Richard se debruça acima dela.

— Edie, nós nunca tivemos essa conversa. Sei dos seus sentimentos quanto a isso. E respeito.

A voz dela parece abafada, vindo de baixo da coberta.

— Então, por que eu sinto que vamos ter essa conversa agora?

Ele suavemente puxa a ponta do edredom, até afastá-la dos dedos de Edie.

— Porque eu preciso que você respeite os meus sentimentos quanto a isso. Você ao menos sabe quais são os meus sentimentos? Faz três dias que estamos sabendo que você está grávida e em nenhum momento falamos sobre o futuro.

— O futuro — diz Edie, franzindo o rosto.

— Sim, o futuro. Nosso futuro.

— Quer o futuro? Tudo bem. — Edie joga a coberta para o lado e se apoia nos cotovelos. — Aqui está o futuro. Em nove meses nós vamos ter um bebê. O que significa que eu tenho nove meses para tentar lançar minha patética carreira como jornalista antes de me tornar uma daquelas mães que amamentam, calçando sandálias e circulando pelas lojas de comida natural. Isso é futuro suficiente para você?

Richard parece ter apagado.

— É suficiente quanto ao seu futuro. Eu não estou exatamente certo quanto à forma como me encaixo na equação.

— Você é o cara que estará trocando fraldas e levantando no meio da noite com uma mamadeira.

— Edie. — Agora Richard parece zangado. — Nem precisa falar que sou o cara que trocará fraldas e irá acordar no meio da noite. Não tenho problemas com isso e você sabe. Mas tenho problema com você achar que é só isso. E quanto ao casamento, Edie? *Eu quero me casar com você*. Sei que você quer se casar comigo. Então, que diabos estamos esperando?

Edie olha para o teto. Ela não sabe como pode fazê-lo entender. Ela não está descontente com sua vida, nem com Avalon, exatamente, mas todas as revistas *alumni* mostram suas ex-colegas de classe se gabando do sucesso, suas publicações, seus bons trabalhos, e isso está começando a incomodá-la. A única coisa que não a incomoda é ouvir sobre as famílias que crescem. Para isso, ela apenas revira os olhos e pensa: *Antes você do que eu*. Ela acha irônico que os deuses tenham feito essa confusão e dado a ela aquilo que menos lhe importa.

— Richard, eu só quero focar no meu trabalho, por mais um tempinho. Para você, é fácil, você assumiu um consultório médico que já existia e bum: consultório, pacientes, uma secretária, uma enfermeira e até um aquário. Você é o doutor Richard. Todos o adoram. — Ela não inveja a popularidade de Richard, mas é dele, não dela. — Só quero fazer meu negócio, minha marca. E fazer matéria sobre uma maluca que tem secretamente roubado os jornais das pessoas e trocado suas mangueiras de jardim não vai exatamente impressionar os grandes jornais.

Richard cai para trás, sobre os travesseiros, frustrado. Ele joga um braço por cima do rosto e cerra os dentes.

— Edie... Edie... Edie... — Ele diz o nome dela como um mantra.

— Richard, eu só quero uma história grande — implora ela. — E acho que tenho, com esse negócio do Pão da Amizade. E também encontrei outra coisa. Tem um pão doce, Hemim, circulando entre os crentes de Saint Pio de Pietrelcina, também conhecido como Padre Pio. Você faz o tal pão santo, lê a prece que vem junto e, é claro, divide a massa e compartilha com outras pessoas. Naturalmente o Vaticano e os grupos de prece do Padre Pio oficial negam, mas isso não impede que as pessoas experimentem, só para garantir. As instruções diferem ligeiramente do Pão da Amizade, mas é basicamente a mesma coisa. Você tinha de ouvir as histórias de todos os "supostos" milagres que as pessoas...

— Chega. Pare. — Richard gentilmente a pega no queixo e a vira para ele. — Eu não ligo para esse pão Hemim, nem para o Padre Pio, Edie.

Edie se remexe.

— Certo, mas...

— Quieta. — Há uma expressão determinada no rosto dele, que Edie nunca viu. — Eu sei que você detesta surpresas, então considere isso um aviso justo: eu vou planejar um jantar especial, em breve, no qual pretendo fazer uma pergunta específica.

— Ah, Richard. — Edie não consegue esconder sua expressão abatida. Em princípio, ela adora que seu namorado de oito anos seja um romântico, mas já deixou claro que detesta surpresas, principalmente as que podem resultar numa oportunidade de fotografia. — Será que você não pode esperar só mais um pouquinho?

— Não, eu certamente não posso. — Ele diz isso firmemente. — Considere-se sortuda por eu lhe dar um aviso. Isso não é exatamente como eu queria fazer, mas quero que você tenha tempo para pensar no assunto e, quem sabe, talvez até fique empolgada a respeito.

Edie nunca brincou de se arrumar, imaginando-se uma noiva, ou estar se casando. Ela não é contra, apenas não acha que seja algo que todo casal tenha de fazer. E, por oito anos, as coisas foram tão bem. Por que estragar?

Ela quase esqueceu que está grávida (poderia haver algo maior para estragar?) até que uma onda de náusea a faz colocar a mão sobre a boca. Passa.

— Então isso é essencialmente um pedido, antes do pedido — ela recapitula, engolindo com força.

— Não. Eu não estou propondo que vou propor. Eu vou propor, Edith Whitting Gallagher. — Richard se levanta da cama e sai andando pelo corredor, provavelmente para fazer um lanche de fim de noite, ou fazer mais torradas para Edie. — Portanto, esteja pronta.

Connie Coll, 21 anos, atendente de lavanderia

A Lavanderia Avalon é o único estabelecimento *self-service* do ramo existente na cidade. Localizada na esquina da Main com a Grove, a Lavanderia Avalon exibe oito máquinas com tampa superior, trinta e oito máquinas com tampa frontal e trinta e seis secadoras. O funcionamento é das cinco da manhã às vinte e três horas, diariamente, incluindo os feriados.

Connie Coll começou a trabalhar ali quando ainda estava no Ensino Médio. Era o emprego perfeito de meio período — varrendo, limpando, abastecendo as máquinas com trocados e pequenos pacotes de detergente e folhas perfumadas para a secagem, ligando para consertar as máquinas quebradas. Quando se formou no segundo grau, sem perspectivas reais de um emprego, Connie aceitou uma função em horário integral, como atendente da lavanderia.

Ela sabe que não tem o *glamour* de algumas coisas que suas colegas de classe foram fazer, mas Connie está feliz. É um emprego simples e algo que ela faz bem. O pagamento não é ótimo e os benefícios são uma droga, mas há compensações que tornam as coisas interessantes.

Ela ganha um dinheirinho por fora, ajudando os clientes a dobrarem suas roupas, ou tirando as peças quando a máquina desliga. Tecnicamente não deve fazer isso, mas, como conhece quase todo mundo que frequenta o local, não se preocupa muito em se meter em confusão.

Fora isso, não há muita coisa acontecendo. Induzida pelo próprio tédio, Connie sugeriu o acréscimo de algumas máquinas para a venda de refrigerante e água. Ela montou uma área informal para as crianças, de modo que as mães cansadas pudessem ter um momento de paz para dobrar a roupa. Há uma prateleira de livros que são emprestados e duas pilhas caprichosas de revistas e jornais. Connie pintou as paredes de uma cor esverdeada de espuma marinha e substituiu todos os avisos pintados à mão por outros, feitos no computador. Ela acrescentou algumas frases do tipo "É um mundo sujo, deixe-nos ajudar a limpá-lo!". E foi ideia dela oferecer Wi-Fi (o que permite que ela navegue pela internet à vontade) e instalar uma televisão, num dos cantos, exibindo filmes engraçados. Ambos têm feito grande sucesso com os clientes.

Connie é boa em ser imperceptível. Seus clientes sabem que ela está ali, mas, de certa forma, ela é considerada parte do cenário — realmente não conta. O que significa que eles dizem o que querem na sua frente. Connie anota histórias engraçadas num caderninho que mantém na sala dos fundos, achando que algum dia poderá escrever um livro. *Minha vida numa lavanderia*, ou talvez algo mais chamativo como *Tudo sai na lavagem*. Algo assim.

Ela sabe que o negócio está indo bem, pois a cada semana há mais clientes novos e os antigos continuam voltando. Às vezes há espera pelas máquinas. O dono parece contente a cada vez que vem visitar o negócio, e na última vez ele trouxe alguém junto com ele. Ambos a elogiaram, disseram que ela estava fazendo um trabalho incrível, e, quando o dono estava indo embora, ele fez um sinal de positivo para Connie.

Sua mais recente ideia foi um quadro de avisos comunitário. Ela comprou um quadro de cortiça e pendurou embaixo do relógio, e em menos de doze horas ele estava forrado de cartões de visita. Em vinte e quatro horas ela também já tinha panfletos.

Connie é cautelosa ao olhar o quadro e remover quaisquer itens que tenham expirado ou já não pareçam úteis. Ela detesta aquelas oportunidades tolas de emprego (TRABALHE EM CASA! GANHE CEM MIL DÓLARES POR MÊS!) e arranca tudo do quadro, na mesma hora. Ela gosta dos avisos de doação de filhotinhos, dos folhetos coloridos de aulas de ioga, as vendas de quem está se mudando, com as listas de produtos baratos. Resumindo, para Connie, o que estiver no quadro tem de ser algum serviço para a comunidade. Ela é inflexível quanto a isso.

Alguns meses atrás, alguém postou uma pergunta, num pequeno cartão.

MINHA MASSA DO PÃO DA AMIZADE MOFOU. POR QUÊ?

Outro cartão foi rapidamente postado, escrito por outra pessoa.

POR QUE NÃO POSSO USAR METAL NA MINHA MASSA DO P.D.A.?

Depois,

ESTOU COM MASSA DE P.D.A. SAINDO PELAS ORELHAS! POSSO CONGELAR?

As respostas enchiam os cartões — alguns a lápis, outros à caneta, todos em caligrafias diferentes. Então vinham mais cartões, e mais respostas, até que metade do quadro comunitário estava tomada com perguntas sobre o Pão da Amizade.

Os cartões não paravam de chegar. Receitas também. Sem fermento. Com chocolate picado. Cenoura e coco. Bolinhos de ruibarbo. Limão e sementes de papoula. Tudo utilizando a massa do Pão da Amizade.

Connie finalmente encontrou uma solução. Ela foi até o armarinho e comprou duas caixas grandes de cartões pautados, uma para perguntas e técnicas, outra para receitas. Deixou uma pilha de cartões em branco e canetas, para as pessoas que quisessem copiar suas receitas favoritas e deixar uma nova.

Dentro de uma semana as duas caixas estavam abarrotadas. Então Connie comprou mais duas caixas.

Ela estava começando a notar que as mulheres não vinham apenas para lavar a roupa, mas para consultar uma ou ambas as caixas. Frequentemente, duas ou três mulheres se encontravam enquanto esperavam a roupa secar. Traziam variações do pão e as compartilhavam, fazendo perguntas e comentando se uma caixa de pudim era realmente suficiente, ou se farinha integral continha glúten, para que a receita funcionasse apropriadamente. Connie não entendia essas discussões, mas ficava mais do que feliz em participar em qualquer teste de degustação. Em pouco tempo, ela já podia contar com lanchinhos no meio da manhã e no meio da tarde, e, às vezes, um pão para levar para casa. Ela declinou muitas oportunidades de levar um saco de massa — realmente não era a sua.

Mas ajudar a coordenar as inúmeras mulheres que queriam os sacos de massa, ou precisavam se livrar de sua massa, *era* a sua. Ela se entrosava facilmente com as pessoas, informando que dia havia massa e como cuidar dela. Sabia o que fazer e o que não fazer, e, apesar de nunca falar por experiência própria (ela avisava isso logo de cara), ela também entreouvia o suficiente para dar bons conselhos. Era como uma advogada que nunca tinha estado num acidente automobilístico, nem sido processada. Só porque nunca fez o Pão da Amizade não significava que ela não pudesse dizer às pessoas como fazê-lo.

Então o dono veio, alguns dias atrás, e ficou de boca aberta diante da aglomeração de senhoras despejando receitas e tomando café gratuitamente enquanto dobravam suas roupas. Ele pareceu realmente lastimoso ao dar a Connie um aviso prévio de duas semanas. Vendera o negócio a um homem da cidade que já possuía dez lavanderias de sucesso, espalhadas pelo estado. Ele ia converter a Lavanderia Avalon numa lavanderia temática dos anos 1930, com pagamento através de cartão de crédito em lugar das moedas. Lavagem a seco recolhida e entregue na residência. Aberta vinte e quatro horas. Seria uma revisão total, com sucesso comprovado. Pretendia trazer um gerente de uma de suas outras filiais para supervisionar a mudança e eles não precisariam mais de Connie.

— Eu realmente lamento muito — o dono disse a Connie. Ele lhe entregou um cartão de agradecimento escrito OBRIGADO PELO ÓTIMO TRABALHO, com uma nota de cem dólares dentro. Connie disse obrigada, mas deu para ver que ele já estava pensando em outras coisas, como férias em algum lugar exótico, ou o novo carro que ia comprar. Ele tinha feito seu dinheiro com a ajuda de Connie e suas ideias brilhantes, e ela é que ficou pendurada na corda. Piada sem graça.

O novo gerente começaria essa semana e a nova sinalização da lavanderia dizia a Connie que o quadro de avisos tinha de sair. Eles não queriam tumulto. Então, hoje, o quadro de avisos e as caixas do Pão da Amizade, que estão abarrotadas e transbordando, precisam encontrar um novo lar. Ela quer colocá-los em algum lugar onde as pessoas possam se reunir livremente e consultar os cartões à vontade. Ela tentou colocar as caixas no local de guarda-pertences dos frequentadores habituais, mas ninguém quis assumir a responsabilidade.

Primeiro, ela vai tentar a biblioteca e, enquanto estiver lá, talvez pegue alguns catálogos de faculdades comunitárias em Freeport e Rockford. Connie não quer ficar à mercê de mais nenhum empregador inconstante — ela quer ter algumas opções. Um pouco de responsabilidade real, com oportunidades de crescimento. Talvez uma carreira.

Ela tenta não ficar zangada com o dono pela venda. Afinal, foi um bom emprego enquanto durou, e ela aprendeu algumas coisas. Mais importante, ela se divertiu. Guardou um dinheirinho, teve a chance de assistir aos últimos lançamentos pelo Netflix, conheceu muita gente boa. Os clientes estão furiosos por ela, mas ela lhes diz que não fiquem. Sabe que eles precisam de um lugar para lavar a roupa e não quer que se sintam culpados por frequentar o novo local.

Nos três anos e meio que Connie trabalhou na lavanderia, ela percebeu que a vida é um pouquinho como a lavagem de roupa — você precisa separar as peças escuras das claras. Uma não é necessariamente melhor que a outra — são apenas diferentes. Têm necessidades distintas, exigem níveis diferentes de cuidados. Ela conhece um bocado de clientes que não pensam muito nisso e jogam tudo junto na máquina, e talvez essa seja a parte caótica da vida, que simplesmente acontece e, independentemente do seu empenho, nem sempre você consegue manter as coisas separadas. Uma meia vermelha se mistura com uma lavagem de roupa branca, ou um *top* preto delicado acaba sendo lavado em água quente, sem querer. Essas coisas acontecem. Tudo que você pode fazer é aprender com aquilo e seguir em frente. Diga a seu marido que desfrute das cuecas cor-de-rosa, dê seu *top* encolhido para sua irmã caçula, ou sobrinha. Mas isso não significa que você vai parar de separar sua roupa. Você continua separando — as peças claras das escuras, as escuras das claras — e torce pelo melhor.

Capítulo 15

Mark empurra o carrinho de compras pelo mercado, com Gracie ao seu lado, levando sua miniversão de carrinho. Ela só pode colocar itens leves em seu carrinho plástico, como caixas de chá, sacos de *marshmallow*, mas, para ela, isso está ótimo. Demora mais fazer as compras assim, mas Gracie está feliz e isso os tira de casa, para que Julia tenha mais tempo para si.

Hoje, no entanto, Mark está fumegando. Ele está zangado desde aquela tarde em que beijou Julia, quando ela se retraiu como se ele fosse um estranho. Não, corrija-se — um estranho provavelmente não teria evocado aquela reação. Isso foi claramente reservado para Mark.

Mark abastece o carrinho de farinhas ruins, carboidratos baratos e sabe que se arrependerá depois. Bem, então, mais tempo na academia, que está rapidamente se transformando em seu lar, longe de casa. Pão branco, massa, biscoitos, salgadinhos. Ele joga uma pasta de creme azedo só de onda e subitamente tem vontade de comer nachos com queijo e *jalapeños*.

Gracie está papeando animadamente com seu elefante de pelúcia, o Troy, que aparentemente está sentado no banquinho para bonecos de seu carrinho de mercado. Troy é um elefante que acredita ser um pássaro. Nesse momento, ela acha importante animar Troy, e depois, quando chegar a hora certa, ela lhe dará a notícia, suavemente.

Mark dá uma olhada, preocupado que essa brincadeira imaginária possa ocultar um problema mais sério. Ele imagina o terapeuta familiar sacudindo a cabeça e dizendo que Gracie perdeu o contato com a realidade. Agora ela está permanentemente debilitada, incapaz de funcionar no mundo real, que é cheio de coisas ruins e pais que brigam e não sabem se beijar. Até os olhares admirados das outras pessoas no mercado e os elogios ocasionais não o animam.

Ele vira no corredor. Fileiras de petiscos estão à vista, lixo que ele não come desde que era garoto. Caixas de Ho Hos, Twinkies, Ding Dongs e Sno Balls vão parar em seu carrinho. Até Gracie está franzindo o rosto. Mas Mark não liga.

Julia está fora pelos dois próximos dias, para ter "uma folga", com uma das amigas da loja de chá. Mark não sabe onde ela está, nem o que está fazendo. Como sempre. Por que ela deveria dizer algo a Mark? Ele é apenas o marido.

Uma caixa de *donuts* açucarados voa para o carrinho. Mark segue empurrando.

Depois do mercado, eles vão até a Locadora Avalon, alugar o último filme da Disney. Algum filme de bem-estar com um pouco de bondade e *la-la-la* que só pode acontecer nos estúdios da Disney. Quer efeitos especiais? Tente fazer sua esposa beijá-lo. Para isso terá que acionar toda a equipe tecnológica.

Julia costumava ficar toda inflamada falando dos desenhos épicos da Disney. Mark alguma vez notou como quase todo filme só tem um dos pais? E geralmente é a mãe que está faltando ou foi morta? *Cinderela, Branca de Neve, A Bela e a Fera, Pocahontas, A pequena sereia, Bambi* e até *O cão e a raposa*. Mark se ofereceu para escrever uma carta, mas Julia não achou graça.

O corredor seguinte é de comida congelada. Ele vai pegar uma daquelas comidas supostamente saudáveis e orgânicas para Gracie e alguns Hot Pockets para ele. Estão anunciando os sanduíches estilo *panini* — talvez ele experimente um desses.

— Mark?

Ele olha para cima. É Livvy. Ela parece nervosa por ter se deparado com ele no mercado, e seu carrinho também está abarrotado de compras. Comida de verdade — legumes e frutas, peixe, iogurte.

Comidas surpreendentemente saudáveis. Mark subitamente sente vontade de comer salada e gostaria de simplesmente largar seu carrinho ali e ir embora.

— Oi, Livvy. — Ele conheceu Livvy quase ao mesmo tempo que Julia. Julia os apresentou pouco tempo depois que ela e Mark começaram a namorar. Eles costumavam se divertir juntos, Livvy deixando Julia maluca, é claro, e sempre mimando Josh, mas irmãs e tias são para isso. Mark sente falta até de seu marido folgado, o Tom, que era tão previsível que quase se podia contar com ele. Mark sente falta de tudo isso. Ele está cansado da estranha formalidade de todas as vezes que eles se encontram, dos cumprimentos cautelosos. Está tão cansado de tudo isso que dá um passo à frente, sem pensar.

Dá um abraço em Livvy.

E fica surpreso pela onda de emoção que sente ao abraçá-la. Ele nem se incomoda por eles estarem no meio do supermercado, seus olhos se enchem de lágrimas, embaçando sua visão. *Atenção, clientes! Venham ver o marido chorão no Corredor Seis!* Deus, por que eles deixaram as coisas ficarem tão ruins?

Ele dá um passo atrás, limpa os olhos, dando uma risada.

— Desculpe, eu não esperava por isso. É bom vê-la, Livvy.

Os olhos de Livvy também estão cheios de lágrimas, que logo se derramam por suas bochechas. Ela as limpa rapidamente, com as costas da mão. — Você também, Gracie, como vai você? — Ela tenta dar um sorriso radiante.

— Bem. — Gracie é educada, mas cautelosa. Troy está com um doce no colo e ela volta a atenção para ele, dizendo que ele pode comer o doce depois, se for muito bonzinho.

— Não posso acreditar quanto você cresceu. Você está igualzinha à sua mãe, Gracie.

Diante disso, a cabeça de Gracie se empina para trás.

— Eu tenho cabelo castanho que nem meu pai.

— Sim, tem, mas seus olhos e o nariz são da Julia. Sua mãe. — A voz de Livvy é bondosa. — Você tem até as mesmas pintinhas que ela, exatamente nos mesmos lugares. — Livvy toca o próprio nariz.

Gracie desvia o olhar de Livvy para Mark, depois abre um sorriso enorme. Ela subitamente fica envergonhada.

— Obrigada.

Mark observa a filha com afeição e percebe que Livvy tem razão. Gracie tem todas as feições finas de Julia. Ele engole, imaginando por que nunca viu isso.

— Esse é o Troy — diz Gracie, apresentando seu elefante à Livvy.

Livvy se inclina.

— Ele é um elefante muito legal.

— Ele é um passarinho — diz Gracie, com aquela expressão que os adultos geralmente fazem quando estão falando de crianças na sua presença.

— Ah, certo. Belas asas. — Livvy tem uma expressão de admiração no rosto.

Gracie adora isso e fica radiante.

— Por que nunca vemos você? — pergunta ela, do nada. Agora ela está se chegando a Livvy. — Você pode vir à nossa casa se quiser. Eu posso mostrar meu quarto a você. É rosa.

Mark nunca ouviu Gracie perguntar de Livvy. A essa altura, eles geralmente já estariam indo embora, sem mais que um punhado de palavras trocadas. Ele está formulando a resposta certa, algo que não magoe Livvy, quando o celular dele toca.

É Vivian. Ela tem agido de forma totalmente tranquila em relação a ele, depois do fiasco em seu apartamento no mês anterior. Se ele passa, ela convenientemente desvia, fala com ele a uma distância segura, do outro lado da mesa de reuniões. Ela o evita na academia, fingindo que não o percebe, ou que está focada demais em seus exercícios para dizer mais que um breve olá. Ele sente uma ponta de desconforto diante disso, mas não tem certeza do que mais pode fazer. Gostaria que eles pudessem rebobinar, até antes do apartamento, antes do presente.

— Bruno quer parar o projeto — Vivian informa Mark. Sua voz está melancólica e há uma estática ao fundo.

— O quê? Por quê? — Eles já investiram mais de mil horas de serviço e Mark até contratou outro associado para ajudá-los a administrar o fluxo de trabalho. Estão recebendo conforme a produção, mas o grande pagamento é no final. Não apenas financeiramente, mas a potencial atenção da mídia, algo com que Mark estava contanto, até esperando.

— Não sei, Mark. — Vivian diz, irritada. — Ele ligou com essa novidade, então eu o convenci a nos deixar falar com ele pessoalmente. Estou a caminho de Chicago nesse momento.

Por que Lemelin ligou para Vivian? Mark é o arquiteto do projeto. Ele dá uma olhada no relógio. Pouco depois das quatro agora. Ele olha desesperado para Gracie, que está papeando alegremente com a tia. Ele pode levá-la, ou talvez verificar se algum vizinho pode tomar conta dela.

— Preciso ligar de volta, Vivian. Minha filha está comigo e eu preciso dar alguns telefonemas. A que horas você disse que nós o encontraríamos?

— Agora, Mark! Eu basicamente desliguei o telefone e entrei no carro. Ele nem quer nos ver. Está fazendo o joguinho de "sou ocupadíssimo", então isso não é algo que possa esperar. — A voz dela é ligeiramente acusadora.

Mark exala o ar. Aparecer com Gracie está decididamente fora de questão.

— Certo, certo. Deixe-me ligar de volta. Estarei lá. — Ele fecha o telefone.

— Está tudo bem? — Livvy parece preocupada.

— Sim. Coisas do trabalho. Livvy, você pode só esperar aqui, com Gracie, por um instante? Eu preciso ligar para algumas pessoas.

— É claro. Vamos apenas continuar as compras. Por você tudo bem, Gracie?

— Sim!

Livvy parece satisfeita pela exuberância de Gracie.

— Então, vamos. Venha nos procurar quando você terminar, está bem?

Ele concorda, já ligando.

Passam-se quase dez minutos até encontrar a mãe de um dos colegas de classe de Gracie, que fica feliz em tomar conta dela. Agora ele está se sentindo estressado, abandona o carrinho de compras e sai à procura de Livvy e Gracie.

Ele as encontra no corredor de comida de bebê, falando baixinho, enquanto olham escovinhas de cabelo e cremes de assaduras.

— Livvy, obrigada — diz ele, grato. — Venha, Gracie, temos de ir. Você vai ficar na casa de Nicky Fischer pelo resto do dia.

Gracie parece alarmada.

— Mas Nicky Fischer ainda faz xixi nas calças!

Mark não está com humor para discutir isso.

— Diga tchau para a tia Livvy — ele ordena. Mentalmente, ele calcula quanto tempo irá levar até correr para casa, arrumar as coisas de Gracie, mudar de roupa e pegar a estrada. Tempo demais, mas não tem jeito.

— E ele bateu na cabeça da Lisa Starkey com um arco de hula. — Gracie continua falando, desesperadamente, alternando os olhinhos entre Mark e Livvy. — Depois, ele não contou a verdade, quando a senhorita Danielle perguntou!

Mark fecha os olhos. Será que ele pode viver com a possibilidade de Gracie apanhar na cabeça, com um arco de hula de um garoto provocador, de cinco anos de idade?

Sim.

— Vamos, Gracie. — Agora ele está perdendo a paciência.

— Estou em casa o dia todo, Mark. Não vou fazer nada. Eu ficaria feliz em tomar conta de Gracie. — Livvy engole, nervosa.

— Ebaa! — Gracie começa a pular. — Por favor, por favor, por favor...

Mark hesita. Isso é uma boa ideia, ou uma ideia terrível. Ele sente tudo fervilhando nesse minuto, o futuro de seu negócio, o futuro de seu casamento.

Livvy continua:

— Na sua casa ou na minha, como for melhor para você e Julia.

Diante da menção do nome de Julia, Mark se enrijece. Engraçado que ele não tenha pensado em ligar para Julia, para ver se ela estaria disposta a dar um tempo de seu fim de semana com as garotas, para ajudá-lo com o negócio dos dois. Ele sabe que ela provavelmente concordaria em voltar para casa, mas ficará zangada. Não há tempo e simplesmente não vale a pena.

É claro, ela ficara mais zangada se descobrisse que Mark deixou Gracie com Livvy. De qualquer jeito, ele sairia perdendo. Mas quem sabe quanto tempo levará até conseguir falar com Julia, e depois até ela aparecer? Mark sabe o que está em jogo. Ele olha para Livvy, cuja atenção está totalmente em Gracie, enquanto ela reconta detalhadamente outras transgressões de Nicky Fischer.

Ele nunca achou que o ocorrido com Josh tivesse sido culpa de Livvy, embora isso não signifique que não tenha ficado com raiva. Mas não com ela, apenas com a injustiça de tudo, e seu lugar era ao lado da esposa, que não podia nem olhar para Livvy. Nunca houve um momento para que ele fizesse o papel de apaziguador depois; ele ficou tão ocupado tentando salvar seu casamento, que fazer duas irmãs se reconciliarem não estava exatamente no topo de sua lista.

Agora, vendo Livvy, Mark também sente que algo mudou. Ela não está mais avoada, nem tão tola, está um pouquinho mais consciente. É a idade, ele supõe, e o tempo. Ele leva trinta segundos para decidir.

— Seria ótimo, Livvy.

Mark liga para a senhora Fischer para cancelar, enquanto Livvy passa a cadeirinha de Gracie para seu carro. É um alívio não precisar passar por quaisquer detalhes, pois Livvy já os conhece, sabe o suficiente. Apesar dos anos de tanta distância, é incrível como as coisas rapidamente voltam aos trilhos.

Ele dirige muito acima do limite de velocidade, tentando recuperar o tempo perdido. No celular, Mark se vê discutindo com Victor.

— Mark — Victor suspira. — Ele jamais gostou de Bruno Lemelin, nunca ligou muito para o projeto, apesar de ser promissor. Victor é quase vinte anos mais velho que Mark e já está no ramo há muito tempo. Mark gosta de sua estabilidade, de seu equilíbrio, mas ele também sabe que Victor está planejando sua aposentadoria. Ele não liga para sair em grande estilo, nem ser descrito em revistas. Mark liga.

— Victor, grandes projetos têm grandes personalidades, você sabe disso. Lemelin só quer atenção.

— É um buraco negro, Mark. Um poço de dinheiro. Vai acabar saindo caro para *nós* a construção desse restaurante. Não quero nadar e morrer na praia. Temos outros clientes, outros projetos. E quanto a Ted Morrow, da Bluestem? Você já teve a chance de se reunir com ele?

Mark não teve. Eles têm tentado se falar por telefone, sem sucesso, mas a energia de Mark está em Lemelin.

— Apenas deixe-me descobrir primeiro o que está acontecendo com Lemelin — diz ele. — Vivian já está a caminho.

— Vivian? — Victor claramente não aprova. Ele é ligeiramente purista, à sua moda, vendo os decoradores como algo periférico em relação às equipes de arquitetura e engenharia.

— Ela ajudou a conseguir esse negócio — Mark lembra. Ele sabe que soa defensivo, mas não quer que Victor a exclua. — Além disso, Lemelin gosta dela.

— Aposto que sim.

— Ora, vamos, Victor. Ligo quando terminar. A menos que você queira entrar no seu carro e nos acompanhar, vamos?

Victor não morde a isca.

— Esse projeto é seu, Mark. Se você me quiser lá, estarei lá, mas, do contrário, para mim está ótimo ficar no escritório e fazer desenhos de prédios que, de fato, têm chance de ser erguidos.

É, ter o Victor lá realmente vai aumentar suas chances.

— Eu ligo mais tarde.

Julia está relaxando na *chaise* da suíte do hotel quando Hannah sai do banheiro, com um vestido preto simples e um pendente de diamante no pescoço. Diamantes também reluzem em suas orelhas. Seus cabelos longos estão lisos e brilhantes.

Julia abaixa a revista do hotel e sorri para a amiga.

— Você está linda, Hannah.

O traje de Julia é um *top* simples de *lycra* brilhante e uma saia longa, também preta. Ela não a usava há anos, mas, quando a tirou do armário e experimentou, ficou perplexa com a mulher que a olhava de volta no espelho, uma Julia que ela quase não reconheceu, embora já tivesse usado essa roupa centenas de vezes. Ficou se olhando por um longo tempo, tocando os próprios cabelos, passando as mãos pelos quadris, virando, até que o sol se refletiu nos pontos prateados do *top*. Ela esperava que seu rosto tivesse uma expressão cansada e assombrada, mas, em vez disso, viu uma elegância silenciosa, uma maturidade suave revelada apenas por algumas rugas ao redor dos olhos. Então ela começou a sorrir sem querer, cheia de expectativa pelo fim de semana, por essa escapada, pela chance de transformar a antiga Julia numa nova Julia.

Hannah se vira para se observar no espelho, meio desconsolada, e pega um fiapo invisível no vestido.

— Talvez eu deva tentar achar outra hora para falar com ele. Ele estará tão ocupado depois, e não está me esperando...

— Hannah, ele ainda é seu marido. — Julia levanta para pegar a necessáire. — E você tentou ligar para ele várias vezes essa semana.

— Eu sei. — Hannah parece infeliz.

Por um segundo Julia fica tentada a ceder, deixar Hannah passar essa oportunidade em troca de algum alívio temporário. Mas é só isso. Temporário. E Julia sabe que será só uma questão de dias até que isso volte. Ela quer que Hannah faça isso, por ela e por seu futuro. Quer que Hannah mergulhe inteiramente na própria vida, arme-se com tudo que precise para tomar as decisões certas. Então ela não diz nada, apenas pega sua echarpe e espera, pacientemente, junto à porta.

Hannah segue, relutante.

— Importa-se se formos a pé até lá, em vez de pegarmos um táxi? Levaremos uns vinte minutos. Acho que o ar fresco me fará bem. — Ela está embromando, mas Julia não liga. Elas acabarão chegando lá e é isso que importa.

— É claro. — Julia enlaça o braço de Hannah e dá um apertãozinho, como incentivo. Por um segundo seu pensamento vai até Livvy, às muitas vezes em que Julia fez a mesma coisa por ela. Ficando ao seu lado, quando Livvy admitiu aos pais que tinha rasgado o boletim, roubado alguns dólares de sua carteira, matado aula. Pegou o carro "emprestado", sem permissão (cinco minutos), ficou bêbada na formatura. Quando Livvy quis começar a tomar pílula, abandonar a faculdade, casar com Tom. Sempre que Livvy precisou de alguém para se apoiar, lá estava Julia. Mesmo quando não aprovava, Julia estava lá. Agora, Julia se pega pensando na irmã, imaginando se ela está bem lá em Avalon.

— Julia, está tudo bem? — Hannah a observa, com uma expressão esperançosa. Julia conhece bem essa expressão e sorri. Do mesmo jeito que fazia com Livvy, ela fará por Hannah — por mais difícil que saiba ser, ela não vai dar moleza.

— Sim — diz ela, abrindo a porta. — Venha, vamos embora.

— Eu só não tenho mais certeza quando à direção — diz Lemelin. Agora, ele adotou uma postura de não interferir no trabalho deles, eliminando aquele ar amistoso e sociável de antes. — Eu quero que seja original e arrebatador. Algo como uma propriedade Bentel & Bentel.

Mark geme por dentro. Isso já vem acontecendo há um tempo, esse vai e vem ameaça continuar indefinidamente. A essa hora, Victor provavelmente está em casa, jantando com a esposa, vendo um pouquinho de TV. Folheando uma revista, à vontade. Victor está relaxando no conforto de seu lar, enquanto Mark está sentado em cadeiras plásticas, nesse prédio em forma de concha, com o terrível vento de Chicago chicoteando por entre as vigas e o concreto.

Talvez ele não devesse ter se deixado seduzir tão facilmente. Agora entende que Victor não estava apenas falando da perda de dinheiro nesse projeto, mas que, se as coisas realmente forem por água abaixo, isso pode arrastar a carreira de Mark, tornando-o conhecido por ao menos uma coisa. Ele será o arquiteto que Lemelin dispensou, por considerá-lo indigno.

— Cuidado — Victor uma vez o alertara. — Arquitetos já venderam suas almas pelos projetos sensuais e nem viveram o suficiente para superar isso. Fique com seu pão com manteiga. Há bons projetos por aí, Mark. Alguns que o farão se sentir bem.

Mas Mark não quer apenas se sentir bem — ele não está mais interessado em só agir com segurança. Já está farto de manter o *status quo*. Quer que as coisas mudem. Não, ele está desesperado por uma mudança — no trabalho, em casa, em todo lugar. Como é o velho ditado? Nada que vale a pena ter vem fácil. Mark só tem de engolir em seco e fazer o que tem de ser feito. O novo restaurante de Lemelin é um projeto de alto nível e Bruno Lemelin é um cliente de alto nível. Não há muito espaço para erros.

Enquanto isso, Vivian está calmamente falando das propriedades que Lemelin já possui, tomando o cuidado de apontar, especificamente, os elementos de *design* e uso prático do espaço que receberam tanta atenção e elogios. Isso parece abrandar Lemelin — ele gosta da atenção que Vivian dá aos seus sucessos passados. Mark percebe Lemelin olhando-a de cima a baixo e sente uma onda de indignação. Não há dúvida de que esse cara é um escroto. Mas Vivian também é uma mulher perceptiva para não notar, portanto ela ergue uma sobrancelha para Lemelin, dando uma olhada de cima a baixo também. Então os dois riem por isso, o retraimento de Lemelin vai sumindo, e os dois voltam a ser camaradas novamente.

Lemelin liga para sua assistente.

— Vá buscar uma garrafa de champanhe para a senhorita Vivian — ele ordena. — Uma Millésimé 1983.

Vivian dá um sorriso reservado a Lemelin.

— Só se estivermos comemorando. Ela tamborila a caneta ritmicamente sobre a mesa provisória. Primeiro os negócios, é o que sua energia parece irradiar.

Lemelin não cede.

— Eu preciso de um novo *design*.

— Podemos fazer isso. — Vivian lança um olhar direto a Mark, dizendo que se ele estava pretendendo abrir a boca para dizer algo — qualquer coisa — essa seria uma boa hora. — Mas ainda gostaríamos de incluir parte do *design* original. É limpo e inovador, incorporando materiais nobres que contrastam com o simples. O uso de luz natural durante o dia enfatiza todas as texturas e cores do interior, e a luz capturada pelos painéis solares será redirecionada aos fios de LED, pendurados pelo restaurante...

— Tornando esse restaurante um dos mais ilustres e ecológicos da atualidade, usando material renovável. — Mark se senta ereto e sente um prazer absurdo em perceber que ele é alguns centímetros mais alto que Lemelin. — Mas o que fará com que esse restaurante se destaque dos outros é a forma como vamos integrar os arredores urbanos e trazê-los para dentro do espaço.

Eles estão sentados numa propriedade nobilíssima, no coração do distrito cultural de Chicago, literalmente a um sopro de distância de museus mundialmente conhecidos e da Orquestra Sinfônica de Chicago. O restaurante, que Lemelin está chamando de "227", pelo número de milhas quadradas que compõe Chicago, refletiria o bom gosto da vizinhança, com um menu de degustação 2-2-7 (dois aperitivos, duas entradas, sete acompanhamentos), servido em estilo família. Mark não tem dúvida de que a comida fará jus à reputação de Lemelin.

Mark tira os esboços feitos no AutoCAD. Ele decididamente se superou com o *design* do 227 e ficou bom. Não, ótimo. Ele sabe que pode transformar esse espaço em algo incrível. Lemelin ouve com uma expressão entediada de ceticismo, já tendo ouvido esse discurso persuasivo antes. Depois que Mark finalmente disse tudo que tinha de ser dito, Lemelin apenas sacode os ombros.

— Realmente não tenho problema com o *design* em si — ele diz aos dois. — Embora eu tenha de lhes dizer que de fato não dou a mínima para toda essa bosta ecológica. Só sinto que está faltando um talento artístico. Onde está a paixão? Não a vejo. — Ele acena para os croquis. — Quero uma firma que me dê paixão. Estão entendendo?

Pela primeira vez Vivian é pega desprevenida.

— Eu posso lhe garantir, Bruno...

— Não quero garantias. Eu tenho advogados — eles me dão garantias. A firma que trabalhar para mim precisa ter paixão. Chicago não é Nova York, mas tem sua própria promessa do Sonho Americano. Essa cidade já teve sua cota de fogos — quero trazer isso para o 227. Algo quente. Vivo. Perigoso. No entanto, cheio de promessas.

Mas que diabos? Algumas semanas antes Lemelin falava de uma mistura eclética de cores, um mosaico radiante. Ele queria usar todas as cores do arco-íris, de forma divertida e enriquecedora, natural, não cafona. Todos os elementos que eles escolheram, para uso interno e externo, foram escolhidos sob essa premissa. Embora de bom gosto, certamente não são quentes. Isso não é apenas um novo *design*, é um viés totalmente diferente, um projeto completamente diferente.

— Posso olhar a paleta de cores... — Vivian olha para Mark, que não sabe o que dizer.

— Faça o que tiver de fazer. Se quiserem esse projeto, terão de lutar por ele. Três semanas. — Lemelin levanta e aperta a mão deles, depois se apressa em direção ao carro, sem olhar para trás.

— Droga. — Vivian começa a enfiar as coisas na pasta. — Eu deveria ter aceitado aquele champanhe quando tive a chance.

Mark observa Vivian juntar suas coisas. Ela parece cansada, seu comportamento brincalhão substituído por outro, de rendição, derrota.

Mark sente-se culpado. Vivian fez tudo que podia para ajudar a conseguir e manter esse negócio. Ele não quer lhe dar muito crédito, mas, ao mesmo tempo, ela merece. — Desculpe por tudo isso, Vivian.

— Por que está se desculpando? — Vivian enrola os croquis. — Ele está jogando conosco. Sempre fez isso. Só quer ver o que vamos apresentar, depois vai levar nossas ideias a uma empresa maior, com mais nome.

Com uma sensação de baixo-astral, Mark sabe que ela provavelmente está certa.

— Bem, eu não vou desistir ainda — diz ele. — Chegamos até aqui, temos mais é de seguir até o fim. — Mais três semanas de inferno. Ele consegue.

Vivian o olha, desconfiada.

— Venha — diz ele, acenando com a cabeça para a rua. Ainda está cedo. Julia está com as amigas e Gracie está em boas mãos, com Livvy. — Vamos tomar um drinque. — Ele lhe deve pelo menos isso.

Eles saem do prédio e são imediatamente recebidos por um vento forte. Os papéis ameaçam voar, mas Mark segura tudo com firmeza, incluindo Vivian, e eles lutam para chegar até o estacionamento.

Aquele é o Mark? Julia não tem certeza, mas parece ele, ali, do outro lado da rua. Ele está com uma mulher e eles estão colados um ao outro, enfrentando o vento de Chicago, que veio do nada. Julia observa o homem que parece seu marido virando a esquina, sumindo de vista.

Será que ela deve correr atrás dele? O que ela diria? Ela está vendo coisas. Não poderia ser Mark. Mark está em Avalon, em casa, com Gracie. Ele nem sabe que ela está ali. E por que ele estaria ali, com outra mulher? Está caindo a noite, escuro demais para ter certeza, mas Julia conhece seu jeito de andar, conhece sua sombra. Será que conhece?

Hannah está ao seu lado, com sua *pashmina* embrulhada em sua volta. — Acho que vou voltar para o hotel — diz ela nesse instante, dando meia-volta.

— O quê? Não, nós já estamos aqui, Hannah. — Julia pega seu braço com firmeza. — Vamos assistir à apresentação, depois, se você não quiser vê-lo, nós vamos. Está bem?

Hannah concorda.

— Preciso de chocolate — diz ela, baixinho.

— Vamos pedir chocolate quando voltarmos ao hotel — Julia promete. Ela dá uma olhada na esquina vazia, onde achou ter visto o marido. Balança a cabeça, deve ter sido uma ilusão. — Nós vamos pedir uma daquelas cascatas de chocolate só para você. — Ela vira de volta para Hannah e dá um tapinha distraído em seu braço. — Agora, vamos entrar.

Do lado interno do *lobby*, Julia é pega desprevenida por essa multidão de gente. Em princípio, é algo esmagador, os corpos trombando uns nos outros, uma mão perdida em seu ombro, ou cintura, gentilmente movendo-a, enquanto as pessoas tentam se deslocar.

Julia vai relaxando, desfrutando o anonimato, a cacofonia movimentada que parece tão apropriada, tão descontraída. Ali, todos são desconhecidos, porém estranhamente familiares. Ela vai indo, contente em seguir Hannah por entre essa onda de gente.

Alguns homens e mulheres cumprimentam Hannah, lhe dão abraços e beijos na bochecha, trocam gentilezas. Julia vê alguns olhares preocupados, mas Hannah não parece notar. É uma expressão de solidariedade, ou talvez de pena. Subitamente Julia imagina ter sido assim que as pessoas também a olhavam, não por um marido instável, mas pela perda de um filho.

Elas encontram seus lugares. Enquanto seus corpos mergulham confortavelmente nos estofamentos de pelúcia, Julia volta a focar no palco à sua frente. Quando o auditório escurece, ela sente um tremor de excitação, uma adrenalina percorrendo seu corpo, enquanto a orquestra aquece. Sabe que elas estão ali para que Hannah veja Philippe, mas, de alguma forma, isso parece mais um meio do que um fim. Talvez o verdadeiro motivo por elas estarem ali seja para que Julia tenha esse momento, esse momento perfeito, em que ela pode testemunhar cento e nove pessoas de idades diferentes, trajetória e etnias diferentes, cada uma delas com suas histórias e tragédias, e momentos de alegria, tocando juntas, em perfeita harmonia.

Ela o vê antes que ele pise no palco. E o imagina vestindo o paletó, o casaco preto do *smoking*. Ele balança a cabeça e ri, compartilhando uma piada com dois outros músicos, mas sua mente está na música. As pessoas estão aquecendo em toda parte, nos vestiários, corredores, mas Philippe toca e anda, como um violinista de restaurante, passando por entre as mesas. Ele sobe a escada do palco dessa forma, tocando enquanto prossegue, aquecendo seus dedos, seu pescoço. Depois ele para, gira os ombros, espera sua entrada, depois põe o violino embaixo do braço e adentra o palco, de cabeça erguida.

Os olhos de Hannah percorrem os músicos que ela conhece. É confortante saber que, com exceção de um pequeno punhado de rostos, ela reconhece todos. Talvez as coisas não tenham mudado tanto, como ela havia temido. Ela está longe dessa vida há muito tempo, mas não se esqueceu dos altos e baixos de ser um artista de apresentação, com uma grande sinfônica, ou orquestra. Madeline estava certa — ela e Philippe não são como outros casais. Esse é o lar, a família deles.

Quando ela vê aquela cabeleira escura conhecida — *ele cortou! Quando foi que ele cortou?* —, Hannah fica na expectativa. Será que ele consegue vê-la nessa multidão de duas mil pessoas? A casa está lotada. Será que sabe que ela está ali?

Os lugares nos camarotes da seção F dão uma visão clara da seção de violinos. Ele está tão perto que dá para ver seu topete, a forma como seus cabelos escuros se erguem no pico da testa. Philippe está de olhos baixos, os cantos da boca estão ligeiramente franzidos. Hannah sente uma onda de amor pelo marido. Quando o maestro ergue a batuta, Hannah é imediatamente varrida pela música e fica cheia de esperança.

Capítulo 16

O bar fica ao virar a esquina do Centro da Orquestra Sinfônica. Na verdade, é um restaurante, e eles precisam lutar para abrir caminho por entre os espectadores atrasados, a caminho da apresentação.

— Você tem ingressos para a temporada, não tem? — Mark se lembra.

Vivian acena afirmativamente.

— Eu até que sou fã, mas não gosto de ir sozinha. — Ela não menciona o que aconteceu no apartamento. — Doei os ingressos pelo resto da temporada. De qualquer forma, preciso manter meu foco em Lemelin.

— Nossa. Filantrópica e ética profissional forte. Estou impressionado.

— Deve ficar mesmo — diz ela. — Há muito sobre mim que você não conhece.

Eles sentam na antessala e pedem drinques.

— Margarita de maracujá para Vivian, Vodka Martini para Mark.

— Mas que drinque e tanto — diz ele quando trazem a Margarita dela. Parece uma Margarita *art déco*, colorida e elaborada.

— Tome, dê um gole — ela oferece. Ela segura o copo, com a borda de sal perfeita e intocada.

— Não, não. — Mark ergue seu Martini. — Estou coberto.

— Como preferir. — Vivian dá um gole, depois recosta em sua cadeira. Ela dá uma olhada ao redor, com um suspiro de desgosto. — Deus, mas que cena. Isso é uma coisa que não me faz falta.

Que cena? Mark olha em volta, mas não vê ninguém fazendo uma cena. — O que quer dizer?

— A cena toda do namoro. O primeiro encontro, o encontro às escuras. O programa ruim. *Irc.* — Ela estremece e segura seu copo. — Por isso que eu me atiro no trabalho. — Ela parece estar gesticulando para a aglomeração perfilada junto ao bar, mas está apontando seu drinque diretamente a Mark.

— Então namorar não é a sua — Mark recapitula. — É isso que está dizendo? — Ambos riem.

— Isso mesmo — diz ela. — Ela tira uma fatia fina de abacaxi de seu drinque.

— E aí? Você só vai trabalhar para sempre, esquecer de romance, casamento?

— Casamento. — Ela enruga o nariz. — Sou realista, Mark. Eu sei que romance e casamento não duram. Quero dizer, tenho certeza de que há exceções, mas eu não fui uma delas. — Ela desvia o olhar, dá um longo gole em sua Margarita.

— Você foi casada? — pergunta Mark. Ele está surpreso. Vivian parece tão terrivelmente independente que é difícil vê-la como parte de um casal. Ele tinha verificado sua ficha pessoal, numa noite, e viu que ela tem trinta e um anos, treze a menos que ele.

— Duas vezes. A primeira, eu estava na faculdade — abandonei, faltando só um ano. Meu namorado ia fazer medicina no Texas e me deu um ultimato. Nós nos casamos, nos mudamos para Houston. Eu trabalhava em dois empregos, para pagar seus empréstimos para a faculdade de medicina. Ele me deixou quatro anos depois, quando se formou.

— A segunda vez, eu achei que me saí melhor. Optei pelo tipo de cara ambicioso, um cara que não precisava que eu servisse mesas para obter um diploma. Ele pagou para que eu terminasse de estudar, comprava boas coisas para mim, me deixou decorar a casa. Dinheiro não era problema. — Ela dá uma risada sarcástica. — Com esse, eu fiz o máximo. Mas foi bom, sabe? Eu supervisionei a reforma de nossa casa, das propriedades de alguns amigos, alguns dos clientes dele. Ele era do ramo imobiliário, empréstimos hipotecários, esse tipo de coisa. Tínhamos um caminhão de dinheiro.

— Não precisamos falar disso — ele diz a ela. Ele fica desconfortável vendo Vivian sob esse foco, não quer muitos detalhes, caso o negócio fique feio.

Ela o olha, sacode os ombros.

— Já superei — diz ela, indiferente, mas Mark percebe que os nós de seus dedos estão brancos, segurando o pé do copo de Margarita. — A economia faliu, a companhia dele faliu, nosso casamento faliu. Felizmente, eu tinha a sensação de que algo aconteceria, então vinha guardando dinheiro, para alguma dificuldade. Depois fiquei sem. Quem poderia saber que seria uma porra de uma tempestade daquelas? — Ela termina seu drinque.

— Ora, Vivian — diz ele, tentando animá-la. — Você tem tanto a seu favor. Pode ter qualquer cara.

Ela o encara, incrédula.

— Ai, meu Deus. Você está fazendo aquele discurso da dispensada.

Mark está perplexo.

— O quê? Não, não estou.

Vivian cai na gargalhada.

— Claro que está! Você está fazendo aquele discurso da dispensada e *não há nada a romper*. Nós nem estamos saindo! — Agora ela está rindo histericamente, com lágrimas saindo de seus olhos. Ela gesticula para que a garçonete traga outro drinque. — Eu sei que estou encrencada, quando os caras me fazem o discurso da dispensada, e nós nem dormimos juntos. Jesus! — Ela cai na gargalhada novamente.

— Vivian, eu não estava fazendo discurso de dispensada, estava falando sério...

— Sério? *Iiii*. Você vai vir com aquele papo de não-é-você-sou-eu? — Ela ergue uma sobrancelha. — Porque eu sou uma garota ótima! — diz ela, sarcástica.

— Você é mesmo uma garota ótima, Vivian — diz Mark. — Desculpe, eu não tive a intenção de aborrecê-la...

— Por favor, pare de bancar o bom rapaz, Mark! — Vivian pega um guardanapo. Ela seca os olhos, recompondo-se rapidamente. Sua segunda Margarita chega e ela nem olha para a garçonete, apenas aceita o drinque e dá um gole, fulminando Mark. — Você é o mártir mais perfeito do mundo — ela estrila. — Nunca é culpa sua, ninguém pode culpá-lo por nada, porque você teve uma tragédia pessoal. Todos nós temos tragédias pessoais, Mark. Você não é o único.

Mark se sente retrair por dentro.

— Nunca usei minha vida pessoal como desculpa para minha vida profissional — diz ele, cerrando os dentes.

— Nem precisa! Todos fazem isso por você. Pobre Mark, ele só precisa de um tempo. Pobre Mark, a esposa não fala com ele.

— Você não sabe nada de Julia. Nem a conhece. — Ele pensa se levanta e sai andando. Ou se a despede.

Vivian parece enojada.

— Ora, por favor. É um escritório pequeno, Mark. Você acha que as pessoas não falam? E, olhe, aí vai você, defendendo-a novamente. Lá vai o Mark, defendo sua esposa! Ele não é demais? Ele não consegue manter um cliente, estragou sua única chance de sucesso, mas que cara legal! — Ela termina o drinque e pega a bolsa. — O que vai ser necessário para que você assuma uma posição, corra um risco? Bruno acha você um fraco, por isso é que ele não quer dar o projeto a você. — Ela levanta, com os olhos faiscando, provocando. Desafiando. — *Seja homem, Mark.*

O primeiro botão da blusa dela abriu. Mark pode ver a renda de seu sutiã, a curva clara de seu seio. Vivian está certa. Ele tem agido como um cara sem coragem, temendo tomar a decisão errada, sempre querendo manter a paz, deixar todo mundo feliz.

Ele observa Vivian oscilar, tentando manter o equilíbrio, do alto de seu um metro e setenta e oito de altura, mais o salto *sexy*. Ela fica bonita até quando está meio tontinha.

Mark joga algumas notas na mesa e se levanta, segurando-a firmemente pelo cotovelo.

— Eu sei do que você precisa — diz ele, em voz baixa.

Ela o olha, com as pálpebras pesadas, e se encosta à curva do corpo dele. Ela tem o tamanho certo para um cara como Mark —

fisicamente dá para ver que eles têm um bom encaixe. Até Julia é ligeiramente alta, quase da altura dele, uma boa combinação, mas não assim.

— Do que preciso? — Vivian sussurra. As palavras saem quase derretidas e seus lábios se abrem, esperançosos. — Diga.

Mark a conduz para fora do bar, ciente de que a mão de Vivian está alisando seu braço, sugestivamente. Eles se aproximam do balcão da recepcionista na entrada.

— Você precisa jantar. Mesa para dois, por favor.

— Philippe? — Hannah agora está nos bastidores, depois de meia hora do término do concerto. Foi absolutamente brilhante, uma seleção das obras-primas de Beethoven, incluindo *Fidelio Overture*, opus 72, uma de suas composições favoritas de todos os tempos. A música a deixou entorpecida e até Julia está radiante, extasiada.

Julia surpreendeu a ambas, decidindo se aventurar na recepção pós-apresentação, antes de voltarem ao hotel. Hannah está falante e animada, enquanto luta para abrir caminho em meio à onda de rostos familiares, todos ansiosos para cumprimentá-la, para descobrir como ela tem estado. Ela sabe que as pessoas estão felizes em vê-la e, embora não queira papear, elas só estão servindo para atrasar seu reencontro com o marido. Ao se aproximar dele, ela vê o motivo.

É a violinista, Janet Vandesteeg. Ela estava um ano atrás de Hannah, na Julliard. Dá aulas de repertório orquestral para viola, na Northwestern, e foi Hannah quem a apresentou a Philippe quando ele ingressou na Orquestra Sinfônica de Chicago. Pela forma que Janet está com os braços ao redor de seu marido, foi claramente um erro.

Janet e Philippe estão se beijando. Não é um beijo educado, ou social, nem um par de beijinhos, do qual Philippe gosta tanto. É um beijo romântico, apaixonado, íntimo. Um beijo de corpo inteiro, inapropriado e desconcertante, no entanto Hannah não consegue desviar o olhar. Ela precisa de um instante até encontrar a voz, que primeiro sai num sussurro, depois mais alta.

— Philippe!

Na verdade, é Janet quem a escuta. O beijo é interrompido, Janet rapidamente se solta e se afasta. Os outros músicos estão constrangidos, balbuciam um pedido de licença, ou simplesmente saem. Parece que em questão de segundos a sala se esvazia. Philippe faz uma cara feia ao atravessar a sala até onde Hannah está.

Hannah fica impressionada que Janet tenha a audácia de ficar e, ao mesmo tempo, se vê incapaz de parar de encará-la. Janet tinha o peito reto como uma tábua, como Hannah, que mal consegue encher um sutiã P. Mas agora Janet está cheia de curvas, com seios voluptuosos que ameaçam saltar do vestido. Ela também fez algo nos cabelos — estão brilhosos e ligeiramente ondulados, como se tivessem saído de um comercial da Pantene. Ou talvez seja mais parecido com a Lauren Bacall, aquele visual enfumaçado, cheio de sedução e mistério. Hannah conclui que a odeia, oficialmente.

— Hannah! — a voz de Philippe é baixa, mas parece encher a sala. — O que está fazendo aqui? — Philippe bloqueia sua visão de Janet e Hannah tem de esticar o pescoço para vê-la novamente. Janet está fingindo olhar algo no teto.

— Eu queria conversar — diz Hannah. Ela olha para o marido, tenta encontrar a raiva. Ele a trai! Com Janet! Ela sabia que ele não estava sendo fiel (não achou que fosse a empregada, atendendo ao telefone naquele dia) e, no entanto, ali está ela, diante dele — deles — tentando ter uma conversa.

Acorde, Hannah!

Ironicamente, é Philippe quem parece desconcertado.

— Hannah, agora não é o momento. Acabei de concluir uma apresentação, pelo amor de Deus. — A voz dele é áspera. — Vá para casa, eu ligo amanhã. — A mão dele está em seu cotovelo, enquanto ele a conduz para a porta.

— Ir para casa, onde? — pergunta ela. — O apartamento, você quer dizer?

Pela forma como Janet gira a cabeça na direção deles, e Philippe olha furioso, não deve ser.

— Ah — diz Hannah. — Você quer dizer de volta para *Avalon*.

— Hannah...

— Não me venha com papo, Philippe. — Ela o fulmina e ele dá um passo atrás, incerto quanto à mulher à sua frente. — Você não vai mais fazer isso. Nem sei por que o deixei fazer isso antes. — Ela tenta rir, mas sai um grito estrangulado. — Quero dizer, quando você me disse para confiar em você, eu confiei. Quando me disse que ficaria tudo bem, eu concordei. Quando disse que ficaria na cidade porque o trajeto de ida e volta era tão difícil — sabe da maior? *Eu acreditei em você*. Porque você é meu marido e porque você disse que me amava. E eu o amava. Mas não amo mais. — Hannah sente uma onda de força, confiança. Philippe já não parece ameaçador. Em vez disso, parece patético.

Ele tenta pegar seu braço, mas ela sacode para se soltar.

— Você deveria vir jantar, qualquer hora — ela grita para Janet. — Eu faço um *bourguignon* de carne maravilhoso! — Ela se vira para Philippe. — Faço com salada de agrião e pera. Delicioso.

Philippe suspira. Hannah vê o pulsar em sua jugular e gostaria de saber *kung fu* ou algum golpe de caratê que o apagasse. Mas ela não sabe *kung fu*. Na verdade, não sabe esporte algum.

— Apenas vá, Hannah. — Philippe segura a porta aberta, esperando que ela saia.

Em vez disso, Hannah caminha até Janet, antes que Philippe possa impedi-la.

— Não posso acreditar que você esteja dormindo com ele — diz ela. — Você sabe que ele está traindo a esposa, certo?

Janet evita seu olhar e olha para Philippe.

— Philippe... — ela diz, com uma voz que contém um tom de alerta. Quando foi que Janet arranjou essa voz cantada?

Philippe rapidamente intercepta as duas mulheres.

— Hannah, pare com isso. — Ele coloca a mão protetora no braço de Janet.

Hannah o encara. Por que Hannah tem de parar qualquer coisa? Ela não fez nada de errado. Ela é quem tem algo a dizer, ela é quem está com a razão ali. Ela é a esposa traída.

Mas, olhando o marido e a amante, nos bastidores do Centro da Orquestra Sinfônica, Hannah sente sua coragem escapar. Ela tem todo direito de estar ali, no entanto está claro que não é o seu lugar.

Hannah endireita a postura, rezando para não chorar, ao menos até sair do prédio. Que saia com dignidade. Ela não diz nada quando ouve Philippe chamando, sem graça, dizendo que irá ligar amanhã. Não diz absolutamente nada, apenas sai da sala de cabeça erguida.

— Não, isso não é uma boa ideia. — Julia é inflexível quanto a isso. Elas estão de volta ao hotel, depois de terem saqueado o frigobar. Jack Daniel's para Julia, um vinho espumante para Hannah.

— Você não pode envenenar seu marido. — Ela está bem certa que Hannah só está aborrecida, mas também viu um lampejo de possibilidade e isso a deixa nervosa.

— *Ex*-marido — Hannah a corrige, com veemência. Ela está folheando *Joy of cooking*, à procura da receita perfeita. Julia não ficou surpresa ao ver o livro na bolsa de Hannah, sabendo que ela o carrega para olhar receitas enquanto está em pé, numa fila, ou esperando o sinal abrir. — Aqui, olhe! Philippe adora codorna. Algo a ver com pequenos pássaros indefesos. Posso fazer uma "Codorna picante assada com bordo". Ele nem vai saber o que o atropelou. — A expressão dos olhos de Hannah é selvagem, mas alegre.

— Pare! — Julia cobre a página com a mão, forçando Hannah a olhá-la. — Você não está pensando direito, Hannah.

— É claro que não estou pensando direito! Acabei de ver meu marido beijando outra mulher. Em público! — Hannah fecha o livro com força, lágrimas zangadas brilhando em seus olhos. — Por toda a minha vida eu fui uma boa garota. Estudava muito, ensaiava o tempo todo, comia legumes. Dormia bem. Nunca saí escondido, não ia a festas, nunca desobedeci meus pais.

Julia olha para a amiga.

— Não há nada de errado em fazer a coisa certa, Hannah.

— Mas qual é o sentido? Eu trabalhei duro para me tornar a melhor violoncelista possível, depois me machuquei. Eu me guardei para o casamento, depois meu marido me traiu. Tentei manter meu corpo em boa forma, depois Janet Vandersteeg sai por aí e compra peitos novos! — Hannah dá um gole em seu vinho espumante, depois olha a garrafinha, desgostosa. — Olhe para mim! Nem consigo me embebedar apropriadamente! Como é que pode? — Ela joga a garrafa no lixo e marcha até o frigobar. Ela revira tudo até erguer uma garrafinha de vodca Smirnoff. Desatarracha a tampa e dá uma fungada, depois faz uma careta, a determinação falhando. — Credo. Não consigo. Esse troço é muito brabo.

Julia se estica na cama, olhando o teto. O que ela faria se Mark a traísse? A ideia é ridícula — Mark não é o tipo de pessoa que faria isso. Ao menos não era. Julia já não tem mais certeza, tenta se lembrar da última vez que eles dormiram juntos. Foi há muito, muito tempo. Uma vez, ela lhe perguntou a respeito, e ele disse que não se importava, que compreendia, mas será? Além disso, ela é quem está pensando em seguir adiante, em deixar o passado para trás, incluindo o casamento. Então, por que importa se Mark dormiu com alguém? Julia se contrai, inquieta, porque, mesmo ao pensar numa vida sem ele, ela se sente vazia ao imaginá-lo com outra pessoa.

Hannah está mexendo no frigobar, testando cada garrafa de álcool, sem sorte. Apesar de sua agitação, Hannah ainda parece elegante e bela, e Julia sente uma onda de carinho por essa jovem.

— Hannah — diz ela. — O que está fazendo?

— Tentando encontrar algo que não seja totalmente repulsivo para que eu possa ficar embriagada. — Ela ergue uma garrafa de uísque e experimenta. — *Irc.*

— Quem disse que você deve ficar embriagada? — pergunta Julia.

Hannah atarracha a tampa do uísque, abatida.

— Apenas pareceu apropriado, diante das circunstâncias.

Julia vira de lado.

— Quem disse? — ela quer saber. — Todos são diferentes. Isso costumavam me dizer no início, que todos sentem o pesar de forma diferente, mas se você não passar por todas as etapas, na ordem certa, pelo tempo certo, as pessoas começam a achar que há algo errado com você. Todos têm sua própria definição do que acham apropriado diante das circunstâncias. Esqueça-os. Você só precisa fazer o que for apropriado para você.

— Não sou como você, Julia. — Hannah põe a mão sobre o rosto.

Julia a encara. Ali está novamente. Outro leve eco de Livvy. Livvy sempre as comparava, porque seus pais sempre as estavam comparando. Isso costumava irritar Julia profundamente, pois ela não entendia por que Livvy simplesmente não ignorava os pais e superava aquilo. Porém, agora, ouvir uma mulher realizada como Hannah se comparar a Julia — Julia, que apagou na casa de Madeline, Julia, que é um poço de emoções e claramente não está pronta para estar no mundo real —, ela começa a pensar se foi dura demais com Livvy enquanto ela crescia. Ou até mesmo agora.

Hannah está chorando, aflita com seus fracassos aparentes, como pessoa. Julia gostaria que elas pudessem rebobinar ao início, até uma época anterior a Philippe, até mesmo anterior ao seu prodígio musical, e começar dali. *Seja você mesma*, ela diria à jovem Hannah, assim como disse à jovem Livvy. Porém, talvez, nem naquela época fizesse diferença. Mesmo com nosso ambiente nos moldando, nascemos como somos. Julia vê isso mais com Gracie, que incorpora seu nome. Graça. Julia nunca tem de dizer *Seja você mesma*, pois Gracie sempre é.

— Hannah — diz Julia, baixinho. — Minha irmã Livvy passou muito tempo de sua infância tentando fazer o que outras pessoas queriam que ela fizesse. — Julia se lembra de Livvy pesquisando entre as amigas para ver que tipo de festa de aniversário *elas* achavam que ela deveria ter. — Ela se esforçava muito para ser apropriada. Isso não deu muito certo.

— Por que não?

— Porque Livvy é Livvy. — Julia afasta uma mecha de cabelo do rosto úmido de Hannah. — Ela se assumiu no segundo ano, quando entrou na equipe de animadoras de torcida. Parou de se desculpar por quem era, parou de pedir permissão. Mas ainda era facilmente afetada pelo que outras pessoas pensavam dela. Provavelmente ainda é.

— Mas Livvy tem sorte — Hannah olha para cima.

Julia sorri.

— É mesmo? Como assim?

— Porque ela tem você.

Julia abre a boca para responder, mas não sabe o que dizer.

— Não sou próxima do meu irmão, Albert. Nunca fui — é muito difícil falar com ele. Ele é uma pessoa muito zangada, principalmente em relação ao meu pai. Todo aquele negócio chinês de force-seu-filho-à-excelência realmente não funcionou com ele.

— Por quê? O que aconteceu?

— Não aconteceu nada. Ele fez o que meu pai disse — entrou em Harvard, depois foi fazer medicina em Yale. Ele é o chefe da Pediatria Cirúrgica do Hospital Johns Hopkins. Casou-se com Lynn, que é endocrinologista. Eles têm dois filhos que estão passando exatamente pela mesma situação. Nós nos vemos uma vez por ano, mas é sempre bem doloroso. — Hannah faz uma careta. Ela joga as garrafinhas alcoólicas no cesto de lixo, com uma expressão de satisfação ao ouvir o tilintar de umas nas outras.

Julia também joga sua garrafinha no lixo.

— Livvy e eu não nos falamos mais. Há anos.

— Pelo que aconteceu com seu filho?

Julia assente.

— Mas vocês eram próximas! Albert e eu nunca tivemos isso.

Julia pega um fiapo solto na colcha da cama.

— É complicado, Hannah.

Hannah não discorda.

— Mas eu aposto que ela sente sua falta. Eu sentiria.

Julia deixa os ombros caírem e dá um suspiro.

— A morte é uma coisa grande — diz ela, simplesmente. — Ela muda muita coisa.

Hannah concorda, mas parece triste diante da ideia, e Julia não quer que ela se sinta mal por algo que ninguém pode fazer nada a respeito.

— Hannah, é o que é. Acho que agora é como você e Albert.

— Ai, Deus, pelo seu bem, eu espero que não seja. — Ela faz uma cara tão cômica que as duas sorriem.

— Qualquer que seja o caso, você precisa voltar a ser você mesma, Hannah. Lembre-se de quem você é e apenas dê um passo de cada vez.

— Um passo de cada vez?

— É uma verdade irritante. Ninguém sabe disso melhor que eu. — Julia acena para as garrafas na lata de lixo. — De qualquer forma, você tem classe demais para isso. Você realmente não é o tipo de garota de frigobar, Hannah. Você tocava na Filarmônica de Nova York, *não se esqueça disso*. Deixe que as outras garotas bebam e fiquem tolas. Em vez disso, você deve estar pedindo serviço de quarto.

Hannah se anima, ao pensar nisso.

— Serviço de quarto. Tenho quase certeza de que eles têm caviar. Eu decididamente poderia afogar minhas mágoas em um pouco de beluga. Não guardei meu dinheiro para nada.

— Exatamente. — Julia sorri.

Hannah caminha até a escrivaninha e dá uma olhada numa pasta de couro com a logomarca do hotel impressa.

— Ah — exclama ela. — Eles têm um *sommelier* para banho!

Julia nunca ouviu falar nisso.

— O que é um *sommelier* para banho?

— Alguém que, na verdade, prepara o banho para você, em seu quarto. Ouça: *mergulhe numa banheira, enquanto é envolvida por fragrâncias aromáticas, provocando seus sentidos, trazendo-lhe a um estado renovado de relaxamento*... — Ela ergue os olhos para Julia. — Eu até que gostaria de um estado renovado de relaxamento agora.

— Então acho que encontrou seu vício. Vamos pedir serviço de quarto e eu assisto a um filme, enquanto seu *sommelier* de banho prepara as coisas.

— Um filme? — pergunta Hannah, parecendo preocupada. — Tem certeza? Nós podemos lhe pedir uma massagem, ou pedicure...

Julia sacode a cabeça, com a mão já no controle remoto. Julia não se importaria com uma massagem ou pedicure, mas não vê um filme há anos. Ela vai escolher uma comédia, algo engraçado, porque ainda não está pronta para nenhum drama sério — já teve o suficiente disso. E, se não estiver cansada depois de um filme, assistirá outro. — Honestamente? Não consigo pensar em nada mais perfeito.

A. A. Gilliland, 58 anos,
dono da loja Bike Me!

— E aí, Duplo A! Vai finalmente se juntar a nós ou não? — Há três caras em suas motos, esperando por ele no estacionamento, acelerando os motores, com os escapamentos cromados rugindo.

A. A. sacode a cabeça como faz, todo sábado, quando fecha a loja.

— Não, vão vocês. — Eles o provocam um pouquinho, só por diversão, até ficarem entediados. Depois se despedem e saem acelerando do estacionamento, ganhando uma porção de olhares reprovadores dos pedestres que passam pelo pequeno centro comercial de Avalon.

É verdade que os caras parecem matadores, com bandanas amarradas ao redor de suas cabeças, algumas tatuagens, e a roupa preta de couro, mas A. A. sabe que não é nada disso. Um dos caras, o Bill, é contador. Outro é dono de um serviço de limpeza de piscinas. O outro é cria de um fundo beneficiário, que se ligou em motos através da ex-esposa, uma ex-dançarina exótica. Esses caras não sabem a diferença de um eixo para uma manete de freio, mas quem é A. A. para julgar? Não há muitos motoqueiros durões em Avalon, então A. A. fica grato pelos caras que estão passando por crises de meia-idade — isso mantém o negócio. Dá mais força a eles.

O melhor amigo de A. A. é Isaac, que tem o apelido de Iz. Iz montou sua própria *chopper*, com motor "*shovelhead*" e ficou uma obra de arte. Iz é um tipo genial, matemático e muito tranquilo, sendo sua única excentricidade o fato de morar com a avó de oitenta e oito anos. Iz é purista e não suporta esses caras que andam em motos importadas.

— Eles ficam fazendo aquelas malditas proezas na interestadual! — reclama Iz. — Ficam dando cavalo de pau! Depois acenam e esperam que eu acene de volta. É constrangedor.

A. A. é mais solidário.

— Ora, vamos. Muitos de nós começamos andando de *metrics*. Nem todo mundo pode comprar uma Harley.

— Não é só isso. São os garotos que andam nas motos de hoje. Eles acham que sabem tudo. Mas não respeitam a estrada e não respeitam a moto. — Iz sacode a cabeça desgostoso, claramente desconcertado. A. A. percebe, com uma risada, que eles estão no mesmo patamar dos coroas que andam de Cadillac e a velhinhas que dirigem os Buicks do tamanho de um barco, reclamando dos jovens pretensiosos e sua falta de educação.

Aos cinquenta e oito anos, os cabelos louros de A. A. já estão ficando grisalhos. Ele os mantém num rabo de cavalo, para que fiquem fora do rosto e porque basicamente facilita muito a vida. Está deixando crescer o bigode e a barba, e não se importa em parecer ligeiramente desleixado. Ele gosta de seu "uniforme": camisetas e sua jaqueta preta de couro, cheia de emblemas e botons da Harley. É um cara grande, com quase um metro e noventa de altura, de ombros largos, como se fosse um escocês tomando esteroides. Ele não toma esteroides, é claro, apenas tem bons genes, mas ouve os caras cochichando. E não dá a mínima. Criado pela avó desde os cinco anos, ela ensinou algumas coisas a A. A., às vezes do jeito difícil.

"— *Aye*, você não pode se preocupar com o que essa gente pensa — ela dissera, batendo com a colher de pau na pia da casinha onde viviam. — É um bando de idiotas, e se você passar a vida tentando entrar na cabeça de alguém, então você também é um idiota. — Então ela o puxava pela orelha até que ele gritasse, só para ter certeza de que ele havia entendido."

Portanto, embora pareça um clichê ambulante, A. A. é um homem à vontade quanto a quem é. Deixe que as pessoas falem o que quiserem.

São seis horas e A. A. está pronto para ir para casa. Ele não é muito de beber, nem de ficar até tarde pelos bares, e já mora sozinho há bastante tempo para ter seus próprios rituais, que não gosta de interromper. Por exemplo, nas noites de domingo ele faz a contabilidade da loja, o que lhe dá um panorama claro do que precisa fazer na semana seguinte.

Nas noites de segunda-feira ele lava roupa. Ele passa as calças e as cuecas. Não pergunte o porquê, mas há algo que ele adora em calças bem passadas.

Às terças ele faz as compras semanais no mercado.

Nas noites de quarta, ele pede comida pronta e assiste a documentários, no canal PBS. Ele adora biografias e qualquer coisa que tenha a ver com veteranos de guerra. Uma vez por mês, em vez disso, ele aluga um filme e o assiste.

As noites de quinta são reservadas para quaisquer reparos que ele tenha de fazer em sua casa, ou nas duas propriedades que ele possui e aluga, na Madison e na LeBell.

Toda sexta à noite ele dá umas voltas com Iz, janta, às vezes joga um pouco de sinuca. Depois vai para casa e dorme bem, pois na manhã seguinte, chova ou faça sol, ele anda de moto.

Tem mais uma coisa que A. A. faz, sem exceção. Ele faz todo domingo à noite, começando às dezenove horas, e adora quase tanto quanto adora sua moto.

Ele cozinha.

Ele sabe de cor a receita do pão de ló da vovó (o segredo é usar manteiga de verdade e açúcar mascavo, não o branco) e sabe fazer bolo Eccles, biscoitos, bolinhos, e Pão Struan, tudo de cabeça. Não se intimida por receitas complicadas e não liga em investir tempo para aprender novas técnicas.

Mas hoje A. A. está fazendo uma experiência, está no clima para algo diferente. Ele ganhou um saco de Pão da Amizade de seu dentista e já modificou a receita para incluir uma sinfonia de frutas cristalizadas e amêndoas. Ultimamente ele tem tentado arranjar receitas saudáveis, então reduziu a quantidade de óleo e está usando suco de maçã. Ele usará extrato de ovos em lugar de ovos inteiros e vai tirar a mistura de pudim, tentando uma pitada de ricota e queijo de iogurte.

Ele divide a massa conforme as instruções, imaginando dar um saco para Iz, Bill e o cara que limpa piscinas. O cara divorciado ainda não consegue cozinhar sozinho e A. A. não quer que ele jogue isso no lixo.

Ele polvilha duas assadeiras com canela, uma pitada de açúcar de baunilha, um pouquinho de noz-moscada. Liga o rádio e assovia acompanhando "Smoke on the water", do Deep Purple. Se tivesse tempo para outro *hobby*, ele aprenderia guitarra. Talvez, no ano que vem.

A. A. despeja a massa nas formas, cuidadoso para raspar até o restinho com a espátula de borracha. Se ficar bom, ele levará um pão para o centro de recreação de idosos, amanhã, durante seu intervalo de almoço. Ele vai lá toda semana e eles passaram a esperar sua visita, e alguns agrados confeitados também. Ele vai tomar uma xícara de café e perguntar ao pessoal como foi a semana, ajudar com algo pesado que tenha de ser deslocado, ou o que precisar ser feito. Se tiver tempo, ele até joga uma mão de carteado, ou um pouco de gamão, talvez segure o novelo de lã para o tricô da senhora Pickering. E, é claro, ele não pode ir embora sem ver a última rodada de fotos dos netos, nas carteiras e nos chaveiros.

Ele lava a louça enquanto os pães estão assando e sua cozinha é rapidamente tomada pelo doce aroma de abricó seca e nozes tostadas. O pão ainda vai levar meia hora até ficar pronto, então A. A. aumenta o volume da música e se acomoda na antiga cadeira de balanço da vovó, com sua última edição da revista *Biker*.

Capítulo 17

— Mama! — Gracie pula dos braços de Mark e sai correndo para os de Julia, no minuto em que ela entra pela porta. É domingo à noite e Gracie já está de pijama, com os cabelos úmidos do banho. — Senti sua falta!

— Também senti a sua. — Julia pega Gracie, equilibrando-a no quadril por um instante. Ela fica surpresa em ver o quanto sentiu falta da menina. Quando foi que ela ficou tão pesada?

Mark está em pé no corredor, mantendo distância. Julia sente a culpa voltando, depois diz a si mesma para parar. Ela está cansada de culpa.

— Oi — diz ela. Ela passa a mão pelos cabelos de Gracie, encantada, quando solta uma risadinha. Ela sorri.

— Oi. — Mark finalmente se aproxima, dá um beijo cuidadoso em sua bochecha. Uma emoção inesperada a percorre com o toque dos lábios dele, e ela fica vermelha. Mark não percebe, mas estica a mão para pegar suas malas. — Deixe-me pegar isso.

— Obrigada. — Ela dá um sorriso grato e isso parece deixá-lo nervoso. A voz dele está contida quando pergunta: — Está com fome?

Julia tenta esconder sua decepção. Ele não pergunta onde ela esteve, nem a pressiona para obter detalhes, e ela gostaria que ele o fizesse. Ela sabe que é pedir demais, pela forma como as coisas têm sido — o jeito que ela tem sido. Parece algo impossível, mas mesmo assim ela o quer. Ela quer que ele pergunte e quer dizer a ele como se sente. Sobre tudo.

Quer dizer a ele que se divertiu em Chicago, que assistiu a três filmes seguidos e *riu*. Histericamente, durante os dois últimos — ou os filmes melhoraram, ou apenas ficou mais fácil —, depois ela foi dormir, nas primeiras horas da manhã, com um sorriso no rosto.

O que a pegou de surpresa foi o desejo inesperado de que Mark estivesse com ela. Ela estava se deleitando por sua independência, esse filete de vida que não incluía o marido, e tudo que conseguia desejar era que ele também estivesse lá.

Ele teria gostado dos filmes. Um deles era uma comédia romântica com Jennifer Connelly, uma das atrizes favoritas de Mark, por quem ele tem uma queda de adolescente. Outro foi um filme tolo, com Will Ferrell, completamente ridículo, mas com a dose certa de humor para mantê-la rindo. Do último Julia nem se lembra direito, pois começou a cochilar, mas toda vez que abria os olhos achava algo engraçado. Era com o Ben Stiller ou Jim Carrey, ou ambos, e havia um interesse sentimental engraçado, talvez com Drew Barrymore. Eles passaram o filme aos tropeços, passando por um percalço atrás do outro, desesperados para proteger seus corações, adiando a felicidade até o final.

E foi quando a ficha caiu. Ela não quer esperar até o final para ver se encontra a felicidade novamente. Não apenas isso, mas ela quer encontrá-la com Mark.

— Assisti a um filme engraçado — Julia dispara, pegando Mark desprevenido. — No hotel. O Fairmont. Fui com Hannah, a violoncelista. Foi por conta dela, embora eu tenha me oferecido para pagar. O marido dela é da Sinfônica, mas eles talvez se separem, já que ele está saindo com a violinista...

Mark está assentindo, ouvindo tudo, tentando assimilar ao mesmo tempo. Julia também estava na cidade?

— Ela me mimou — diz Julia, quase timidamente. — Eu não tinha a intenção de que ela o fizesse.

— Você merece — diz Mark, sinceramente. Julia merece que alguém a mime, cuide dela. Ele gostaria de fazer isso melhor, francamente. Ele a conduz até a cozinha, onde há uma grande tigela de frutas cortadas, aguardando.

Uvas verdes, uvas vermelhas, melão, maçãs, bananas, gomos de laranja. Julia adorava salada de frutas — durante as duas vezes em que ficou grávida, ela só comia isso.

— Oh! — diz ela, surpresa.

— Foi nosso projeto do dia — explica Mark, contente em ver que ela gostou. Ele tira uma tigela para ela, mas não para Gracie, que já comeu duas e acabou de escovar os dentes. Mesmo assim, Gracie estica a mão e enfia uma uva verde na boca.

— Você se divertiu? — Gracie pergunta à mãe. Ela está radiante de empolgação, elétrica demais para ir deitar, embora seja tarde. — Eu me diverti muito!

— Foi mesmo? O que você fez? — Julia come uma colher cheia de frutas. Ela olha verdadeiramente interessada e isso faz o coração de Mark doer de felicidade, vendo Julia tão entrosada com Gracie e, ao mesmo tempo, tão relaxada com ele por perto. Ele sempre desconfiou que Julia ganhasse vida quando estava sozinha com Gracie, mas, sempre que estavam todos juntos, era tudo mais formal, mais reservado. Mas agora, por qualquer que seja a razão, Julia baixou a guarda e eles estão todos juntos nesse momento feliz. Mark não quer que acabe.

— Fizemos uma casa de pássaros para o Troy. — Gracie está radiante. — Ele adora, está tão feliz! E fizemos bonecas de papel. Eu só colori os vestidos. E trouxe para casa para você ver.

— Trouxe para casa, de onde? — pergunta Julia. Ela olha para Mark, com um sorriso no rosto.

Mark está sentado na banqueta ao seu lado, com uma tigela de frutas à sua frente, intocada. Ele se remexe desconfortável, desejando ter interferido antes, mudando o rumo da conversa, mas é tarde demais. Ele achou que teria mais tempo para arranjar uma explicação sobre ontem, não esperava que Gracie tocasse no assunto tão depressa. Conforme Gracie prossegue, ele fica impotente, aterrorizado pelo que está por vir.

Gracie está toda contente, mastigando uma fatia de maçã.

— Da casa da tia Livvy e do tio Tom. Você sabia que eles tinham um cachorro? Patches. Eles tiveram de dá-lo, mas tem fotos por todo lado. A tia Livvy sente muita falta dele.

Há um silêncio imóvel na sala.

— Patch — diz Julia, lentamente. — O sorriso some de seu rosto. — O nome do cachorro era Patch.

— Ah, bem, a tia Livvy vai pintar um dos quartos — Gracie continua. — Ela disse que eu posso ajudar. Nós vamos usar estêncil. — Ela mexe na tigela de frutas e pega outra uva.

— Não pegue com a mão — Mark diz a ela. Ele começa a pegar as uvas para Gracie, uma a uma, sabendo que Julia o olha.

— Quando foi que Gracie viu Livvy? — O tom irritado está de volta à voz de Julia.

Mark limpa a garganta, não a olha.

— Ontem. Nós encontramos Livvy no supermercado e surgiu algo no trabalho, e ela se ofereceu para tomar conta de Gracie por algumas horas...

— Você a deixou com Livvy? — Julia levanta e pega a filha, quando ela ia pegar outra uva. — Sem nem me consultar? Sem me perguntar? — Ela faz a última pergunta engasgada, antes de sair da cozinha como uma bala.

Gracie está assustada, olhando para Mark, alarmada. Ele se apressa atrás delas. Julia está subindo a escada, dois degraus de cada vez.

— Julia, foi uma emergência — diz ele. — Não havia tempo suficiente e eu não sabia onde você estava. *Nós quase perdemos um grande cliente*. Não que isso fosse fazer alguma diferença para você, mas é uma grande oportunidade para mim. Para nós. Depois disso, poderemos escolher nossos projetos, não precisaremos trabalhar tão duro, nem batalhar os projetos. Isso me dará mais tempo com Gracie e para ajudar mais em casa...

— Por quê? Porque eu não posso fazer isso? — Julia cospe as palavras, enquanto dá um chute para abrir a porta do quarto de Gracie. A porta bate na parede e volta, assustando Gracie e fazendo-a chorar. — Porque sou uma mãe tão incompetente, uma péssima dona de casa?

— Eu nunca disse isso. Não deveríamos falar sobre isso agora...

— Bem, quando, Mark? Quando será uma boa hora? Nunca é uma boa hora para você ou para mim. Você reclama que nunca conversamos, então vamos conversar! — A raiva dela o amedronta. Julia se senta na beirada da cama, segurando Gracie, que está inquieta em seu colo.

Mark tenta esticar o braço para pegar a filha, que agora está aos berros, mas Julia dá um peteleco afastando a mão dele, com um olhar fulminante.

— Deixa — diz ela.

Mark já aturou o suficiente.

— Nem ferrando. — Ele não vai deixar Gracie e não vai mais permitir que Julia dite os termos do relacionamento deles. Venha o que vier, ele está farto.

Talvez, por ser tarde, ou talvez porque as crianças se fecham em momentos de aflição, Gracie logo adormece no colo de Julia, ainda fungando, com as bochechas molhadas. Julia a segura por mais um tempo, depois gentilmente a põe na cama e puxa as cobertas para cobri-la.

Ela passa direto por Mark ao sair. Ele fecha a porta do quarto de Gracie devagarinho, depois segue Julia até a cozinha, onde ela pega o rolo de papel-alumínio e começa a cobrir a tigela de frutas.

— Como você pôde, Mark? — Julia rasga o alumínio na borda serrilhada da caixa. Isso faz um som violento e zangado.

Mark está farto das emoções loucas de Julia, dessa jornada em montanha-russa.

— Como pude o quê? Deixei Gracie com sua irmã por algumas horas. Ela se divertiu muito. As duas se divertiram! O que há de errado nisso?

Julia gesticula para a lista de colegas de classe na geladeira.

— Ela poderia ter ficado com qualquer um dessa lista, Mark!

— Não, não podia, porque eu não estava com a lista, quando estava no mercado, e Livvy estava bem ali.

— Livvy? Ora, vamos, Mark!

— Julia, eu não estava preocupado com Gracie, ou com Livvy. Ao contrário, eu estava preocupado com *você*, sobre o que você diria, como *você* reagiria!

— Obviamente não estava tão preocupado assim, já que fez de qualquer jeito. — Ela abre a geladeira e enfia a tigela lá dentro. Bate a porta com tanta força que tudo balança.

Mark e Julia ficam na cozinha, o ar está carregado e perigosamente elétrico. Mark percebe que eles estão num impasse, que podem nunca mais passar disso e ele não aguenta mais isso.

Nem é uma questão de querer ou não, ele simplesmente não consegue. Ele senta na banqueta, com os ombros caídos, derrotado. Sente-se completamente esgotado de energia, totalmente exausto.

— O que você quer que eu faça, Julia? Estou fazendo o melhor que posso. Desculpe se não é bom o suficiente. — E lhe ocorre que jamais será bom o suficiente. Jamais. Ele é subitamente varrido pela tristeza.

Julia recosta na geladeira e fecha os olhos. Há uma longa pausa. Depois ela pergunta, baixinho: — Como estava ela?

— O quê? — Mark olha para cima, resignado. — Ah, tudo bem. Ela nem queria vir para casa, estava se divertindo tanto... Acho que eles se desdobraram para garantir que ela se divertisse...

— Não — diz Julia. — Quero dizer Livvy. Como estava ela?

— Ah — Mark suspira. — Está bem. Mais velha.

— Mais esperta? — Julia não consegue resistir, escapou, junto com um sorriso.

Mark dá uma risada triste.

— Mais cansada. Acho que eles estão passando por problemas financeiros.

Julia parece aflita.

— O que quer dizer?

— No mercado, Livvy estava com um pequeno arquivo de *follow-up* cheio de cupons. E uma lista.

— Uma lista? — Julia parece quase intrigada. Os dois sabem que essa não é a Livvy que eles conheciam, no entanto ela é a mesma pessoa da qual Mark se lembra. — Talvez ela só esteja mais organizada — sugere Julia.

Ele não sabe e, no momento, não liga.

— Talvez.

Julia se senta ao lado dele e eles ficam sentados, lado a lado, por um bom tempo. Finalmente Julia pergunta:

— Você está infeliz, Mark? Eu não o culparia se estivesse.

Em princípio, Mark não sabe como responder. Ele tem momentos de felicidade e momentos de infelicidade. Porém, na maior parte do tempo, ele fica numa área neutra intermediária. Felizmente descontente? Infelizmente contente? Em vez disso, ele diz:

— Eu só sei que a amo e me dói vê-la sofrer, sem poder fazer nada a respeito. — A voz dele falha.

Julia estica o braço e toca a mão dele. Mark fica na expectativa, resiste ao desejo de pegar a mão dela, passar os dedos sobre os dela. Às vezes, é melhor apenas esperar.

Julia vira a mão de Mark, com a palma para cima, tracejando as linhas, como se fosse uma leitora da sorte. Ele se lembra da lua de mel, quando tudo que eles podiam pagar foram quatro dias na Califórnia, em Santa Cruz. Havia uma vidente no calçadão, e ela cobrava dez dólares para ler a mão. Ele não lembra o que ela disse, estava ocupado demais olhando a nova esposa, mas lembra das linhas. São quatro.

Linha da cabeça. Linha da vida. Linha do destino. Linha do coração.

Agora, ele dobra os dedos, segurando a mão de Julia dentro da sua. Ela não se afasta, mas põe sua outra mão sobre a dele, e Mark faz o mesmo. Eles ficam assim por um bom tempo.

Madeline franze o rosto ao olhar seu inventário de chá. Ela precisa pedir um pouco de Darjeeling e de English Breakfast. Vai acrescentar um chá Rooibos da África do Sul, um chá de mato vermelho que não tem cafeína, mas tem mais antioxidantes do que o chá-verde e possui um sabor adocicado. Ela está quase sem o chá de jasmim e provavelmente tem mais duas semanas de Earl Gray, um dos mais populares. Também está com pouco de seus medicinais, como o de camomila e o de menta.

Madeline é e sempre foi uma grande crente no poder curador do chá. Ela sabe que por aí tem bebedores que não desistem do café, mas, embora ela mesma não se oponha a uma xícara ocasional, há algo especial num bom bule de chá. A infusão apropriada requer um pouquinho de técnica, paciência e apreço pela sutileza. Madeline pensa na cerimônia japonesa de chá que ela presenciou, em Saratoga. Foi uma das coisas mais adoráveis que já viu. A precisão, a deliberação, a quietude interior. Ela sabe que o chá é reverenciado ao redor do mundo, que é mais que uma simples bebida. Há todo tipo de costume ao redor do chá, livros cheios de etiqueta que se espalham pelo globo, não é meramente reservado a uma cultura ou demografia econômica. Parece que cada cultura encontrou seu caminho para fazer seu próprio chá. Ela adora isso.

Madeline termina de checar seu inventário. Por último na lista está uma combinação aromática feita predominantemente com casca de limão e roseira. Ela supõe que esse seja seu ritual especial, quando mescla suas próprias misturas nas horas calmas do dia, quando não está cozinhando. Ela pensou em oferecer uma aula sobre como fazer suas próprias infusões herbáceas, para incentivar as vendas a granel, mas isso é apenas mais uma coisa a acrescentar na lista crescente de boas intenções.

A campainha toca acima da porta e Madeline ergue os olhos. Ainda não são nem sete da manhã. Ela destranca a porta e desvira a placa quase meia hora antes de estar oficialmente aberta, sabendo que alguns clientes têm de tomar seu chá e comer seus bolinhos antes de um longo trajeto. Ela os conhece pelo nome e passou a vê-los como seus filhos, mesmo os homens feitos, que têm suas próprias famílias. Está delirando, ela sabe. Só está projetando seu pensamento desejoso na cidade de Avalon. Ela enfia uma caneta atrás da orelha e põe o caderno de lado.

Uma menina de vinte e poucos anos entra, hesitante, com os braços cheios de caixas. Seus cabelos são tingidos de preto e estão espetados, com gel.

— A senhora é a moça do Pão da Amizade?

Senhor, Madeline reza para que esse não se torne seu apelido. É bem parecido com a moça que alimenta os pombos, a moça dos gatos, e todo o restante.

— Pode me chamar de Madeline — diz ela.

A garota solta as caixas numa mesa, com uma batida ruidosa. Madeline conta seis caixas.

— Meu nome é Connie — diz a garota. Eu trabalhava na Lavanderia Avalon. Muitos dos meus clientes estavam fazendo esse pão, o que acabou chegando a tudo isso — ela acena para as caixas — e eu não posso mais manter. Tentei a biblioteca, mas eles não aceitaram. Eu queria colocar em algum lugar onde as pessoas pudessem vir olhar uma receita, ou encontrar a resposta para uma pergunta, sabe?

Madeline está intrigada. Ela puxa uma das caixas em sua direção e gesticula para que a menina se sente. Ela tira a tampa e dá uma olhada, assoviando para os cartões lotando o lado de dentro. Ela tira um, com uma receita tropical de abacaxi e coco. Uma rápida olhada nas outras caixas revela mais — receitas e dicas, tudo caprichosamente organizado. Dizer que está impressionada seria pouco — Madeline sabe que é preciso certo tipo de consciência para fazer algo assim. — Você fez isso?

A garota assente.

— Então, pode aceitá-las? Eu até guardaria em meu apartamento, mas seria meio estranho, meu senhorio reclamaria, vendo as pessoas entrando e saindo. Ele ainda não consertou a pia do meu banheiro — preciso usar a pia da cozinha toda vez que vou escovar os dentes. — Os olhos dela se desviam para a entrada. — Mas aqui seria legal. Talvez até ajude nos negócios, trazendo mais gente ao seu estabelecimento. Quero dizer, não que precise de ajuda. — Uma expressão preocupada surge no rosto de Connie, como se ela talvez tivesse ofendido Madeline de alguma forma.

Hoje em dia é preciso muita coisa para ofender Madeline, e ela dá um sorriso tranquilizador a Connie.

— Preciso de toda ajuda que tiver.

— Então, pode ser?

Madeline não vê por que não. Há espaço de sobra nessa casa para algumas caixas.

— Claro. Você pode colocá-las no *foyer*, ou na sala de estar, do outro lado do corredor. Ninguém usa muito aquela sala e as pessoas podem se sentar, se quiserem.

Connie enfia a mão na bolsa e tira uma pilha de novos cartões pautados e canetas.

— Eu trouxe esses. Caso as pessoas queiram copiar as receitas, ou algo assim.

— Isso é muito atencioso.

Connie sacode os ombros.

— Quer que eu coloque tudo na outra sala?

Madeline concorda, com um sorriso, e Connie rapidamente pega tudo e segue para a sala de estar. Quando volta, alguns minutos depois, ela está segurando um pano de pó.

— Encontrei isso perto de um abajur — ela diz a Madeline. — Pareceu que você estava tirando o pó da sala, então eu terminei para você.

Madeline nem se lembra quando tirou o pó da sala. Na semana passada, talvez.

— Ah, obrigada, pode me dar.

— Posso colocar na lavanderia para você, ou posso lavar à mão.

— O quê? Ah, isso não será necessário. — Madeline pega o pano. Apesar da aparência nervosa de Connie, Madeline é arrebatada por sua atenção, sua educação. — Mas é muito gentil de sua parte.

— Não tem nada de mais. — Connie olha em volta do salão, como se o visse pela primeira vez. — Belo lugar. Você serve chá aqui?

— E café da manhã e almoço. E bolos e pães ao longo do dia. — Madeline gesticula para os Pães da Amizade esfriando, na pia. — Pode ficar com um pão se quiser. — Sua massa estava começando a sair de controle, então ela assou vários pães de uma só vez.

Connie imediatamente se empolga.

— Obrigada. Eu meio que me acostumei a comê-lo no café da manhã e faz tempo que não como um. — Ela leva tempo para escolher um pão. — Esse parece bom.

Madeline espia o pão.

— Esse é de maçã com passas.

Connie dá uma rápida cheirada.

— Hummm. Obrigada.

— Ora, de nada.

A campainha toca e várias mulheres entram.

— *Estou faminta* — diz uma delas, para ninguém em particular. Uma de suas amigas balança a cabeça, concordando.

— Minha nossa — diz Madeline, subitamente agitada. Ela não pode acreditar que esteja tão despreparada novamente. Tem sido assim ultimamente, suas tarefas diárias chegam tão rápido que ela nem consegue tirar um momento de folga, para que não se esqueça de alguma coisa. Ela repassa sua lista de afazeres, lendo em voz alta, o que ajuda a lembrar o que precisa ser feito, e conta os itens nos dedos. — Preciso ligar a água quente e colocar a torta Shepherd no forno. E preciso tirar manteiga para colocar nas mesas e encher os jarros de água... — Ela franze a testa, pensando no que fazer primeiro.

— Precisa de ajuda? Não estou fazendo nada hoje. — Connie enruga o nariz. — Na verdade, estou procurando um emprego. Mas ficarei feliz em ajudá-la de graça. — Ela ergue o pão e sorri. — Bem, não exatamente de graça, já que você me deu isso, mas seria como uma troca.

Uma troca. É uma ideia adorável, bem californiana, e Madeline certamente precisa de ajuda. Connie parece bem qualificada e bem espirituosa também, algo de que Madeline gosta. Mas ela provavelmente deveria fazer uma entrevista apropriada, pedir um currículo, checar as referências, esse tipo de coisa. Claro que a grande pergunta é: quando? Ela não tem tempo de colocar um anúncio no jornal.

Ela para — mas que ideia! Isso é Avalon, pelo amor de Deus. Além disso, tem o fato de Madeline já gostar da garota, que parece até ser superqualificada para esse emprego. Madeline reconhece a competência, por baixo da camiseta preta, dos jeans e dos tênis sujos.

— Vamos fazer uma experiência — sugere Madeline, pensando rapidamente, enquanto gesticula para que as clientes se sentem. — Hoje e amanhã. Seis horas por dia, além de trinta minutos de almoço. Vou pagá-la com doze dólares por hora, além de um saco cheio do que sobrar. Se você ganhar gorjeta, pode ficar. O que diz?

O queixo de Connie cai e seus olhos brilham.

— Está falando sério?

Steven sempre dizia que era importante pagar bem às pessoas, que saía mais barato investir em gente que você já tem. Madeleine não tem tempo para regatear alguns dólares. Se der certo com Connie, vai valer mais que isso.

— Estou falando sério. Agora, vá lavar as mãos e pegue um avental na cozinha. Veja se o forno está preaquecido a trezentos e cinquenta graus. Estava cozinhando a quatrocentos, pela maior parte da manhã e precisa esfriar para a torta. Eu vou pegar os pedidos e depois volto para ajudá-la.

Connie já está indo apressada, enfiando a camiseta para dentro e alisando os cabelos.

Bem, esse dia certamente está ficando interessante. Madeline vira para a primeira mesa, com um sorriso no rosto.

— O que gostariam de comer hoje? Temos o prato do dia...

Edie é subitamente inundada com todas as amostras de bebê conhecidas pelo homem. Lenços umedecidos, papinhas, fraldas, pomadas de assadura. Sua caixa de correio está abarrotada de catálogos de roupa de gestante, cremes antiestrias, tudo isso. Novamente, o culpado, está claro.

Livvy.

— Isso é uma boa ideia — diz Richard, apontando algo num dos catálogos. — Em vez de presentes, você pode pedir às pessoas que lhe deem coisas para colocar numa cápsula do tempo, para que o bebê abra em seu aniversário de dezesseis anos. — Ele cuidadosamente dobra o canto da página e Edie espera que isso chegue pelo correio, na semana seguinte. É basicamente apenas uma caixa com algumas instruções e ideias para festas. É uma absoluta embromação esse negócio todo de bebê, mas Richard caiu feio.

— Pode ser um menino — diz ela.

— Pode ser — concorda ele. — Mas não é.

Hoje eles irão ao exame de ultrassom. Richard está ansioso para ter a data do parto e Edie está só ansiosa. Em sua cabeça, ela acha que isso ainda pode ser algum tipo de piada cruel, que ela não está realmente grávida, no fim das contas. Se esse acabasse sendo o caso, isso seria bom, não?

— Edith Gallagher? — a enfermeira dá uma olhada ao redor da sala de espera e sorri quando Edie ergue a mão e se levanta. Richard a segue, rapidamente, abrindo a porta. A enfermeira logo fica encantada.

— Esse é meu... — Edie não sabe mais como chamá-lo. "Namorado" subitamente parece meio fútil, meio quarta série.

— Futuro noivo — diz Richard, firmemente. Edie consegue dar um sorriso fraco, enquanto a enfermeira parece aprovar. Ela verifica o peso de Edie, mede sua pressão e faz um exame de urina. Depois entrega a Edie aquele avental descartável pavoroso e dá um tapinha na mesa, ao lado da máquina de ultrassom, antes de fechar a porta, cautelosa.

— Quer que eu saia, enquanto você se troca? — pergunta Richard, incerto. Ele é médico, mas eles nunca foram jutos a uma consulta médica e subitamente parece nervoso.

Edie aponta para a cadeira, enquanto tira a blusa.

— Você me meteu nisso, não vai a lugar algum. Agora sente-se, por favor. Ela tenta se cobrir com o lençol de papel.

A obstetra é uma mulher, doutora Briggs, e parece encantada em conhecê-los.

— É seu primeiro bebê? — pergunta ela.

Ambos balançam a cabeça, afirmando. Quando a doutora Briggs descobre que Richard é médico, a conversa instantaneamente toma um viés da medicina — sua área de especialidade, onde ele estudou, o que acha de ter seu próprio consultório. Ela não avisa Edie, antes de espremer o gel frio em seu abdômen, o que a faz se assustar.

— Desculpe! — a médica se desculpa, voltando seus olhos perolados para Edie. — Então, vamos ver de quanto tempo estamos?

A tela é escura e parece um sonar submerso. Edie se esforça para ver melhor, mas a doutora está franzindo o rosto. Ela ergue o gráfico de Edie, depois passa o transdutor novamente sobre a barriga de Edie, pressionando um pouquinho mais.

Ela dá uma olhada para Richard, que parece preocupado, perplexo. Ai, Deus, ela respira. *Algo está errado.* Surge um bolo em sua garganta. Ela se força a perguntar.

— Está tudo bem?

— Tudo ótimo. — A médica aperta um interruptor na máquina e a sala é subitamente preenchida por um batimento rápido.

Um batimento cardíaco.

— Nossa. — Os olhos de Richard estão brilhando quando ele vira para segurar a mão de Edie.

A doutora Briggs vira o monitor para que Edie possa ter uma visão melhor. Edie resfolega. É um bebê, encolhido, em posição fetal, com nariz e dedos. Bracinhos e pernas se movimentando. O lampejo do coração batendo constante.

— Não achei que fosse tão nítido — Edie gagueja, chocada. Por essa ela não esperava. Estava preparada para ver membros como toquinhos e buracos grandes, onde seriam olhos. Um feijão. Na internet, tudo parecia estranho, mal valia a pena ter um laço. Mas isso? Isso é um bebê. Um bebê real e vivo. *Seu* bebê.

— Está nítido porque você está com quinze semanas — diz a médica. — Você já saiu do seu primeiro trimestre. Sorte sua.

Agora é Richard quem parece chocado.

— Quinze semanas?

— Alguns dias a mais, ou a menos. O que significa que precisamos fazer os exames de sangue e toda a bateria de testes, mas tudo parece bem. Muito bem. — A doutora Briggs estica a mão e entrega aos dois uma fileira de impressões do ultrassom. — Presumo que a data de seu parto seja por vota de dois de novembro.

Edie a encara. Dois de novembro? Quase seis meses. Ela não está pronta para ser mãe em seis meses. Deveria ganhar nove meses. Nove!

— Mas nem está aparecendo — Edie frisa, olhando para a barriga.

— Primeiro bebê — diz a doutora Briggs. — Eu não aparentei até passar do quinto mês. Todos são diferentes, mas logo a barriga vai crescer, não se preocupe. Ela pergunta algo sobre sexo.

— Não! — diz Edie, alarmada. Sexo é a última coisa em sua mente e Richard terá sorte se ainda ganhar algum. — Vamos fazer abstinência.

A médica ri.

— Não, não, Edie. Minha pergunta é: vocês querem saber o sexo? Do seu bebê?

Edie leva um instante até processar a pergunta.

— Podemos? — ela finalmente pergunta. Sua voz parece oca, um eco em seus ouvidos. — Já?

— Ainda é cedo, mas temos uma visão perfeita, bem aqui. — A doutora Briggs gesticula para a tela. — É bem óbvio o que vocês terão.

Richard e Edie se olham. Eles ainda não tinham tido essa conversa.

— Eu não sei — diz Richard. Ele parece totalmente confuso. — É...

Edie não pode acreditar que ele tenha sido reduzido a isso. Ela sempre o conheceu tão confiante, e ele nunca ficou sem palavras.

— Vamos saber — ela decide por eles.

— Tem certeza? — Richard está completamente indeciso. — Quero dizer, não seria mais divertido se descobríssemos no dia?

Já disseram a Edie que ela tem grande tolerância à dor, depois de ficar mancando durante dias, com um tornozelo torcido e um dedo do pé quebrado, mas ela não tem certeza de como será esse negócio de parto. Está secretamente aliviada por ter a opção de uma peridural.

— Talvez, para você — diz ela. — Mas, para mim, não. Acho que estarei meio preocupada.

— Nós podemos escrever num pedaço de papel e vocês podem decidir mais tarde, se querem abri-lo — sugere a doutora Briggs, mas Edie não quer. Ela quer saber agora.

— Se você não tem certeza, pode sair da sala, mas eu quero saber. — Edie se sente impaciente, agora que descobriu que eles podem ver se o bebê é menino ou menina.

— Não quero que você saiba sem que eu saiba — Richard é quase petulante. — Tudo bem, vamos descobrir.

A doutora Briggs lança um olhar solidário a Edie e ela quase sorri.

— Tudo bem. — Ela põe um pouquinho mais de gel na barriga de Edie e novamente desliza o transdutor sobre seu abdômen. — Ah, ahã. Está vendo? Entre as pernas? — Ela aponta para algo na tela.

Tanto Richard quanto Edie estreitam os olhos.

— Não estou vendo nada — diz Edie, franzindo o rosto.

— Exatamente. Você terá uma menina. Parabéns. — A médica Briggs sorri para eles e dá a Edie uma toalha de papel para limpar a barriga.

Uma menina. Richard de fato cambaleia e precisa sentar.

— Ai, Deus — diz Edie, com o sangue pulsando em seus ouvidos. — Por favor, me diga que você não vai desmaiar no parto. — O que aconteceu ao seu namorado machão da Força de Paz?

— Vou pegar um pouco de água — diz a médica, saindo da sala. — Fiquem à vontade.

Edie limpa o gel do corpo e senta.

— Richard, você está bem?

Ele olha para ela, com o rosto irradiando felicidade. Ele levanta e atravessa a sala, pegando-a nos braços, e começa a beijá-la — seu rosto, as mãos, as pontas dos dedos.

— Você é incrível, sabe disso?

— Por quê? Porque sou tão sem noção do meu próprio corpo que nem sabia que estava grávida? — E não apenas grávida, mas grávida de quinze semanas. Ela começa a assimilar tudo.

— Ela era perfeita. Você viu? Perfeita. — Ele beija Edie mais um pouco. — Igual à mãe dela.

Iiii. Uma parte dela quer revirar os olhos e a outra já se desmanchou. Edie acaba de ter um vislumbre do futuro, e está claro que embora as noites à base de cafeína nos países de terceiro mundo possam ter chegado ao fim, isso está começando a ser substituído por algo que ela não tinha visto até agora. Café da manhã na cama. Digitais nas paredes. Desenho animado, em vez de documentários na rede pública de TV. E um pai apaixonado, um futuro marido amoroso.

Gloria Hugel, 56 anos, vidente

Não é fácil ganhar dinheiro nessa cidade. É melhor que Conroy, o último lugar onde Gloria viveu, embora isso não diga muito. As pessoas dali pensavam pequeno, não apreciavam seus dons.

Aqui em Avalon, Gloria tem alguns clientes regulares. Ela lançou um *website* e as pessoas estão começando a ligar, de toda parte do mundo. Ela está pensando em também escrever um *blog*. Muitos outros videntes estão fazendo isso, mas ela precisa fazer mais algumas aulas de computador, na faculdade comunitária, antes que consiga se sair bem com essa.

A cliente de catorze horas está sentada na sala de estar. Gloria está finalizando os últimos retoques de sua apresentação — brincos grandes de argola, os cabelos presos atrás, numa bandana, rímel preto e delineador. Ela não considera isso enganador e sim inventivo — o cliente geralmente espera uma vidente com determinada aparência, e simplesmente acontece muito mais rápido se ela se veste como o estereótipo. O Walmart tem uma seção só de vestidos pretos que lhe caem perfeitamente, então ela comprou sete deles, um para cada dia da semana. Menos lavagem de roupa.

Gloria põe um xale sobre os ombros. Olha-se no espelho, depois sai do quarto.

— Sou a senhorita Gloria. — Gloria entra e pega as mãos da mulher, de forma magnânima. Ela a conduz até a mesa de cartas, armada no meio da sala, em meio às velas. Uma bola de cristal está próxima, assim como a pilha de cartas gastas de tarô. Gloria não precisa de nada disso, mas acrescenta ao ambiente.

A mulher é jovem, claramente uma dona de casa, claramente mãe de crianças pequenas. Uma criancinha e um bebê. Gloria não precisa usar seus poderes para saber disso — a mancha parecida com purê de ervilha, na blusa da mulher, e as marcas de caneta hidrográfica, em seus jeans, dizem o suficiente; além disso, ela tem um imenso saco de fraldas pendurado no ombro. Pela forma como a mulher está ansiosamente torcendo a aliança no dedo, Gloria poderia até apostar que ela está ali para falar do marido.

A mulher está nervosa.

— Nunca fiz isso antes — diz ela. — Não estou certa quanto ao que fazer...

— Apenas relaxe — Gloria sussurra. Ela acende uma vela sobre a mesa, um pilar aromático de sândalo e *patchouli* que ela comprou na Bed Bath & Beyond da última vez em que esteve na cidade. Em liquidação.

— Então, você já fez isso? — pergunta a mulher.

— Sou uma vidente de sétima geração. Também sou empática. Qual é o seu nome?

— Lenora.

— Lenora... — Gloria respira o nome e fecha os olhos. Uma imagem se forma quase instantaneamente. Ela vê um parque de diversões, de algum tipo. Algodão-doce, jogos no calçadão. Um homem uniformizado. Exército, não, Marinha...

— Eu devo lhe dizer — Lenora interrompe, com um sussurro.

— Um momento... — A imagem oscila com a interrupção, mas Gloria se abre novamente e ela volta. Ela não está pressentindo isso nos dias atuais, mas no passado... pai, talvez, ou talvez um avô, com uma mensagem para Lenora...

— Não posso exatamente pagar — Lenora sussurra.

A imagem some e Gloria abre um olho.

— Desculpe?

Lenora parece constrangida.

— Só achei que deveria lhe dizer que não posso pagar exatamente em dinheiro.

Gloria respira, aliviada.

— Eu aceito Visa, MasterCard e American Express.

A mulher sacode a cabeça e enfia a mão no saco de fraldas. Ela tira um saco hermético e o entrega a Gloria.

— Eu sei que não é muito, mas é a massa para o Pão da Amizade e é absolutamente maravilhosa... — Lenora tenta explicar.

Gloria olha para o saco disfarçando o desagrado. Ela realmente não gosta de permutas por seus serviços, porque, a menos que esteja fazendo uma leitura para seu senhorio, as trocas não pagam o aluguel. Além disso, o que quer que esteja no saco é simplesmente repulsivo.

— Desculpe — ela começa a dizer, devolvendo o saco a Lenora, quando uma imagem subitamente surge e a faz dizer as palavras.

— Chuva. Maré cheia.

— Oi? — Lenora a olha, nervosamente.

Os olhos de Gloria se abrem e ela agarra o saco, assustando Lenora.

— Peixes e pães — diz ela. — Peixes e pães.

Capítulo 18

A cidade de Avalon está transbordando de Pão da Amizade. Parece que todo mundo tem alguém (uma prima, ou vizinha, ou tia) que tem um saco de massa para dar. Vendas de bolos, clubes de livros e festas de aniversário têm alguma variação do Pão da Amizade, em forma de bolos, pães, bolinhos, *brownies*, biscoitos, e até pãezinhos de canela. As pessoas não se cansam — só estão preocupadas que a quantidade de massa possa brevemente ser maior que a população de Avalon.

Hoje a chuva cai, torrencialmente. O cara do tempo previu chuvas fortes a semana toda, com alertas de inundação em alguns condados. Logo se espalhou o fato de que os cartões de receitas e dicas de Connie foram transferidos da lavanderia para o salão de chá, então agora a sala de estar de Madeline está entupida, com pelo menos quinze mulheres falando ao mesmo tempo, enquanto remexem nas caixas e comparam anotações.

O cesto de vime "Poupe e Compartilhe" está transbordando com sacos de massa, em vários ciclos. Esse cesto foi ideia de Connie. Connie também foi rápida em notar que às vezes as mulheres traziam seus pães para trocar e comparar, e, embora Madeline não se importe, Connie não quer que ela perca vendas. Então, ela instituiu uma política de "TSPP — Traga Seu Próprio Pão". Ela ajeitou uma estação de *self-service* na sala de estar e encontrou uma antiga caixa de cartas para o papel de caixa de honra. Ela imprimiu uma pequena lista de preços e a prendeu na antiga moldura, sugerindo uma "doação" de dois dólares e cinquenta pela xícara, ou cinco dólares por todo o chá que você conseguir tomar. Também escreveu o prato do dia e alguns dos mais populares itens num antigo quadro-negro e o pendurou próximo. No fim do dia, a caixa de cartas está sempre cheia de dinheiro.

— Nossa — diz Hannah, esticando o pescoço lá do salão de chá para ver melhor. As visitas têm sido mais frequentes desde que Hannah e Julia voltaram de Chicago.

— Eu sei. — Madeline mantém a voz baixa, embora esteja contentíssima. Mais que contentíssima. O falatório das mulheres entrando e saindo transformou o salão de Madeline num *point*, e o negócio está prosperando. E, apesar de ficar na expectativa das visitas de Julia e Hannah, é muito bom ter alguém ajudando com todo o trabalho pesado — literal e figurativamente. Em dias calmos, ela tem com quem conversar, alguém que deseja o sucesso do salão de chá, quase tanto quanto ela.

— Estou tão contente por você ter arranjado alguém para ajudá-la — diz Julia. Algumas das mulheres que chegam conhecem Julia e fazem exclamações cordiais, mas Julia é cautelosa com seus cumprimentos, preferindo permanecer na área da sala de jantar, com Madeline e Hannah. Madeline compreende e sabe que, embora essas mulheres sejam apenas conhecidas, Julia claramente se distanciou da maioria das pessoas que conhece em Avalon.

Mas agora não é o momento de mencionar nada e Madeline sabe que a hora certa é tudo. Ela mesma não estava em posição — muito menos interessada — de ouvir conselhos de pessoa alguma, quando ainda procurava uma saída, e não quer que Julia se sinta como se ela estivesse dando sermão. Julia está fazendo o melhor que pode e Madeline vê e sabe que não é fácil.

Ela se abana, tentando fazer uma brisa, com os novos menus que Connie imprimiu. Os fornos têm trabalhado sem parar e a cozinha está tão quente que ultimamente ela demora mais para se refrescar.

— Eu vou lhe contar, essa menina é uma dádiva de Deus. Eu sinto como se a estivesse ajudando em vez do contrário. Ela tem a energia de cem homens — ou mulheres.

— Ah, a juventude. — Julia dá um sorriso torto. Ela dá um cutucão em Hannah. — Vocês, jovens, fazem com que nós, mais velhos, fiquemos mal.

— Ei, eu não sou tão jovem — Hannah protesta, erguendo o queixo, com um toque autêntico de defensiva. Ela cutuca Julia de volta. — E você não é tão velha.

Julia sorri.

— Está certo. — Ela pega um folheto dobrável da mesa com a propaganda do prato do dia impressa. Também há um especial de "Chá da Semana" para incentivar as pessoas a comprarem chá a granel, ou saquinhos de chá para presentear, e uma citação inspiradora. — Gosto disso — diz ela. — "Meus amigos são meu patrimônio", Emily Dickinson.

— Essa é Connie, para vocês — diz Madeline. Ela estica a mão até outra mesa e pega o anúncio de lá. — Cada mesa tem uma citação diferente. — Ela entrega o folheto armado para Hannah.

— "Os ornamentos de nossa casa são os amigos que a frequentam", Ralph Waldo Emerson. — Hannah lê e diz: — Vou copiar isso e colocar em minha carteira.

— Não sei de onde essa garota tira essas ideias — Madeline continua. — Sabia que ela encomendou um carimbo com o nosso nome e endereço? Ela carimba todos os cartões pautados em branco para que, quando as pessoas escreverem as receitas, sempre se lembrem de nós. É muito melhor do que um cartão de visitas comum! E as mulheres a adoram.

Connie escolhe esse momento para entrar, segurando uma caixa vazia de charutos. As três mulheres rapidamente se calam e lançam sorrisos largos e incentivadores. Connie ergue uma sobrancelha desconfiada enquanto acrescenta uma nova seleção de chás à caixa, mas não diz nada e rapidamente volta à sala de estar.

— Ai, Deus, ela provavelmente sabe que estamos falando dela. — Madeline suspira, enquanto Julia e Hannah caem na gargalhada.

— Acho que ela sabe que somos bem inofensivas — diz Julia. — E meio maluquinhas, também.

— Insanas — Madeline corrige. — Comprovadamente.

Hannah sorri junto com elas, antes de pegar uma colher de sobremesa e esfregar o polegar.

— Philippe quer o divórcio. Os papéis chegaram hoje.

O astral instantaneamente muda.

— Ah, Hannah. — Julia pega sua mão e Madeline salta para lhe dar um abraço.

— Em retrospecto, é tão óbvio. Acho que ele forçou para que viéssemos para Avalon para comprar uma casa e me enfurnar nela, me manter inocentemente alheia, até que soubesse o que queria fazer. Fui tão tola em acreditar na história toda, sobre querer viver numa cidadezinha que lembrasse sua vila da França, blá-blá-blá. — Ela parece desgostosa consigo mesma.

— Não se culpe — diz Julia. — Você não tinha motivos para deixar de acreditar nele.

Hannah enruga o nariz, insatisfeita.

— Olhando para trás, eu sei que havia sinais. Só escolhi ignorá-los.

— Pense nisso mais como algo relativo ao tempo certo — sugere Madeline, bondosa. — Tudo se desenrolando como deve ser. À época, você estava fazendo a única coisa que sabia fazer.

— Mas eu poderia simplesmente ter me poupado da mágoa se não tivesse me casado — diz Hannah. — Por que passar por tudo isso, mesmo que inconscientemente, se só vou acabar com um divórcio? — Quero dizer, realmente! Acho que podia passar sem essa.

— Verdade, porém aí você não teria acabado em Avalon e nós não a teríamos conhecido — frisa Madeline.

Julia interrompe.

— Eu não sei. Esse é exatamente o tipo de coisa que as pessoas costumavam me dizer e eu detestava. — Ela rapidamente pega a mão de Madeline, para que ela saiba que não teve a intenção de ofendê-la, e continua. — Alguém que nunca perdeu um filho me diria “Bem, ao menos ele está num lugar melhor”, ou “Todas as coisas acontecem por um motivo”. Mas como podem saber? A morte do meu filho não deveria ser tão facilmente explicada. Qual é o motivo real para que uma criança de dez anos morra? Para que Gracie tenha de crescer sem jamais conhecer seu irmão mais velho? Para todos nos tornarmos pessoas melhores? — Julia sacode a cabeça. — Eu detesto ser uma pessoa melhor. Não quero ser uma pessoa melhor. — Ela diz as últimas palavras com amargura, piscando com raiva, para conter as lágrimas.

Madeline segura a mão de Julia com força e olha em seus olhos. Ela compreende isso, realmente compreende, mas quer que Julia entenda uma coisa, algo que costumava deixá-la cheia de desespero e, ao mesmo tempo, a salvou.

— Querida Julia — diz ela, baixinho, depois de uma longa pausa. — Que outra escolha temos?

Edie passa pela porta aberta da sala de jantar, incerta quanto ao que fazer. Ela passou a última hora conversando com as senhoras na sala de estar, bebendo chá e coletando histórias. Tem feito isso diariamente, durante a última semana, e gostou do papo, da companhia.

Mas essa manhã ela acordou e viu um *e-mail* de uma de suas colegas de classe. Elas chegaram bem perto de ganhar o Prêmio Hillman por um artigo sobre detenção de imigrantes ilegais. Isso foi o suficiente para lembrar Edie de que ela estava ali por um motivo e que era hora de voltar ao trabalho.

Ela e Livvy têm se encontrado regularmente, para falar sobre o Pão da Amizade. Apesar de seu entusiasmo, falta algo em suas anotações e habilidades de pesquisa, mas, ainda assim, está sendo uma grande ajuda e Edie é grata por isso. Edie sente-se pronta para escrever o artigo, para ver se ela consegue aguçar algum interesse em Avalon e na insanidade do Pão da Amizade que se apossou da cidade. Edie reconhece que há certo charme na história, mas muito depende da revelação das pessoas envolvidas, de dar nomes e rostos a determinados cidadãos de Avalon. Com base nas anotações de Livvy e das datas das receitas das caixas, a primeira pessoa a receber a massa foi Madeline Davis. Isso teria sido em algum momento no início de março, aproximadamente três meses atrás.

O saco de massa de Edie teve um fim desastroso. Ela o deixara no armário da cozinha, sem conseguir olhá-lo, depois logo se esqueceu dele. Foi Richard quem ouviu uma batida estranha ali dentro dias depois.

Quando eles abriram a porta do armário, um saco hermético totalmente inflado pulou na direção deles, virando, quase derrubando um frasco plástico de tomilho. Edie gritou e Richard pegou o saco, e o negócio explodiu por cima deles.

Depois que Richard superou o choque, ele não conseguia parar de rir. Havia massa pingando de seus cabelos e camisa. Edie, por outro lado, estava furiosa. Foi preciso uma garrafa de água sanitária e meio rolo de toalha de papel para limpar tudo.

O cheiro de massa fermentando a fazia querer vomitar. Não, correção, ela *vomitou*. Parecia que o enjoo matinal não estava reservado ao primeiro trimestre.

Felizmente, Edie teve a cabeça fria o suficiente para tirar algumas fotos da bagunça da cozinha e já tinha a legenda perfeita: ALERTA: ISSO PODE SER VOCÊ — LOUCURA DA MASSA EXPLODE EM AVALON E NA COZINHA DE UMA REPÓRTER.

Edie já tinha a história bem formulada na cabeça, mas uma coisa que ela não conseguia encaixar era a parte de Madeline. Ela não conseguiu descobrir de quem Madeline recebeu o pão e adiou a entrevista de Madeline até hoje. Por alguma razão, achou que Madeline fosse mais jovem, uma mulher de seus cinquenta anos com um avental listrado — pelo menos Livvy a fez parecer assim. Edie deveria saber que não devia fazer suposições até que a visse. Agora ela sente uma pontada de desconforto em apontar Madeline como causadora de toda essa loucura do Pão da Amizade. Edie tem de lembrar a si mesma que ela é uma repórter e que só está relatando os fatos. Não é nada pessoal.

Surge o som de alguém limpando a garganta e Edie toma um susto.

Connie, a garota *punk* que trabalha no salão de Madeline, está encarando Edie, claramente reprovando. Edie sabe que parece que ela estava escutando a conversa das mulheres, mas ela não estava, ao menos não intencionalmente. Ia se apresentar a Madeline e ficou claro que as mulheres estavam em meio a uma conversa particular. Ela estava sendo respeitosa.

A voz de Connie é alta, enquanto ela fulmina Edie.

— Madeline, eu tenho alguns pedidos para viagem. Quer que eu prepare?

As três mulheres olham para cima e Madeline rapidamente mostra um sorriso acolhedor. Uma mulher com cabelos ruivos curtos desvia, olhando pela janela. A asiática de cabelos escuros apenas olha as próprias mãos.

— O quê? Ah, não, pode continuar a fazer sua mágica com as damas. Vou cuidar disso. — Madeline se aproxima para pegar os pedidos de Connie e dá um sorriso meigo à Edie.

Edie sente sua determinação oscilar. Ultimamente ela tem ficado à mercê dos hormônios da gravidez, chorando nos comerciais para remédios antigripais e quase caindo em prantos quando alguém lhe dá uma fechada no trânsito. Na última reunião ela comprou um *scrapbook* "Primeiro Ano do Bebê" e ficou choramingando diante dos recortes cor-de-rosa e dos lacinhos macios de bolinhas.

Edie subitamente duvida se pode fazer isso. Ela não quer se apegar a Madeline, sentir simpatia, por conta de sua idade, ou de seu comportamento aparentemente bondoso. Precisa ser objetiva para terminar o que se propôs a fazer. A história do Pão da Amizade é peculiar o suficiente, com nuanças suficientes para ser captada por um dos veículos, se Edie escrever direito. E rápido.

Connie é muito boa em julgar as pessoas e há algo na jovem de óculos de molduras de ferro que Connie não confia. Seu nome é Edie alguma coisa e ela tem vindo todos os dias ultimamente. Sempre tem uma tonelada de perguntas e, de vez em quando, Connie a vê escrevendo algo em seu bloco de anotações. Connie não a quer intimidando as clientes, mas as mulheres parecem não se importar, aproveitando qualquer oportunidade para falarem de suas vidas e da primeira vez que assaram o Pão da Amizade.

— Acho que foi em abril...

— Março. Logo depois do Dia de São Patrick.

— Duas semanas atrás. Doris Donald deixou um saco no para-brisa do meu carro. Nem sequer teve a coragem de perguntar, na minha cara, se eu queria!

— Estou na minha terceira massa, então, talvez um mês.

— Um pouquinho mais de seis semanas...

Connie não sabe por que Edie está tão interessada, principalmente porque ela nunca assou o pão e várias vezes se recusou a levar um saco de massa do cesto "Poupe e Compartilhe".

Agora, Madeline está sacudindo a cabeça, admirada, enquanto lê os pedidos.

— Connie, isso é praticamente o mesmo movimento do almoço. Você é uma maravilha!

Connie fica vermelha, constrangida pelo elogio, e esquece que Edie está em pé ao seu lado. Ela adora trabalhar no salão de Madeline e Madeline praticamente lhe deu carta branca para fazer o que achar apropriado para ajudar o negócio e oferecer um bom serviço ao cliente. Connie não apenas se sente útil, ela se sente necessária. E é uma boa sensação.

Ela sabe que deveria agradecer, mas, em vez disso, muda de assunto, querendo desviar a atenção.

— Eu estava pensando que talvez pudéssemos oferecer uma refeição especial no fim do dia. Poderíamos anunciar no quadro, junto com todas as outras coisas, e as pessoas teriam de entregar o pedido do jantar até as onze da manhã. Isso nos dará tempo suficiente para preparar tudo e não teremos de ficar em dificuldades, no último minuto, desse jeito. Se não entregarem, não preparamos o pedido. — Connie sabe que Madeline adora o trabalho, adora que as pessoas adorem sua comida, mas são quinze horas e agora Madeline tem de voltar à cozinha, depois de um longo dia. Madeline geralmente está de pé às quatro e meia, preparando tudo. Connie só chega duas horas depois.

— Não me importo com o aperto — Madeline a tranquiliza, mas ela parece realmente cansada. Solta o ar longamente, enquanto olha os pedidos outra vez. — Talvez você esteja certa. Podemos conversar a respeito no fim de semana. Enquanto isso, deixe-me preparar esses.

— Vou ajudar. — Hannah, a instrumentista, levanta e se aproxima para se juntar a Madeline. — Preciso tirar a cabeça de outras coisas.

Madeline pousa a mão maternal ao redor dos ombros de Hannah.

— Eu adoraria tê-la na cozinha comigo. — Elas estão prestes a se afastar quando Edie se aproxima.

— Olá, com licença. Meu nome é Edie Gallagher e eu estou tentando saber um pouquinho mais sobre o Pão da Amizade. — Ela estende a mão a Madeline, que a aperta. — Eu estava olhando as receitas e parece que você foi a primeira pessoa a começar a fazer o Pão da Amizade em Avalon. Foi em março?

— Foi só desde março? — Madeline parece pensativa. — Suponho que a data esteja certa, mas não fui a primeira pessoa. Ganhei a massa dessa jovem aí, Julia Evarts. — Ela acena a cabeça para a mulher, ainda sentada, de cabelos ruivos claros. Connie tenta cuidar da própria vida e não se intrometer, mas ela sabe que Julia Evarts é a mãe do garotinho que morreu alguns anos atrás.

Edie rapidamente se vira para Julia, transbordando uma exuberância falsa. Dá vontade de vomitar, pensa Connie.

— Ah, é mesmo? Ora, mas que ótimo! Importa-se se eu conversar com você um pouquinho?

A mulher hesita por um instante, depois sacode a cabeça.

— Desculpe, mas na verdade eu tenho que ir. — Ela começa a juntar suas coisas.

Edie persiste.

— Posso apenas perguntar onde você conseguiu a massa?

— Na verdade, eu não sei — diz Julia. — Estava na varada, um dia, quando cheguei em casa. A massa e várias fatias de pão. Gracie viu primeiro. — Ela sorri para as outras mulheres que ficam radiantes com a menção da filha de Julia. — Nós deveríamos ter guardado a última fatia para Mark, mas eu comi. Então não tive escolha a não ser esperar dez dias e assar o pão.

— Mark é seu marido? — Edie está se aproximando um pouco mais, e Connie intencionalmente lhe dá um encontrão, como se dissesse: *Não chegue mais perto*.

Julia está assentindo.

— Então você nunca descobriu quem lhe deu a massa? — pergunta Edie.

Ela sacode os ombros, casualmente.

— Desconfio que tenha sido algum dos meus vizinhos, mas ninguém nunca me disse nada a respeito.

— Interessante. Acha que eu poderia entrevistar seus vizinhos? — A expressão do rosto de Edie é faminta. Connie quer empurrá-la porta afora.

Julia levanta, pendurando a bolsa volumosa no ombro.

— Desculpe, mas eu estou atrasada para ir buscar minha filha. — Ela dá um beijinho rápido nas bochechas de Hannah e Madeline antes de passar por Edie e partir.

— E nós precisamos começar a trabalhar nesses pedidos — diz Madeline, rapidamente. Ela acena a cabeça para Hannah segui-la até a cozinha e Connie espera um segundo, antes de voltar à sala de estar, lançando mais um olhar na direção de Edie.

Edie fica subitamente sozinha, as mulheres evaporaram antes que ela pudesse fazer outra pergunta. Ela sabe que pegou pesado, mas não há motivo para lhe darem um gelo. E Connie parece uma bandida. Bandidas do Pão da Amizade. Bem ali, em Avalon.

Não faz mal. Agora que ela sabe de onde veio (de ninguém menos que Julia Evarts!), Edie sabe exatamente como montar a história. Ela está começando a ficar cansada e quer ir para casa, ir para a cama, irritada porque até o meio da tarde esse negócio de gravidez já sugou toda a sua energia. Ela tira uma foto rápida do salão de chá vazio, depois sai apressada.

Amigo ou inimigo? Loucura do Pão da Amizade se apodera de cidadezinha em Illinois.
Relato de Edith Gallagher

AVALON, ILLINOIS — Numa cidadezinha de população modesta, o boca a boca é geralmente a forma mais rápida e eficaz de espalhar notícias. Agora, só uma coisa se espalha com mais rapidez: o Pão da Amizade, que é uma massa onipresente e pegajosa que vem completa, com instruções.

A essa altura você, ou alguém que você conhece, já foi vítima da febre do Pão da Amizade, que varreu a América, desde meados dos anos oitenta, e fez uma recente reaparição no nordeste de Illinois. Funciona assim: alguém lhe dá um saco hermético cheio de massa fermentada chamada "Pão da Amizade" (casualmente, a receita não parece ter nenhuma colaboração dos Amish). Você lhe dá um pouquinho de amor, apertando o saco, diariamente, acrescentando alguns ingredientes (farinha de trigo, açúcar, leite) no sexto dia. No décimo dia, você acrescenta esses ingredientes novamente, divide a massa em três novos saquinhos e assa o que sobrar. Depois, você precisa encontrar três amigos que inocentemente aceitem um saco de massa, sem saber que em dez dias eles serão forçados a encontrar mais três amigos e passá-la adiante.

Qual é o mal?, você pode dizer. Bem, imagine só: Uma pessoa guarda um saco e passa três adiante, aos amigos. As quatro pessoas fazem o mesmo, e daí por diante. Depois de três "gerações" (aproximadamente um mês), há sessenta e quatro sacos de massa voando por aí. Após quatro gerações: 256. Seis gerações: 4.096. E depois de dez gerações (aproximadamente três meses e meio): 1.048.576. Vocês nem imaginam o que acontece depois de quinze gerações.

O Pão da Amizade é um excelente exemplo de como as epidemias começam. Na era digital é inacreditável ver os vírus espalhados à moda antiga. E tudo em nome da amizade.

— Ah, eu sigo na direção oposta, se vir alguém vindo em minha direção com um daqueles sacos herméticos —, diz Sue Pendergast, a organista da Igreja Metodista de Avalon. — Não quero parecer anticristã, mas acho muita presunção das pessoas acharem que eu tenho tempo para todo esse trabalho, para fazer montanhas de um simples pão doce. Simplesmente não vale o trabalho.

Eleanor Winters concorda.

— Eu ouvi dizer que a Martha Stewart teve dificuldade. Se ela teve dificuldade, que esperança tenho eu?

Por mais simples que sejam as instruções, há algumas coisas para as quais você deve estar alerta. Não se pode usar utensílios metálicos para mexer a massa, ou isso irá interferir no processo de fermentação. Segundo o doutor Roland Fetters, da Universidade de Chicago, a massa contém ácidos que farão com que o metal se dissolva.

— É uma reação química — explica o doutor Fetters. — Não apenas contaminará a massa, mas irá matá-la. — Esse pequeno detalhe é responsável pelo susto recente, referente a material de risco, na Delegacia de Polícia de Avalon, quando Cora "Miss Sunshine" Ferguson foi encontrada portando um saco de massa. Se algum dia você vir a massa, entenderá como é difícil deixar de desconfiar dela. A falha de Ferguson em se explicar sobre a substância resultou num alerta de material de risco envolvendo três condados, custando tempo valioso e dinheiro aos contribuintes.

A outra coisa a estar alerta é que você tem de cuidar da massa diariamente, o que inclui apertá-la e deixar que o ar saia do saco, do contrário pode resultar em mofo, ou numa tarefa de limpeza que o fará xingar a pessoa que lhe deu a massa (veja a foto ao lado).

O que nos conduz à grande pergunta: como foi que o Pão da Amizade chegou a essa cidadezinha? Ninguém tem certeza, mas o primeiro registro é de março deste ano, na varanda de Mark e Julia Evarts. Foi a filha, Gracie, de cinco anos, quem a viu primeiro, e embora a mãe afirme não saber quem lhe deu a massa, ninguém mais se lembra de ter visto (ou comido) o Pão da Amizade antes disso.

Os residentes da cidade de Avalon certamente estão divididos quanto ao fenômeno iniciado com a senhora Evarts ter sido uma bênção ou um fardo.

— Amigos não presenteiam amigos com o Pão da Amizade —, diz Earlene Bauer, oculista do Centro de Visão de Avalon. — No minuto em que recebo um saco, eu o jogo no lixo.

— Eu adoro o pão, mas tenho muita dificuldade em compartilhar a massa com amigos — suspira Pearl Kirby, uma ávida apreciadora de pássaros que passa o dia em busca de pica-paus de peito branco no Avalon Park. — Uma pessoa chegou a parar de falar comigo. Eu finalmente desisti de vez.

Mas Claribel Apple é rápida em discordar.

— Acho que o pão é uma bênção — proclama ela. Apple passa suas tardes no salão de chá de Madeline, onde há um punhado de outras moças se reunindo para trocar e comparar anotações, numa sala especificamente designada para todas as coisas relacionadas ao Pão da Amizade. — Há tanta negatividade no mundo, muitas coisas terríveis acontecem sem que possam ser explicadas. Por que não fazer do mundo um lugar melhor, com um pouquinho mais de amor e Pão da Amizade?

De fato, por que não? Contanto que você não seja diabético, um pouquinho de Pão da Amizade pode render um bocado. Você pode bater nele, pode congelá-lo, e ele viverá eternamente. Você nem tem de assá-lo no décimo dia — pode assá-lo no décimo primeiro, ou até no vigésimo, contanto que sempre o aperte. Porém, para essa repórter, a esperança é que o povo de Avalon aprenda a ser seu melhor amigo e guarde a massa para si mesmo. Ou, melhor ainda, senhora Evarts, arranje uma massa para um assado, então nós conversaremos.

Capítulo 19

— Edie, como você pôde?

Edie ergue os olhos do computador, surpresa. O rosto de Livvy está vermelho e ela está zangada, apertando o jornal do dia na mão.

— Como pude o quê? — A caixa de entrada de Edie está abarrotada de *e-mails* e sua secretária eletrônica está lotada. A matéria não foi veiculada por nenhum dos veículos da mídia, no entanto ela ficou bem satisfeita com a enxurrada de atenção local. Ela obviamente conseguiu cutucar, algo que, na sua opinião, é um dos maiores elogios a um repórter. Está pensando em escrever mais matérias sobre o assunto, talvez uma série sobre o Pão da Amizade. — Você não gostou? Tinha a intenção de ser um artigo de estilo de vida bem-humorado. Você leu a parte sobre o assado? Tenho sentido vontade de comer uma carne assada, não pergunte por quê. — Ela estala os lábios e chega quase a sentir o cheiro. Talvez peça a Richard para comprar para viagem, novamente, no Avalon Grill.

Livvy joga o jornal na mesa.

— Edie, Julia Evarts é minha irmã. Você a culpa por ter trazido o Pão da Amizade para Avalon! Nenhuma das pesquisas que lhe dei dizia isso!

— Eu fiz minha parte de repórter e foi isso que descobri. Não é o fim do mundo, Livvy.

— Não é o fim do mundo? — Livvy explode. — A Julia vai pensar que eu tive algo a ver com isso, que é culpa minha.

Edie reprime um sorriso, enquanto olha novamente a manchete. Ela escreveu a história em menos de uma hora. Planejara fazer uma afirmação maior, sobre a vida, a paz mundial e afins, mas as palavras simplesmente fluíram na página, então ela foi no embalo, e está contente por ter feito isso. Edie nem se lembra da última vez que se divertiu escrevendo um artigo. Ela dá o crédito à gravidez, por aguçar sua criatividade.

— Como isso pode ser culpa sua? Você não fez nada de errado, Livvy. É apenas um artigo, são apenas fatos.

— *Eu* sei disso, mas Julia não saberá. Ela sabe que trabalho na *Gazette*. Vai pensar que participei disso!

— Então ligue para ela e diga que você não teve nada a ver com isso. — Edie está prestes a seguir para a copa, para tomar mais uma xícara de café, quando se lembra de que já tomou sua cota de cafeína do dia. Droga.

Livvy está andando de um lado para o outro, freneticamente.

— Não posso fazer isso.

— Por que não? — Edie sabe a resposta, mas quer ouvir Livvy dizer. É a única coisa que Livvy não contou sobre sua vida. Edie rapidamente juntou as peças, entre o que Richard lhe contou e o que ela achou nos arquivos do jornal, mas é curioso que, sendo tão trágico, o assunto nunca tenha surgido. De certa forma, isso torna Livvy mais humana, faz com que Edie pense que a amizade das duas tem chance de ir além desse nível superficial de almoços e discussões banais.

Mas Livvy apenas sacode a cabeça, a expressão em seu rosto está tão sofrida que Edie sente uma ponta de remorso. Não há dúvida de que isso seria mais fácil, se Julia Evarts não fosse irmã de Livvy, mas o que se pode fazer?

— Olhe, Livvy, eu sei que nós achamos que tinha a ver com aquela tal de Madeline, mas foi Julia quem lhe deu a massa. Ela diz que alguém também lhe deu a massa, mas eu não consegui verificar isso. Nem espero conseguir.

— Edie, minha irmã já passou por muita coisa! Ela não precisa voltar aos holofotes! Ouvi gente, na fila do banco, falando que a faria assar todo o excesso de massa...

Edie também ouviu isso, mas, na verdade, achou meio engraçado.

— Ora, vamos, Livvy. Você sabe que estão brincando.

— Não interessa! — o rosto de Livvy está vermelho. — Não vejo por que você não poderia encontrar a pessoa que deu a ela e começar a partir daí...

— Não posso fazer isso, Livvy, porque acho que não houve mais ninguém. — Edie diz isso baixinho.

Livvy a encara.

— Do que está falando?

Edie solta o ar. Ela realmente não queria dizer isso a Livvy, mas agora é tarde demais.

— Ninguém além de Julia recebeu a massa, naquela semana. Você não acha isso ligeiramente estranho? Você mesma encontrou uma receita da massa na internet. Não estaria totalmente fora de questão supor que ela mesma tenha começado toda essa loucura.

— Julia não faria isso. Por que faria isso?

— Eu não sei. Atenção? Pense a respeito. Você faz a massa, passa aos amigos, talvez algumas pessoas a quem espera conhecer, gente nova na cidade que não sabe o que aconteceu cinco anos atrás. Começa todo um processo de solidariedade outra vez...

O rosto de Livvy fica branco.

— Você está dizendo que ela fez isso para obter solidariedade? Por Josh?

— Só estou dizendo que as pessoas fazem coisas por todo tipo de motivo. Quero dizer, vamos, Livvy. Ela não fala com você há anos! Está completamente exausta. Acha que ela começou isso tudo para ser amistosa com os vizinhos? — Edie abre uma gaveta e pega um saco de salgadinhos. — Doritos?

Livvy afasta o saco.

— Edie, Josh era meu sobrinho. Estava sob os meus cuidados quando morreu. — A voz dela está trêmula.

Edie a olha fixamente.

— Eu sei.

Livvy parece chocada, mas não pergunta como Edie sabe. Ela ergue o queixo.

— Bem, se você sabe, então acho que deveria ter um pouquinho mais de solidariedade comigo e minha família. Achei que você fosse minha amiga!

— Eu sou sua amiga. É apenas um artigo, Livvy, isso não é pessoal.

— *Para mim é pessoal, Edie!* Você não tem ideia do que é quando se tem uma pessoa no mundo, que realmente a conhece, e que simplesmente a ignora! Como se sentiria se Richard fizesse isso? Simplesmente deixasse de reconhecê-la, fingisse que você nem existe?

Edie engole. Ela detesta ver Livvy tão aborrecida e, ao mesmo tempo, retribui a pressão. Ela olha para Livvy, que está vermelha, abrindo e fechando os punhos.

— Por que não me disse antes, Livvy? — pergunta ela, baixinho.

Livvy sacode a cabeça, desvia o olhar.

— O que eu deveria dizer? — murmura ela.

Edie sente algo se desvendando por dentro. Livvy tem sido uma boa amiga para ela, muito mais do que Edie esperava, ou talvez até mereça. Talvez ela devesse ter pensado nisso com mais cuidado, considerado outras opções. Mas agora é tarde.

— Julia só quer que a deixem em paz — diz Livvy, despencando numa cadeira, de frente para Edie. — Todos, incluindo eu.

Edie vê algo, de canto de olho.

— Talvez não.

Livvy dá uma risada torta.

— Acredite, eu saberia. Julia não está interessada em ver ninguém, e eu sou a primeira pessoa dessa lista.

— Creio que você talvez esteja errada quanto a isso, Livvy. — Eddie acena a cabeça para o corredor. — Porque acho que é a sua irmã que está em pé no seu escritório.

Julia olha em volta, a essência do escritório de Livvy. É pequeno e apertado, com uma escrivaninha e duas cadeiras, um pôster comum, com uma flor. Há uma foto recente de Livvy e Tom, uma foto que Julia não reconhece. Tom parece ligeiramente mais velho, com mechas grisalhas, mas Livvy parece igual, só sorrisos, animada, sem nenhuma preocupação desse mundo. Até aí, nenhuma surpresa.

— Julia?

Julia vira e vê Livvy, na porta.

— Livvy. — Ela segura a alça da bolsa com mais força, a pele esbranquiçada ao redor dos nós dos dedos. Ver a irmã tão de perto embaralhou seu cérebro. Na verdade, ela está ali para ver Edie Gallagher, a repórter que escreveu o artigo, mas se pegou perguntando à recepcionista pelo escritório de Livvy.

Quando Mark relutantemente lhe mostrou o jornal, Julia levou um tempo para registrar que a repórter era a mulher que estava no salão de Madeline no outro dia. Depois de percebê-lo, tudo fez sentido. As perguntas, o comportamento sorrateiro. Será que não é obrigado alguém revelar que é repórter, ou obter permissão para usar seu nome no jornal? Obviamente que não.

Julia decidiu ir até a *Gazette* confrontar Edie, mostrar que ela não gostou de ser feita de bode expiatório. Já está farta disso, das pessoas apontando o dedo, cochichando por trás de suas costas. Mark a apoiou, quase intrigado pela forma como ela se enfurecia, reclamando da falta de privacidade, da insensibilidade das pessoas que deveriam ser mais sábias.

— Vá lá e solte os cachorros — disse ele, e Julia até parou para sorrir. Ela estava de volta ao palanque, algo que não fazia há muito tempo, e é uma boa sensação. Mark estava com um sorriso nos lábios. — Deus, estou com pena da repórter.

Julia ainda falou empolgada, por mais um tempo, enquanto juntava suas coisas. Ela estava quase torcendo pelo confronto. Depois, ela abriu a porta da frente e encontrou o degrau da porta cheio de sacos anônimos de massa de Pão da Amizade.

Mark veio por trás dela e olhou, emudecido.

— Que diabos...

— Isso deve ser o equivalente às cartas de ódio do Pão da Amizade — ela disse a Mark, que prontamente juntou tudo e jogou no lixo. Parecia um desperdício, mas Mark afirmou que eles não podiam ter certeza do que havia nos sacos, ou quanto tempo tinha a massa. Além disso, eles não tinham sido deixados exatamente como um gesto de amizade.

— Talvez comecem a passar de carro atirando sacos de massa também — Julia prosseguiu, recebendo um olhar do marido. Ela podia até imaginar armas de água cheias de massa mirando a casa.

— Isso não é engraçado, Julia. — Mark estava com raiva. Um dos sacos estava aberto e um pouco de massa vazou nas mãos de Mark. — Nojento.

Ela sabe que não é piada, mas, ao mesmo tempo, tem de admitir que é um pouquinho engraçado. Afinal, é só massa. Não é o caso de ela estar espalhando a gripe aviária, ou algo assim.

Madeline e Hannah ligaram, expressando a afronta pelo artigo. Madeline disse que a sala de estar e o salão de chá estavam repletos de mulheres indignadas, ameaçando processar a *Gazette*. Madeline e Connie tiveram de dobrá-las com proteína ("por sorte eu tinha algumas quiches à mão..."), para acalmá-las.

Agora Julia não está bem certa de por que está em pé, no escritório de Livvy, e está ainda mais incerta quanto ao que dizer.

Livvy lambe os lábios e entra rapidamente na sala. Julia vê que Livvy está com pequenas rugas nos cantos dos olhos, algumas sardas novas nas bochechas. O sol e Livvy não se dão bem e Livvy sempre se esquece de passar filtro solar. Julia tem aquela velha sensação de que querer aconselhar Livvy, mas ela não é mais criança e Julia já não está em posição de dizer nada.

Ela limpa a garganta.

— Você está muito bem — diz Julia, sinceramente. Livvy sempre foi boa com roupas, sempre teve um bom olho para montar um traje. Ela está vestindo uma camisa azul-clara, com calças largas, saltos altos e um bracelete volumoso no punho. Livvy está com uma aparência profissional e, como Mark dissera, mais crescida. Seus cabelos louros habitualmente ondulados estão mais lisos, caprichosamente passando dos ombros. Julia encara a irmã a apenas alguns palmos de distância e resiste ao ímpeto de se aproximar e eliminar o espaço entre elas.

— Obrigada, você também. — Livvy não olha para cima. — Você cortou o cabelo.

Julia toca os cabelos — ela ainda está se acostumando.

— É, foi um negócio meio de momento.

— Combinou com você. — Ela se senta junto à escrivaninha, empurra alguns papéis. Está obviamente agitada. Ela evita olhar diretamente para a irmã.

Julia continua em pé. Ela gostaria de ter planejado isso melhor. Sempre imaginou um confronto carregado de emoção, uma explosão após outra. Acusações. Pedidos de desculpas. Mais acusações. Ela não esperava que fosse algo totalmente diferente, mais terno e líquido, uma onda desesperada de anseio que a faz querer cair em prantos, estender os braços para Livvy.

Mas Livvy olha para todos os lados, menos para Julia, claramente inquieta. Julia não consegue pensar em nada mais a dizer, então diz:

— Obrigada por tomar conta de Gracie no outro dia. Ela se divertiu.

— É. Eu não sabia se você sabia. Eu só... Mark pareceu estar numa situação difícil...

— Não, deu tudo certo. Obrigada. — Julia ficou surpresa em ver que não foi o fim do mundo, como achou que seria. Sua raiva foi se dissipando tão rápido que chegou a ser quase um anticlímax. — Quero dizer, a princípio fiquei surpresa...

— Julia, por que você está aqui? — Livvy a olha, fixamente. Cautelosa.

Julia limpa a garganta, arruma a bolsa no ombro.

— Bem, o artigo que saiu essa manhã...

— Não tive nada a ver com aquilo — diz Livvy. Ela fica na defensiva — há uma ponta de veemência em sua voz, um tom irascível que Julia nunca tinha ouvido. — Ajudei na pesquisa, mas não fazia ideia que Edie tinha falado com você. Trabalho em vendas, não no editorial. — O recado de Livvy é claro: *Não é culpa minha*.

Julia subitamente sente-se cansada. Parte disso é sua bolsa, que está entupida sabe-se lá de quê. Ela fica enfiando coisas e se esquece de tirar. Nesse momento, dá a sensação de que pesa uma tonelada. Ela solta a bolsa no assento e se senta no braço da cadeira, grata pelo alívio.

— Eu sei. Nem estou tão incomodada com isso, embora eu preferisse que ela não tivesse publicado meu nome.

— Eu concordo. Já gritei com Edie.

— Gritou? — Julia não esperava por isso, no entanto não está surpresa. Ela tenta sorrir.

Livvy acena rapidamente a cabeça, de olhos baixos.

— Foi completamente inapropriado. Mas Edie é uma repórter e ela relata os fatos. Essa é sua desculpa. — Ela mexe em algo no teclado, com o rosto franzido, as sobrancelhas enrugadas.

Por um segundo Julia sente-se como se estivesse passando por uma experiência fora do corpo. Ela está observando a si mesma tentando ter uma conversa com Livvy, e isso é doloroso, forçado. Livvy não parece nem um pingo interessada em Julia, e Julia não esperava isso, nem esperava que algo assim fosse possível. Está tudo ao contrário, com Julia desesperada para que Livvy a veja, diga que está tudo bem. Toda a ira e fúria que Julia carregava foram ultrapassadas por um leve ressentimento oculto de Livvy, tão frágil e quebradiço quanto o gelo fresco na superfície de um lago. Julia não tem mais nada a dizer e não consegue se mexer, temendo que, se ela o fizer, algo se parta.

Livvy a olha desconfiada. Durante cinco anos ela fez o melhor que pôde para ficar fora do caminho de Julia, dar-lhe o espaço que ela pediu. Durante cinco longos anos Livvy torceu — e rezou — para que surgisse uma abertura que a deixasse voltar à vida de Julia.

Mas não houve nenhuma. Julia desligava o telefone quando ela ligava, não atendia à porta se Livvy estivesse batendo. Suas cartas voltavam intactas. Um encontro acidental no mercado, ou no correio, resultava em Julia bruscamente dando meia-volta e indo embora, deixando Livvy em meio aos olhares reprovadores.

Houve momentos em que a solidão esmagava Livvy. Mais de uma vez ela estacionou o carro perto da escola Montessori de Gracie para observar Julia pegando a filha, ter uma pequena visão da irmã, da sobrinha. Ela diria qualquer coisa, faria qualquer coisa para remover o vazio entre elas. Qualquer coisa.

Mas, agora, ela não tem certeza. Talvez tenham acontecido coisas demais. Julia lidou com sua punição e funcionou — Livvy se sente punida, sentiu cada sentimento horrível que Julia quis que ela sentisse. Ela chorou durante noites incontáveis, perdeu peso, cabelos, autoconfiança. Tom falava em se mudar, mas Livvy não faria isso, não fugiria do que ela merecia.

Mas hoje, vendo a irmã, Livvy pensa: *eu paguei o preço, Julia. Totalmente.* Ela não consegue dizer, mas dá para ver que Julia também sente isso. Livvy não sabe como ela sabe, nem imagina como se pode medir algo assim. Tudo que ela sabe é que terminou.

Julia mexe na alça da bolsa.

— Então, como vai você?

Será que Julia está enrolando para ficar mais? Livvy sacode os ombros, desconfiada das intenções de Julia, e, ao mesmo tempo, querendo irromper a notícia da gravidez. O médico disse que o nascimento deve ser em oito de janeiro. Livvy sabe que dá azar contar às pessoas antes do primeiro trimestre, mas tem sido difícil. Edie está muito mais adiantada em sua gravidez, e, embora Livvy saiba que não faz sentido, ela está com inveja porque Edie terá seu bebê primeiro. Livvy está ansiosa que algo possa dar errado e ela só quer que o bebê nasça assim que possível, saudável e feliz. Está na ponta da língua, quer contar tudo a Julia, mas ela não o faz.

— Estou bem — e isso é tudo que Livvy diz.

— E Tom? Ele está bem na fotografia. — Julia aponta para a foto no porta-retrato, na escrivaninha de Livvy.

— Ah, sim. Tiramos essa foto no ano passado. Décimo aniversário de casamento.

— Já faz dez anos? — Julia parece estarrecida. — Lamento ter perdido isso.

O que Julia faria, mandaria um cartão? Livvy sacode os ombros.

— Só saímos para jantar. — Um restaurante caro, com champanhe caro que Livvy gostaria de devolver. Um simples piquenique na sala de estar teria sido igualmente bom, talvez até mais romântico.

Julia parece estar relutando por algo a dizer. Livvy olha a antiga bolsa de lona na cadeira, como se estivesse abarrotada de livros ou tijolos. A bolsa está desbotada e gasta, mas Livvy subitamente a reconhece. — Essa é aquela bolsa que compramos em Evanston? — pergunta ela. — No farol?

Julia olha para baixo, para a bolsa, como se a visse pela primeira vez.

— Acho que sim.

Tinha sido ideia de Livvy ir até lá. Josh tinha acabado de fazer oito anos, idade mínima para visitantes no Farol Grosse Point. Ela achou que ele adoraria, então propôs pegarem a estrada — ela, Julia e Josh. Os maridos tinham de trabalhar e isso seria um presente de aniversário atrasado, quando Livvy dirigiria todo o trajeto e os levaria para almoçar no Merle's Smokehouse, onde um bolo de aniversário os estaria esperando.

Josh contou cada um dos cento e quarenta e um degraus que os levou até o topo do farol, depois ficou de boca aberta vendo o Lago Michigan.

— Construído em 1873 — ele leu. Ele se virou para Livvy e Julia, com o rosto estampado de empolgação. Era 2001. — Isso significa que tem quase cento e vinte e oito anos!

Elas ficaram impressionadas com a matemática de Josh, o que não era um de seus pontos fortes. No entanto, lá estava ele, somando e subtraindo anos enquanto eles liam a história do farol, imaginando quando a área teria sido mapeada, quando a construção do farol finalmente começou, os anos de serviço de vários zeladores do farol.

Quando finalmente chegou a hora de partir, Livvy comprou um *souvenir* para cada um deles do vendedor ambulante que ficava do lado de fora — um ímã para ela, um bola de vidro com o farol dentro para Josh, um bolsão com listras azuis verticais para Julia.

— Francamente, você acha que isso vai dar para guardar todas as suas coisas? — Livvy brincou, enquanto pagava.

— Não há nada errado em se ter um pouquinho de espaço extra — disse Julia na defensiva. Livvy podia ver que ela já estava apaixonada pela bolsa. — Podemos levar conosco, em nossas futuras viagens de carro, certo, Josh? Quando talvez visitemos outros faróis, ao redor do lago, que tal? — Havia algo em torno de cento e dezesseis faróis, no total.

Josh deu um soco no ar.

— Posso matar aula de novo?

Julia riu.

— Vamos ver.

— Eu também posso ir, certo? — perguntara Livvy, ligeiramente ansiosa quanto a ser deixada de fora. Afinal, isso havia sido ideia dela, originalmente.

— É claro! — Julia pôs o braço ao redor de seu ombro, dando um alegre apertão de irmã. Ela olhara Livvy nos olhos, baixando o tom de voz para que Josh não ouvisse. — Obrigada, Livvy. — A expressão em seu rosto era de pura gratidão.

Livvy ficou toda vermelha com o elogio, por saber que havia feito algo bom, algo certo. Mas, depois, a vida ficou tumultuada e Livvy teve de arranjar um emprego, e eles nunca mais tiveram a chance de fazer outro passeio daqueles.

Livvy olha a bolsa, imaginando o que Julia poderia guardar ali dentro, e por que ela ainda arrasta essa bolsa por aí. A velha Julia já a teria doado, século atrás.

— Você quer que eu fale um pouco mais com Edie sobre o artigo? — pergunta Livvy, voltando a atenção ao assunto.

— O quê? Ah, eu não me importo. — Julia esfrega uma mancha na beirada da mesa de Livvy. Ela sacode os ombros, indiferente. — Não tem tanta importância. No fim das contas, foi bem divertido fazer. Quem poderia imaginar?

— É. — Livvy pensa no que Edie lhe disse, mais cedo, sobre a irmã ter iniciado esse negócio todo sozinha. Ela tem certeza de que Julia não faria tal coisa, no entanto, vendo Julia com sua bolsa ridícula, Livvy se pega oscilando, incerta. — Julia, você não acha estranho que tenha sido a primeira pessoa em Avalon a fazer esse negócio todo do Pão da Amizade?

Julia parece surpresa com a pergunta.

— Não. Como eu poderia ser a primeira pessoa?

— Bem, ninguém mais pareceu ter o pão antes de você.

— Bem, obviamente alguém tinha, porque me deram. Essa é a finalidade do pão, ele continua sendo passado adiante.

Livvy pressiona, não convencida:

— Mas você não acha estranho?

— Por que estranho? Quem quer que tenha me dado, só estava tentando ser gentil.

— Mas *quem* deu a você? — Livvy sabe que provavelmente deveria deixar isso de lado, mas não consegue. Ela quer saber. — Alguém disse alguma coisa? Sabe, tipo "Ei, você recebeu o Pão da Amizade que deixei em sua varanda?".

Julia se retrai, franzindo o rosto.

— Não.

— Por quê? Quero dizer, você não fica ao menos curiosa? Eu ficaria. Eu perguntaria a todo mundo. Ia querer saber. Você não quer saber? Experimentou perguntar?

Julia pega a bolsa e pendura no ombro. Ela olha para a irmã e a abertura que estava ali, quando Julia entrou em seu escritório, sumiu.

— Não, não perguntei a ninguém, porque isso não tem importância. Não é notícia, Livvy. É apenas Pão da Amizade. E você pode dizer isso à sua amiga.

O queixo de Livvy cai.

— Só estou dizendo que não faz sentido. — Isso soa mal, sem jeito, até para seus próprios ouvidos.

Julia caminha rapidamente até a porta. Ela para, depois diz, baixinho.

— Você deveria saber, melhor do que ninguém, que eu já desisti de tentar dar sentido às coisas.

Livvy gostaria de não ter dito nada. Julia está certa — é apenas pão.

— Julia, espere! Eu lamento.

Julia se vira, por um instante, com o rosto repleto de tristeza.

— Eu sei. Eu também. — Depois ela vai embora do escritório de Livvy.

Madeline está fazendo torta de pêssego, acrescentando manteiga à mistura. Ela polvilha açúcar mascavo em cima, depois prontamente cobre com papel-alumínio e enfia no forno.

— Então, trinta e cinco minutos? — a mão de Connie está no cronômetro, no formato de um franguinho que Madeline comprou num bazar de garagem.

Madeline concorda.

— Vamos tirar o alumínio depois de vinte minutos. — Ela começa a limpar a pia.

— Eu posso fazer isso, Madeline. — Connie programa o cronômetro, depois pega o pano de Madeline. Ela limpa a pia rapidamente, com eficiência, tirando todos os farelos e os segurando na palma da mão. Ela joga tudo na pia e enxágua o pano com sabão, depois pendura no escorredor para secar. — O que mais você precisa que eu faça antes de abrirmos? Ela tem os olhos brilhantes e está cheia de energia, e Madeline a inveja.

É engraçado, pois Madeline nunca ansiou pela juventude, do jeito que algumas mulheres fazem. Na Califórnia, ela via muito disso. No norte, onde as pessoas faziam ioga, pilates, escalada, andavam de caiaque, e tudo para manter seus corpos bem condicionados, depois, no sul, onde a cirurgia plástica cuidava de celulite invisível e braços flácidos, com o golpe de uma lâmina. Ela não se incomoda com os cabelos grisalhos, nem com as rugas, nem mesmo com o fato de estar perdendo a visão. Mas é da energia que sente falta, da fonte ilimitada que a juventude parece desprezar. Quando você passa a apreciar, seu tempo já passou e você estará sentada à mesa da cozinha, observando alguém com menos da metade de sua idade fazer todo o trabalho.

— Vejamos. — Madeline tem de se forçar a pensar com afinco. De certa forma, ela sente falta dos primeiros meses, quando o negócio estava devagar. Ela tinha tempo de sobra para relaxar e pensar, até ler. Cozinhava ao seu bel-prazer e podia dar-se ao luxo de oferecer porções generosas. Agora, elas correm o risco de ficar sem comida ao fim do dia. Ela deu um aumento a Connie e a passou para período integral, e elas têm falado sobre contratar alguém para ajudar Madeline na cozinha. — Eu sei que estamos ficando sem ovos, então provavelmente devemos ligar para o Ollie, ver se ele pode trazer algumas embalagens. Se não, teremos de comprar no mercado. A horta dos fundos precisa ser capinada...

— Fiz isso ontem. Dei uma corrida até lá, na hora do almoço, e consegui terminar quase tudo.

— Connie — Madeline a repreende, embora esteja secretamente satisfeita, pois ela adora a iniciativa de Connie, sua presença de espírito. — Da próxima vez, por favor, me diga. Você deveria descansar durante seu horário de almoço. Você já faz tanto.

— Não me importo, Madeline. De verdade. — Connie está ansiosa para agradar. — O que mais?

Madeline acende a luz da entrada da despensa e olha as prateleiras.

— Parece que definitivamente precisamos ir ao mercado. Estou com pouco óleo de canola e purê de maçã. E há dois pacotes no *hall* que precisam ser deixados no correio. Já estão com selo e destinatário.

— Óleo e purê de maçã. Ovos, se Ollie não tiver. — Connie pega um caderninho do bolso de trás e abre numa página em branco. Ela insiste em manter a lista de compras no caderno, para que elas possam controlar melhor o custo da comida. Também tem testado vários programas de contabilidade e está tentando convencer Madeline a investir num deles, que também processará os cartões de crédito, mas Madeline não tem certeza se vale o trabalho. — E eu já deixei aqueles pacotes ontem, a caminho de casa, depois do trabalho.

Madeline fica radiante, enquanto pega um imenso saco de lascas de chocolate.

— Você só pode ser algum tipo de leitora de mentes. Obrigada, Connie.

— De nada. Ah, e eu também postei sua carta.

Madeline está puxando o saco para abri-lo, mas ele cede facilmente, lançando uma chuva de lasquinhas de chocolate ao chão. — Que carta?

Connie já está de joelhos, limpando.

— A carta que estava na mesa, na sala de estar. Estava ao lado da caixa vitoriana que a senhora Ramirez estava vendo ontem. Ela disse que quer comprá-la, se você quiser vendê-la, qualquer hora.

Madeline sente a temperatura de seu corpo cair, como da vez em que estava tomando banho, num retiro, em Bolinas, e a água quente foi desligada.

— Estava endereçada a Benjamin Dunn?

— Eu não sei. Acho que sim. Pensilvânia?

Madeline cambaleia até a cadeira mais próxima e despenca, depois põe o rosto nas mãos. O coração está disparado no peito.

— Eu não deveria... fiz algo errado? — Connie joga o chocolate no lixo e corre até o lado de Madeline. — Sou uma idiota! Eu obviamente tinha de ter perguntado antes. Achei que você tinha deixado ali por engano...

Madeline tem uma boa ideia do que aconteceu. Todo esse tempo ela vinha guardando a carta na caixa de nozes, e o aumento do movimento na sala de estar estava imenso. Ela não pensou em tirar a carta e colocá-la num lugar seguro. A senhora Ramirez deve tê-la tirado ao olhar a caixa.

Connie ainda está se repreendendo e Madeline põe a mão em seu braço, para fazê-la parar.

— Connie, tudo bem. Eu deveria tê-la tirado da sala de estar. Simplesmente não pensei.

— Vai dar problema? Porque eu posso assumir total responsabilidade, Madeline. Direi que foi culpa minha. — Connie está tentando não chorar. Madeline está cheia de compaixão por essa menina meiga, essa jovem.

Ela alisa os cabelos picotados de Connie. Ela ficaria tão bonita se tivesse um bom corte de cabelos, talvez uma mudança em seu guarda-roupa, ou se pusesse um pouquinho de maquiagem. Elas não falam muito sobre a família de Connie — dá para ver que é um assunto delicado e ela segue a conduta de Connie. Ela vê que Connie trabalha duro para se tornar alguém, ansiosa para olhar à frente, não para trás. Talvez ela deva fazer o mesmo.

— Não é culpa de ninguém — Madeline a tranquiliza.

Então, a carta finalmente está a caminho de Ben. Isso deverá ser interessante. Madeline já não sente pânico, mas uma agitação esperançosa. Talvez ele ligue. Talvez eles possam se encontrar em algum lugar, como Chicago, ou Filadélfia. Ela pegará um voo para vê-lo se for necessário. Se ele precisar de ajuda, ela quer dar. Talvez ele queira vir a Avalon, ver o salão de chá. Ela duvida de que ele beba chá, mas tudo bem. Também há outros lugares aonde eles podem ir.

— Há mais alguma coisa que você quer que eu faça, Madeline? Não farei mais nada sem primeiro checar com você. — Connie parece muito triste. — Sou tão imbecil.

— Não seja ridícula — Madeline lhe diz. — Ao contrário, você é uma das garotas mais inteligentes que conheço. E, aqui entre nós, eu aposto meu dinheiro em você. Agora vou fazer uns biscoitos com chocolate duplo. Quer ajudar? Então me ajude a me levantar.

Oma Frank, 68 anos, recepcionista de consultório odontológico

Oma Frank não acredita que as coisas aconteçam por um motivo. Há sorte e azar, e não há muita coisa no meio disso.

Norman, seu marido, é exatamente o oposto. Professor aposentado, acredita que toda ação e reação têm um propósito. Os dois discutem no jantar, comparando histórias e as fofocas do dia.

Oma: Pobre Maureen Nyer, acabou de perder o emprego no salão de beleza. Eu vou lhe contar, a economia está deixando gente boa sem trabalho e nós vamos pagar por isso, como país. É uma tragédia.

Norman: A Maureen não queria sair do emprego? Eu me lembro que ela queria passar mais tempo com seu trabalho de crochê. Você disse que ela faz os melhores xales e babadores de bebê do país. Ao menos agora ela terá tempo para realizar alguns projetos, talvez até venda por um bom dinheiro. Mulher de sorte!

Ou

Oma: Terão que arrancar todos os dentes do senhor Gilbert. Ele está com uma doença periodental terrível. O doutor Tindell encarregou-me de dar a péssima notícia. O pobre homem estava quase aos prantos.

Norman: Isso é uma pena. Tomara que consigam fazer uma dentadura confortável para sua boca, talvez isso dê uma chance para que suas gengivas possam sarar. Tudo de que precisamos são gengivas saudáveis. Que bom que o doutor Tindell descobriu!

Geralmente era assim. Oma não ligava tanto, e isso era parte do que mantinha o casamento animado. Esse ano, eles farão quarenta e cinco anos de casados. Isso, sim, é sorte.

Mas conforme Oma olha para o quinto saco de massa deixado por algum vizinho bem-intencionado, tudo que ela consegue pensar é: Mas que azar danado.

Norman, é claro, está encantado.

— Mais Pão da Amizade! — tagarela ele. Ele adora o pão, principalmente a variação como a torta de café que Oma faz com uma cobertura *streusel* e requeijão.

Oma pega os sacos, marcha para dentro de casa e os atira no *freezer*. Ela bate a porta ao fechá-la.

— Norman, eu não vou mais assar isso!

— Ora, vamos, Oma — o marido tenta persuadi-la. — Você faz o melhor Pão da Amizade que eu já experimentei. E não estou falando por falar. — Norman pega a esposa e a abraça. — É quase tão delicioso quanto você. — Ele funga em seu pescoço.

Oma adora que Norman ainda seja amoroso com ela, mas jamais irá admitir.

— Norman Frank, pare com isso! — Ela finge relutar para se soltar. E finalmente escancara a porta do *freezer* para salvar uma massa fria. — Tudo bem, farei um saco: dois pães.

— Dois? — Norman parece desapontado. — Terá acabado até o fim de semana. Não pode fazer um pouco mais?

— Norman Frank... — a voz dela tem um tom de alerta.

— Dois já está maravilhoso, querida. — Norman liga a televisão para assistir ao noticiário matinal.

Oma dá um apertão no saco antes de colocá-lo na tábua de corte sobre a pia.

— Sabe, está correndo um boato de que tudo começou com aquela mulher, cujo filho foi morto pelas abelhas.

Norman ergue o pescoço para olhá-la.

— O menino dos Evart?

— Sim. É isso que estão dizendo. Parece que tudo indica que foi ela. Dá vontade de pegar esses sacos e deixá-los em sua porta! — Ela já ouvira falar que as pessoas estavam fazendo isso e, embora Oma não aprovasse, ela certamente se sentiria satisfeita com isso.

Norman desliga a televisão e se recosta pesadamente em sua poltrona. Ele jamais se esquecerá daquele dia.

— Não foram abelhas — diz ele.

Oma está checando a despensa e escrevendo uma lista de compras.

— O quê?

— Não foram abelhas. Foi uma vespa. Uma vespa americana. — Ele passava por lá, dirigindo, quando viu o menino se curvar na grama da frente. O garoto não conseguia falar e ninguém sabia o que havia de errado com ele, até que a tia saiu da casa. Se soubessem antes, talvez tivesse sido diferente.

Norman sacode a cabeça e suspira.

Oma nota o comportamento sombrio do marido.

— É uma pena — diz ela, baixinho. — Ele tinha dez anos, não é?

Norman assente. Eles não têm filhos, algo a ver com os ovários de Oma, mas o menino dos Evart parecia exatamente o tipo de neto que ela gostaria de ter. Ele ficou olhando a foto do garoto no velório, tão diferente daquele que ele viu deitado aos seus pés. Ele se sentira impotente, desejando ter chegado um momento antes e, ao mesmo tempo, sem saber o que poderia ter feito.

Oma olha a lista. Mais farinha, mais açúcar, mais requeijão. Ela provavelmente também poderia comprar outro vidro de canela. Ela se vira para olhar Norman, que parece triste. E velho. Oma não vê o marido dessa forma, não vê a si mesma assim, porém, nesse momento, é exatamente assim que ele parece.

Velho.

Oma sabe que a morte do menino dos Evart, cinco anos antes, abalou Norman para sempre. Mas ele manteve sua crença de que, de alguma forma, uma razão divina seria revelada.

Até agora, não houve nada. Mas Oma não diz nada.

Ela verifica os ingredientes mais uma vez. É uma cozinheira simples, sabe exatamente do que precisa e as quantidades exatas. É estarrecedor que ela tenha de olhar essa lista novamente.

Quando o motivo lhe ocorre, Oma para. Ela risca as antigas quantidades e lentamente escreve as novas. Então, vai até o freezer e tira o restante da massa de Pão da Amizade.

Capítulo 20

Se você fosse olhar a cidade de Avalon no mapa, veria que ela fica ao longo do rio Leaf, um afluente do rio Rock que, por sua vez, faz parte da bacia hidrográfica do rio Mississíppi. Inundações e chuvas fortes são comuns no nordeste de Illinois e Avalon já teve sua cota de tempestades e elevação do nível de água. Muitos dos residentes ainda se lembram dos alagamentos de 1996, quando o rio irrompeu diques de mais de cinco metros, inundando bairros. O governador declarou estado de calamidade na área e a água impediu que os alunos frequentassem a escola por duas semanas.

Agora, a elevação do nível da água volta a preocupar a cidade. Chuvas fortes têm levado a água para condados vizinhos e grandes ventanias estão derrubando árvores e galhos, deixando inúmeras residências sem energia elétrica.

Mark olha pela janela da sala. A chuva está batendo no vidro como uma cachoeira, obscurecendo totalmente a visão do quintal e da rua.

— Deus, que azar. — A reunião que eles teriam com Bruno Lemelin está marcada para hoje.

Mark vê Julia passando com várias tigelas plásticas, para colocar embaixo das goteiras do banheiro lá de cima. Ele sabe que Gracie está acampada diante da TV, aconchegada no saco de dormir. Julia tirou todo o equipamento de *camping* e emergência, só para garantir.

O celular dele toca. É Vivian.

— Por que o escritório está fechado? — pergunta ela, exigente. — Não tem ninguém aqui.

— Porque ligamos para todo mundo hoje de manhã dizendo para que ficassem em casa. — Ele e Victor tomaram essa decisão logo depois de amanhecer, quando ficou claro que as estradas estavam começando a inundar. — A Dorothy não ligou para você?

— Ligou, mas eu achei que fosse opcional.

— Você precisa voltar para casa e ficar lá — ele diz a ela. — Estou prestes a ligar para Lemelin e adiar a reunião.

— Adiar a reunião? Mark, eu me matei de trabalhar durante as últimas três semanas, não podemos simplesmente jogar tudo fora! Você sabe que ele está conversando com outras firmas.

Mark sabe de tudo isso — Vivian não era a única trabalhando sem parar.

— Eu sei, Vivian. Mas ninguém deve sair com esse clima. Duvido que Lemelin ao menos apareça.

— Ah, ele vai aparecer. — Mark percebe um deboche na voz dela. — Caras como ele sempre aparecem. E também esperam que todos apareçam. — O sentido de Vivian está claro: se Mark tivesse peito, ele estaria a caminho de Chicago, agora mesmo, e que se danasse o clima.

Mark olha lá para fora, novamente. O céu está negro. Carregado.

— Deixe-me ligar para Lemelin — diz ele. — Enquanto isso, você precisa voltar para casa. — Vivian ainda está protestando quando Mark diz tchau e desliga.

Mark disca o número de Lemelin, mas cai direto na secretária eletrônica. Bem, é claro. Só um maluco estaria lá nesse tempo. Ele deixa uma mensagem dizendo a Lemelin que, por favor, ligue de volta quando tiver uma chance.

Um trovão faz a luz da casa piscar e Gracie dá um gritinho, assustada. Julia entra correndo e abraça Gracie, que parece mais empolgada do que assustada.

— Eu deveria ter ido ao mercado ontem — diz Julia, acima da cabeça de Gracie. — Pensei nisso, mas não fui. Não temos muita comida em casa.

— Tenho certeza de que ficará tudo bem — Mark a tranquiliza. — Vamos olhar. Venha, faisquinha. — Ele ergue Gracie.

Eles vão até a cozinha. Mark coloca Gracie em cima da pia e olha os armário, vendo o que há neles. Julia está certa: não tem muita coisa. Isso pode ser um problema se o tempo continuar assim, ou piorar.

Mark abre o último armário e cai uma porção de sacos herméticos de massa. Eles caem em seus braços, depois se espalham pelo chão. Cada saco está marcado com datas diferentes, com caneta hidrográfica. Há pelo menos vinte sacos.

— Bem, ao menos temos bastante massa do Pão da Amizade — ele brinca, enquanto começa a colocá-las de volta no armário. O assustador é que todos esses sacos são apenas de Julia. Ele tem jogado fora os sacos anônimos que têm sido deixados na porta. — Se não ficarmos sem luz, você pode assar e nos manter com um estoque de pães e *muffins*.

— Eu devia jogar isso tudo fora — diz Julia, enquanto o ajuda. Os sacos não estão colaborando, não querem ficar empilhados, ficam escorregando. — Fiquei sem ter a quem dá-los, principalmente desde que o artigo foi publicado. — Ela passa um saco a Gracie, que imediatamente começa a apertá-lo.

Mark ouve a decepção na voz de Julia.

— Vamos dar um jeito — ele a tranquiliza. Mark sabe como o Pão da Amizade é importante para ela. Ele se tornou um ritual para a família, apertar, assar, discutir o que fazer a seguir. Se dependesse dele, ele diria aos casais que eliminassem a terapia conjugal e experimentassem o pão.

— Só precisamos diminuir. Você não disse que podia congelar esse negócio? — Ele vai até o *freezer* e abre. — Ah.

Julia vem por trás dele. Há uma prateleira inteira com massa congelada. Ela estica a mão e fecha a porta do *freezer*, sacudindo a cabeça. — Eu obviamente sou viciada em Pão da Amizade. Eles precisam arranjar um Programa de Doze Passos para esse troço.

Mark começa a rir, ele não consegue evitar. É contagioso e Gracie cai na gargalhada. Até Julia sorri.

— Está bem, podem rir vocês dois. — Julia volta ao armário e verifica as datas em vários sacos de massa, antes de tirar dois. —

Acho que você tem razão quanto à energia elétrica. Acho que vou tentar assar alguns pães agora, só para garantir.

— Posso ajudar? — pergunta Gracie.

Julia sorri.

— É claro. Primeiro desligue a TV.

Mark ajuda Gracie a descer e ela sai correndo da cozinha. Julia se vira para ele, com uma expressão subitamente tímida.

— Gostaria de ajudar também?

Mark adoraria ajudar, mas nesse instante seu telefone toca. Ele vê o número de Lemelin no visor.

— Desculpe, preciso atender. Já volto. — Julia sacode os ombros, indiferente, enquanto ele se afasta.

A voz de Lemelin está alegre.

— Mark, meu parceiro. Desculpe ter perdido sua ligação. Está gostando do clima adorável?

Mark fica animado pela casualidade de Lemelin. Ao menos ele sabe que o clima está um porcaria.

— Contanto que não acabe a luz, por mim, tudo bem.

— Por mim também. Gosto de manter meus restaurantes abertos. As pessoas ainda comem, certo?

Certo. Mark limpa a garganta.

— Liguei para ver se podemos remarcar para a semana que vem. Aqui, as estradas estão começando a alagar.

— É mesmo? Vivian não mencionou isso quando nos falamos.

Será que Lemelin não assiste ao noticiário, não olha pela janela? Ou ele não sabe de nada, ou está pouco ligando, ou Chicago foi transferido para o Havaí.

— Bem, acabamos de tomar essa decisão.

— Nos últimos dez segundos? — Lemelin ri. — Interessante, já que acabei de desligar o telefone depois de falar com ela.

Mark franze o rosto.

— Você acabou de falar com ela?

— Não faz nem um minuto, por isso perdi a sua ligação. Ela disse que tinha falado com você, disse que já estava na estrada, mas que você talvez não conseguisse vir. O que está havendo, Evarts?

Evarts. O fato de Lemelin chamar Mark pelo sobrenome não é bom sinal.

— Apenas linha cruzada, Bruno. Vou verificar com ela.

— Claro. — Há uma pausa. — Então, eu o verei em breve? Podemos fazer uma bela refeição, falar sobre os negócios.

Mark sente que isso não é tanto uma oferta, e sim uma solicitação. Lemelin sabe que Mark está tentando cancelar e não quer abrir mão sem uma briga, ou ao menos fazer com que Mark se sinta um babaca.

Talvez ele esteja sendo um babaca, talvez devesse morder a isca e ir. Ao menos tentar ir. Mas uma olhada pela janela diz que isso seria insano.

— Obrigado, mas acho que remarcar faz mais sentido. Que tal na próxima terça-feira? No mesmo horário?

— Hummm, próxima terça — Lemelin empaca. — Terei de retornar a você. Não estou com minha agenda.

A voz de Lemelin é de recuo. Mark sente. Ele olha novamente pela janela. Mesmo que Avalon não inunde, há dois municípios entre ele e Chicago. Quanto mais perto ele estiver da cidade, pior será o clima. Sempre foi assim. Ele vai ficar preso e Julia e Gracie estarão sozinhas ali. Lemelin é solteiro, divorciado três vezes. Ele passa o tempo todo nos restaurantes porque não tem aonde ir. Não tem nada a perder.

— Ei, eu adoraria estar aí — diz Mark, fingindo tristeza. Lemelin é um sujeito que gosta de entrosar com outros caras, mas Mark sabe que ele tem uma queda por Vivian e tenta apelar pelo lado mole de Lemelin. — Mas o clima está uma droga e acho que ninguém deveria estar fora nesse tempo, muito menos Vivian.

— Vivian? — surge uma pausa, depois um deboche. — Você não precisa se preocupar com Vivian, meu caro. Aquela garota sabe se cuidar, não estou preocupado com ela. Por outro lado, você... — ele deixa no ar, para que Mark complete.

Mark está prestes a dar outra desculpa quando percebe que é bobagem. Ele ficará eternamente dando cambalhotas para Lemelin, e Lemelin não dá a mínima para o fato de Mark fazê-lo por conta própria, ou à custa de sua família. Mark é arquiteto, e dos bons. Ele deu muito a Lemelin, inúmeras ideias ótimas que sabe que Lemelin irá usar. Mas Mark já não está interessado em ser uma companhia paga, nem lacaio de ninguém.

Nem mesmo por um projeto de vida.

— Se você quiser um encontro na semana que vem, direi a Dorothy que ligue e marque na agenda — diz ele.

A voz de Lemelin é seca.

— Acho que não será necessário.

— Então, boa sorte a você, Bruno — diz Mark. E aperta o botão para desligar o celular.

Mark não pode acreditar que acaba de abrir mão do projeto de Lemelin. Mas, pensando bem, ele acha que talvez Vivian estivesse certa, que eles já o tinham perdido semanas atrás. Eles se apegaram à esperança de fazê-lo mudar de ideia no último minuto, mas Mark acha que tanto ele quanto Vivian, no fundo, sabem a verdade. É mais fácil enganar a si mesmo e pensar que há uma chance.

Ele disca o número dela e dá a notícia. Haverá outros projetos, outras oportunidades que darão muito menos dor de cabeça para ambos.

— E aí — diz ela, alegremente. Dá para sentir que está embalada pela cafeína, movida a adrenalina. — Estou a caminho de Chicago. As ruas não estão tão ruins.

Vivian não sabe nada de inundações, mas Mark sabe.

— Eu cancelei a reunião, Vivian.

— O quê? Mas eu posso ir, Mark! Estarei lá em uma hora, no máximo uma hora e meia.

— Vivian...

Ela continua, inabalada.

— Posso representar a Gunther & Evarts, eu sei o que o Bruno quer ouvir. Posso fechar esse negócio, Mark. Tenho tudo comigo...

Mark franze o rosto, sem entender.

— O que você quer dizer, tem tudo com você? Estou com as plantas e a proposta final, bem aqui, estão comigo. — Ele dá uma olhada na escrivaninha e, sim, lá estão.

Vivian solta um suspiro impaciente.

— Olhe, não fique zangado, mas eu fiz uma cópia de tudo ontem, porque queria mostrar a uma amiga minha. Ela tem um olho incrível para cor e deu algumas sugestões fabulosas de como podemos aquecer a paleta, com mais laranja do que vermelho, com o que eu não havia concordado antes, mas quando você casa com os azuis que Bruno quer na entrada...

Mark a interrompe.

— Vivian, você não pode sair por aí mostrando nosso trabalho para alguém fora da firma, principalmente se ainda estamos apresentando uma proposta para o projeto.

— Eu sei, Mark, mas foi algo casual, nada que ela vá me cobrar, ou comentar com ninguém. Eu a conheço há séculos e ela é totalmente profissional. Quero dizer, meu Deus, ela trabalha para a Perkins Eastman...

— Perkins Eastman? — Mark subitamente sente-se frio. A Perkins Eastman é imensa. É uma empresa tradicional no ramo de arquitetura e *design* de interiores. Estão num nível bem diferente e, por conta disso, Mark não os vê como concorrentes, apesar de todos o serem nesse negócio. E, embora ele não desconfie que eles estejam concorrendo ao projeto de Lemelin, nunca se pode ter certeza. De qualquer forma, é um conflito de interesses e uma infração grave à política da empresa que Vivian tenha mostrado o trabalho deles para alguém fora da firma, ainda por cima um concorrente. Ele está pasmo que ela tenha feito isso, que ela seja tão tola. Então lhe ocorre que ela não é tão tola assim, apenas não liga.

Mark fecha os olhos. Victor o alertara exatamente sobre esse tipo de coisa, a forma como a ambição de Vivian ultrapassa sua autoridade real na firma. Ela não é sócia na G&E, nem diretora. A admiração que ele tem pela sagacidade dela obviamente nublou sua objetividade, mas está ficando claro o que está em risco.

Vivian deve estar sentindo que algo está errado, porque há uma mudança em seu tom.

— Mark — diz ela baixinho. — Eu só achei que, diante das circunstâncias, seria bom conversar com alguém do ramo, entende? Alguém que está com os graúdos, o tempo todo, que sabe o que querem os clientes como Bruno. Não quero perder esse projeto...

— Você não quer que nós percamos esse projeto, você quer dizer. — A voz dele é cautelosa.

— Certo. Nós. É claro. Você sabe que foi isso que eu quis dizer. — Ela dá uma risada inquieta. — Olhe, isso realmente não importa, Mark. A questão é que tenho tudo de que precisamos. Estou confiante de que posso fechar o negócio — para nós —, mesmo que você não possa ir à reunião. Tenho tudo sob controle. Não é grande coisa.

— Na verdade — diz Mark —, é grande coisa, sim, Vivian.

Surge um silêncio espantoso. Então:

— Mark...

— Não — diz ele, firmemente. — Aprecio seu entusiasmo, Vivian, mas...

— Você aprecia meu entusiasmo? — Ela diz isso com desdém, a suavidade subitamente tem um tom áspero.

Mark cerra os dentes. Ele geralmente é bom com esse tipo de coisa, mas Vivian tem um jeito de virar tudo de cabeça para baixo. Naquela noite, em Chicago, foram horas e uma boa refeição, até que ela ficasse sóbria. Ela estava de barriga vazia o dia todo, desprezando as refeições e forçando-se ao limite. Durante o jantar ele ouviu de tudo, toda a infelicidade, as inseguranças, mas, por ele, tudo bem, com relação a essa parte. Pelo menos mostrou sua humanidade, a forma como ela era tão frágil quanto o restante. Mas ele também percebeu que Vivian estava faminta — por amor, por sucesso —, e Mark não é a pessoa que pode ajudá-la a ter essas coisas.

Ele sabe que é culpa sua ter deixado as coisas ficarem pessoais, que, de alguma forma, isso invadiu o relacionamento profissional e obscureceu o pequeno detalhe de que Vivian, de fato, está subordinada a Mark. Mas as coisas chegaram a um novo nível, agora que Vivian ultrapassou o limite de forma estrondosa. Mark sabe o que Victor dirá, que mesmo já com o projeto de Lemelin perdido, não há como saber se ela fará o mesmo novamente. Nem mesmo Mark tem certeza se ela o faria. Ele lamenta o que está prestes a fazer, porque sabe que ela só está tentando encontrar seu caminho no mundo e gostaria de poder ajudar.

— Vivian...

— Não me venha com esse seu Vivian, Mark. — A voz dela está zangada, hostil. — Não sou Julia, você não precisa me convencer a descer do telhado. Estou farta de você sendo um cara tão legal, Mark!

E basta. Ele não pode acreditar que tem aturado isso. Sua empatia se dissolveu em irritação e está mais direcionada a si mesmo do que a qualquer outra pessoa. Mark se pergunta por que não notou isso antes, mas ele está farto dessa loucura toda. Chega. E, por sorte sua, Vivian, ele nem vai ter o trabalho de ser um cara legal quanto a isso.

— Vivian...

— O quê?

— Você está despedida.

Mark leva uma hora para pôr o assunto em dia com Victor e Dorothy, para avisar à empresa de segurança que cuida dos crachás eletrônicos e imediatamente fazê-los remover o acesso de Vivian ao escritório. Ele liga para Lemelin para dar a notícia de que Vivian já não trabalha mais para a G&E e não está autorizada a falar com ele em nome da firma, e que eles já não estão interessados no projeto. Ele fala com a pessoa do RH que o instrui a documentar tudo, o que ele gasta a hora seguinte fazendo, minuciosamente.

Se ela esperava impressioná-lo, ou buscava uma forma de alavancar sua carreira e portfólio, Vivian passou dos limites. Ela é inteligente e extremamente talentosa, mas precisa estar numa firma da cidade, compatível com seu ímpeto e ambição. Ou trabalhar sozinha. Mark não tem dúvida de que ela se dará bem, de uma forma ou de outra. O que Vivian decidir fazer é decisão dela, mas ela não pode mais trabalhar na Gunther & Evarts. Até aí está claro.

Quando Mark se junta à família na cozinha, o calor do forno e o cheiro adocicado de canela o envolvem. Alguns pães já estão esfriando nas grelhas e outro conjunto de formas vai entrar no forno. Julia sorri para ele e Gracie salpica passas numa tigela de mistura. Ele se esquece completamente da chuva, de Vivian, de Lemelin, de ser o melhor arquiteto do mundo. Em vez disso, ele olha para a esposa e a filha e estende as mãos para ajudar.

Capítulo 21

— Tenho uma porção de pacotes para você. — Jamie Linde está em pé, na varanda, com uma capa de chuva da UPS. A água está pingando de seu rosto, mas ele está sorrindo e Hannah sente um aperto no coração, como sempre acontece quando ela o vê. — Posso cobri-los com plástico, para não molhar. Ou posso dar ré no caminhão na entrada de sua garagem.

Pacotes, plural. Hannah tenta se lembrar do que pediu. Ela tem feito um bocado de compras *on-line*, novos eletrodomésticos para a cozinha — um processador, um espremedor, uma grelha de mesa, além de vários utensílios novos. Até agora, seu favorito é o jogo de formas de assar de silicone. Seus Pães da Amizade simplesmente escorregam para fora, com uma pequena torção, e saem perfeitamente assados. Limpar também é a maior moleza. Por que tudo na vida não pode ser assim tão fácil?

— O que for mais simples — ela diz a ele, sentindo-se mal por ele ter de trabalhar num clima tão ruim. Há somente alguns carros na rua e o vento está uivando, a chuva bate enviesada. Ela calça os sapatos.

Ele olha a entrada da garagem.

— Quer abrir o portão da garagem? Posso trazer os pacotes direto para dentro.

— Quantos pacotes são?

Jamie já está voltando à chuva.

— Uns dez.

Hannah passa por dentro da casa e abre o portão da garagem. Jamie já está lá, com o caminhão da UPS quase tocando o beiral do telhado. Ele traz a primeira caixa e entra na garagem, colocando-a junto à porta interna que dá para a casa.

— Aqui está a primeira.

Hannah olha o endereço que foi marcado no alto das caixas com caneta.

De: P. de Brisay, 540 North State Street, #843, Chicago, IL 60610.

Para: Hannah Wang, 11248 First Avenue, Avalon, IL 61798.

Hannah olha a caixa. Ela achou que Philippe fosse esperar até terminar a temporada, em junho, para mandar suas coisas de volta, mas aparentemente isso era tempo demais. Hannah não deveria estar surpresa — quando Philippe se decide, ele fica impaciente para liquidar logo com aquilo, para seguir em frente —, mas ela não estava preparada para o choque de ver seu próprio nome outra vez, subitamente separado e desconectado do dele. É incrível como alguém pode cortá-la de sua vida, simplesmente pegando seu nome de volta.

Há anos ela não era Hannah Wang, desde que se casou com Phlippe. Seu pai havia sido contra a mudança de nome, até seu empresário foi contra, mas Hannah quis mudar de nome. Ela adorava o jeito como Philippe cantarolava "Hannah de Brisay, Hannah de Brisay", com tanto orgulho e alegria. Ele praticamente cantava para todos da cabine da primeira classe, quando eles estavam em lua de mel, de tão orgulhoso.

— Você está bem? — Jamie está carregando caixas de tamanhos e formatos diferentes, caixas de papelão que Philippe arranjou no Costco, ou nos fundos de algum galpão.

Hannah não diz nada, mas segura a fita frágil de um pacote que segura a tampa. Ela desgruda facilmente, fazendo-a imaginar como a caixa não arrebentou durante o trajeto.

Do lado de dentro, uma mistura de suas coisas do apartamento. Roupas, livros, artigos de toalete. A tampa do xampu está solta e vazou em tudo, até mesmo no xale de caxemira que Philippe lhe deu de Natal. Hannah tenta tirar um pouco do xampu e colocar de volta no frasco, mas finalmente desiste e solta tudo de volta dentro da caixa.

Jamie enruga o nariz.

— Nossa, que pena. As pessoas nem sempre embalam as coisas direito e pode abrir no caminho. Mas tem um cheiro bom.

Hannah sorri para ele, grata, comovida que ele tenha notado. Foi exatamente por isso que ela comprou o xampu, um de leite de rosas. Mas Philippe não ligou.

— Obrigada, Jamie. Precisa que eu assine alguma coisa?

— Não. Não há solicitação de assinatura do remetente.

Novamente Hannah sente uma pontada de rejeição, pois Philippe nem se incomodou de se certificar que ela recebesse tudo.

— Bom, tudo bem. — Ela dá uma olhada nas outras caixas e fica aterrorizada em abri-las. Talvez não deva. Ela nem consegue se lembrar do que tinha naquele apartamento. Talvez deva simplesmente doar tudo, sem ver nada, e seguir em frente.

— Então. — Jamie lança um olhar ao redor, na garagem quase vazia. Não há ferramentas, nem equipamento de jardinagem, nada dessas coisas habituais que se costumam encontrar numa garagem. Philippe nunca foi de trabalhos manuais, nem arriscaria as mãos, seguradas pela Orquestra Sinfônica de Chicago. Eles têm um jardineiro que vem duas vezes por mês. — Você está alugando esse lugar?

— Não, nós compramos. — Hannah fecha a caixa e empurra.

— Ah. Certo. Seu marido também é músico?

— Ele é violinista da Orquestra Sinfônica de Chicago. Mas estamos separados. Vamos nos divorciar. — Ela abre outra caixa e vê um bolo de suéteres.

Jamie não parece surpreso, mas seu rosto é solidário ao apontar o queixo para os espaços vazios ao redor deles.

— Imaginei. Não parece ter um homem por aqui. Lamento.

— Eu também. Ele está dormindo com a violinista. — Isso foi totalmente desnecessário. — Hannah tem vontade de pôr a mão sobre a boca. Mas depois ela pensa: *Não ligo. Fico contente que ele saiba*. Ela cutuca outra caixa com a ponta da sapatilha, imagina o que tem dentro.

Jamie faz uma careta.

— Ele deve ser maluco. Eu ficaria com a violoncelista, na hora, em vez da violinista. — Ele diz isso com tanta autoridade que Hannah sorri, encantada. Surge um raio e um trovão, logo em seguida.

Jamie dá uma olhada no lado de fora.

— Melhor eu ir. Você é minha última entrega, querem que a gente volte por causa do tempo. Há um grande alagamento em Laquin, mas Barrett está pior. — Barrett e Laquin são cidadezinhas vizinhas de Avalon.

— Ah, espere — diz Hannah, dando um salto. Ela se apressa até lá dentro, onde embrulha alguns croquetes de batata ainda quentes da frigideira. Ela volta à garagem e os entrega a ele. — Acabei de fazer.

Jamie aceita, agradecido.

— Nossa, parece incrível. Obrigado, eu estava faminto. Não tomei café porque queria terminar meu roteiro cedo. — Os olhos dele se desviam para o lado de fora, onde o céu está escuro e ameaçador. — Sei que pode não ser a melhor hora para você, mas estaria interessada em sair qualquer hora? Não como um encontro romântico, porque você ainda é casada, mas talvez para jantar ou algo assim? Gosta de comida italiana?

Ah, Hannah adoraria sair para jantar com ele. Jamie é alto e bonito, e incrivelmente meigo. E não faz mal nenhum que ele tenha um lindo corpo, algo fácil de ver, em seu uniforme da UPS. E está claro que ele gosta dela. Isso é o que Hannah mais sente falta — ter alguém apaixonado por ela, alguém que a considere a melhor coisa do mundo.

— Obrigada, mas eu provavelmente não devo... — A voz dela vai sumindo, decepcionada.

— Certo. — Jamie logo acena com a cabeça, constrangido.

Hannah morde o lábio, frustrada. Deus, ela quer tanto. Ela quer sair com Jamie, quer saber mais sobre ele, ver o que eles têm em comum. Mas é cedo demais, não é? Ela provavelmente deve concluir o divórcio, ter um período sozinha, de independência. — É que tudo está tão confuso com meu marido, nesse momento... — Ela para.

De quanta solidão Hannah realmente precisa? Como exatamente deve quantificar isso? É como um período de luto? Porque quanto mais ela pensa a respeito mais percebe algo totalmente diferente: ela passou boa parte da vida sozinha, talvez não fisicamente, mas emocionalmente, e não está interessada em viver mais assim. Seu casamento acabou, suas apresentações profissionais acabaram. E embora tenha havido tanta tristeza ao redor dessas perdas, há algo novo no lugar.

Liberdade.

Liberdade para cometer erros, liberdade para viver a confusão da vida. Foi isso que Madeline e Julia disseram, não foi? A vida é confusa. A amizade delas, como um sopro de ar fresco, levou as teias de aranha dos cantos escuros de sua vida, mostrou a ela que, embora a solidão possa ter seu lugar, a amizade — e o amor — oferecem muito mais.

— Bem, só pensei em perguntar. — Jamie passa a mão pelos cabelos, despenteando-os, e Hannah adora como ele fica ainda mais bonito. Ele sorri educadamente, depois se vira para partir.

— Espere — diz ela. Ela estica a mão e toca seu braço, levemente, e não está preparada para a onda súbita de calor que a percorre, fazendo seu corpo formigar.

Nossa.

— Um encontro romântico ainda não, mas podemos nos encontrar para um sorvete — propõe ela. — Que tal na semana que vem? — Ela já está farta dos jantares elegantes e elaborados, quer fazer algo divertido para variar. Algo que não exija muito planejamento ou coordenação, que ela não precise ir ao cabeleireiro, nem escolher uma roupa especial. Faz tempo que ela quer ir à sorveteria perto de sua casa, e gosta da ideia de se sentar com Jamie num lugar cheio de cacofonia de crianças de escola, compartilhando um *sundae* ou um *milk-shake*.

— Sorvete? — Jamie diz isso com uma expressão divertida no rosto e ela não pode deixar de rir. — Certo. Mas você tem de ficar do seu lado da mesa. — Ele diz isso num tom brincalhão, mas Hannah ouve a entonação do flerte, vê que ele já está imaginando um jeito de cortejá-la. Ela reza para que ele não seja o tipo de cara que vai partir seu coração em mil pedaços, porque ela sente que já está ficando meio caída por ele. Ou talvez já seja tarde e ela só precise deixar rolar.

Hannah está quase explodindo, irradiando uma felicidade que há muito não sente. Ela aperta os lábios para conter o sorriso.

— Vou me esforçar.

Jamie sorri de volta, põe o capuz na cabeça.

— Ótimo — diz ele. — Vou ligar na semana que vem. Fique seca, Hannah.

— Você também. Tchau, Jamie.

Ela o vê sair correndo na chuva e entrar no caminhão. As luzes de freio se acendem, depois ele some.

— Bem, é oficial. — Tom entra pela porta da frente, encharcado, e solta uma caixa num canto. — Eles me mandaram embora.

— Ah, Tom. — Livvy vem correndo. Eles sabiam que isso aconteceria. A companhia cortou cento e cinquenta representantes de vendas ao redor do país, desde que abandonou os planos de lançamento de seu último medicamento, uma pílula para dor que obviamente não deu certo e tinha muitos efeitos colaterais. — É a morte — Tom dissera, amargo, quando as demissões começaram.

Livvy quer abraçá-lo, mas ele está ensopado. Além disso, ele não parece querer ser tocado.

— Posso pegar algo para beber? Uma cerveja?

— Na verdade, eu queria um café — Tom tira a roupa bem ali, na entrada, até ficar só de cuecas e meias. — Eles poderiam simplesmente mandar um *e-mail.* Foi completamente insensato nos fazer dirigir nessa tempestade para nos passarem a faca, pessoalmente.

Livvy joga para ele uma manta de algodão, do encosto do sofá, e pega suas roupas.

— Vou fazer um café. E a senhora Lowry passou por aqui para nos dar um Pão da Amizade. Você acredita?

Tom se enrola na manta, depois entra na sala.

— Você provou para ver se tinha veneno?

— Tom. — Mas Livvy está sorrindo, pois ela mesma também desconfiou. — Eu a convidei para entrar e cada uma comeu uma fatia. Você vai gostar.

— Talvez ela esteja em parceria com Julia.

Livvy não diz nada. No passado, ela gostava dos pequenos golpes contra Julia, das tentativas de Tom de se manter leal à esposa. Mas agora ela sente remorso ao ouvir o nome de Julia, diante da inabilidade das duas para consertar as coisas. Não é mais vingativo, nem engraçado. É apenas triste.

Tom pega o controle remoto, depois o solta e se acomoda no sofá. Ele olha em volta e estremece.

— Precisamos de uma lareira.

Livvy vai até o termostato e aumenta.

— Vou aumentar o calor. — A falta de uma lareira nessa casa é uma das coisas que incomodam Livvy. A casa é relativamente nova e tem tudo, mas o corretor disse que o dono anterior ficou sem dinheiro antes de poder colocar uma lareira, e Livvy e Tom também não puderam providenciar uma. Ela anseia pelo som do fogo estalando, do cheiro da madeira queimando. *S'mores*. Na verdade, é isso. Ela gostaria que eles pudessem assar *s'mores* na sala, por mais tolo que isso possa parecer.

Na cozinha, Livvy cantarola, enquanto corta várias fatias gordas de pão e as põe num prato. Ela faz um bule de café e escolhe um iogurte sem gordura para ela, depois pega um para Tom, caso ele também queira. Ela leu sobre a forma como os maridos às vezes ganham peso solidário e espera que isso não aconteça com ele. Os pais dele são mais para cheinhos. Ela põe tudo numa bandeja, com um belo guardanapo de tecido e leva até ele.

— Você está num excelente humor para alguém que acaba de se tornar a única provedora — diz Tom, enquanto ela pousa a bandeja diante dele.

Ora. Ela não tinha pensado nisso. Ainda assim, eles não foram pegos desprevenidos pela notícia.

— Acho que poderia acontecer coisa pior. — Ela arranca a ponta do pão e enfia na boca. Comeria isso o dia todo.

— Podemos perder a casa, Livvy. — Tom está sério. Ele põe mais creme no café.

— Eu sei. — Isso lhe ocorreu várias vezes ao longo do último mês. — Talvez a gente deva vender.

Tom para de mexer o café.

— Você venderia a casa? Achei que você adorasse essa casa.

Ela adora. Tirando a falta da lareira, é a casa de seus sonhos. Para eles, foi puxado para comprar, com uma hipoteca imensa, mas ela quis, então eles compraram. Ela sempre a imaginou cheia de familiares e alegria, mas ainda são só os dois, com todo esse espaço sobrando, que só serve para ecoar a solidão. A verdade é que eles provavelmente viveriam bem, num lugar menor, mesmo com a chegada do bebê. Livvy não faz ideia do que eles podem conseguir pela casa, mas os preços subiram desde que a compraram, embora o mercado atual seja do comprador. A casa tem muitas características positivas e eles fizeram um bom trabalho na manutenção. — Se conseguirmos vender, podemos pagar a hipoteca e talvez possamos ver alguma coisa mais acessível. Ainda pode ser bom.

— A ideia de ter algo menor, uma hipoteca mais administrável, é muito atraente. E não há nada de errado em ter uma casa menor — diz Livvy. Será mais aconchegante para todos eles.

Tom acena com a cabeça concordando, dando um lento gole em seu café.

— Se quisermos fazer isso, é melhor fazermos logo. Não quero atrasar os pagamentos da hipoteca e perder a casa de vez. — Livvy vê os olhos dele se desviando para a garagem, provavelmente lembrando o que aconteceu com o BMW.

— Acha que teremos problema para vender a casa?

Tom sacode os ombros.

— Não sei. Mas com essa situação econômica provavelmente teremos mais sorte em vendê-la do que em tentar achar outro emprego. Ninguém está contratando. — Ele dá uma mordida no Pão da Amizade, e seus olhos expressam surpresa. — Ei, isso não é tão ruim.

— Eu disse a você. — Ela pega outro pedacinho. Não sabe se vai conseguir esperar dez dias até assar seu próprio pão. Ela o comeria de manhã, de tarde e de noite.

Tom olha dentro de sua xícara de café.

— Tenho pensado e acho que também devo vender meus tacos de golfe.

— Mesmo? — Livvy o encara. Tom adora golfe.

— É. Bem, tudo bem, os tacos, não, mas acho que devo abrir mão do título do clube de golfe. — Ele dá um sorriso tímido. — Só posso jogar alguns meses no ano e há muitos campos por aí. Eu nem deveria ter comprado isso.

Livvy não sabe o que dizer.

— De qualquer forma, acho que não vou jogar muito mesmo. Qualquer tempo livre que eu tiver vou querer passar com o bebê. — Tom dá um tapinha no espaço livre ao seu lado.

Livvy vem e se aconchega na dobra de seu braço.

— Tom?

— Humm?

— Você acha... — ela abaixa o tom de voz a um sussurro. — Acha que serei uma boa mãe?

Tom a olha e ela sabe que ele sabe o que ela está pensando.

— Livvy — diz ele. — Eu *sei* que você será uma boa mãe.

Ela engole.

— Mesmo depois...

— Mesmo depois do que aconteceu — ele termina para ela.

Tom passa a manta ao redor dos dois — dos três, se incluir o feijãozinho no útero — e eles continuam a falar baixinho, e a comer, enquanto a chuva cai continuamente sobre a casa.

— Mãe imbecil — Edie fecha a tampa do laptop, zangada.

Richard entra no quarto e franze o rosto para Edie, sentada na cama.

— Você deveria estar deitada. Totalmente na horizontal. — Richard coloca um copo alto de água ao lado da cama e pega o laptop. — Beba.

Água, água por todo lado. Lá fora está um temporal, um clima perigoso, segundo o Serviço Nacional de Meteorologia. Os rios do nordeste do estado estão transbordando. Fortes tempestades estão passando pela região, com chuvas incessantes. Os residentes das cidades vizinhas foram evacuados e há relatos de danos a mais de duzentos lares. Avalon, apesar de molhada, parece ter sido poupada.

— Desde quando você se tornou um médico nazista? — Edie resmunga, mas obedece e toma um longo gole de água.

— Desde que você foi diagnosticada com pré-eclâmpsia e a médica a pôs de repouso. Ele puxa as cobertas e a empurra devagarinho para se deitar.

Edie suspira.

— Ah, certo. — Ela entra embaixo das cobertas e deixa a cabeça cair no travesseiro.

Sua última consulta de pré-natal com a doutora Briggs revelou hipertensão e excesso de proteína na urina. Além disso, tontura, náusea e vômitos ocasionais (no fim das contas, não era enjoo matinal) e, veja só, pré-eclâmpsia. A única cura para pré-eclâmpsia é ter o bebê, o que não é uma possibilidade, já que Edie ainda tem vinte semanas pela frente. Então, a doutora Briggs pôs Edie de repouso até o grande dia. Por mais que ela esteja aterrorizada com o parto, ficar em repouso absoluto lhe dá a sensação de prisão.

— Infelizmente, não é incomum — a médica Briggs lhe dissera. — Acontece na primeira gravidez de mulheres acima de quarenta anos.

— Mas eu tenho trinta e seis.

A doutora Briggs ergueu os ombros, como se dissesse: *O que posso fazer?*

— Patrick contratou outra repórter — Edie diz, enquanto Richard afofa um travesseiro. — Acabei de ver sua referência. *Lori Blair*. Que tipo de nome é esse? Ela nem é formada em jornalismo. Formou-se em ciência política, pela faculdade comunitária. Seu último emprego foi no Avalon Book Nook.

— Como sabe?

— Pesquisei no Google e a encontrei no Facebook. — Edie puxa as cobertas até o queixo. — Ela também está no MySpace e é crítica gastronômica.

Richard fecha o zíper da capa do *laptop* e o põe de lado.

— Isso é ligeiramente obsessivo, não acha?

— Ela também publicou alguns livros de como criar laços com seu cão. — Edie revira os olhos. — Custa quatro e noventa e nove. Você pode comprar na Amazon. Incrível, ela teve dez resenhas de...

— Edie. — Richard interrompe e lança um olhar.

— O quê?

— Pare de ficar à espreita das contratações da *Gazette*.

Edie vira para a esquerda, de costas para ele.

— Não estou espreitando. Eu só queria descobrir por que ela foi contratada. Ela não é *freelance*. Seu crédito sai como Repórter da Equipe.

— Você não queria ser da equipe — ele a lembra. — Você queria sua liberdade. E Patrick tem de descobrir um jeito de divulgar as notícias enquanto você está afastada, Edie.

— Não estou afastada. Estou trabalhando de casa.

— Tudo bem, diga isso a si mesma, se a faz se sentir melhor. Mas nós dois sabemos que não dá para fazer muita coisa de cama, Edie. Patrick também sabe disso. — Richard descansa na beirada da cama e dá a ela o copo de água. — Beba. Você só está no seu terceiro copo do dia.

Edie engole a água e devolve o copo.

— Eu até que comeria um prato de batata frita com chili. Com uma porção extra de batata frita com chili. Com cobertura de batata frita com chili. — Ela faz bico, frustrada.

— Espere só mais alguns meses e eu mesmo vou fazê-las, se precisar. Também vou fazer uma porção de refeições, antes da chegada do bebê, para termos algo pronto no *freezer*. Diga-me se tiver algum pedido especial, do contrário farei apenas os seus prediletos.

Edie sente uma onda de emoção. São seus malditos hormônios, mas o fato de Richard ser tão meigo não ajuda. Ela sabe que ele teria o bebê, se pudesse, poupando-a de tudo isso. Enquanto morava no Benin, ela viu quatro bebês nascerem, e, embora todas as mulheres fossem incrivelmente calmas e focadas, Edie não sente a mesma confiança em si mesma.

— Vou precisar sair em uma hora — diz ele. Richard faz parte de uma equipe médica de auxílio que está circulando pelo município, ajudando hospitais e clínicas a administrar o fluxo de pacientes relativos à enchente. — Você vai ficar bem?

— Sim, eu estava pensando em passar em alguns bares, mas talvez fique quieta.

— Espertinha. — Ele se inclina e lhe dá um longo beijo que a deixa sem ar. — Tenho algo para você. Espere aí. — Ele dá uma piscada e sai do quarto.

Ela fica olhando. O que está havendo? Ele não vai...

Não. Ai, Deus. Ela não está pronta. Faz dois dias que não toma banho! E está toda descabelada por estar na horizontal há uma semana. Conhecendo Richard, provavelmente há uma câmera em algum lugar para o autorretrato obrigatório. De jeito algum ele a pediria em casamento sem ter uma prova fotográfica.

Richard volta segurando algo grande, embrulhado em papel pardo. A menos que tenha colocado numa caixa plana, obviamente não é um anel de diamante.

— Tudo bem, está pronta? — pergunta ele, sorrindo.

Edie está confusa, mas concorda.

Richard rasga um canto e Edie vê algo colorido. Ele puxa o resto do papel e ela instantaneamente reconhece as faixas largas em roxo, branco e vermelho, uma gravura de Mark Rothko que ela adora ver toda vez que eles vão ao Art Institute, na cidade.

— Você comprou o pôster? — ela resfolega e se apoia nos cotovelos, ansiosa para ver mais de perto.

— Comprei e emoldurei. — Ele rasga o papel todo e o encosta na parede. Depois ele desaparece e volta com mais dois, um com quadrados cor de laranja e amarelo e outro com um retângulo verde, dividido por uma faixa azul. — Onde os quer?

— Você vai pendurá-los aqui dentro? — ela enlaça as mãos, radiante. As paredes estão nuas há tanto tempo, uma tarefa para a qual nenhum dos dois teve tempo, ou interesse em fazer. Pessoalmente, Edie acha que decoração de casa é um exagero. Então, por que está tão feliz?

Richard parece orgulhoso de si mesmo.

— Imaginei que deveria deixar o quarto o mais confortável possível para você, então podemos colocá-los onde você quiser. E... — Ele desaparece novamente e volta com outra caixa grande, quadrada. É um pacote endereçado a ela. — Vou ajudá-la a abrir, se você se deitar novamente.

— Mas eu só estou apoiada nos cotovelos! — ela protesta.

— Deite-se. — Ele espera até que ela esteja novamente de barriga para cima para cortar a fita com um estilete. Ele retira o enchimento e segura uma almofada colorida que instantaneamente faz Edie se lembrar da África. — São de Maláui. É uma tintura tradicional feita em tecido. — Ele arremessa nela e bate levemente em seu rosto, fazendo-a rir. Ele enfia a mão na caixa e tira outra, com miçangas coloridas. — Xhosa Appliqué. Achei que ficariam legais na cama.

— Onde as conseguiu? Imagino que você não tenha ido até a Cidade do Cabo para buscá-las.

— Encontrei um lugar que vende *on-line*. — Diante das sobrancelhas erguidas de Edie, Richard acrescenta: — É uma organização que compra os produtos através da African Home. Cinquenta por cento do lucro beneficia um orfanato em Maláui.

Edie dá um sorriso feliz.

— Eu amo você. — Ela pega a outra almofada que voa em sua direção. — Venha aqui para que eu possa beijá-lo.

— Num minuto. Não terminei. — Richard sai novamente do quarto e volta, um segundo depois, com os braços cheios de livros. — Tomei a liberdade de comprar todos os livros e CDs de música que estavam em sua lista de desejos *on-line* na Avalon Nook Book, porque sei o quanto é importante para você apoiar os vendedores literários independentes.

— Bem, isso foi antes de descobrir que Lori Blair trabalhava lá.

— Mas ela não trabalha mais, lembra? Ela pegou o seu emprego. — Ele se aproxima e empilha tudo na mesinha de cabeceira.

Edie lhe dá um beliscão provocador.

— Não tem graça.

Ele ergue três envelopes vermelhos.

— E finalmente mordi a isca e me associei à Netflix. Imaginei que você pode estar *on-line* e montar uma lista de filmes que queira ver. Eu me reservo o direito de pegar alguns filmes de ação e a última temporada de Dexter.

— Eu provavelmente deveria estar preocupada com essa última, mas vou deixar passar.

Richard dá um sorriso brincalhão.

— Enquanto isso, eu peguei um filme estrangeiro de Sergei Bodro, o último documentário de Michael Moore e um filme independente que teve ótimas críticas no último Festival de Sundance. — Ele se aproxima e os coloca em cima da TV. — Talvez a gente deva comprar um daqueles DVDs múltiplos, para que você possa colocar tudo em vez de ter de ficar levantando. — Ele diz isso enquanto tira um dos filmes do envelope.

Edie folheia os livros, delirantemente feliz. Ou são os hormônios, novamente? Ah, quem se importa? Ela quer se lembrar desse momento para sempre.

— Richard, você é bom demais para mim.

— É verdade, sou mesmo. — Ele sorri. Depois bate a mão na lateral da cabeça. — Ah! Eu quase esqueci. — Ele some de novo.

Edie fica recostada, segurando uma das almofadas do Maláui Lindas. Tudo que Richard está fazendo é tão incrivelmente atencioso, embora ele seja esse tipo de cara. Ela ouve Richard assoviando ao subir a escada. Tudo isso é realmente perfeito.

Ela para. Perfeito *demais*.

E lhe ocorre que ela talvez estivesse certa, ela está sendo enrolada. Richard vai pedi-la em casamento essa noite. Mas por que essa noite? Qual é a ocasião? Ela tenta se lembrar de quando eles se conheceram, do primeiro beijo, de quando foram morar juntos. Aniversário dela? Dele? Dia dos namorados? Espere — no mês seguinte faz um ano que eles se mudaram para Avalon. Foi numa terça-feira? Edie geme. O que Richard está armando?

Ela sabe que está exagerando, mas não quer se surpreender. Edie detesta surpresas. Ele precisa lhe dar um alerta, primeiro. Vinte e quatro horas, no mínimo. Obviamente ela dirá sim (ambos sabem disso), mas ele tem de avisá-la. Ela o fez prometer que avisaria, e ele concordou. Então, por que ela está tão preocupada?

— Pronta? — Richard enfia a cabeça para dentro da porta, dando um susto em Edie.

— Não! — Ela tenta pensar em alguma coisa, qualquer coisa, para fazê-lo parar. — Richard, realmente não é uma boa hora...

Ele franze as sobrancelhas e segura uma sacola de comida para viagem.

— Tem certeza? Achei que estivesse com fome.

Ah. Edie sente o rubor subindo pelo pescoço.

— Não, certo. Estou.

Ele se aproxima e tira duas embalagens.

— Pouca gordura, pouco sal, tudo natural. Nesta, uma salada verde com queijo *cottage*, todos os legumes possíveis, uma porção de *tofu* e sementes de linhaça. Nesta, truta grelhada e batatas raladas. — Ele sorri, sabendo que fez bem, até para os padrões de Edie.

— Nossa. — Ela abre a embalagem da salada e tira um tomate cereja, dá a Richard e pega uma fatia de pepino para ela. — Onde arranjou isso?

— Naquela loja de chá de Madeline. Eles têm comida para viagem, à noite. Mas ela fez isso especialmente para você.

Edie sente uma pontada de culpa. Ela sabe que Julia é uma boa amiga de Madeline.

— Por que ela fez isso?

— Porque eu disse a ela que você estava com pré-eclâmpsia e precisava fazer uma dieta de pouco sal. Ela mandou melhoras. Ah, e isso. — Ele entrega uma tortinha de limão. — Sobremesa!

Agora Edie realmente se sente culpada.

— Ela disse que cortou grande parte do óleo e do açúcar e usou um substituto para o sal. Deu-nos seis dessas tortinhas — disse que congela bem. É uma das receitas do Pão da Amizade e não me cobrou por isso. Disse que era um presente.

Dar o primeiro filho à Madeline seria mais fácil do que o cartão de agradecimento que Edie terá de escrever. Ela decididamente vai precisar de coragem para isso.

— Acho que vou começar pela sobremesa.

Richard põe a comida em cima da bandeja que trouxe.

— Imaginei que você faria isso. Gostaria de um pouco de chá para acompanhar? — Ele tira um garfo e um guardanapo do saco e entrega a ela.

— Não, obrigada.

Ele enfia a mão no saco, novamente.

— Que tal um anel de diamante? — Ele tira um caixinha de veludo azul e abre, revelando um solitário reluzente, num anel de platina.

Edie congela. O garfo em sua mão direita estava a caminho da boca.

Richard apenas sorri.

— Ótimo. Encaro isso como um sim. — Ele pega a sua mão esquerda e põe o anel, suavemente. Cabe perfeitamente. Ele se debruça e a beija, sem se importar com o fato de ela continuar sem palavras. — E não que você precise perguntar, mas é um diamante livre de sangue e conflitos, do Canadá.

Os olhos de Edie se enchem de lágrimas.

— Richard, eu amo você.

Ele lhe dá um beijo e a olha nos olhos.

— Eu sei, Edie. Eu também amo você, motivo pelo qual vamos nos casar e viver felizes para sempre. — Ele sorri, claramente satisfeito por ter sido bem-sucedido em sua missão de surpreendê-la. — Preciso correr. Vejo você à noite. Vou lavar tudo quando eu voltar, então não se preocupe.

— Mas, mas... — O anel cintila captando a luz, lançando pequenos arco-íris aqui e ali. É um belo anel e Edie para para admirá-lo, depois se força a olhá-lo seriamente. — Mas eu achei que você iria propor num dia especial, você sempre gostou disso. E você prometeu me avisar!

Richard traz o celular, olha o visor. Ele para na porta.

— Ah, isso. Não me ocorreu porque eu estava sob estresse e você sabe minha posição quanto à coação. E, só para constar, hoje é um dia especial, Edie. — Ele segura o telefone com o braço esticado, com a pequena câmera apontada para os dois.

Ela se esforça para pensar, mas não vem nada.

— É?

— Sorria. — Há um clique e a câmera do celular registra o momento. — É. É o dia em que ficamos noivos. — Ele pisca e depois desaparece.

Capítulo 22

A chuva havia parado e o céu nebuloso finalmente começou a abrir pequenos pedaços ensolarados. Todos em Avalon estavam silenciosamente aliviados, depois da expectativa dos últimos dias. A cheia havia recuado, mas deixou um rastro de destroços e casas danificadas nos municípios vizinhos, pelo nordeste de Illinois.

— Tivemos sorte — Julia diz a Hannah e Madeline, que nunca passaram por esse tipo de clima numa cidade sem os recursos que uma grande metrópole possui. Julia tem ouvido os noticiários e checado as novidades *on-line* e sabe que facilmente poderia ter sido Avalon a ficar um palmo embaixo d'água.

Ela ficou grata por estar segura em sua casa forte, com Mark e Gracie, enquanto a tempestade rugia, e houve momentos, quando Julia olhava os dois corpos adormecidos ao seu lado, e pensava, *eu quero ser livre*. Só que não era a liberdade com a qual ela andou brincando, na experiência singular que excluiu Mark e Gracie. Era uma liberdade que os incluía. Ela queria ser livre para amá-los, estar com eles, experimentar o resto da vida com os dois ao seu lado. *É isso que eu quero*, pensou ela, fechando os olhos. *Isso que escolho*.

Agora, Julia tamborila os dedos na mesa, enquanto conta a elas o que sabe.

— Há centenas de famílias desabrigadas. Eu soube que os ginásios escolares de Barrett foram todos convertidos em abrigos emergenciais. Nem sei se já restauraram a energia elétrica em alguns lugares.

— É simplesmente terrível — concorda Madeline. — Eu sei que eles estão recolhendo doações de alimentos para as vítimas. Achei que talvez pudesse fazer uma ação com enlatados para ajudar. Talvez dar trinta por cento de desconto a quem doasse uma ou duas latas?

— Também estão pedindo outras coisas — diz Julia. Ela procura papel e caneta na bolsa. E começa a escrever. — As organizações estão pedindo cobertores, roupas. Coisas para as crianças e bebês, como fraldas e leite. Brinquedos e livros.

— Também tenho pensado em como posso ajudar — diz Hannah. — Falei com alguém da Cruz Vermelha que achou que animaria as pessoas se eu tocasse um pouco de música. Então vou levar meu violoncelo amanhã para tocar para as famílias, ajudá-los a se distrair. — Ela dá um sorriso tímido. — Eu sei que é bobagem, mas faz muito tempo que não toco para ninguém. Estou até na expectativa de fazê-lo.

— Então eu também vou — Julia informa. — Não perderia isso por nada desse mundo. Não vou levar Gracie para a escola amanhã e nós iremos até lá, ajudar como pudermos.

— Podem contar comigo também — diz Madeline. — Deixe-me checar com Connie para ver se ela ficará bem segurando as pontas sozinha amanhã. Acho que ela está na sala de estar, com todas as moças. — Ela se levanta e segue pelo corredor.

— Estive pensando — diz Hannah, mexendo o mel em seu chá. — Se você e Gracie estão pensando seriamente em fazer sobre as aulas, eu adoraria que fossem minhas primeiras alunas.

Julia a olha surpresa.

— Você vai definitivamente ficar em Avalon? — Ela imaginou que Hannah fosse voltar para Nova York. Com o fim de seu casamento, Hannah tem poucos motivos para ficar em Illinois, muito menos em Avalon.

Hannah assente.

— Não há lugar onde eu tenha que estar, então, por que não? A casa está paga e tenho dinheiro mais que suficiente para me cuidar aqui. Mas se eu me mudar de volta para a cidade, qualquer cidade, terei de arranjar algo para me manter. Para que passar por essa pressão? Terei de trabalhar mais, só para manter a vida que tenho agora — e qual é o sentido disso?

Julia apenas sorri. Ela adora ouvir a certeza, a confiança na voz de Hannah. Todo o seu comportamento mudou e ela percebe que Hannah está sentada mais ereta, altiva, e também está relaxada, mais à vontade.

Hannah prossegue, com os olhos radiantes.

— Se eu precisar algo da cidade, posso simplesmente ir até lá e comprar. Mas gosto da ideia de Avalon ser o meu lar. Gosto dessa vizinhança, dos meus vizinhos. *Eu gosto daqui*. Além disso, já tive um bocado de pedidos para lecionar. Se eu tiver alguns alunos particulares e administrar bem o meu dinheiro, posso fazer mais coisas que talvez não pudesse. Como dar aulas gratuitas na escola pública. Quero ajudá-los a ter alguns instrumentos de qualidade, dar mais chance para que as crianças toquem.

— Acho isso maravilhoso. — Julia se aproxima para dar um abraço em Hannah. A amizade de Hannah se tornou tão importante para Julia que, independentemente de onde vá, ela sabe que continuarão boas amigas. Mas é claro que isso é muito melhor. — Estou tão feliz por você ficar.

— Eu também.

Elas ouvem a voz de Madeline chamando-as.

— Hannah e Julia, vocês podem vir aqui, por favor, na sala de estar?

Hannah e Julia trocam um olhar curioso, mas se levantam e atravessam o corredor. Há cerca de vinte mulheres reunidas na sala de estar, tomando chá e comendo doces. Elas riem empolgadas ao ver Julia, que se tornou uma espécie de celebridade e heroína entre elas, e Hannah também, que na verdade é uma celebridade de fama notável.

Connie está segurando um dos cestos de "Poupe e Compartilhe", que está transbordando de sacos de massa.

— Bem, a boa notícia é que Connie pode me cobrir amanhã — Madeline lhes diz. — A má notícia é que nossa massa está transbordando.

— Ali tem mais três cestos — diz Connie, apontando com o queixo. — Mas os sacos desses cestos precisam ser usados ou divididos hoje. Acho que contei vinte e cinco sacos.

— Então, estávamos conversando e isso foi o que pensamos — diz uma mulher. É Irma Fagen, do Avalon Gutter, única pista de boliche de Avalon. — Cada saco dá dois pães, e massa para mais três sacos, certo? Em vez de dividir a massa, nós vamos assá-la. Então, cada uma terá oito pães, se levar um saco.

— Eu ainda tenho massa em casa — diz Julia. — Eu ia assar hoje à noite. Mas acho que não tenho espaço no *freezer* para dezesseis pães.

— Exatamente! — Essa é a voz de Claribel Apple. — Motivo pelo qual achamos que devemos fazer um "Asse e Leve".

— Um "Asse e Leve"?

— Sim! Nós nos reunimos com toda a nossa massa, assamos nossos pães e *muffins*, depois levamos para Barrett amanhã, para as famílias necessitadas. Podemos servir com café e chá, no centro cívico.

— Eu doo o chá — Madeline imediatamente se oferece. — E meus fornos estão abertos para quem quiser usar.

Surge um burburinho de aprovação, enquanto as mulheres discutem o plano.

— Tenho uma minivan que podemos usar para transportar os pães — alguém diz.

— Eu também — diz outra voz.

— Vou ligar para lá, para saber se podemos fazer isso — diz Connie, pousando o cesto no chão. — Então, em quantos pães estamos pensando?

As mulheres fazem uma rápida contagem. Algumas têm massa pronta a ser usada, outras, incluindo Madeline, têm massa extra congelada no *freezer*, que levará algumas horas para amolecer. Ninguém se importa em virar a noite assando, e então, depois de tudo dito e feito, mais de cem Pães da Amizade estão prometidos.

— Vou ligar para a minha filha — Jessica Reynolds anuncia, pegando o telefone celular. Ela usa cadeira de rodas, tem o corpo debilitado por lúpus, mas não o espírito. Em seus dias bons, suas tardes passadas no salão de Madeline são a hora mais feliz do dia, deixando-a feliz como há anos não se sentia. — Ela pode nos ajudar a espalhar a notícia, talvez pondo uma placa perto da janela de pedidos para viagem, solicitando às pessoas que ajudem a assar e doar seus pães.

— Ela tem permissão para fazer isso? — alguém pergunta.

— Ela é dona da franquia do McDonald's em Avalon, eu espero que sim. E eu acho que, sob essas circunstâncias, com o governador tendo declarado estado de emergência, correrá tudo bem. Alô, Debbie? — Jessica se vira para falar com a filha.

Connie está ao telefone, falando como a coordenadora da Cruz Vermelha e anotando coisas num pedaço de papel.

— Certo — diz ela, desligando. Seu rosto está corado. — Acabei de falar com a diretora executiva regional, que está supervisionando a distribuição de alimentos para os residentes de abrigos e vítimas da enchente. Ela diz que eles aceitarão tudo que pudermos assar. Também há muitos voluntários comunitários ajudando e ela acha que eles vão gostar de tudo que pudermos dar. Eles pediram para irmos ao centro cívico, onde vão nos ajudar a distribuir os pães.

— Vou checar com a escola de Gracie — diz Julia. — Acho que a maioria dos professores e alunos estão assando o pão em casa. Alguns talvez ainda estejam fazendo.

— Debbie vai imprimir os avisos agora mesmo — Jessica Reynolds diz ao grupo, triunfante, ao fechar o celular.

— Eu sei que Bernice Privott irá colocar algum aviso perto das mesas de circulação na biblioteca — diz Helen Welch.

Subitamente, todas as mulheres que têm celular os utilizam, ligando para alguém, e para todos os conhecidos que possam ter massa e estejam dispostos a assar. Julia olha ao redor, para as mulheres ocupadas, e sente uma onda de energia. Em vez de ter vontade de se afastar, ela sente exatamente o oposto — quer fazer parte desse momento maravilhoso e caótico. Ela sorri, depois pega o celular na bolsa e liga para a escola de Gracie.

— Isso está se transformando numa produção e tanto. — Madeline ergue a sobrancelha conforme a sala irrompe num frenesi de atividade, acompanhada por um grito triunfante ocasional de outra pessoa que chega.

Connie passa o braço ao redor do ombro de Madeline e sorri. — Não se preocupe. Vou acompanhar tudo. Devemos controlar quem está assando o que, depois usar a sala de estar como ponto central de entrega. Abriremos a cozinha para seis pessoas — todos os outros podem assar em casa. — Ela dá uma olhada ao redor. — Provavelmente há mais dez frequentadoras habituais que não estão aqui nesse momento. Preciso ligar para elas.

— Será demais para você? — pergunta Madeline. Ela não se importa com nada disso, mas não quer que Connie faça além do que já faz. — Pelo jeito, nós vamos ficar acordadas a noite toda.

— Eu não me importo — Connie a tranquiliza. — Sempre fico acordada em casa. A única diferença é que estarei aqui, e não lá.

— Fique no quarto Savanna — Madeline lhe diz, chamando os quartos pelos nomes dados pelos proprietários anteriores. — Para que você possa tirar um cochilo ocasional. — O quarto Savanna é uma pequena suíte com banheiro privativo e varanda.

Connie fica radiante.

— Eu adoro o quarto Savanna — diz ela. Connie já ajudou a arrumar os quartos e Madeline sabe que esse é seu preferido.

— Bom, então está combinado. — Madeline fica mais à vontade sabendo que Connie ficará confortável. — Vou descongelar minha massa e ligar os fornos.

No corredor, ela passa por Julia que lhe diz:

— A professora de Gracie vai mandar uma carta para a casa dos alunos. E ela disse que também pode assar essa noite. Vou dizer a Connie. — Ela afaga o ombro de Madeline e se apressa de volta à sala de estar.

A conversa das mulheres dali parece ter aumentado alguns decibéis, fazendo Madeline sorrir. Ali tem mais gente feliz do que em qualquer outro lugar que ela tenha morado. Ela pensa nas festas e jantares, nas reuniões casuais intermináveis. Lembra-se de como aquilo às vezes era forçado e a forma que seus olhos discretamente se desviavam ao relógio, contando os minutos para que as pessoas fossem embora e acabasse a infelicidade de todos.

Mas ali, nessa cidadezinha despretensiosa, reside muita gente boa, gente simples, de grandes corações generosos, que ela teve o prazer de conhecer e chamar de amigos. Isso é tão inesperado e irresistível. E aquilo a invade de uma vez, deixando-a repleta de uma alegria inexplicável. No entanto...

Madeline vai para a privacidade de sua cozinha, local que sabe que só continuará calmo por mais alguns minutos. Em vários aspectos, as coisas foram bem melhor que o esperado e, ao mesmo tempo, não é o suficiente. Ou talvez, concorda ela, não tenha nada a ver com o salão de chá, com seu modesto sucesso, com essas mulheres das quais ela se cercou. Não tem nada a ver com elas, mas tudo a ver com ela, Madeline.

Ela limpa os balcões para as mulheres que se ofereceram para assar naquela tarde, pega panos de pratos limpos, xícaras medidoras, farinha. Apesar da companhia da amizade, no fim do dia ainda temos de lidar com nós mesmos. Palavras sábias que Madeline já compartilhou antes, mas precisa se lembrar disso. Ela não pode forçar a barra com Ben, mas ele é de sua família e ela quer que ele faça parte de sua vida, independentemente da condição em que ele se encontre. Ela percebe que é realmente isso. Isso é a família dentro de uma casca de noz. Você os aceita como são e os ama, independentemente de qualquer coisa.

Quando a noite cai, o salão de chá de Madeline se transformou no equivalente à estação central, com gente entrando e saindo. Julia só saiu duas vezes: uma para pegar Gracie na escola, depois, novamente, para pegar seus sacos de massas extras e mais ingredientes no mercado.

Julia não tinha a intenção de ficar tanto tempo, mas depois que o assunto começou a se espalhar (Connie intitulou o empenho de "Operação Pão da Amizade"), as coisas passaram a acontecer rapidamente. Ficou claro que Connie precisaria de ajuda. Julia logo estava coordenando, ajudando Connie a localizar as pessoas, doações, massa e pães.

Connie dá uma espiada no salão de chá, onde Julia está trabalhando com o *laptop* de Connie e uma impressora portátil.

— Julia, os pães estão começando a chegar.

— Toma. — Julia entrega a Connie uma folha de papel com adesivos redondos e uma prancheta. Ela criou uma folha numérica de assinatura, com numeração até duzentos. — Faça as pessoas assinarem seus nomes e darem um número telefônico. Escreva o número de pães que estão doando. Depois, escreva o número delas no adesivo e grude em seus pães. — Julia pensou nisso e acha importante ter algum controle de qualidade para que se possa saber quem fez qual pão, caso surja algum problema. Isso também vai possibilitá-las agradecer a todos que tenham contribuído nesse esforço, talvez para fazerem um daqueles belos anúncios de jornal, em que são listados todos os voluntários. Será que a *Gazette* daria o espaço gratuitamente? Ela poderia ligar para Livvy e descobrir, já que ela está no setor de vendas, e talvez fosse mesmo a pessoa com quem Julia tivesse de falar a respeito.

Ou talvez ela apenas espere até mais tarde, quando as coisas estiverem menos malucas.

Connie aponta para o corredor, onde há um fluxo constante de gente entrando e saindo.

— Que tal nós termos mais gente para nos ajudar amanhã? Devo pedir às pessoas, conforme elas forem chegando?

Julia já tinha pensado nisso. Ela remexe nos papéis em sua mesa, até encontrar uma folha de assinatura para voluntários.

— Toma. — Ela percebeu que as pessoas iam ficando enquanto esperavam seus pães saírem dos fornos, ansiosas para ajudar da maneira que pudessem.

— Ótimo. — Connie sorri. Há uma energia nervosa no ar, porém, assim como Julia, Connie parece estar florescendo com aquilo. — Ah, e nossas caixas para comida enlatada já estão cheias. Vou passá-las para a garagem e colocar caixas novas expostas, assim que eu registrar todos esses pães.

— Não as leve, Connie! — Julia alerta. — Estão pesadas demais.

— Ora, vamos, Julia — Connie debocha. — Já carreguei coisa mais pesada, não é grande coisa.

— Não. — Julia é firme quanto a isso. Ela não duvida que Connie possa fazê-lo, mas não quer correr o risco. Connie é mais valiosa do que imagina e Julia não a quer machucada. — Vou ligar para o

Mark e pedir que ele venha nos ajudar. De qualquer forma, ele precisa pegar a Gracie.

Julia dá uma olhada no relógio — são quase oito horas. Gracie estava empolgadíssima, como todo mundo, tentando ajudar, mas provocando risos mais do que qualquer coisa. Hannah a levou até sua casa, para pegarem o violoncelo, e ao longo das últimas horas ouve-se música e riso vindo da sala de estar.

Julia pega o telefone para ligar para Mark, apontando para o corredor, quando alguém entra segurando quatro Pães da Amizade.

— Oi — diz ela, quando ele atende. — Sou eu.

— Oi, eu.

Ela abre um sorriso, embora esteja tentando ficar séria.

— As coisas estão começando a decolar por aqui e Gracie provavelmente deve ir para cama. Também precisamos de sua ajuda para carregar umas coisas.

— Humm. Talvez eu tenha de cobrar por isso.

— Mark! — Ela contém um risinho.

— Estou quase chegando em casa. Dê-me mais alguns minutos e vou até aí. Você e Gracie tiveram chance de comer?

Julia digita no *laptop*.

— Mark, estou na casa de Madeline. Aqui tem comida suficiente para nos alimentar por uma semana.

— Fico contente em ouvir isso, pois estou faminto. Logo vejo você.

Só depois que desliga é que Julia percebe que estava flertando com o próprio marido.

— E aí, Julia? — Hannah entra, com um imenso sorriso no rosto. — Acho que sua filha aprenderá violoncelo naturalmente.

— Mesmo? — Julia se recosta na cadeira, querendo ouvir mais.

— Ela estava me observando praticar e depois eu a deixei segurar o arco. Ela o segurou perfeitamente. Nós tocamos algumas notas juntas, depois tocamos um concerto de "Twinkle, twinkle, litter star". — Dez vezes. Ela ficou um tanto desapontada quando paramos, mas acho que está encantada.

Julia fica radiante.

— Então, quando podemos começar?

— Na semana que vem se eu conseguir arranjar um violoncelo de um quarto. Tenho um de tamanho normal para você, se também quiser começar na semana que vem.

Julia quer começar. Ela provavelmente não tem nenhuma propensão para música, mas, mesmo assim, quer tentar.

— Isso é um sim, para nós duas. Onde está Gracie?

— Ela estava cochilando, então eu a pus na cama de um dos quartos, lá em cima. O quarto Mato. Ela está exausta.

— É por causa de toda essa empolgação. — Gracie estava falando sem parar, como todos, desde o instante em que chegou. — Obrigada, Hannah.

— De nada. Ela é adorável. E eu realmente acho que nós vamos nos divertir. — Hannah lança um olhar ao redor. — Connie parece cercada na sala de estar. Vou ver o que posso fazer para ajudar. — Ela dá um bocejo.

— Você precisa dormir, Hannah — Julia lembra. — Passou a tarde inteira na cozinha, com Madeline, e vai se apresentar amanhã. Connie e eu podemos arranjar outros voluntários para ajudar com o restante.

— Está bem. — Hannah dá um sorriso sonolento. — Então eu vou pra casa. E vejo você amanhã de manhã.

— Bons sonhos.

Hannah acena enquanto sai. Madeline surge da cozinha, com uma leve poeira de farinha no rosto.

— Era Hannah?

— Ela está cansada, então eu lhe disse para ir para casa. Ela precisa estar em forma amanhã. — Julia puxa uma cadeira para Madeline, que parece esgotada. — Acho que você deve parar também.

— Não, senhora, ainda há muito a fazer. — Madeline bate no avental, erguendo pequenas nuvens de farinha.

— Sempre haverá algo que tem de ser feito — diz Julia. — Só precisamos fazer o melhor que pudermos. Você está de pé desde cedo. Vá dormir um pouco. Ah, e a Gracie está num dos quartos lá de cima. O quarto Mato, eu creio. Espero que não tenha problema.

— Claro que não tem. Fico contente que você e Connie estejam usando aqueles quartos. É um desperdício tê-los, e gosto de saber que estão sendo usados. — Madeline fecha os olhos com um suspiro contente.

— Bem, eu tenho uma lista de gente voluntária para assar. — Julia corre os olhos na tela do computador. — Provavelmente posso ter alguns deles essa noite, para lhe dar uma folga. Todas as outras pessoas estão assando em casa e vão trazer os pães para cá, quando estiverem prontos. Estamos planejando partir por volta de nove da manhã... — Julia para.

Madeline está roncando, ela pegou no sono. Sua cabeça caiu para o lado e a boca está aberta, enquanto ela ronca. Julia a observa por um instante, tomada de um carinho quase maternal. Madeline, que abriu sua casa e seu coração para Julia, subitamente parece frágil e vulnerável, e Julia sente-se profundamente protetora.

Ela afasta a cadeira devagarinho e se levanta, depois cuidadosamente passa o braço de Madeline por cima de seu ombro e a põe de pé.

— Devagar — diz ela, baixinho, imaginando como fará para levá-la escada acima.

A expressão de alívio e felicidade é palpável em seu rosto quando Mark entra na sala, com um pequeno buquê de flores na mão.

Mark ainda está nas nuvens por sua reunião com o empreiteiro da Bluestem Estates, um condomínio de oitenta casas a serem construídas em três fases. Eles querem fazê-lo o mais ecológico e simples possível, com materiais e *design* inovadores. Perder Lemelin certamente foi uma decepção, e a ausência de Vivian também será sentida. Substituí-la não será tarefa fácil, porém, no fim das contas, Mark e Victor concordam que até podem viver sem todo aquele drama. Deixe que os que voam alto construam os castelos no céu. Focar em projetos bons e sólidos é mais do que suficiente para ambos. Agora Mark entende isso.

Ele dá uma olhada no painel do carro e vê que já é mais tarde do que pensou. Tudo está de cabeça para baixo com o clima e as inundações da última semana. É estranho pensar que a vida segue normalmente para algumas pessoas, enquanto outras foram desalojadas de suas casas, suas vidas sofreram um súbito revés.

Durante o trajeto, Mark repassa os detalhes do projeto Bluestem, e suas ideias já estão fluindo. Ted Morrow tem algumas coisas em mente, mas, fora isso, ele está deixando que Mark elabore algo criativo que funcione com seus objetivos e orçamento. Mark sabe que as edificações consomem sessenta e cinco por cento de eletricidade e a construção de novas habitações pode gerar centenas de milhões de toneladas de desperdício. Atuar ecologicamente significa que as casas não apenas serão mais eficientes para o consumidor final, mas para o meio ambiente também. Ele sabe que essa é uma palavra excessivamente usada, mas Mark calcula que eles serão capazes de cobrir um lote de terreno apenas inserindo materiais ecologicamente corretos, assegurando que os sistemas hidráulico e elétrico sejam eficazes. Eles podem desenhar as casas de uma forma inovadora que irá minimizar o impacto ambiental da construção, embora ainda mantenham as habitações confortáveis e funcionais. É um desafio diferente do *glamour* do restaurante de luxo, mas é algo que pode ter um impacto bem mais duradouro em seu negócio e na comunidade onde eles vivem. Pelo que Mark vê, isso até que não é tão ruim.

Ele vai abastecer o tanque no Avalon Mini Mart. Quando entra para pagar, vê um balde de flores do campo. Nem pergunta o preço, apenas pega um buquê que o faz se lembrar da esposa — viçoso e belo.

Alguns minutos depois, quando Mark chega à casa de Madeline, ele fica impressionado com a quantidade de carros que lotam o estacionamento e perfilados na rua. Ele leva algum tempo até encontrar uma vaga. Avalon é uma cidade sonolenta, onde tudo fecha às dezoito horas. E, olhe só, são quase vinte horas e é de pensar que ali há uma festa, com tanta gente entrando e saindo.

Ele segura a porta aberta para duas mulheres, depois entra. Nunca esteve ali, mas conhece bem a casa. Não está no registro histórico, mas foi modelada segundo o estilo clássico do século XIX que pontua a cidade de Avalon. Ele gosta que a casa tenha sua própria personalidade, mas mantém determinada ternura e charme. Ele só falou com Madeline uma vez, ao telefone, na noite em que Julia adormeceu e ficou ali até meia-noite, uma noite sobre a qual eles nunca chegaram a falar. No passado, ele teria forçado uma explicação, mas agora não se importa em esperar, em deixar que Julia compartilhe o que tiver em mente quando estiver pronta. Ele havia pensado estar no fim da linha, mas acabou vendo que ainda tinha muito pela frente.

Está curioso para conhecer Madeline, de quem ouviu falar tanto. Já viu sua foto no jornal. Ao telefone, ela foi gentil e firme, dizendo a ele que não queria preocupá-lo, mas seria uma boa ideia deixar que Julia dormisse. Ela tinha um tipo de voz que tornava difícil argumentar e ele a imagina como o tipo de mulher empunhando um rolo de macarrão, que não aceita ser desafiada facilmente. Mas, quando entra no salão de chá, ele vê Julia amparando uma mulher mais velha que parece exausta. Julia fica aliviada ao vê-lo e ele chega bem na hora em que ela está prestes a dobrar os joelhos.

— Ela apagou — Julia sussurra, enquanto Mark gentilmente pega Madeline nos braços. — Eu só quero pô-la na cama.

— Onde?

— Lá em cima. Siga-me. Iremos pela escada dos fundos para evitar a aglomeração.

Mark segue a esposa, segurando Madeline cuidadosamente. Ela é bem mais leve do que ele havia pensado.

— Onde está Gracie?

— Dormindo. Acho que devemos deixar. De qualquer forma, eu não ia levá-la à escola amanhã, para que ela pudesse ir conosco a Barrett. Acho que ajudar a Cruz Vermelha terá um valor educacional maior que ficar brincando de massinha e contando miçangas. — A voz de Julia está cansada, mas é séria.

— Concordo, mas alguém tem de contar as miçangas. — A voz de Mark é igualmente séria.

Julia prende o riso, não querendo acordar Madeline. Mark apenas sorri enquanto a carrega escada acima.

— Hannah vai tocar violoncelo amanhã e também não quero que Gracie perca isso — continua Julia, sussurrando. — Gracie mal pode esperar para começar as aulas. Hannah disse que ela pode começar na semana que vem.

— Gracie vai fazer aulas de violoncelo? — É a primeira vez que ele ouve o assunto.

Julia abre a porta do quarto e gesticula para que Mark entre. Ela puxa as cobertas e ele gentilmente pousa Madeline na cama. Julia tira os sapatos de Madeline e depois a cobre. Madeline resmunga dormindo:

— Crocante de maçã... extrato de baunilha... — depois vira para o lado, com um ronco indelicado.

Julia gesticula para que Mark saia.

— Achei que tivesse falado a você. Eu também vou fazer aulas.

Isso é novidade, mas ele adora.

— Eu decididamente teria me lembrado disso — ele diz a ela. — Devo pegar minha trombeta?

Julia fecha a porta do quarto de Madeline.

— Você está debochando de mim?

— É claro que não. Apenas acho que poderíamos pensar num trio. Dois violoncelos e uma trombeta. Poderíamos ganhar um dinheirinho nos fins de semana. Estou bem certo de que seríamos o único conjunto desse tipo.

Ela lhe dá um tapinha brincalhão.

Na porta do quarto Mato, Julia leva os dedos aos lábios e abre uma fresta da porta, para que Mark dê uma espiada. Gracie está esparramada na cama, dormindo profundamente, com as cobertas jogadas de lado.

— Estou com o pijama dela no carro — diz Mark. — Devo trocá-la?

— Não, deixe-a dormir. — Julia entra, na ponta dos pés, e põe uma manta grossa sobre a filha. — Mais tarde podemos checá-la.

Mark segue atrás dela, descendo a escada da frente.

— Eu também trouxe uma troca de roupa para você. Seu moletom e aquela blusa azul que você gosta. Achei que seria mais confortável, caso você decida ficar até tarde.

— Até tarde? Ficarei aqui a noite toda. Mas obrigada.

— De nada.

Eles ficam no pé da escada, subitamente constrangidos e ligeiramente inquietos.

— Então... — diz Julia.

— Então... — Mark repete. Ele limpa a garganta, depois olha além dela, para a sala de estar. — Parece bem movimentado ali.

— Está uma loucura, concorda Julia. — Temos trezentos pães e continuamos em frente. Acho que vamos chegar aos quinhentos até o amanhecer.

— Nossa. Isso é um bocado de Pão da Amizade.

Julia sorri. — Nunca subestime a força de um saco de massa.

Uma jovem vestida com roupa *punk* e cabelos pretos surge na sala, com um lápis preso atrás da orelha. Ela está cobrindo o bocal do fone e chama Julia.

— Acabei de receber uma ligação de Doria Ponde. Seu marido é presidente do Rotary local e ela pediu que ele ligasse para todos os membros do município para ver se suas esposas têm a massa e se estariam dispostas a assar. Ela tem cento e vinte pães para nós.

Mark ergue as sobrancelhas, impressionado e ligeiramente preocupado. Ele tem a sensação de que as coisas estão sendo aceleradas bem mais rápido do que Julia imagina.

— Ah, certo, Connie — Julia diz a ela. Ela dá uma olhada para Mark. — Diga a ela que agradecemos e que pode trazer o que estiver pronto.

Connie assente e volta ao telefone.

— Acho que vocês chegarão aos quinhentos até 21 horas — Mark diz a Julia.

Pelo jeito que ela está mastigando o lábio superior, ela obviamente está pensando a mesma coisa. Ela olha para ele e pergunta:

— O que você acha que eu devo fazer?

Mark leva um instante para perceber que ela está pedindo sua ajuda. Julia não pede a opinião dele sobre nada desde que Josh morreu. Ela sempre tomou suas decisões, e ele tinha sorte se ela o avisasse, mas não o consultava. Ele achou que chegara ao ponto em que sua opinião não tinha mais importância, ao menos não para Julia.

Ele pensa rápido. Não faz ideia de quantas pessoas têm a massa ou quem estará assando conforme a noite avançar, mas sente que Julia precisa estar preparada.

— Você precisa de mais gente — diz ele. — Vai precisar de pessoas para ajudá-la no inventário de todos os pães, conforme eles forem chegando, depois arranjar um jeito de transportar tudo da Madeline até os carros ou caminhões, ou quaisquer que sejam os veículos que usar. Você vai precisar de caixas. Precisa de motoristas disponíveis e de gente para ajudar a descarregar em Barrett. Depois, de gente suficiente para ajudar a fatiar e servir. Imagino que a Cruz Vermelha tenha gente, mas eles estarão muito ocupados fazendo outras coisas. Você não vai querer arranjar mais trabalho para eles, se puder evitar.

Julia está concordando com a cabeça enquanto escuta, pensando profundamente.

Mark continua.

— Se isso acabar sendo algo que se estenda por toda a noite, você precisará trabalhar em turnos. As pessoas terão de dormir. Melhor errar pelo lado do cuidado e ter gente demais do que de menos.

— Você está certo. É melhor eu fazer algumas ligações. — Julia agora está toda profissional e segue até o computador. Ela para antes de se virar e olhar para o marido, com uma expressão subitamente tímida. — Imagino que você não possa ficar, não é? Quero dizer, eu sei que você tem de trabalhar amanhã...

— Eu adoraria ficar — diz ele, rapidamente. Esse é um novo território para eles e ele não quer estragar tudo. — Você não disse que tinha algo pesado para carregar?

— Tem várias caixas na sala de estar. Connie irá lhe mostrar. Ela é a garota de cabelos espetados... — Julia gesticula para a cabeça dela e sorri.

— Certo. Vou lá. — Ele se vira para a sala de estar.

— E... Mark?

O coração dele está batendo tão forte que ele tem certeza de que ela pode ouvir.

— Sim?

— Obrigada.

Capítulo 23

Depois que as mulheres decidiram assar em prol de Barrett, passaram-se menos de três horas para que a notícia se espalhasse ao redor de Avalon.

A esposa de Russell Rogers ligou para ele, no campo de golfe, quando ele estava terminando a partida. Tinha sido um jogo ruim, e ele só queria ir até o bar do clube e relaxar, pensando em seu patético cartão de pontuação.

— Você precisa ir ao mercado — ela lhe disse. — *Agora.* — Ela deu a lista de ingredientes e uma quantidade absurda.

— Deus me ajude — ele disse, baixinho, enquanto enfiava o papel dentro da mochila. — Mulher, esse não é um bom momento.

— Esse é o momento perfeito, Russell. Não pense que eu não sei que você saiu escondido para jogar golfe. Com toda essa tragédia que está acontecendo por causa da enchente!

Ora, isso explica por que o campo estava tão molhado. Ainda assim, deveria ter escoado melhor.

— Preciso de você em casa em uma hora. As moças do meu grupo de tricô estão vindo para assar pães para Barrett. Não se atrase. — Ela desligou o telefone.

No mercado, Russell encontra uma pequena multidão no corredor de bolos. Ele está esticando o braço para pegar o que parecer ser o último saco de farinha, quando uma garotinha surge à sua frente, sorrindo ternamente.

— Esse saco é meu — ela o informa. Seu nome é Windred Leary e ela tem seis anos.

— Bem, e por que não está em seu carrinho?

— É pesado demais. Estou esperando que minha irmã venha me ajudar. — Ela põe a mãozinha proprietária sobre o saco.

Russell olha em volta.

— Bem, e onde está ela?

— Pegando o leite.

A última coisa que Russell precisa é tomar bronca da esposa.

— Tenho certeza de que trarão mais. Que tal eu levar esse e você pedir outro àquele rapaz bondoso? — Ele aponta para um adolescente espinhento que está com a camisa do mercado e a viseira obrigatória, respondendo a perguntas.

— Você vai assar pão para Barrett? — pergunta Windred.

Ele não vai, mas a esposa, sim, o que é a mesma coisa.

— Sim — diz ele, remexendo-se um pouco.

— Ora, eu também.

Eles ficam ali, num impasse. Russell sabe que a garotinha pode encará-lo até que ele desista. O que está fazendo com que a irmã demore tanto?

— Pessoal, lamento, mas não há mais farinha no mercado. — O jovem atendente parece nervoso ao fazer esse comunicado. — Mas acabamos de ligar para o Pick and Save e eles têm de sobra.

Russell não tem tempo para ir até o Pick and Save.

— Vamos fazer o seguinte — ele finalmente diz. — Eu compro um doce para você e você me dá esse saco de farinha. Nós dois ganhamos.

Winfred age como se não o tivesse ouvido.

— Acho que devemos dividir. Nós dois vamos fazer o Pão da Amizade. Então podemos dividir o saco.

Agora Russell está confuso. Como é que eles farão isso?

— Podemos pegar um saco plástico no caixa. — Fechado? — Ela estende a mãozinha.

Russell não sabe como a esposa irá se sentir quanto a um saco de farinha solta, mas que escolha ele tem?

— Fechado. — Eles apertam as mãos, depois Russell coloca o saco no carrinho e eles saem em busca da irmã de Winfred.

* * *

Ervin Holder geralmente trabalha no departamento de verduras do Pick and Save, empilhando as frutas, substituindo as velhas, cortando amostras. Mas, quando ninguém respondeu ao chamado no corredor seis, seu chefe disse que ele fosse ajudar, então foi o que ele fez.

Ervin fica chocado pela quantidade de gente que está bloqueando o corredor, arrancando os itens das prateleiras. A princípio, ele achou que algo tinha acontecido e as pessoas estavam estocando, só que pareciam estar levando itens do corredor de bolos, não água e papel higiênico, como na semana anterior, quando Avalon esteve sob ameaça de inundação.

— A APP está se reunindo para assar o Pão da Amizade para Barrett — Cordelia Gutierrez o informa. Ela é presidente da Associação de Pais e Professores da Escola de Segundo Grau de Avalon, onde tem dois garotos adolescentes. — Preciso de dez sacos de cinco quilos de açúcar. Você tem mais no estoque?

— É... posso ver.

Bridget Gholston, uma consultora de beleza que trabalha no Naughty Nails, chama Ervin da seção de pudim.

— Você está sem baunilha francesa? Eu realmente prefiro baunilha francesa em vez da comum. — Suas unhas pintadas de azul estão tamborilando no lugar vazio da prateleira.

Lila Schneider olha para o próprio carrinho, cheio de caixas de pudim Jell-O.

— Qual é a diferença da baunilha comum para a baunilha francesa? — pergunta ela.

— O sabor de baunilha é mais intenso — explica Bridget. — A cor também é mais escura, mas nem dá para notar depois que os pães estão assados.

Lila pensa nisso.

— Mesmo assim, você usa o extrato de baunilha?

Bridget assente.

— Eu até acrescento mais uma colher de chá. Os homens adoram baunilha, sabe. — Ela dá um sorrisinho malicioso e pisca, fazendo Lila dar uma risadinha.

Mona Coulson funga. Ela é pastora da Igreja Batista de Avalon e sabe exatamente quem é Bridget.

— Bem, nós vamos fazer o Pão da Amizade para Barrett. — A forma como Mona diz "nós" dá a entender que ela está incluindo todos, menos Bridget.

Bridget dá um sorriso terno.

— Ora, mas que bom. Eu também.

As duas mulheres dirigem-se olhares fulminantes por cima do carrinho de Lila Schneider.

Os olhos de Lila desviam de uma para outra, percebendo que ficou presa no meio disso. Ela tenta tirar o carrinho da passagem, mas está bloqueada de ambos os lados, por Mona e Bridget.

— É... com licença...

Bridget põe a mão no carrinho de Lila. E lança um olhar duro para Mona.

— Ora, você não estaria insinuando que uma pagã como eu não poderia assar pão para Barrett, estaria, Mona? — Bridget conhece bem Mona. Além de ver sua foto, todo Natal, embaixo da sessão da igreja, ela e Bridget foram melhores amigas no Segundo Grau.

— Só estou dizendo que algumas de nós estamos focadas em como podemos contribuir com o bem maior, não pensando em como levar um homem para a cama.

Os olhos de Bridget faíscam.

— Primeiro de tudo, Mo-naaa, eu estou fazendo pão para o bem maior e, já que metade desse bem maior é de persuasão masculina, tenho certeza de que eles não vão se importar com um pouquinho de baunilha para acalmar os ânimos. As mulheres também.

— Baunilha é, mesmo, calmante — Lila interfere. — É muito relaxante. Eu tenho algumas velas de baunilha em casa...

Bridget ergue a mão, silenciando Lila.

— E, segundo, eu não preciso pensar em como levar um homem para a cama; eu *sei* como levar um homem para a cama. Ao contrário de certas pessoas. — Bridget dá um sorriso afetado.

O queixo de Mona cai.

— O que... eu... você... — ela gagueja.

— E terceiro, eu não estou fazendo isso porque tenho uma necessidade imatura de ser reconhecida como a pessoa mais sagrada do mundo, quando todos sabem a verdade! — Bridget diz essa última parte com um floreio, cruzando os braços e lançando um olhar sabedor.

Mona fecha a boca, com as bochechas fumegando.

— Eu não sei a verdade — diz Roy Banes, um mecânico que está ajudando a esposa com as compras e estava interessado, assistindo ao pequeno incidente se desenrolar.

— Nem eu — acrescenta Wiley Brown. Wiley dirige um caminhão-pipa do município.

Patsy Jones não está torcendo para nenhuma das mulheres em particular, embora já tenha feito algumas vendas de bolo na igreja com Mona, e a mulher é irritante de tão condescendente. Afinal, somos todos filhos de Deus... Bridget também, embora ela trabalhe numa loja que claramente promove as mulheres como objetos e pecado, mas Mona age como se fosse a escolhida como favorita.

— Eu tampouco — ela corrige Wiley, depois quer morder a língua, porque fica parecendo que ela também quer saber, mas não quer. Porém, se algo for dito, bem, isso é um lugar público, não é? E ela ainda não terminou de fazer as compras.

— Isso é ridículo. — As narinas de Mona estão se abrindo. — Ninguém aqui acredita em você, Bridget, pois são pessoas boas que não estão interessadas em fofoca maliciosa.

Bridget não diz nada, só mostra uma expressão de satisfação no rosto vendo Mona se contorcer.

— Então? O que é? — pergunta Roy, impacientemente. — Não temos o dia todo. — A esposa lhe dá um tapinha no braço, mas também não está exatamente se afastando.

Bridget arqueia uma sobrancelha.

— Bem, Mo-naaa, qual vai ser? Acha que vai melhorar seu comportamento de "eu sou melhor que você", ou preciso contar a toda essa gente boa o que aconteceu — ou melhor, o que não aconteceu — entre você e nosso professor de educação física, o senhor Grabowski, quando estávamos no ginásio?

Há um resfolego coletivo dentre os compradores.

— Bridget Avery Gholson, você prometeu! — A voz de Mona é aguda. — Você jurou que nunca contaria!

— Está brincando comigo? — Bridget a encara com verdadeira incredulidade. — Você está brincando comigo, certo? Temos quarenta anos de idade, Mona! Você não fala comigo desde que tínhamos dezoito. Você me ignora nas reuniões, ou sempre que me vê na rua. E nós éramos melhores amigas!

— Isso não é muito cristão — comenta Patsy.

— E eu ainda não contei o segredo, depois de todos esses anos, contei? — Ela se vira para a aglomeração. — Contei?

Todos sacodem as cabeças, reconhecendo que, de fato, Bridget não contou o segredo de Mona.

— Mas ela dormiu com ele, certo? — Wiley dá seu palpite.

— Não, não dormiu! — estrila Bridget.

— Bem, então ela...

— Eu, nada — diz Mona, em voz alta. — Ele não quis. Não fez. — Ela fulmina Bridget. — Feliz, agora?

Bridget observa as próprias unhas.

— Na verdade, não. Um pedido de desculpas seria bom. Por todos esses anos que me esnobou e por eu aturar essa merda de menosprezo.

Mona lança um olhar ao teto, selando os lábios.

— Ora, vamos — diz Roy. — Peça desculpas. Alguns de nós gostaríamos de assistir a um pouquinho de TV essa tarde. — Sua esposa lhe dá uma cotovelada nas costelas. — Ai! Quero dizer, Pão da Amizade para Barrett. — Ele esfrega o lugar dolorido.

— Ora, vamos.

— Diga que lamenta.

— Peça desculpas.

— Seria muito bom se você pedisse desculpas — diz Lila, brandamente. Até Ervin, o vendedor, acena a cabeça, concordando.

Mona solta o ar, inquieta.

— TUDO BEM.

Bridget está batendo o pé.

— Estou esperando.

— Eu... peço desculpas, Bridget, por não ter tido uma atitude muito cristã em relação a você todos esses...

— Ah, pelo Pete, Mona! — Bridget parece exasperada.

— ESTÁ BEM! Peço desculpas por ter sido tão má. — As palavras saem rapidamente, quase num suspiro de alívio.

Há um ruído de aprovação e todos sorriem, incluindo Bridget.

— Está vendo, não foi tão difícil, foi? — Bridget sorri. — Algumas lágrimas teriam sido legais, mas tudo bem. Eu também aceitaria o convite para assar o pão com você essa noite, mas já tenho planos.

Mona parece aliviada.

Lila de fato parece ter lágrimas nos olhos.

— Estou tão contente que tenha dado certo — ela grita.

Mona lança um olhar para Bridget e afaga a mão de Lila afetuosamente.

— Você é um amorzinho, mas suas cutículas estão horríveis. Por que não vai até o salão na semana que vem e eu as conserto e as deixo bem bonitinhas? Talvez eu também possa ajudá-la a fazer umas comprinhas. Acabamos de receber um carregamento de coelhos de silicone. Sabe o que são?

Lila sacode a cabeça que não. Ela empurra o carrinho atrás de Bridget, enquanto as duas seguem ao caixa, deixando Mona olhando para o teto do Pick and Save, irritada, mas com o coração um pouquinho mais leve.

Wiley Brown observa as mulheres verificando suas listas de compras, todos pegando as mesmas coisas nas prateleiras. Farinha de trigo, açúcar, caixinhas de pudim instantâneo. Os carrinhos já estão cheios com leite e ovos, e há um murmúrio sobre o Pão da Amizade.

Wiley só está ali porque ele tem uma coisa com leite condensado. Ele põe no café, e também na sopa. Funciona bem com pão de carne e purê de batatas também. Como solteiro, ele aprendeu a cozinhar para si mesmo, e, embora possa não fazer nada muito elaborado, ele até que consegue se alimentar bem.

— O que está havendo? — ele pergunta à mulher ao seu lado. Ela lhe entrega um pedaço de papel e explica o que é. Parece bem interessante, mas ele não tem a tal massa e, de qualquer forma, parece que já está meio atrasado para entrar no negócio.

Cordelia Gutierrez sente sua hesitação.

— Vamos reunir uma porção de gente no refeitório da escola — ela diz a ele. — E pode acreditar que também temos massa e ingredientes suficientes. O que precisamos é de gente que ajude a misturar e assar.

Wiley endireita a postura. Ele sabe sobre a enchente em Barrett, já que sua rota passa por lá.

— Eu sei misturar e assar — diz ele.

— Bem, se você quiser nos ceder algumas horas essa noite, tenho certeza de que será muito apreciado.

— Sim, senhora. A que horas devo estar lá?

Cordelia dá uma olhada no relógio e vê que já são cinco da tarde.

— Agora, seria bom, mas vamos assar os pães a noite toda.

Ele pode passar pela *delicatessen*, comprar um frango frito e depois ir para lá. Ele está aliviado em ter pensado em tomar banho assim que chegou em casa hoje.

— Eu a verei lá — diz ele.

Rhea Higbee, caixa do Pick and Save, passou a tarde inteira registrando as mesmas coisas. Agora está no intervalo e, em vez de ir até lá fora para fumar um cigarro, ela liga para a irmã.

— Dawn, sou eu — diz ela. — Tem um negócio engraçado acontecendo por aqui...

Travis Fields está no degrau da porta, fumegando. — Agora? Você não acha que está meio tarde para cancelar um encontro? Eu fiz reservas para as vinte horas!

— Onde, na pizzaria? Ou no bar esportivo, em Digby? — Dawn Perry diz isso de forma sarcástica enquanto tira os saltos altos e procura os tênis. Ela também precisa de meias e remexe no cesto de roupa limpa, na lavanderia, até encontrar um par.

— Achei que você gostasse da pizzaria!

— Travis está prestes a entrar na casa, quando Dawn o impede.

— Estou de saída, Travis, então não entre. — Dawn tira os brincos de pingente e limpa um pouco da maquiagem do rosto com um lenço de papel. Ela não sabe por que se dá ao trabalho de se arrumar para esses encontros com Travis. Pensando bem, ela nem sabe por que se dá o trabalho de sair com Travis. Com certeza é um péssimo jeito de matar o tempo.

— Ora, você deveria ter falado. — Travis diz, petulante. — Teria me poupado a viagem.

— O quê? Os cinco minutos da papelaria para cá? Você nem se incomodou em mudar de roupa! E suas mãos ainda estão com cola! — Ela pega uma jaqueta no armário. — Além disso, eu acabei de descobrir. A cidade toda está ajudando.

Travis faz bico, como se ela não a tivesse ouvido.

— Eu estava fazendo bloquinhos. A clínica encomendou um novo lote de blocos de receita. Vinte conjuntos de cem páginas!

— Mas que legal da sua parte — diz Dawn. Ela apaga todas as luzes da casa, fecha e tranca a porta. Travis ainda parece aturdido, arrancando pedacinhos de cola seca das mãos. Ela precisa começar a sair com homens melhores.

— Então, você vai ficar bem? — Frances Latham desce a escada devagarinho, com o marido atrás dela.

— Ficaremos ótimos.

— Devo voltar em algumas horas. Mais, se precisarem de mim. Vou lhe mandar uma mensagem de texto, para que o telefone não acorde os meninos.

— Esses caras? — Reed, seu marido, aponta o polegar para os quartos onde os três filhos estão dormindo — de sete, quatro e dois anos. Todos meninos. — Vão ficar apagados até de manhã.

— Bom. — Frances vai pegar a caixa de ingredientes, mas Reed a cutuca para sair do caminho.

— Deixe-me pegar isso. Vou pegar a outra também.

Eles vão até a garagem e Reed coloca as caixas no carro.

— Ligue, se precisar de alguma coisa.

— Farei isso. Só estarei na casa de Madeline, então não estarei longe. Deixei algumas fatias de Pão da Amizade para você na pia da cozinha.

— Obrigado. — Reed puxa a esposa para um beijo. Mesmo depois de quinze anos, ele a ama mais que a própria vida. Ela passou a tarde toda assando pães para Barrett, mesmo com os dois pequeninos agarrados às suas pernas, fazendo o melhor para incluí-los. Agora ela vai para um salão de chá que é o lugar designado para a entrega, onde vai assar mais um pouco e ajudar a coordenar.

Reed admira a esposa, sempre admirou e sempre há de admirá-la, mas algo nesse dia o faz vê-la sob uma nova luz. Frances está disposta a se desdobrar — pelas crianças, pelo casamento, até mesmo por essa cidade.

Ele a ajuda a entrar no carro, depois fecha a porta. Ela liga o motor e abre a janela, lançando um olhar intrigado ao marido.

— O quê? — Reed está com uma expressão engraçada no rosto, como se estivesse guardando um segredo.

— Então, sabe toda essa informação que você tem deixado por aí sobre adoção? — diz ele. — Da China? — Artigos e livros sobre adoção na China têm andado espalhados pela casa, que é sempre arrumada.

Frances parece culpada.

— Bem, eu li. Tudo. E acho que devemos fazer.

— O quê? — Frances respira, agarrando a mão dele. — Está falando sério?

Reed ri.

— Bem, nós devemos pelo menos considerar isso. Quero dizer, primeiro precisamos falar com os meninos, e ir a uma daquelas reuniões informativas...

— Há uma na biblioteca pública, em Rockport, na semana que vem.

Reed sorri.

— Eu sei, eu vi. Agora vá, depois falamos sobre isso. Eu vou fazer a inscrição para a reunião amanhã. Ligue quando você estiver a caminho.

— Vou ligar. — Ela lhe dá um beijo forte. — Eu amo você — diz ela vorazmente. — Seus olhos estão molhados.

Reed fica surpreso em ver que os dele também estão. Ele observa as luzes traseiras do carro da esposa enquanto elas desaparecem na noite fresca. Ele ia dar uma olhada em alguns papéis do trabalho, mas talvez pegue um copo de leite, um pouco do Pão da Amizade e dê uma olhada nos folhetos, mais uma vez.

Capítulo 24

Até as vinte e duas horas, havia seiscentos e vinte e três pães.

Capítulo 25

Até a meia-noite, havia mil.

Capítulo 26

E até as duas e meia, havia dois mil, quatrocentos e dezenove pães.

Capítulo 27

Às cinco e dezessete da manhã, eles já têm quatro mil, seiscentos e oitenta e um Pães da Amizade.

E continuam.

— Puxa vida — Isso é tudo que Connie consegue dizer. Ela cochilou por volta das três da manhã e acordou cercada por uma torre de pães.

— Dale Hodge, do Pick and Save, está trazendo mais caixas para nós — diz Mark. Ele adormeceu uma vez e seu cabelo está amassado, mas as coisas estão acontecendo sem parar e ele não teve tempo de arrumar. Ele está com a mesma expressão no rosto de quando Josh nasceu, após trinta e seis horas de trabalho de parto.

— Temos pouco menos de quatro horas até o horário de partir — diz Julia, observando a cena ao redor deles. Os voluntários estão ocupados fazendo o inventário dos pães e cochilando, aqui e ali. — Você acha que as pessoas ainda estão assando pão?

Mark esfrega a cabeça com as duas mãos, esforçando-se para despertar. Ele estreita os olhos, depois olha pela janela.

— Eu decididamente acho que as pessoas ainda estão assando. — A porta da frente se abre e a campainha ruidosa soa, com a entrada de uma fileira de gente com os braços cheios de pães embrulhados em filme plástico.

— Vou pôr mais água para fazer chá — anuncia Connie. Depois, ligeiramente culpada, diz: — E café.

— Oh, minha nossa!

Todos se viram e veem Madeline na escada, com uma expressão de choque no rosto. Ela parece perfeitamente vestida e descansada, algo que Julia não pode dizer de si mesma.

— Ou posso fazer só chá — Connie conserta, rapidamente.

— Acho que Madeline está se referindo ao sucesso da Operação Pão da Amizade — diz Julia. Ela vai até Madeline para acompanhá-la escada abaixo e começa a contar os detalhes. — O pessoal chega e sai — explica ela. — Agora mesmo, uma porção de gente veio deixar pães. Provavelmente vamos ter mais algumas levas até a hora de partir.

Madeline sacode a cabeça, maravilhada.

— Não posso acreditar — ela fica repetindo.

— Eu sei. E não é só pão. Temos cobertores, roupas, brinquedos, dinheiro. Todos doaram o que puderam. Vamos para Barrett com tudo que temos. — Julia dobra o dedo, chamando Mark. Ele parece tímido e ligeiramente nervoso. Julia pega sua mão. — Madeline, esse é meu marido, Mark.

— Mark. — Madeline fica radiante, enquanto Mark aperta sua mão, constrangido, depois lhe dá um rápido beijinho na bochecha.

— Que bom finalmente conhecê-la — diz ele.

Madeline segura as duas mãos dele nas suas e o olha, feliz.

— Igualmente. E vocês todos parecem que precisam comer algo substancial. Vou até a cozinha bater umas omeletes. Com batatas também.

— Nada muito trabalhoso — avisa Julia. — Acho que será uma manhã muito movimentada.

Madeline descarta o comentário de Julia com um aceno e logo Julia a ouve conversando com as três mulheres na cozinha que ainda estão assando pães.

Hannah entra pela porta, arrastando seu violoncelo.

— Ai, ainda bem que moro no fim da quadra — diz ela, esbaforida. Seu estojo tem rodinhas, mas ainda é gigantesco comparando-se à sua silhueta esguia. — Tem carros estacionados até em frente à minha casa, eu não consegui tirar o carro da garagem. Achei que seria mais fácil pegar uma carona com alguém daqui.

— Não se preocupe Hannah. Você é prioridade, vamos fazê-la chegar lá. — Mas Julia franze o rosto ao olhar para a lista. Eles simplesmente não têm motoristas suficientes. Todos que podem ajudar já estão ajudando.

— Olhe quem eu encontrei — diz Mark.

Julia ergue os olhos e vê Livvy e Tom, em pé, ao lado dele. Livvy está tentando sorrir, mas está nervosa, passando os olhos pela sala, olhando a atividade frenética. Tom está altivo, de ombros retos, como alguém que mantém a postura mas espera uma repreensão. Eles sempre foram o casal mais jovem dos dois, não apenas em idade, mas na forma como viam o mundo — com mais negligência, menos preocupação com consequências, atitudes no calor da hora, que frequentemente deixavam Mark e Julia malucos. No entanto, ali estão eles, quatro adultos ligados por antigas lembranças e tristezas, olhando uns para os outros, timidamente, um tanto inquietos. Todos parecem esperar que Julia reaja, decida como será esse momento.

— Livvy — diz ela, encontrando a voz. — E Tom. — É tudo que ela diz, mas é o suficiente, e Tom dá um passo à frente e dá um beijo desajeitado na bochecha de Julia.

— Estamos aqui para ajudar — diz ele, limpando a garganta. — Com esse negócio do pão.

Julia está perplexa. Tom sempre foi o relutante, a última pessoa a se oferecer para ajudar, o convidado do jantar que não podia dar-se ao trabalho de levar seu prato até a pia, ou ao menos se oferecer para isso. Julia se lembra como era difícil para Livvy fazê-lo levar o lixo para fora. Ele é um cara tão encostado, um par tão inesperado para sua irmã, no entanto, ao mesmo tempo, tão perfeito para ela. Pela forma como ele está com o braço ao redor dos ombros de Livvy, Julia pode ver que as coisas estão indo bem para eles e ela fica tomada por uma felicidade inesperada por Livvy.

— Teríamos vindo mais cedo, mas Tom não conseguiu me acordar — diz Livvy, se justificando. — Eu tenho dormido muito e tem sido, bem, é isso. O que podemos fazer? Quero dizer, se você quiser nossa ajuda. A voz dela é hesitante.

— Sim — Julia diz, instantaneamente. Ela estica a mão para tocar o braço de Livvy. — *Sim.*

— Está bem. — Livvy dá um pequeno sorriso. Um sorriso corajoso. — Do que você precisa?

Do que ela precisa? Como é que Julia começa a responder a essa pergunta? Mas Livvy está falando de Barrett, e é Mark quem diz:

— Motoristas, eu acho. Vocês podem levar os pães e outras coisas conosco até Barrett?

— Agora só temos um carro — diz Tom. — O Pilot. Livvy pode dirigir, e se houver qualquer outra coisa que queiram que eu faça...

— Você pode levar o meu carro — diz Mark, automaticamente, procurando a chave. — Abasteça-o e dirija até lá. Ficarei aqui para tomar conta de tudo.

Tom aceita a chave e os dois sorriem um para o outro.

— Senti sua falta, cara — diz Tom.

— Eu também. — Mark põe a mão no ombro dele. — Venham, vou mostrar a vocês dois onde estão as coisas.

Julia quer conversar com Livvy, mas está uma loucura. Ela dá uma sacudida de ombros impotente enquanto Livvy segue atrás de Tom, e Livvy sorri de volta. *Mais tarde*, é o que sua expressão parece dizer. Ou talvez alguma outra coisa.

Ficará tudo bem.

— Lá vem outra leva — Mark avisa Julia.

A partir desse momento, o desfile de gente não para. Tanto os rostos conhecidos quanto os desconhecidos, todos entram pela porta segurando alguns pães, sacos de pães, até caixas com pães. Mary Winder e duas amigas da Bunco, Phyllis Watts, Roxy Hicks, da delegacia de polícia. Bernice Privott e Koji Takahashi entregam seis pães a Julia, ainda mornos do forno. Clinton Becker traz a filha, Juniper, que está ajudando Debbie Reynolds a empurrar a cadeira de rodas de Jessica. No colo de Jessica há um cesto cheio de Pão da Amizade.

Cordelia Gutierrez e Wiley Brown anunciam que têm cinco caixas de pão cada uma — duzentos pães no total — na traseira da picape de Wiley.

Não estava planejado, mas Julia acaba cumprimentando todos, com Mark e Connie levando os pães para os fundos. Surgem alguns momentos estranhos, quando Julia se depara com gente que evitou, ou a evitou, mas esses instantes rapidamente passam, terminando num abraço e a promessa de em breve colocarem a conversa em dia. Isso é algo que Julia jamais poderia imaginar, fazendo o papel de anfitriã, voltando a se conectar com pessoas do passado — mas um sorriso encorajador de Madeline e Hannah é tudo que ela precisa para prosseguir.

Connie se oferece para aliviá-la, entregando um prato de comida, mas Julia não quer parar. As duas trabalham lado a lado agradecendo às pessoas e cadastrando os motoristas, até que Sandra Linde e seu filho, Peter, entram pela porta.

— Sandra. — Julia sente sumir a euforia movida a adrenalina. Sandra está deslumbrante, com a expressão de uma mãe cujos filhos finalmente estão crescendo. Agora ela pode se cuidar, fazer o cabelo, ter uma noite decente de sono. Três garotos já saíram de casa e só sobrou um. Peter, o melhor amigo de Josh, que agora está com quinze anos.

— Julia. — As duas se olham, incertas do que dizer. Houve uma época em que elas foram boas amigas, sempre dividindo caronas ou marcando programas, comparando as últimas dificuldades ou quedas dos dois filhos. — O Jamie me disse que a viu quando fazia o roteiro da UPS. Tenho pensado em ligar, mas...

— Tudo bem — diz Julia. Ela não culpa Sandra por ter ficado hesitante. Faz muito tempo e Julia não facilitou para que ninguém tivesse contato com ela. — É bom vê-la.

— Você também. Lembra-se de Peter? — Sandra instantaneamente fica vermelha. — Claro que lembra. Peter, diga olá para a senhora Evarts.

Peter está da altura de Julia. Ele já não é mais magrinho nem parece a criança travessa que costumava irromper pela casa com Josh, derrubando tudo que estivesse no caminho. Ele deixou de ser menino e ela não consegue parar de olhá-lo.

— Oi — murmura ele. Ele dá uma olhada em Julia, depois desvia os olhos.

— Peter, você está tão alto! — diz Julia, forçando-se a parecer alegre. — Eu quase não o reconheci.

— Obrigado.

Sandra lhe dá um cutucão. Peter estende quatro Pães da Amizade e Julia os recebe com um sorriso, e seus olhos rapidamente se enchem de lágrimas.

Sandra remexe na bolsa, à procura de um lenço de papel. Peter parece tão desconfortável que Julia limpa os olhos com a manga da camisa.

— Ah, é que foi uma noite longa. Obrigada por virem.

— Não tem de quê. — Sandra pega as mãos de Julia. — Estou falando sério. Você virá me ver em breve? Ou posso ir vê-la. Sinto sua falta.

Julia apenas assente, com as lágrimas escorrendo pelo rosto. Sandra a abraça, depois dá o braço a Peter e eles vão embora.

Mark vem por trás dela.

— Eram Sandra e Peter? — pergunta ele.

Julia acena com a cabeça que sim.

— Nossa. — Mark está piscando rápido, com uma expressão sufocada no rosto.

Madeline está atrás e toca os braços de ambos.

— Parece que temos uma ligeira calmaria — diz ela, baixinho. — Por que vocês dois não tiram uma folguinha, talvez deem uma olhada em Gracie?

Os dois conseguem concordar, depois Mark pega a mão de Julia. Eles sobem a escada, até o quarto de Gracie.

— Ele está tão diferente — diz Mark. — Mas o mesmo. Sabe?

— Está maior... — Julia tenta dizer, mas as palavras ficam presas em sua garganta. Ela sente o peso repentino de cada degrau, suas pernas se transformando em geleia. Aquela velha sensação de desespero e infelicidade, de vazio e impotência, tudo volta. Julia achou que havia deixado isso para trás, tinha evoluído para um torpor mais calmo, mas ela estava errada. Ainda está ali, dentro de seus ossos, seu sangue, sua respiração. Não vai sumir. Ela costumava achar insuportável — agora ela sabe que é.

Então, ela sente a mão de Mark na sua. A sensação da curva da palma da mão dele dá um apertão feroz. Ela o olha e também vê isso em seus olhos. O mesmo desejo. Em todos os momentos, desde o dia em que perderam Josh, Mark tem morrido ao seu lado. Eles estão vivendo, sim, estão vivos, mas cada dia sem o filho é uma minimorte, uma pequena punhalada que ameaça destruí-los de vez. No alto da escada, ela desaba e Mark a pega nos braços. Eles se balançam e choram, apertados um ao outro.

— Tem mais barras de chocolate? — Edie grita no monitor do bebê.

Há um ruído de estática.

— Richard, você me ouviu? TEM MAIS DAQUELAS BARRAS DE CHOCOLATE? Desligo.

Richard aparece na porta, com uma expressão irritada no rosto.

— Edie, eu já lhe disse. O monitor de bebê não é um *walkie-talkie*. Eu posso ouvi-la, mas você não me ouve. E você não precisa berrar, pois ele capta qualquer som.

— É mesmo?

— É mesmo. — Ele entra no quarto segurando duas barras de chocolate. — São as duas últimas. Depois do trabalho eu compro outra caixa.

— Tem de ser sem gordura e sem açúcar...

— Edie, eu sei. — Richard tira o papel e entrega a barra. Faz o mesmo para ele e se acomoda ao lado dela, apertando o controle remoto para ver o noticiário da manhã.

— ... nesse momento de tanta necessidade, descobrimos que sempre há gente disposta a estender uma mão amiga. Nesse caso, uma comunidade. O pessoal da cidade vizinha de Avalon se reuniu aqui hoje para compartilhar o Pão da Amizade com as famílias e voluntários de Barrett, uma cidade ainda sacudida pelos efeitos da devastação da enchente da semana passada.

— Richard, aumenta! — Edie se esforça para sentar.

Richard aponta a barra de chocolate para ela.

— Deite, ou vou desligar a TV, esconder o controle remoto e confiscar sua barra de chocolate.

— Mas...

Richard segura o controle fora do alcance dela.

— *Agora.*

Descontente, Edie se deita novamente.

Richard aumenta o volume e a voz de barítono do repórter invade o quarto. Ele está em pé, do lado de fora do Centro Cívico de Barrett, apontando para a estrada abaixo com uma fileira de carros.

— Os residentes de Avalon estão fazendo uma caravana até aqui, hoje, para uma parceria com a Cruz Vermelha e outras organizações de socorro, para oferecerem amizade e apoio à cidade de Barrett. Há um relato dizendo que sete mil, trezentos e quarenta e dois Pães da Amizade estão sendo distribuídos dentro do centro cívico. Mas o Pão da Amizade não é apenas pão, é mais um bolo, como uma torta de banana...

— Essa é a minha história! Ele está dando a minha história! — Edie lança um olhar incrédulo a Richard.

— Edie...

O repórter ainda está falando enquanto caminha, entrando no centro cívico.

— ... Hannah Wang de Brisay, uma talentosa violoncelista que tocava na Filarmônica de Nova York, está entretendo a multidão, enquanto o pessoal generoso de Avalon continua a distribuir café, chá e pão. — A câmera passa por Hannah, que está com um lindo vestido preto tocando seu violoncelo para uma casa lotada. Depois a câmera segue o repórter, enquanto ele passa por uma fila de pessoas e vai até a cabeceira da mesa. — Aqui está Madeline Davis, proprietária do Salão de Chá da Madeline, e sócia de Julia Evarts, que são as cabeças por trás desse empenho generoso e criativo.

Madeline arruma os cabelos, enquanto Julia imediatamente protesta:

— Ah, nós não somos sócias, apenas amigas. E sim, a ideia, na verdade, partiu de Connie Colls e todas as mulheres que se reúnem regularmente na casa de Madeline para trocar receitas de Pão da Amizade e dicas, mas a cidade inteira ajudou a assar e...

O repórter assente, escutando, depois se vira para a câmera:

— Então, aí está. As senhoras do Clube do Pão da Amizade de Avalon e esse simples saco de massa — o repórter segura um saco hermético de massa, enquanto olha para a câmera, com uma expressão que diz *dá-pra-acreditar*? — estão alimentando a cidade de Barrett esta manhã. Aqui é Alden Ortega, KGFO, informando ao vivo de Barrett. De volta com você, Kevin.

— Essa é minha história! — Edie está furiosa. — Eu tenho caixas de entrevistas, manuscritos, pesquisa! Agora todos vão escrever a respeito! — O controle remoto da TV sai voando pelo ar. — Como o G.D., Lori Blair!

— Edie! — Richard pega o controle e desliga a TV. — Nós dois sabemos que você não tinha como estar em Barrett para cobrir a história pela *Gazette*. DE FORMA ALGUMA. Você está de repouso absoluto, Edie, e precisa ficar bem quanto ao mundo seguir em frente sem você.

— Mas Richard... — Edie começa a chorar. Ela afunda o rosto no travesseiro. — *Essa era minha história, minha reportagem!* Eu ia fazer um acompanhamento... uma série...

— Edie...

— O que vou fazer agora? *Não fiz nada da vida*. Agora vou ter um bebê! Serei uma péssima mãe, nós dois sabemos disso. Sou uma repórter, deveria estar escrevendo e entrevistando pessoas...

— Meu bem, ouça o que estou dizendo — Richard pega as duas barras de chocolate e as põe sobre um guardanapo. — Por que não pode deixar espaço para a possibilidade ser uma ótima mãe, assim como uma ótima repórter? E, por motivos além de seu controle, nesse momento, a profissão de repórter tem de ficar no banco de trás.

— Mas eu não quero que fique no banco de trás! Por que não posso fazer os dois?

— Você pode fazer os dois. Mas não da forma como pensa. Agora as coisas são diferentes, Edie. Nós dois sabemos que você não pode ficar correndo por aí, como costumava fazer, ao menos por mais alguns meses. E quando chegar lá, você terá um bebê também.

— Ótimo. Como é que isso vai funcionar? — a voz dela está abafada.

— Chama-se carrinho de bebê e depois de vê-la arrastar vinte e cinco quilos em sua mochila, quando estávamos no Benin, eu duvido que você terá algum problema com um bebê de quatro quilos. — Richard afasta o travesseiro do rosto dela e tira uma mecha de cabelos. — Não fique triste, querida.

Edie funga.

— Não estou triste, Richard. Sério, não estou. — Ela dá um sorriso corajoso.

— Bem, então, o que é?

— É que... eu só... ESTOU TÃO TRISTE! — Ela começa a chorar novamente, e pega o travesseiro dele.

Richard é solidário.

— Eu sei que foi difícil para você ver aquela reportagem.

Edie empurra o travesseiro para o lado.

— É que... sete mil pães? Quero dizer, isso é insano! E eles foram para Barrett? Sabe como isso me faz parecer? Como uma cretina sem coração.

— Você não é uma cretina sem coração.

— Sou, sim. Meu artigo basicamente rotulou o Pão da Amizade como um transtorno público. Depois eu publiquei cartas sobre como o negócio todo era irritante. Como repórter, eu devo oferecer uma visão equilibrada e justa. Não fiz isso.

— Edie, é apenas pão. Não é um tratado internacional de paz, ou algo assim.

— Mas não é apenas pão — Edie insiste. — Você não está vendo? É a cidade. É o povo. É... Avalon. — As barras de chocolate viraram uma poça no guardanapo. — Não vê como isso é inacreditável?

— Não estou entendendo você e agora está começando a me preocupar.

Edie estica o braço para pegar um bloco e um lápis.

— Vá trabalhar, Richard. E me devolva o controle, por favor? — Ela se deita de lado e começa a escrever, com um humor subitamente calmo e sereno.

Hormônios, Richard lembra a si mesmo, enquanto entrega o controle e joga o guardanapo encharcado no lixo. *São apenas os hormônios*. Ele já viu isso inúmeras vezes em seu consultório médico — mulheres grávidas que estão felizes num minuto e aos pratos no outro, e é claro que tem a loucura pós-parto, pela qual ele está esperando depois que o bebê nascer. Ele disse a muitos maridos alarmados que faz parte do trajeto e não é motivo de preocupação, mas Richard está começando a sentir-se ligeiramente preocupado. Ele observa Edie cantarolando, contente, enquanto escreve e pensa, depois pensa e escreve. Ela olha para cima e lhe joga um beijo, acenando para que ele vá, como se tudo estivesse na mais perfeita ordem.

Ai, Deus.

Capítulo 28

A Operação Pão da Amizade foi um sucesso, com oito mil dólares de doações em espécie, junto com enlatados e utensílios domésticos coletados pelos residentes de Avalon para seus vizinhos em Barrett. Mais de cinquenta homens e mulheres de Avalon passaram a manhã em Barrett, servindo fatias de Pão da Amizade e ouvindo Hannah tocar seu violoncelo. Aparentemente, eles conseguiram alimentar toda a cidade com o suficiente para repetir e ainda servir uma terceira vez.

Quando todos entraram em seus carros e dirigiram de volta para casa, exaustos, mas com as barrigas e as almas satisfeitas, não estavam preparados para o dilúvio de caminhões da imprensa e câmeras que esperavam do lado de fora do Salão de Chá da Madeline. Parecia que o país queria olhar o lado de dentro da casa de Madeline, ver o lar do Clube do Pão da Amizade. Esse era o novo nome, que lhes foi dado pela mídia: O Clube do Pão da Amizade. Connie adorou, assim como as frequentadoras habituais, e cada uma delas desfrutou de seus cinco minutos de fama enquanto eram entrevistadas diante das câmeras.

Os negócios iam bem antes, mas agora realmente havia gente esperando para entrar. Connie está aceitando reservas e eles até têm uma lista de espera. Hannah tem vindo ajudar e Madeline deixa que ela assuma a cozinha, elaborando o menu do dia e inserindo os pratos especiais. Elas estão lotadas agora por três meses, depois que a última matéria da imprensa fez incríveis elogios ao chá e à comida servida no salão.

"Uma pequena cidade com um grande coração" foi como o jornal apresentou a história, e o *Chicago Tribune* publicou um artigo sobre Avalon com o título "Precisa de um amigo? Então venha para Avalon".

— Isso é bom — Julia diz agora, enquanto lê o artigo. — Para todos nós. Para Avalon. — Como o restante do país, Avalon vinha sofrendo com a queda da economia, iniciada alguns anos antes. Mas um pequeno incentivo e muito turismo rendem um bocado. Se Avalon não era a cidade mais amistosa, agora certamente é. Há uma equipe regular de avalonenses indo a Barrett, semanalmente, para ajudar na limpeza e na reconstrução de casas e escolas, embora os caminhões da mídia já tivessem partido há muito tempo. Julia sorri, ao pensar como todos estão orgulhosos do que fizeram e continuam a fazer, e o quanto ela se orgulha em viver numa cidade como Avalon.

Madeline e Julia estão sentadas no quintal dos fundos de Madeline, à sombra de uma árvore ginkgo. Madeline está vestindo um macacão, pronta para trabalhar no jardim. Está um lindo dia. O sol de verão está quente e a cigarras estão chamando seus pares.

Madeline observa Julia colocando um pouco de açúcar em seu chá gelado.

— Então — ela começa, limpando a garganta.

Julia lança um olhar, de sobrancelhas erguidas.

— *Iii*, isso não parece bom. Alguma coisa em mente, Madeline? — A voz dela era provocadora, mas preocupada.

Madeline tenta dar a Julia um sorriso tranquilizador, mas não consegue. Isso está em sua cabeça há um bom tempo, e ela vem pensando no que fazer, o que dizer. Nem tem certeza se fará alguma diferença, mas sente que é muito importante para deixar de mencionar. Madeline não tem certeza de como abordar o assunto, então ela vai direto ao ponto.

— Julia — diz ela. — Como está a situação entre você e sua família?

O rosto de Julia se abre num sorriso largo.

— Mark e Gracie estão ótimos. Temos falado sobre passarmos alguns dias em Chicago. Lá tem uma loja da American Girl, no norte de Michigan, e nós nunca fomos. Queremos dar a ela o seu presente de aniversário antecipado. E claro que Mark quer ir ao Campo Wrigley, ver os Cubs jogarem. Um de seus clientes tem um camarote...

— Eu estava falando de seus pais — Madeline diz, baixinho. — E de sua irmã.

O sorriso desaparece do rosto de Julia.

— Ah. — Ela se ocupa em passar a mão no suor do copo.

— Eu gostaria de dizer que não sou intrometida, mas sabemos que isso não é verdade. — Madeline tenta fazer Julia sorrir e funciona. Um pouquinho. — Só estou tão contente por você, querida... você tem de acreditar nisso. Eu sei que esses últimos anos não foram fáceis, e o que aconteceu foi algo terrível, horrendo.

Madeline dá um tempo a Julia e prossegue.

— O que estou prestes a dizer é que eu sei de sua imensa capacidade para o amor. Não apenas para dar, mas para receber. E quero, desesperadamente, que você compreenda isso. Quando me casei com Steven, eu cometi o erro de me submeter ao Ben. Deixei que ele me afastasse — se não queria falar comigo, eu não forçava. Se não me queria por perto, eu lhe dava espaço. Era uma luta ter um relacionamento com ele — ele simplesmente parecia não me querer e, com meu orgulho teimoso, era mais fácil simplesmente ceder.

Julia olhava atenta para Madeline.

— Mas o que aprendi é que, às vezes, nós afastamos as pessoas porque queremos que elas voltem a nós. Queremos que elas venham nos buscar, dizer que não nos esqueceram. Queremos que elas nos *mostrem* o quanto precisam de nós. Queremos que nos provem que nos amam o suficiente para lutarem por nós. Você tem seus pais e uma irmã que a amam, Julia. Pode deixá-los voltar, meu bem? Pode fazer com que saibam o quanto você ainda precisa deles?

Por um tempo Julia não diz nada, só fica de cabeça baixa. Madeline apenas espera.

— Não é tão simples assim, Madeline. — A voz de Julia é um sussurro. — Eu já disse aos meus pais que não preciso deles. Deixei claro que eles falharam comigo, por não serem capazes de oferecer o tipo certo de apoio quando Josh morreu. E quando eles se mudaram para a Flórida, pegaram a saída mais fácil. Partiram.

— Julia, não há saída fácil para algo assim.

Julia fecha os olhos.

— Então, o que devo fazer agora? Pedir-lhes que me perdoem? — Ela fecha os punhos, com a voz trêmula.

— Não, Julia. Tudo que você tem a fazer é dar a eles abertura suficiente para que voltem. — Madeline estica o braço e abre as mãos de Julia. — Não tem certo ou errado. À época, eles fizeram o que acharam ser o melhor, assim como você. E, agora, aqui estamos nós. E agora, Julia? Eu sei que Mark e Gracie são o suficiente para uma vida feliz, vejo isso em seus olhos e sei que eles a amam profundamente. Mas também sei que você tem muito mais e quero isso para você. Você também merece amor, Julia. Não apenas dos seus pais, mas de Livvy também.

Mas, diante disso, Julia começa a sacudir a cabeça.

— Não, não — diz ela. — É tarde demais, Madeline.

— Por quê?

— Por muito tempo eu culpei Livvy pela morte de Josh, porque não conseguia ver...

— Não conseguia ver o quê, Julia?

Julia a olha, com os olhos molhados.

— Eu não conseguia ver que a morte de Josh foi culpa *minha*. — Ela começa a chorar. — Era minha obrigação tomar conta dele. Fracassei com ele.

— Não, Julia. — A voz de Madeline é firme. — Não foi culpa de ninguém. Os elementos mais básicos de nossa vida — nosso nascimento e nossa morte — *estão fora de nosso controle*. As pessoas passam a vida toda tentando controlar essas coisas, mas é impossível. Mesmo que pensemos que estamos no comando, e você não precisa gostar disso, não podemos lutar contra isso. Nem um único ser humano pode.

Julia enxuga as lágrimas que descem pelo seu rosto.

— Mas precisamos de outras pessoas e é uma dádiva quando as pessoas que nos conhecem e nos amam, desde a infância, ainda fazem parte de nossa vida. Seus pais, sua irmã. Tem de ser você a começar de novo, Julia. Não porque eles talvez não tentem, mas porque agora você consegue ver o quanto quer isso e não quer desperdiçar mais nem um minuto sem lançar mão da alegria. De se cercar de gente que a ama. Isso é algo incrível, Julia. E eu sei que você sabe disso.

Há uma longa pausa e Madeline não diz mais nada, apenas dá espaço para o silêncio que sabe ser promissor.

Julia limpa os olhos e olha o céu azul, sem nuvens.

— Quando eu vi o amigo de Josh, na manhã em que fomos para Barrett, percebi que era daquele jeito que Josh estaria agora se tivesse vivido. E eu fico muito zangada, com muita raiva, por ele não ter tido uma chance de jogar futebol como Peter, de ir para a faculdade, de se apaixonar. Simplesmente não é justo. — Julia solta um suspiro. — Ele era tão lindo, Madeline. Os cabelos iguais aos meus. Um sorriso que ganhava qualquer um. Ele conseguia o que quisesse.

— Eu acredito.

Julia engole em seco.

— Quando Mark e eu estávamos lá em cima, eu pensei: "Meu Deus, eu nunca mais vou conseguir descer". No passado, de jeito algum eu conseguiria. Mas, meia hora depois, eu já tinha descido, e estava carregando as coisas para levar para Barrett. E eu não me sentia ótima, mas bem.

Madeline apenas assente, pegando novamente a mão de Julia.

Julia ergue os olhos e olha o céu, nessa manhã azul perfeita.

— Eu me lembro de tantas noites, quando estava disposta a fazer qualquer coisa, qualquer coisa que trouxesse o Josh de volta para mim. Eu teria trocado de lugar com ele, num piscar de olhos, dado a ele a chance de crescer, de viver sua vida, encontrar sua própria felicidade. — A voz dela falha. — Que ele não tivesse nem um momento de medo ou solidão, quando morreu. Eu queria... queria... — Julia respira fundo, solta um suspiro. Madeline sabe que Julia já passou por isso tantas vezes e em cada uma delas a dor é tão recente, a angústia bate no peito, tirando-lhe o ar. — Essa é a pior sensação do mundo. Querer fazer qualquer coisa para melhorar, fazer ficar tudo bem, e não poder. Você não pode.

Há uma pausa longa e interminável, enquanto as duas ficam olhando o jardim.

— Talvez haja coisas que não podem ser melhoradas — diz Madeline. — Mas há outras que podem.

Julia está em silêncio.

— Ligue para os seus pais, Julia. Convide-os para vir para Avalon. E vá ver Livvy.

Isso é pedir um bocado e Madeline sabe. Mas ela também sabe que Julia consegue. Quando Julia assente, ligeiramente, e dá um pequeno sorriso, Madeline sabe que ficará tudo bem.

Elas silenciosamente observam Connie falando como os jardineiros, apontando os locais ao redor do pátio. Connie tem administrado as finanças cuidadosamente, de modo que elas agora pagam a alguém para cuidar da propriedade e isso deixa Madeline encantada, vendo que finalmente está acontecendo, pois dava uma sensação de negligência não fazer mais pelo que ela tinha. Elas querem criar mais caminhos e bancos para as pessoas se sentarem. Querem poder acomodar mais gente e estão verificando o que pode ser feito para servir comida ao ar livre.

Madeline protege os olhos, enquanto observa Connie explicar o que precisa ser cortado e limpo. Connie se vira nesse momento e acena para elas, com um sorriso radiante. Connie foi promovida a gerente do Salão de Chá, um título proposto por Madeline, que ela logo aceitou, com uma advertência: se Connie algum dia resolvesse se mudar de seu apartamento, em cima da pizzaria, Madeline queria que ela soubesse que seria bem-vinda para dividir a casa com ela.

— Eu sei que não é algo muito legal a fazer — dissera Madeline, sem querer que Connie se preocupasse em magoá-la. — Mas seu senhorio parece um sujeito horrendo e eu não lhe cobraria um aluguel caro. Entendo que você já passa muito tempo aqui e talvez não queira...

— Sim! — Connie dissera, sem fôlego, jogando os braços ao redor de Madeline. — Obrigada!

Ela se mudou no dia seguinte.

Agora Madeline acena para chamá-la, servindo-lhe um copo de chá gelado. As três continuam sentadas, desfrutando a tarde, com as mentes em seus próprios pensamentos. Hannah surge da casa, desamarrando o avental e desabando na cadeira ao lado delas, com um suspiro feliz.

— Torta de morango com ruibarbo — diz ela. — Há uma mancha de farinha em seu rosto. — Você terá de se apressar se quiser um pedaço. — Ela vira o rosto para o sol e sorri. — Não posso acreditar que estava havendo uma inundação no mês passado. É incrível como o tempo muda.

Madeline não podia se expressar melhor e ela oferece um copo de chá gelado a Hannah, erguendo o seu para um brinde. Ela olha para essas jovens, ao seu redor, mulheres que têm uma vida de alegria e amor pela frente. Não apenas elas, mas Madeline também. Por mais imprevisível que a vida seja, por mais que seja doloroso pensar que Ben esteja perdido para ela, Madeline continua otimista. Não houve nenhum retorno de Ben, ou porque a carta nunca chegou a ele, ou ele não quer que Madeline o encontre. Ela poderia fazer mais, poderia contratar um detetive particular, ou algo assim, mas tentou isso antes, sem muito sucesso. Em vez disso, ela faz uma pequena oração por ele, à noite, para que ele esteja seguro, saudável e bem, e que tenha encontrado a felicidade. Ela torce para que, se ele voltar a pensar nela, sinta que está sempre na mente de Madeline e em seu coração. Ele é o único pedaço de Steven que sobrou e, embora isso seja importante, não é só isso. Ben é a coisa mais próxima que ela teve de uma família, de ter um filho, e agora consegue ver o quanto ele realmente precisou dela, porque ela precisou dele da mesma forma.

— Mais um motivo para fazer todos os momentos contarem, meninas.

Hannah, Connie e Julia olham para Madeline e concordam. Esse momento foi ganho a duras penas, para cada uma delas, e suas vidas convergiram nesse lugar, no Salão de Chá da Madeline, em Avalon. Elas erguem os copos e brindam, umas às outras, com as palavras de Madeline ecoando em seus ouvidos.

Quando Julia encosta o carro na frente da casa de Livvy, ela sente uma fisgada familiar na barriga. Embora não tenha voltado ali desde que Josh morreu, ela não consegue evitar imaginá-lo na grama.

Quer desviar o olhar, mas não faz. Em vez disso, desce do carro, com os braços cheios de embalagens de comida.

Há um carro desconhecido na entrada da garagem. Perplexa, Julia toca a campainha, depois espia pela janela.

A casa está vazia. Sem móveis, os quadros foram tirados das paredes.

Não tem ninguém morando nessa casa.

Julia sente uma onda de pânico, de terror. Algo importante aconteceu e ela perdeu. Ela tem a sensação de ter chegado um instante tarde demais, com a porta se fechando.

Livvy se foi.

— Livvy — ela sussurra, depois se vê gritando o nome da irmã. — Livvy!

— O quê?

Julia se vira e vê Livvy contornando a casa, usando uma velha camiseta e short. Ela está descalça, segurando uma mangueira de jardim.

— Livvy! — Julia resfolega. Ela sente uma onda de alívio e não sabe se ri ou chora. — Eu pensei... o que aconteceu com suas coisas? Onde está o seu carro? — Ela resiste ao ímpeto de sair correndo e dar um abraço forte em Livvy.

— Com o Tom. Esse carro é alugado. É uma longa história. — Livvy tenta enrolar a mangueira. — Tom arranjou um emprego em Faberville. Um trabalho bem legal, então estamos nos mudando. Ele já está lá.

Ela sente uma pontada no peito — Julia nunca pensou que Livvy pudesse se mudar, fosse embora de Avalon, e a deixasse ali.

— Você ia me dizer?

— Sim, claro. É claro. É que tudo aconteceu tão rápido e eu sabia que você estava ocupada com o negócio todo do Pão da Amizade... — Livvy joga a mangueira de lado. — Eu sempre quis comprar uma daquelas mangueiras para pendurar na lateral da casa... — Ela dá um chute frustrado na mangueira.

Julia está prestes a dizer que ela e Mark podem ajudar, mas vê que é tarde demais. Não para tudo, mas para algumas coisas, isso está bem claro. Ela engole, depois segura as vasilhas de comida.

— Fiz *enchiladas* de frango para o jantar e lembrei que você gosta, então fiz a mais, para você e Tom. Também tem arroz espanhol, uma salada e sobremesa... — A voz dela vai sumindo.

Livvy hesita, mas só por um momento. Ela dá um passo à frente e aceita as vasilhas.

— Obrigada. Eu não tinha pensado no jantar dessa noite, então isso é perfeito.

Elas se sentam nos degraus da varanda e Livvy abre a vasilha com as *enchiladas*.

— O corretor vem colocar a placa amanhã — diz ela. Ela pega uma *tortilla* com a mão. — Eu não quis fazer isso enquanto ainda estava na casa.

— E quanto ao seu emprego, na *Gazette*?

— Hã? Ah, eu pedi demissão, quero dizer, obviamente. Vou encontrar outra coisa em Faberville. Eventualmente. — Ela leva uma das mãos distraidamente à barriga, enquanto belisca a comida com a outra. — Desculpe, não tenho talheres.

— Não se desculpe. Eu fiz para você — você pode comer do jeito que quiser. — Julia olha em volta. — Gracie disse que você deu o Patch. O que aconteceu?

— Ah, ele ficava indo para casa da senhora Lowry, cavando os canteiros de flores. Ele pulava a cerca, ou dava um jeito de sair, e eu não achava justo mantê-lo preso o dia todo, enquanto eu e o Tom estávamos trabalhando. Ele ficava muito sozinho. Achamos que ele deveria ficar com uma família que tivesse tempo para brincar com ele, cuidar dele.

Josh adorava aquele cachorro.

— Ele era um bom cachorro. Você sente falta dele?

Livvy assente.

— Sinto. Ela olha a comida. — Isso está bom, Julia. Obrigada.

Julia não diz nada, apenas pega uma folha no chão.

— Faberville, é?

Livvy diz:

— Faberville não é longe. Duas horas, se você dirigir direto.

Faberville é facilmente um trajeto de três horas, de Avalon.

— Talvez do jeito que *você* dirige — diz Julia. — Você tem o pé pesado, se é que me lembro.

Livvy ri.

— É verdade, eu tenho. — Ela come um pouquinho mais, depois faz uma careta. — Ah, o queijo vai me dar gases.

Julia não se lembra de Livvy tendo problema com queijo.

— Por quê?

— É que, com a gravidez, os laticínios parecem um massacre no meu sistema digestivo. — Livvy procura pela vasilha com a salada.

Julia pisca.

— Você está grávida?

— Dezesseis semanas amanhã. Essa é a outra coisa boa sobre Faberville. Eles têm um bom hospital. Nós andamos pela unidade da maternidade e eles têm quartos privativos e salas de parto, tudo. E nós vamos comprar uma casa menor. Algo mais acessível que essa monstrenga. Por enquanto, vamos alugar. — Ela oferece a salada a Julia.

As duas irmãs ficam sentadas, lado a lado, em silêncio, beliscando alface e tomates fatiados.

Julia olha para a barriga de Livvy e vê uma pancinha. Jamais daria para notar só olhando para ela, mas, agora que Julia sabe, ela sente aquela cautela delicada que se tem ao redor de alguém que está esperando bebê. Ela tenta se lembrar do que não era seguro comer... era mel? Ou isso era só no primeiro ano, depois que o bebê nascesse? Comida condimentada sempre fazia Josh se remexer no útero. Salada de atum era algo que Julia comia moderadamente, por conta de todos os relatos de alto índice de mercúrio. Ela evitou amendoim porque não queria arriscar que nenhuma das crianças se tornasse alérgica. Agora, tudo isso parece inconsequente.

— E está tudo bem com a gravidez? Os exames estão bons?

Livvy acena a cabeça que sim.

— Acabaram de fazer um "Alfa-feto-proteico", para ver se há alguma anormalidade genética. Eu não consegui dormir até me ligarem dizendo que estava tudo bem. Eu estava deixando o Tom maluco de preocupação. — Ela se flagra, depois para, e acrescenta, ternamente: — Mas tudo saiu bem.

— Bom. — Julia sorri. Ela sabe que Livvy é preocupada por natureza, e as pessoas às vezes imaginam que ela não liga muito para as coisas, mas Livvy se preocupa muito, com tudo. É mais sensível do que as pessoas pensam — mais sensível que Julia, isso é certo. Julia sente uma onda de carinho. Ela arrisca pousar uma das mãos sobre a mão de Livvy e dá um apertãozinho.

Livvy se assusta, depois relaxa e dá um pequeno sorriso. Mas Julia rapidamente vê os olhos da irmã se enchendo de lágrimas.

— Livvy, está tudo bem?

Livvy sacode a cabeça, desvia o olhar.

— Livvy, fale comigo. Olhe para mim. — Julia encosta a palma no rosto molhado de Livvy, virando-a, para que Livvy a olhe. O rosto da irmã está pálido.

— Julia? — ela sussurra. — E se eu não for uma boa mãe?

Julia sente a irmã tremendo, ao seu lado.

— Você será uma mãe maravilhosa, Livvy. Eu sei que será. — Ela segura a mão de Livvy com suas duas mãos. — *Será, Livvy.*

— Mas uma verdadeira mãe... quero dizer, se eu realmente fosse uma boa mãe... eu não teria esquecido... não teria trancado o carro... Livvy começa a chorar, depois põe as mãos no rosto.

Julia engole em seco. Ela está lutando contra as lágrimas, mas perde, e também não consegue evitar.

— Julia — diz Livvy, chorando. — Desculpe, eu lamento tanto...

São essas palavras que diminuem as lágrimas de Julia, que lhe dão um momento para se recompor. Após a morte de Josh, Livvy tinha passado o primeiro ano se desculpando, e Julia nunca sentia ser o bastante. Como alguém pode se desculpar o suficiente por algo assim?

Ela pensa nas conversas com Madeline e percebe, *você não pode.*

— Livvy — diz Julia, pegando as mãos da irmã — as duas — embora Livvy ainda esteja aos prantos, com o nariz escorrendo. — Livvy, não é culpa sua.

— Mas eu...

— Não é culpa sua, Livvy. Não podemos controlar essas coisas, mesmo quando achamos que podemos. É impossível.

— Mas se eu tivesse deixado a porta destrancada, ou o deixasse dentro do carro... — Livvy começa a chorar novamente. Ela cai sobre Julia, que passa os braços ao redor da irmã.

O cheiro familiar de Livvy faz Julia fechar os olhos. Ela gostaria que elas pudesse rebobinar o tempo, para começar tudo outra vez. Como seria legal se tivessem feito isso antes, tivessem tido tempo de fazer outra história, diferente da que viveram nos últimos cinco anos. Mas isso também é impossível. Tudo que elas têm é esse momento e o que está à frente.

Ela recua e olha a irmã. De perto, agora Julia pode ver como o rosto de Livvy mudou, ao longo dos anos, as leves rugas ao redor dos olhos, seus traços de riso mais pronunciados. Mas ela ainda está bonita e ainda é irmã de Julia.

— Eu amo você, Livvy. E lamento não ter vindo antes.

Isso faz Livvy começar a chorar novamente.

— Senti sua falta — diz ela, entre soluços.

Julia beija o alto da cabeça da irmã, sente seu cheiro.

— Eu também senti sua falta, Livvy.

Livvy funga e limpa os olhos.

— Ah, parece que eu meio que usei sua camiseta de lenço.

Julia olha para baixo e vê que Livvy de fato usou sua camisa como lenço e sorri.

— E agora? — pergunta Livvy, e Julia vê que seus papéis foram recuperados, Livvy automaticamente recorre a Julia para respostas.

— Eu não sei — diz ela, honestamente.

— Você irá me visitar, não irá? E me ajudar com o bebê quando ele nascer?

— Sim — Julia respira. — Eu adoraria.

— Ou você pode ir antes — Livvy sugere. — Espero que você vá antes. Vá a qualquer hora.

— Eu irei — Julia promete. — Iremos todos. Gracie também. Ela ficará muito empolgada em ter um primo.

— Ela será uma ótima prima — Livvy concorda. Ela aponta para a última tigela da varanda. — O que é isso?

Julia ri.

— Pão da Amizade.

— É claro. — Livvy sorri, ao destampar. — Ainda bem que posso ganhar umas calorias. — Ela segura a vasilha para Julia, que pega uma fatia, depois Livvy faz o mesmo.

— Você vai ficar aqui, essa noite? — pergunta Julia.

Livvy balança a cabeça que sim.

— Estou com meu saco de dormir. Tenho de assinar os papéis amanhã. Achei que ficaria mais triste em ir embora, mas estou empolgada, sabe?

Julia sabe. E sabe que não quer Livvy dormindo no chão, sozinha.

— Fique conosco — diz ela, subitamente. — Temos um quarto a mais. — As duas sabem que o quarto a mais é o antigo quarto de Josh, então Julia rapidamente acrescenta: — Ou você pode ficar no quarto da Gracie. Tenho tudo lá em casa. Você pode ter um jantar apropriado, um café da manhã também, depois vai encontrar o corretor e segue de volta a Faberville. — Ela diz isso apressadamente e, quando termina, percebe que estava na expectativa.

Livvy parece estar pensando a respeito, com a cabeça inclinada sobre as vasilhas. Quando ela olha para cima, seu rosto está radiante.
— Claro — diz ela.

— Eu gostaria.

O começo de algo belo em Avalon, Illinois

Reportagem de Edith Gallagher

AVALON, ILLINOIS — Para muitos residentes dessa cidadezinha do nordeste do Illinois, Avalon tem sido o único lar que conhecem. Nascidos e criados ali, os avalonenses são um punhado de gente contente, têm orgulho de quem são, orgulho de onde vivem, orgulho por Avalon ter se tornado conhecida nos últimos meses.

Amizade. Família. Comunidade. Tudo graças a um único saco de massa de Pão da Amizade.

Entre no Google e pesquise "Pão da Amizade" em seu computador, e esteja preparado para ter leitura suficiente para uma semana. É uma fatia da história contemporânea americana, uma carta do tipo corrente comestível que enche as pessoas de quantidades iguais de esperança e pavor. Mas, para as famílias em Barrett e Avalon, isso rapidamente se tornou epítome do que aproxima as pessoas e cidades.

Como vizinhos em guerra, por exemplo. Martin Colon e os Padilla, Lester e Marsha, viveram uns ao lado dos outros durante dezesseis anos. Seus filhos cresceram juntos. Em muitas noites de domingo, os vizinhos compartilhavam uma cerveja ou taças de vinho no gramado. Porém, dois anos atrás, o pé de glicínia de Martin, de 3,50 metros de altura, causou o afundamento da casa dos Padilla, danificando a fundação e as tubulações de esgoto. As duas famílias se envolveram numa batalha judicial pelo valor dos reparos que totalizavam sete mil e quinhentos dólares, quantia que Colon recusava-se a pagar.

Adiantemos até maio passado, chegando à dica de Marsha Padilla e um saco de massa de Pão da Amizade. Ao lembrar-se do aniversário da vizinha, Marsha foi compelida a assar o pão e o deixar, com um bilhete gentil. Agora, os vizinhos estão em entendimento e concordaram em dividir a conta do conserto, restaurando não apenas a fundação da casa dos Padilla, mas também a amizade.

Craig Neimeyer, delegado de polícia, diz que os baixos índices de criminalidade de Avalon caíram para quase nada nos dois últimos meses.

No centro de recreação de idosos, na sede local da Associação Cristã de Moços, o número de voluntários aumentou, para deleite de nossos residentes jovens e idosos.

As provocações e interrupções em salas de aula também caíram drasticamente.

— Avalon sempre foi uma bela cidade — diz a antiga moradora Octavia Stout. — Mas agora está mais tranquila. As pessoas parecem mais felizes. Para mim, é um prazer dizer que sou de Avalon.

Doug MacDonald concorda.

— Meus filhos assaram pães para Barrett. Geralmente, eles estão brigando e discordando, discutindo comigo e minha esposa, por conta do dever de casa, mas parece ter havido um intervalo nisso tudo. Agora podemos sentar à mesa e ter uma boa refeição juntos.

No Salão de Chá da Madeline, há uma sala oficialmente designada para as senhoras que habitualmente fazem e compartilham o Pão da Amizade. Apelidado pela mídia como "O Clube do Pão da Amizade", esse grupo crescente de mulheres tem tido como missão contínua a elaboração dos pães para famílias, organizações e comunidades necessitadas. Elas atualmente provêm pães para abrigos ao redor do país e estão disponíveis para guiar pessoas interessadas em começar seu próprio clube.

— Fico honrada em ter o clube aqui, como também em fazer parte de uma comunidade que fez tanto pelos outros — diz Madeline

Davis, proprietária. — O pão tocou minha própria vida, trazendo gente boa que se transformou em bons amigos.

Ainda é um mistério como o Pão da Amizade foi introduzido em Avalon, sabe-se que Julia Evarts foi a primeira pessoa que o recebeu. No entanto, segundo a Sra. Evarts, ela foi "uma ganhadora sortuda do pão, assim como todos os outros". Enquanto esse mistério possa fazer parte dos arquivos de perguntas sem respostas, talvez a sua origem realmente não tenha importância. O que realmente importa é que o pão e sua massa encontraram seu caminho até Avalon e, a partir dali, algo belo nasceu.

Capítulo 29

— Por que você não me disse que ia doer? — Livvy pergunta ao telefone. É véspera de Natal. Livvy olha pela janela do hospital e vê os floquinhos de neve preguiçosamente chegando ao chão. O céu parece repleto de plumas macias.

Edie ri.

— Porque, se eu dissesse, isso a deixaria mais maluca do que você já estava. Eu fiz um favor a você.

Isso é provavelmente verdade. Livvy vinha fazendo listas de tudo que poderia dar errado com o parto, e mandando por *e-mail* para Edie, diariamente. Ainda assim, um pequeno aviso teria sido bom.

Livvy se vira para Tom, que está com o novo bebezinho nos braços, um menininho perfeito de quatro quilos. Aiden Logan Scott.

— Ah, e os pontos também foram divertidos. Obrigada pelo alerta. Só depois o médico percebeu que não tinha me dado anestesia suficiente. — Livvy se retrai ao lembrar.

— O que o fez lembrar?

— Provavelmente os meus berros. Mas agora estou bem. Só não me pergunte se eu faria isso novamente — diz ela, dramaticamente, sabendo que parecia aquelas mulheres grávidas irritantes que estão sempre reclamando, mas Livvy tem de admitir que há um estranho prazer em poder dizer isso, um jeito indireto de anunciar, *eu consegui*. Algo que Livvy ainda não consegue acreditar.

— Ah, você fará de novo — diz Edie, confiante. — Por conhecê-la, você já comprou um carrinho duplo.

Livvy fica vermelha.

— Estava em liquidação — protesta ela. — Trinta por cento de desconto. — E eu preciso para todas as minhas coisas.

Edie dá uma risada.

— Claro que precisa. Iremos até aí para vê-la, na semana que vem, está bem? Ajudar a entrar no ano-novo.

— Julia também estará aqui. E os meus pais. Talvez eu deva simplesmente convidar todo mundo de Avalon e Faberville para comemorar. — Ela e Tom estavam falando que, quando eles tinham uma casa grande, ninguém nunca ia visitá-los. Mas, na semana que vem, eles provavelmente terão mais gente espremida no pequeno espaço do que jamais acharam ser possível. Será uma loucura, isso é certo.

— Eu sei que estou gastando minha saliva, mas você precisa de repouso, não de ser anfitriã — Edie diz a ela.

Edie está gastando a saliva, porque ter amigos e familiares ao seu redor é o que Livvy mais quer. Aiden só tem algumas horas de vida, mas Livvy quer que ele conheça as pessoas a quem pertence, cujas vidas já fazem parte da dele e para sempre farão.

— Então, não venha — diz Livvy, indiferente. Ela vai matar Edie se ela concordar.

Mas Edie não concorda.

— Rá, rá. Bela tentativa. Espere um segundo. *Richard, precisamos de uma fralda, aqui!*

— Como vai essa sua bela filha? — Livvy quer saber. Miranda tem dois meses e parece uma miniatura de Edie. Livvy mal pode esperar para ver como ela será quando crescer.

— Fazendo jus ao que eu mereço. Ela mama o tempo todo e não quer dormir à noite. Ah, e antes que eu me esqueça, Patrick tem perguntado por você. Ele quer publicar um anúncio do nascimento, na *Gazette*, talvez até uma historinha.

Livvy acha curioso que Patrick tenha tanto interesse por ela, depois de sua saída da *Gazette*.

— Quem será a autora? — pergunta ela, inocentemente. — Lori Blair? — Na verdade, Livvy gosta de Lori, mas gosta mais de provocar Edie.

— Rá, rá. Você sabe que serei eu.

— Você agora está de volta em período integral?

— Não exatamente — diz Edie. — Mas estou tempo suficiente. Quero ficar em casa com Miranda o máximo possível.

Livvy não pode acreditar no que ouve.

— Você vai realmente ser uma mãe doméstica? — pergunta ela, incrédula. Ela estava certa de que Edie voltaria rapidamente ao trabalho.

— Não seja ridícula — debocha Edie. — É claro que eu não vou ser uma mãe doméstica.

Livvy está sorrindo, desfrutando desse momento.

— Edie, as mães que ficam em casa, para cuidar dos filhos, são mães domésticas. Por você ser mãe e por estar ficando em casa...

— Sim, obrigada, Livvy. Já entendi. — Edie parece irritadiça. — Onde está Richard? Acho que é cocô. — Há uma pausa. — É. Cocô.

— Você mesma poderia trocar a fralda — sugere Livvy.

— Poderia, Livvy, mas Richard disse que queria fazer isso, então não quero privá-lo da experiência. — Há um choro e Livvy desconfia que Miranda não ligue para quem vai trocar sua fralda, contanto que a troquem agora. — Preciso ir. Dê um beijo no Aiden por mim, tá?

Livvy olha para Tom, que está cantando baixinho para o bebê, que dorme em seus braços.

— Não se preocupe, eu darei.

E Livvy a provoca, mesmo estando a duas cidades de distância. E a mulher acabou de dar à luz!

O termo técnico pode até ser mãe doméstica, mas não que Edie fique à toa, assistindo episódios de *Barney*, ou *Vila Sésamo*. Durante os cochilos de Miranda, ela voa para o computador, põe os *e-mails* em dia e faz um pouquinho de pesquisa. O sono inconstante de Miranda e seus cochilos de cinco minutos significam que Edie não consegue fazer muita coisa, mas ela está confiante de que chegará lá.

Um dia.

A letargia pela falta de sono vai passar e, em algum momento, elas vão se aventurar a sair de casa. Edie planeja fazer algumas entrevistas com Miranda junto dela. Ela a levará em um *kitenge*, um generoso recorte de pano estampado usado pelas mulheres do Quênia. Foram necessárias algumas tentativas até que Edie conseguisse acertar, mas agora ela está craque e põe Miranda pendurada nas costas, ou junto ao peito, em menos de vinte segundos, deixando suas mãos livres para fazer o que precisa ser feito na casa.

Nesse momento ela está trabalhando numa história sobre os altos índices de leucemia e câncer cerebral em crianças residentes perto de estações elétricas. Ela está escrevendo a respeito porque quer, porque acha que os cidadãos, os homens que fazem a lei e as companhias elétricas devem ver o que está acontecendo a essas crianças, essas famílias. Talvez seja a maternidade, ou um pouquinho mais de maturidade profissional de sua parte, mas Edie já não está mais interessada nas histórias curtas e sensacionalistas que saem apenas um dia na primeira página. De alguma forma ela havia se esquecido de algo que percebeu quando estava na Força de Paz sobre a forma como as histórias que fazem grande diferença e têm grande impacto são aquelas que recebem o menor destaque. Há algo atraente numa história calma e profunda, que tem a capacidade de tocar e ligar as pessoas por muito tempo. Edie descobriu que isso tem menos a ver com a história e mais a ver com as pessoas. Porém, mais importante, tem de vir do coração e não da mente. Edie ainda está trabalhando nessa.

Richard entra no quarto e funga o ar, depois pega Miranda e dá um beijo rápido em Edie, antes de seguir para a mesa de troca de fraldas. Deus, ela ama seu marido. Teria se casado com ele antes se soubesse como seria maravilhoso. Isso sempre pareceu um pequeno detalhe, mera papelada, pois eles já moravam juntos e tinham um compromisso profundo. Mas a simples aliança em seu dedo a faz se lembrar de tudo que tem e, mais importante, que ela tem alguém para compartilhar.

Eles ficaram diante de um juiz e assinaram os papéis na semana anterior ao nascimento de Miranda. Foi por pouco, mas Richard foi inflexível quanto a eles se casarem antes que ela nascesse. Então, eles o fizeram.

Nem em um milhão de anos Edie teria imaginado que alguém como Livvy seria sua madrinha, mas Livvy ficou ao seu lado, aos prantos, como se fosse a mãe da noiva. Edie teria ficado mais comovida se já não estivesse tendo contrações prematuras, que continuaram por dois dias, depois por mais sete.

A amizade de Edie e Livvy começou de forma imperceptível e desabrochou, tornando-se algo que Edie estima. Edie sabe que Livvy deve descansar, mas sabe que Livvy está pilhada demais para relaxar depois de ter feito uma das coisas mais incríveis da vida de uma mulher. Não faz nem cinco minutos e Edie pega novamente o telefone para ligar para Livvy, que fica encantada e continua a conversa, como se nem tivesse sido interrompida, dando os mínimos detalhes de como a peridural não funcionou. Edie ouve e sorri, sabendo que a história talvez dure mais que o próprio acontecimento.

Mas Edie não se importa.

Hannah abre o *Joy of cooking* e procura a receita de um molho de tomate. No passado, ela teria refogado um pouco de carne moída e virado um vidro de molho de tomate, mas quer aprender como fazer corretamente o básico. É isso que diz aos seus alunos, mesmo aos mais experientes. Se você não aprende corretamente o básico, não interessa o restante.

Ela lê a receita e fica encantada em ver que não é tão fácil, nem tão difícil como ela havia pensado. Há várias etapas, então ela pode esperar um molho complexo e saboroso, mas bem direto, então Hannah não está preocupada. Ela aprende que quanto mais rápido o molho cozinhar, mais fresco será o sabor, então escolhe uma caçarola bem grande, que fará com que o caldo extra evapore rapidamente.

Ela começa a picar a *pancetta*, o toucinho italiano, a cebola e os dentes de alho. Não é exatamente uma ceia tradicional natalina, mas todos estão passando com seus parentes e ela optou por ficar sozinha. Recebeu alguns convites, incluindo um de Jamie e sua família, mas acha importante dessa vez passar o feriado sozinha, não na casa de ninguém. Ela o verá depois e eles vão comer um doce indecente que ela fez com framboesas, chocolate branco e amêndoas. Depois vão dar uma volta de carro em Avalon, vendo a iluminação, e talvez se juntem aos corais natalinos. Ela quer passar na casa de Henry Tinklenberg e de Joseph Sokolowski, seus vizinhos, e dar-lhes as cestas de Natal que fez. Também tem uma para a família Krum — uma garrafa de vinho para Marion e o marido, alguns biscoitos para os gêmeos danadinhos e hilários, de quem Hannah às vezes faz o papel de babá.

Ela esquenta o azeite de oliva e cozinha a *pancetta* até derreter a gordura e a separa da carne. Está tocando Saint-Saës no aparelho de som, o concerto para violoncelo e orquestra, número 1, lá menor, opus 33. E a faz lembrar da vez que estava em turnê, com a Filarmônica, na Europa. Em Amsterdã, o hotel onde ficaram tinha uma recepção adorável aguardando por eles quando chegaram. Tinha sido um longo voo e os músicos estavam famintos. Eles voaram no banquete como gafanhotos, comendo até as frutas decorativas e as enfiando nos bolsos para um lanche à meia-noite. Os garçons gritavam com eles em alemão, e só depois que foram mandados para seus quartos é que descobriram que a recepção era para uma festa de casamento que começaria logo depois da deles.

Hannah cuidadosamente joga pedacinhos de toucinho italiano na caçarola e fica grata por ter muitas boas lembranças só suas, que não incluem Philippe. É claro que também há boas lembranças com ele. A maior parte do começo, logo que se conheceram, daquele torpor que vem com o primeiro beijo ao se apaixonarem.

Sua lembrança favorita é a vez em que estavam no mercado de pulgas do Hell's Kitchen. Era uma manhã de sábado, em julho, e o calor estava insuportável. A essa altura, Philippe já era bem preciso, com sua tendência obsessivo-compulsiva e, mais de uma vez, lhe ocorreu que ele teria um ataque em meio a todos aqueles corpos suarentos, ou exigiria que eles fossem embora. Ele não fez nenhum dos dois.

Em vez disso, ele encontrou uma mesa repleta de blocos alfabéticos infantis. Enquanto Hannah se abanava, ele montou JE T' AIME, depois lhe deu longo beijo, ganhando aplauso da multidão. Foi uma das coisas mais espontâneas e inesperadas que ele fez. Era em momentos assim que Hannah achava que poderia ficar com ele para sempre.

Ela acrescenta mais duas latas de tomates inteiros, amassando com a espátula. Um pouquinho de orégano, sal e pimenta e uma pitada de açúcar. Uma colher de sobremesa de massa de tomate. Ela deixa cozinhar em fogo brando e a cozinha é tomada pelo cheiro bom que exala da caçarola. Por último, quando o molho já estiver encorpado, vai acrescentar o manjericão, depois apagará o fogo.

O *Joy of cooking* passou a ser a sua bíblia, seu guia de vida. É ainda mais precioso porque foi Madeline quem lhe deu, mas também porque ela começou a ler — e cozinhar — em Avalon. Avalon é onde Hannah finalmente veio a entender quem ela realmente é, e o que realmente quer. O que é capaz de fazer.

Ela é uma mulher capaz de sobreviver a um divórcio. É uma mulher capaz de fazer um suflê de queijo de cabra, que pode colocar o arco na mão de alguém que nunca tenha tocado violoncelo e ajudá-lo a fazer uma linda música. Ela é uma mulher que, aos vinte e oito anos, já realizou mais coisas que a maioria das pessoas fará ao longo de uma vida inteira. No entanto, o mais importante é que ela é uma mulher que aprendeu a não subestimar nada disso. E Hannah é muito grata por isso.

— Gracie, nós vamos nos atrasar! — Julia chama a filha.

Gracie surge no *hall* de Madeline, arrastando seu pequeno estojo de violoncelo.

— As moças queriam me ouvir tocar "Row, Row, Row Your Boat", mais uma vez — diz ela, ofegante.

— Bem, eu tenho certeza de que a tia Livvy também quer ouvir — diz Julia, pegando o estojo de Gracie. No fim das contas, Julia não teve tanta propensão para a música, pelo menos pelo violoncelo. Mas Gracie pegou o jeito brilhantemente. — Mas se não pegarmos logo a estrada, você só conseguirá tocar para ela amanhã de manhã. — Ela ajuda Gracie a vestir seu casaco acolchoado, depois veste as luvas, o cachecol e um gorro de lã. A temperatura caiu uns dez graus e a neve é esperada para mais tarde.

— Tudo bem. Meus dedos estão doendo. — Gracie sacode as mãos.

Julia abotoa o próprio casaco, depois enfia a cabeça no salão de chá.

— Connie, estamos indo. Está tudo bem aí?

— Tudo ótimo — Connie acena. — Vejo você em alguns dias.

— Você disse à Hannah que vamos perder nossa aula de amanhã? — Gracie pergunta, enquanto elas caminham até o carro, onde Mark está esperando.

— Sim, e ela disse que podemos recuperar na semana que vem, sem problema. — Julia abre a porta traseira e Gracie entra. Ela dá uma batidinha do lugar ao seu lado, para que Julia coloque o estojo de seu violoncelo.

Mark está ao telefone, com a voz calma, mas uma expressão empolgada no rosto.

— Claro, Ted. Parece ótimo. Não, nós também estamos. Certo. Você também. Tchau. — Ele desliga e enfia o celular no bolso de seu cinto. — Era o Ted Morrow, da Bluestem Estates. Todas as plantas das casas-modelo foram aprovadas e eles estão começando na semana que vem.

O cinto de segurança da cadeirinha de Gracie está enroscado, mas Julia para de mexer para dar um sorriso ao marido.

— Mark, isso é maravilhoso! Parabéns. — Ela sabe o quanto esse projeto representa para ele e ficou contente em saber do progresso.

— Obrigado. — Ele tamborila no volante.

Julia finalmente consegue afivelar o cinto de Gracie, dando um rápido beijo em sua bochecha antes de fechar a porta. Livvy entrou em trabalho de parto duas semanas mais cedo — exatamente como aconteceu com Julia quando ela teve Josh — e deu à luz um menininho, algumas horas atrás.

Tom mandou uma foto tirada com o celular e tanto Mark quanto Julia estão estarrecidos em ver o quanto Aiden se parece com Josh. Ele tem um tufo de cabelos ruivos, o mesmo nariz, as mesmas maçãs do rosto. Mas Aiden também tem a mesma testa ingrata de Tom, o que Mark notou com uma risada.

— O quê? Você não se lembra do quanto costumavam provocar Josh, por ele ter suas orelhas grandes? — Julia lembra, puxando uma das orelhas de Mark.

Mark logo faz uma cara feia, tampando as orelhas na defensiva.

— Elas não são grandes — diz ele. — Só têm personalidade.

— Muita personalidade — acrescenta Julia, dando um gritinho, quando Mark lhe faz cócegas.

Julia está prestes a entrar no banco do passageiro quando percebe um casal — na verdade uma pequena família, já que a esposa está segurando um bebezinho — em pé, na calçada, do lado de fora da casa de Madeline, com seus rostos estampados de incerteza.

— Eles parecem perdidos — murmura Julia, observando, enquanto eles olham um pedaço de papel, antes de novamente olharem a casa de Madeline.

Mark olha o relógio.

— Julia, meu bem, vamos. Eu não quero pegar trânsito.

— Eu sei. Só um minuto, Mark. — Julia atravessa o gramado, as botas esmagando o capim gelado. — Posso ajudá-los?

O homem tem uma cabeleira escura e um olhar meditativo que Julia reconhece das fotos. Ele está mais velho, é claro, mas é ele. Em sua mão há um envelope gordo de que Julia se lembra, daquele dia no salão de chá.

— Estou procurando Madeline Dunn — diz ele.

Julia engole, com o coração disparado.

— É aqui. Sou amiga dela, Julia Evarts.

O homem assente, como se soubesse quem ela é, mas Julia vê que ele está distraído. Sua menininha parece cansada e começa a choramingar, remexendo-se no colo da mãe.

— Foi uma longa viagem — diz ele, esticando os braços para pegar a filha. — Passamos o dia dirigindo. Agora eu moro em Cleveland, mas a carta foi mandada para o meu antigo endereço, na Pensilvânia. Sou enteado dela, Benjamin Dunn. — Ele olha hesitante para a casa de Madeline, limpa a garganta. Através da janela, ele vê a aglomeração de mulheres e Julia entende o quanto isso pode intimidar.

O salão de chá está oficialmente fechado para uma reunião especial da festa do Clube do Pão da Amizade. Julia sabe que foi Connie quem surgiu com a ideia da troca de um enfeite e um jantar, com cada pessoa levando um prato, dando essa noite de folga para Madeline e Hannah. Hannah optou por ficar em casa e Madeline declinou participar das festividades. Quando Julia a deixou, ela estava sentada, quieta, em sua sala de estar dos fundos, com uma manta nas pernas e uma caneca de chá quente nas mãos. Estava olhando o jardim coberto de neve, um pequeno pardal que pulava de um galho para outro.

Julia conduz Ben e a esposa pelo caminho de entrada. Há uma linda coroa na porta e Julia vira a maçaneta, desejando que pudesse ficar e assistir ao desenrolar desse momento.

Mas esse não é seu lugar, seu momento tão esperado. É de Madeline. O lugar de Julia é com a família, com Livvy, que está em Faberville com o marido e o novo filho. Julia está ansiosa para chegar lá, abraçar a irmã e olhar essa nova alma que já encontrou seu caminho de ingresso na vida de todos eles. Eles ficarão lá, juntos — ela, Mark, Gracie, Tom, Livvy, Aiden — e Josh. Ele estará lá porque está sempre com Julia, dentro de seu coração.

Então Julia abre a porta e convida Ben e a família a entrar, pedindo a eles que, por favor, esperem enquanto ela vai até os aposentos particulares de Madeline. Madeline está sentada ali, exatamente como ela a deixou. Ela se vira e sorri ao ver Julia, que toca gentilmente o ombro da amiga, com o coração cheio de amor, depois se inclina para sussurrar no ouvido de Madeline que alguém especial está esperando por ela.

Epílogo

Rosa Ydara-Belair prende uma mecha de seus cabelos escuros encaracolados atrás da orelha, enquanto continua a olhar as coisas de seu pai, separando em três pilhas: guardar, dar, jogar fora.

Álbum e fotografias de família: guardar.

Joias da mãe e relógio do pai: guardar.

Roupas e sapatos: dar.

Livros e revistas: dar.

O emaranhado de material elétrico e fragmentos metálicos: jogar fora.

Os três tapetes velhos e as cortinas de quarenta anos: jogar fora.

Dois telescópios, um binóculos, três câmeras: dar.

Móveis, toalhas e roupa de cama: dar.

Televisão, som, vídeo: guardar.

Jogo de jantar do casamento dos pais: dar. Não, guardar.

Rosa segura um prato, com um suspiro. É um belo desenho floral e os pratos de sobremesa têm a borda trabalhada. Seu jogo de jantar tem um Lenox, com uma faixa simples em azul, mais moderno, mas ela gosta mesmo assim. Rosa olha tristonha para a coleção de porcelana, desejando poder levá-la, mas, ao mesmo tempo, sem ter ideia do que fazer com ela. Ela pensa em guardá-la, mas eles já têm tantas coisas dos pais dela para levar para Michigan.

Dar.

Rosa ajeita cada peça de louça cuidadosamente entre camadas de plástico bolha. Ao terminar, ela franze o rosto. Seu marido bate na porta da sala, com uma caixa grande na mão.

— Estamos quase sem caixas. Vou correr até o mercado depois que eu colocar essa no *trailer*. Quer vir junto?

Rosa ergue a mão, movendo os lábios, enquanto reconta a porcelana.

— Está faltando um prato de sobremesa. Só tem sete, quando deveriam ser oito.

Jack sacode os ombros.

— Então eles quebraram um. Olha o nosso jogo.

Isso é verdade. O jogo deles, para doze pessoas, já é um jogo de nove e meio.

— O corretor estará aqui essa tarde para completar a listagem — Jack prossegue. — Nós deveríamos comer algo antes. Estou faminto.

Rosa concorda, esticando-se para aliviar as costas doloridas. Comida parece bom agora.

— Num minuto. Eu encontro você lá fora.

Ela passa a fita na tampa da caixa, lacrando-a, assinalando com uma caneta Para o Exército de Salvação. Depois pega o testamento do pai e lê novamente, assegurando-se de seguir a pequena lista de instruções que ele deixou. Sua artrose havia piorado com os anos e ela mal consegue entender sua escrita trêmula. Suas economias são substanciais e ele foi generoso com ela e o clube local de astronomia.

Seu marido está esperando lá fora, no caminhão. Ela entra e ele dá um apertão em sua mão, sabendo o quanto é difícil para ela.

— Com licença!

Tanto Jack quanto Rosa se viram na direção da voz e veem uma mulher de cabelos ruivos encaracolados correndo na direção deles, com uma menininha correndo ao seu lado, segurando um prato. Rosa as reconhece vagamente, pois as viu antes, rapidamente, mas não se lembra dos nomes.

— Olá, desculpe incomodá-los. Eu não queria deixar de vê-los antes de partirem. — A mulher está ligeiramente sem fôlego. — Sou Julia Evarts e essa é minha filha, Gracie. Somos vizinhas de seus pais. Lamentamos saber do falecimento de seu pai. Ele era um homem gentil.

— Obrigada. — Rosa sente vontade de chorar novamente. — Obrigada — diz ela, outra vez, incerta quanto ao que dizer. O que mais há para dizer?

— Se precisar de ajuda com alguma coisa, por favor, me diga. Qualquer coisa. — Julia estica o braço para dentro da janela aberta e gentilmente toca o braço de Rosa. — Eu escrevi meu nome e informações de contato, assim como os nomes e números de todos os vizinhos próximos. Você provavelmente já sabe disso, mas achei que poderia ajudar, ter tudo num lugar só.

Rosa apenas acena a cabeça.

— E... — Julia se vira e gesticula para a filha, que timidamente segura um prato. — Nós acabamos de assar esse pão e Gracie quis lhes dar um pouco. É o Pão da Amizade.

— Pão da Amizade? — Jack se inclina sobre Rosa para aceitar o prato, poupando Rosa de ter de fazer qualquer coisa. Ele sabe que nesse momento tudo é difícil para ela. — Nós adoramos. Rosa faz sempre. Obrigada.

— Obrigada — Rosa ecoa, forçando um sorriso para elas. Ela dá uma olhada no bilhete grudado em cima do plástico.

EU ESPERO QUE VOCÊ GOSTE.

Julia e Gracie acenam, enquanto Jack engata a marcha do caminhão e se afasta do meio-fio. A vibração do caminhão acalma Rosa, que não esperava se deparar com pessoas que conhecessem seu pai, não esperava ter de falar com ninguém. A gentileza delas, a boa intenção, só a faz lembrar que ele se foi.

Ela tinha falado com o pai na semana passada e ele pareceu bem. Dois dias depois, ele morreu tranquilamente enquanto dormia. Saber disso conforta Rosa, mas ela ainda gostaria de tê-lo abraçado uma última vez. A última vez que ela o viu, ele tinha reclamado da quantidade de comida que ela lhe trouxe. Frango assado, ensopado de carne, lasanha, caçarolas, sopas. Ela sabia que ele adorava pão de banana e tinha uma rodada de Pão da Amizade circulando em seu escritório, pela milésima vez, então ela trouxe um pouco. Ela tinha um saco de massa com ela, então poderia assar enquanto estivesse ali, no dia em que eles fossem embora, e ele pediu que ela deixasse um saco para ele. Rosa ficou surpresa, pois não imaginava o pai como um confeiteiro.

Seus pais não a criaram para ter arrependimentos, mas ela não consegue evitar. Ela gostaria de tê-lo visto mais. Gostaria de ter tido a chance de dizer tchau, de ter ouvido dele alguma sabedoria que pudesse levar com ela pelo resto de sua vida — uma lembrança final e duradoura. Mais que tudo, ela gostaria que ele não estivesse sozinho quando morreu. Mas o emprego de Jack os mantinha em Grand Rapids e seu pai se recusava a deixar Avalon. Rosa sabe que é porque a mãe está enterrada ali. E agora, seu pai também está.

— Eu vi um lugar quando estávamos chegando — diz Jack. — Não é muito longe. Quer tentar?

Ela dá um pequeno sorriso.

— Claro. — Ela deveria estar com mais fome, por todo o trabalho que teve, mas não está com muito apetite. Ainda assim, precisa manter as forças. A última tentativa de fertilização *in vitro* funcionou e Rosa está grávida de sete semanas.

Jack lhe dá uma olhada, depois olha o prato em seu colo. Ele está pensando a mesma coisa.

— Talvez você deva comer alguma coisinha agora, já que vai levar um tempo até pedirmos e tudo o mais.

Rosa concorda e tira o plástico. Ainda está morno, confortante. Ela dá um pedaço para Jack, depois come um, relaxando com a cremosidade, o gosto familiar da canela e do açúcar. Ela cuidadosamente arruma o plástico de volta, sob o prato, virando ligeiramente o prato ao fazê-lo. Seus olhos se arregalam quando ela vê o que está escrito embaixo, as últimas palavras.

Não-me-esqueças.

— Oh!

Jack se vira e vê Rosa olhando o prato, depois para Jack, com os olhos brilhando.

— O quê?

Rosa ergue o prato, mas Jack não sabe o que está olhando, apenas algumas fatias de Pão da Amizade num prato de porcelana florido.

— O quê? — pergunta ele, novamente, confuso.

Ela sacode a cabeça, subitamente feliz, seus dedos tracejando o contorno das flores. Ela não diz mais nada.

Jack está acostumado com isso e ele só estica o braço para pegar a mão da esposa, leva aos lábios e a beija.

— Eu amo você, Rosa.

— Eu sei. — Os olhos dela estão molhados, mas ela está sorrindo. Rosa se encosta a ele, e ele ouve seu suspiro, sente seu corpo relaxar junto ao seu.

É um curto trajeto até o local do almoço, uma casa ímpar, com uma placa na frente.

SALÃO DE CHÁ DA MADELINE
LAR DO CLUBE DO PÃO DA AMIZADE

Pão da Amizade

Receitas e dicas

Massa do Pão da Amizade

A massa do Pão da Amizade é passada de um amigo, ou vizinho, a outro, geralmente em sacos herméticos, ou numa vasilha cerâmica. Na verdade, é uma massa fermentada, o que significa que se você continua a alimentá-la, ao longo do tempo ela ficará mais saborosa. Você pode usar a massa para pães, *muffins*, *brownies*... até para panquecas! Se você não recebeu um saco de Pão da Amizade, mas gostaria de começar a experimentar, aqui está a receita para criar a massa:

INGREDIENTES:

1 saquinho de fermento biológico (7 g)
¼ de xícara de água morna
1 xícara de farinha de trigo
1 xícara de açúcar
1 xícara de leite

MODO DE FAZER:

1. Numa tigela pequena, dissolva o fermento na água. Deixe descansar por dez minutos.
2. Numa vasilha de vidro, plástico ou cerâmica, misture a farinha e o açúcar. Misture bem.

3. Lentamente acrescente o leite e a mistura de fermento dissolvido. Cubra de leve (sem lacrar) e deixe repousar, em temperatura ambiente, até ficar com bolhas. Esse é o DIA 1, do ciclo de dez dias.
4. Pelos próximos dez dias, cuide de sua massa conforme as instruções do Pão da Amizade.

Receita básica para o Pão da Amizade

Rende 2 pães

Essa receita básica vem circulando nos Estados Unidos há mais de três décadas. Eu a estou incluindo como me foi dada, com exceção de alguns erros de escrita. Você não precisa esperar os dez dias adicionais para assar — no dia em que dividir a massa (Dia 10), você pode assar a massa restante, em vez de guardar um saco para você. Se você planeja dar sua massa, não se esqueça de incluir uma cópia das instruções e as datas do Dia 6 e do Dia 10. Você pode baixar as instruções em nosso site: *www*.friedshipbreadkitchen.com (em inglês).

Obs.: Não refrigere a massa. É normal que ela cresça e fermente. Se entrar ar no saco, solte-o. NÃO USE colheres ou vasilhas metálicas para misturar a massa, pois isso irá interferir no processo de fermentação.

Dia 1: NÃO FAÇA NADA.
Dia 2: Esprema o saco.
Dia 3: Esprema o saco.
Dia 4: Esprema o saco.
Dia 5: Esprema o saco.
Dia 6: ACRESCENTE ao saco: 1 xícara de farinha de trigo, 1 xícara de açúcar, 1 xícara de leite.
Esprema o saco.
Dia 7: Esprema o saco.
Dia 8: Esprema o saco.

Dia 9: Esprema o saco.
Dia 10: Siga as instruções abaixo:

Despeje todo o conteúdo numa vasilha não metálica.

Acrescente: 1 ½ xícara de farinha de trigo, 1 ½ xícara de açúcar, 1 ½ xícara de leite.

Meça quatro porções da massa, de uma xícara cada uma, e coloque em sacos com fechamento hermético de 4 kg.

Guarde um dos sacos para você e dê os outros três a três amigos, junto com a receita.

LEMBRE-SE: se você guardar uma porção da massa, você estará assando em dez dias. O pão é muito bom e serve como um ótimo presente.

Se essa receita não for passada a um amigo no primeiro dia, assegure-se de dizer-lhe qual é o dia em que está sendo apresentado.

MODO DE FAZER:

Preaqueça o forno a 160ºC).
Coloque o restante da massa numa tigela e acrescente o seguinte:

3 ovos
1 xícara de óleo
½ xícara de leite
1 xícara de açúcar
½ colher de chá de extrato de baunilha
2 colheres de chá de canela
1 ½ colher de fermento
½ colher de chá de sal
½ colher de bicarbonato de sódio
2 xícaras de farinha
1 a 2 caixas de pudim instantâneo (de qualquer sabor)
Opcional: 1 xícara de amêndoas e 1 xícara de passas

Unte duas formas grandes.

Numa vasilha, misture mais ½ xícara de açúcar e 1 ½ xícara de canela.

Polvilhe as formas untadas com parte da mistura de açúcar e canela.

Despeje a massa de maneira uniforme, nas duas formas, e salpique o restante da mistura (de açúcar com canela) em cima.

Asse durante uma hora, ou até que o pão solte completamente das laterais e um palito saia limpo ao ser espetado no centro.

APROVEITE!

Variações simples do Pão da Amizade

As seguintes variações são feitas com simples substituições — sinta-se à vontade para fazer as suas! Para fazer *muffins* em vez de pães, reduza o tempo no forno para 20 ou 25 minutos. Encha as formas até a metade ou dois terços (se você tem uma nova massa, eu recomendo só encher até a metade).

Pão da Amizade de banana e nozes
- Acrescente duas bananas médias maduras, amassadas
- Use 1 a 2 caixas de pudim instantâneo de banana
- Use uma xícara de nozes picadas

Pão da Amizade de caramelo
- Use 1 a 2 caixas de pudim instantâneo de caramelo
- Acrescente 1 xícara de lascas de caramelo para assar

Pão da Amizade de chocolate duplo
- Use 1 a 2 caixas de pudim de chocolate instantâneo
- Acrescente ¼ de xícara de chocolate em pó
- Acrescente 1 xícara de lascas de chocolate
- Elimine a canela

Pão da Amizade de limão e semente de papoula
- Substitua o extrato de baunilha por extrato de limão
- Use 1 a 2 caixas de pudim instantâneo de limão

- Acrescente ¼ de xícara de semente de papoula
- Acrescente uma colher de chá de suco de limão

Pão da Amizade de abacaxi e noz-macadâmia

- Reduza o óleo para ½ xícara
- Acrescente uma lata de 250 g de abacaxi picado, sem calda
- Acrescente ½ xícara de suco de maçã
- Acrescente 1 colher de chá de suco de limão
- Acrescente 1 xícara de nozes-macadâmia picadas
- Cubra com duas colheres de chá de coco ralado

Pão da Amizade de pistache e cereja

- Use 1 a 2 caixas de pudim instantâneo de pistache
- Acrescente ½ xícara de cerejas ao marasquino, sem calda, picadas (não misture à massa, mas arrume-as no fundo da forma untada, antes de despejar a massa)
- Elimine a canela

Pão da Amizade de abóbora e *cranberry* (oxicoco)

Da cozinha de Stephanie Appleton
(makeitfromscratch.blogspot.com)

- Acrescente ½ xícara de purê de abóbora
- Acrescente 1 colher de chá de pó de gengibre
- Acrescente 1 xícara de oxicoco seco e picado
- Acrescente 1 xícara de nozes picadas

Pão da Amizade de abobrinha

- Reduza o óleo para ½ xícara
- Acrescente 2 xícaras de abobrinhas descascadas — esprema para remover o excesso de líquido
- Acrescente 1 colher de chá de noz-moscada
- Acrescente 1 xícara de nozes-pecã picadas

Brownies de chocolate e caramelo

Rende 18 *brownies*

INGREDIENTES:

1 xícara de massa de Pão da Amizade
3 ovos
1 xícara de óleo
½ xícara de leite
1 colher de chá de extrato de baunilha
½ xícara de açúcar
2 xícaras de farinha de trigo
3 colheres de chá de chocolate em pó
1 ½ colher de chá de fermento
½ colher de chá de bicarbonato de sódio
½ colher de chá de sal
1 caixa de pudim instantâneo de chocolate
¾ de xícara de lascas de chocolate amargo
½ de xícara de lascas de chocolate meio amargo
1 xícara de cubinhos de caramelo
½ xícara de cubinhos de caramelo para salpicar como cobertura

MODO DE FAZER:

Preaqueça o forno a 160°C. Unte e passe farinha (tire o excesso) numa forma de aproximadamente 23 cm × 33 cm.

Numa tigela, misture a massa, ovos, óleo, leite, extrato de baunilha e açúcar. Numa vasilha separada, misture a farinha, o chocolate em pó, o fermento, o bicarbonato de sódio, o sal, o pudim, as lascas de chocolate e uma xícara de cubinhos de caramelo e faça um buraco no meio. Despeje os ingredientes molhados no buraco e misture bem.

Despeje na forma já preparada e salpique ½ xícara de cubinhos de caramelo por cima. Asse de 45 minutos a 1 hora, verificando se está bom. Quando um palito for inserido no centro e sair limpo, retire para esfriar.

Panquecas de Pão da Amizade

Rende de 8 a 10 panquecas

INGREDIENTES:

2 xícaras de massa de Pão da Amizade
½ xícara de leite desnatado
1 ovo, separando a gema e a clara
2 colheres de chá de óleo
1 xícara de farinha de trigo
½ colher de chá de sal
1 colher de chá de fermento
1 colher de chá de bicarbonato de sódio

MODO DE FAZER:

Misture a massa, o leite, a gema e o óleo numa tigela média. Numa vasilha maior, misture a farinha de trigo, o sal, o fermento e o bicarbonato de sódio, fazendo um buraco no meio. Despeje os ingredientes molhados no buraco e misture bem.

Numa vasilha separada, bata a clara em neve até formar bicos, depois despeje lentamente na massa.

Coloque as colheradas de massa numa frigideira untada em fogo médio. Cozinhe até surgirem bolhas na superfície, depois vire com uma espátula. Remova quando estiver marrom do outro lado.

Pãezinhos da Amizade

Rende 24 pãezinhos

INGREDIENTES:

1 xícara de massa de Pão da Amizade
¼ de xícara de óleo
2 ovos batidos
2 xícaras de farinha de trigo
½ colher de chá de sal
2 colheres de chá de fermento
½ colher de chá de bicarbonato de sódio
¼ de uma barra de manteiga derretida

MODO DE FAZER:

Misture a massa, o óleo e os ovos numa tigela média. Numa vasilha maior, misture a farinha, o sal, o fermento e o bicarbonato de sódio. Faça um buraco no meio.

Despeje os ingredientes molhados no buraco e misture bem, até a massa começar a desgrudar da lateral da tigela.

Transfira a mistura para uma superfície ligeiramente salpicada com farinha de trigo e faça um rolo de 1,5 cm de espessura.

Usando um cortador redondo de biscoito de 7,5 cm de diâmetro, corte os pãezinhos e coloque numa forma ligeiramente untada.

Pincele a superfície dos pãezinhos com manteiga derretida. Cubra levemente (sem lacrar) com filme plástico e deixe crescer por trinta minutos.

Asse de 15 a 20 minutos. Sirva imediatamente.

Dicas rápidas

- Quando eliminar a canela, você pode polvilhar a forma com açúcar.
- Se você estiver procurando reduzir o colesterol, use substituto para os ovos e reduza o óleo em até ⅓ de suco de maçã e 1 xícara de linhaça (*flax meal*). Isso resultará num pão ligeiramente mais seco, porém muito mais saudável.
- Se estiver procurando reduzir o nível de açúcar, use Stevia ou outros substitutos.
- Considere uma farinha diferente, ou uma farinha mista, como farinha de arroz ou farinha de batata (talvez você tenha de usar algo para a liga, como farinha de araruta ou goma de polissacarídeo, no papel de substituto do glúten, nas farinhas que não contenham glúten).
- Você pode substituir o leite da receita por leite desnatado, ou outros tipos dietéticos, como leite de soja. Para as massas e receitas vegetarianas e isentas de glúten do Pão da Amizade, visite-nos em www.friendshipbreadkitchen.com (em inglês).
- Acrescente coberturas:
- Açúcar demerara dará um efeito doce e crocante
- Faça *streusel* misturando ⅓ de xícara de manteiga ou margarina (amolecida em temperatura ambiente), ½ xícara de açúcar mascavo, ⅔ de xícara de farinha de trigo, 2 colheres de chá de canela (você também pode substituir a farinha por aveia).

- Nozes picadinhas ou coco ralado acrescentam textura e sabor.
- Salpique glacê, misturando ½ xícara de manteiga ou margarina (amolecida em temperatura ambiente), 1 colher de chá de extrato de baunilha, ½ kg de açúcar de confeiteiro, e acrescente leite ou água até chegar à consistência de glacê.
- Sua massa ficou fora de controle? Você pode congelar, para parar o processo de fermentação. Deixe descongelar em temperatura ambiente (para 1 xícara de massa, espere de 2 a 3 horas) antes de usar.

Algumas anotações da cozinha

O Pão da Amizade e suas diversas variações já circulam há mais de trinta anos. O espírito do pão é ser generosamente compartilhado e passado adiante. A rede e a mídia publicaram inúmeras receitas do pão da amizade, todas usando a mesma receita básica. Na verdade, há um limite de variações que podem ser feitas. Isso torna a atribuição original quase impossível, já que o pão e sua receita são bem anteriores à internet. Como autora que possui receitas em seus livros, tanto minhas quanto de terceiros, estou incluindo um *link* do Departamento Americano de Direitos Autorais (U.S. Copyright Office), sobre os direitos pertinentes às receitas, para aqueles que quiserem saber mais a respeito:
www.copyright.gov/fls/fl122.html (em inglês).

Seis graus de Pão da Amizade

Em nossa cozinha improvisada (também conhecida como a Cozinha do Pão da Amizade), nós reconhecemos que o Pão da Amizade chegou até nós através dos outros que, por sua vez, também receberam de outros, e que as receitas podem ter sido modificadas, desmanchadas e refeitas, adaptadas a vegetarianos, ou para ter menos colesterol, incrementadas pela mania do chocolate, e por aí adiante. Fazemos o máximo para dar os créditos, sempre que possível, e gostaríamos de agradecer especialmente aos maravilhosos frequentadores dos *blogs* de culinária e aos fãs de nossa página no Facebook (www.facebook.com/fbkitchen — em inglês), que tão generosamente compartilharam conosco as suas receitas, imagens e experiências do Pão da Amizade.

Para mais informações

Para mais receitas de Pão da Amizade, ou para se juntar à nossa comunidade *on-line* de amizade, visite nosso *site* na Friendship Bread Kitchen, em www.friendshipbreadkitchen.com — em inglês, ou encontre-nos no Facebook (www.facebook.com/fbkitchen), ou no Twitter (www.twitter.com/fbkitchen — em inglês).

ESTE LIVRO FOI COMPOSTO
EM SABON PARA A LEYA
EM JULHO DE 2011